Von Peter Straub sind
als Heyne-Taschenbücher erschienen:

Schattenland · Band 01/6713
Das geheimnisvolle Mädchen · Band 01/6781
Die fremde Frau · Band 01/6877

PETER STRAUB

JULIA

Ein unheimlicher Roman

Deutsche Erstveröffentlichung

WILHELM HEYNE VERLAG
MÜNCHEN

HEYNE ALLGEMEINE REIHE
Nr. 01/6724

Titel der amerikanischen Originalausgabe
JULIA
Deutsche Übersetzung von Joachim Körber

4. Auflage

Printed in Germany 1988
Umschlagzeichnung: Tom Hallmann/Vega/Luserke
Umschlaggestaltung: Atelier Ingrid Schütz, München
Satz: IBV Satz- und Datentechnik GmbH, Berlin
Druck und Bindung: Ebner Ulm

ISBN 3-453-02328-5

I

Die Erscheinung

1

Das kleine blonde Mädchen, das mit seinen neun oder zehn Jahren in Kates Alter war und ihr so ähnlich sah, daß es Julia schwindelte, schwebte scheinbar aus dem Nichts am Ilchester Place empor, schwenkte an der Straßenecke die Arme wie Windmühlenflügel und entschwand auf dem Weg zum Holland Park. Zunächst empfand Julia, die neben dem Mann von Markham und Reeves auf den Stufen des Hauses stand, wieder den stechenden, vertrauten Schmerz des Verlusts, der so heftig war, daß sie fürchtete, den Makler damit zu schockieren, daß sie sich in die Tulpen übergeben mußte; aber der Makler, der sie bereits für überspannt und exzentrisch bis zum Rand des Wahnsinns hielt, hätte wahrscheinlich nur eine Bemerkung über die Hitze gemacht und so getan, als wäre nichts vorgefallen. Daß Julia schon zweimal die Schlüssel zu Nr. 25 verloren hatte, daß sie gleich nach der ersten Besichtigung des Hauses einen Verrechnungsscheck über zwanzigtausend Pfund ausgestellt hatte, daß sie auch alle Möbel der Vorbesitzer mitkaufte, daß sie überhaupt allein in einer Villa mit acht Zimmern leben wollte – das alles hatte ihn auf beinahe jede mögliche Extravaganz ihrerseits vorbereitet. Zwar war sie sich selbst ihres seltsamen Gebarens bewußt und wurde noch unsicherer angesichts der subtilen Verachtung des Mannes, doch hielt sie es für möglich, daß der Makler ihr Verhalten teilweise der Tatsache zuschrieb, daß sie eine der komischen reichen Amerikanerinnen war; wohl darum verspürte sie nur leise Zweifel, ihrem zweiten Impuls beim Anblick des blonden Mädchens zu gehorchen – dem Gefühl, daß sie ihr folgen mußte. Der Impuls war überwältigend stark. Der Makler zog gerade den dritten Schlüssel aus der Jackentasche; er hatte ein hellgelbes Band durch das Loch des Schlüssels gezogen.

»Gelb zum Erinnern, Mrs. Lofting«, sagte er; ein Hauch von Herablassung klang unüberhörbar aus seiner Stimme heraus. »Ich muß zugeben, ich habe den Einfall aus einem Schlager. Möchten Sie...«

»Entschuldigen Sie mich«, sagte Julia und stieg rasch die Stufen zum Gehweg hinab.

Sie wollte nicht rennen, solange der Mann sie sehen konnte, und daher hielt sie sich zurück, bis sie die Ecke zum Park umrundet hatte und von der Mauer abgeschirmt wurde. Das Mädchen hatte Kate erstaunlich ähnlich gesehen. Natürlich konnte es nicht Kate sein, denn Kate war tot. Manchmal sah man jedoch einen Freund in einer Menschenmenge oder im Bus vorbeifahren, obwohl dieser Freund in Wirklichkeit Tausende von Kilometern entfernt war – bedeutete das nicht, daß der Freund in Gefahr war? Julia lief mit linkischen Schritten auf den Kinderspielplatz, schon ganz außer Atem; deshalb ging sie langsamer. Überall in den Sandkästen spielten Kinder, liefen auf den Rasenflächen herum oder kletterten die Bäume hinauf, die sie aus ihrem Schlafzimmerfenster sehen konnte. Das kleine Mädchen mochte inzwischen weit im Park sein, entweder auf dem langen Grünstreifen rechts oder auf einem der Wege in Richtung der Orangerie. Vielleicht hatte das Kind nicht einmal den Weg zu den Spielplätzen genommen, sondern war gleich den langen Pfad zum Holland House entlanggelaufen. Lag Holland House an diesem Weg? Julia war mit der Topographie des Parks nicht vertraut genug, um ihrem Phantom nachzujagen, das bestimmt nur ein gewöhnliches kleines Mädchen war, das im Holland Park Freunde treffen wollte. Julia, die immer noch gedankenversunken den Weg bei den Sandkästen entlangging, blieb stehen. Dem Kind nachzulaufen war unvernünftig gewesen oder sogar hysterisch – eben typisch für sie. Ich verliere wirklich die Fasson, dachte sie und sagte so laut ›Verdammt‹, daß ein untersetzter Mann mit struppigem Schnurrbart sie anstarrte.

Sie wandte sich verlegen ab und blickte über die Mauern der angrenzenden Gärten zur oberen Fensterreihe ihres neuen Hauses. Das Haus war geradezu monströs überteuert; Magnus durfte nicht erfahren, daß sie es gekauft und jedes Dokument unterschrieben hatte, das man ihr vorlegte. Einen Augenblick lang verdrängte der Gedanke an Magnus – die Vorstellung eines vor Zorn bebenden Magnus – alles andere aus ihrem Kopf; sie durchlebte eine Schrecksekunde. Sie war unvernünftig gewesen, wenn nicht gar unausgeglichen – wie er wahrscheinlich rasch sagen würde –, aber bei Magnus war Vernunft nicht möglich. Die langgestreckten, dezenten Linien des Hauses, das sie vom ersten Augenblick an wunderschön gefunden hatte, trugen zu ihrer Beruhigung bei.

Julia hielt eine Hand vor die Brust und ging langsam den Weg zur Ecke am Ilchester Place zurück. Sie erinnerte sich erst wieder an den Makler, als sie ihn an der Eingangstür lehnen sah; sein Gesichtsausdruck schwankte zwischen Verwirrung und Langeweile. Er hatte sie abgeschrieben, seit er aus seinem Büro bei ihrer Bank angerufen und erfahren hatte, wieviel Geld sie per Scheck abgehoben hatte.

Sie erwartete, daß der Mann etwas sagen würde, doch er schien bereits jenseits aller Höflichkeitsfloskeln zu sein. Er straffte lediglich die Schultern und reichte ihr den Schlüssel, den er an dem grellgelben Band hielt. Dabei sah er weniger gelangweilt als vielmehr müde aus. Was konnte Julia auch schon sagen? Sie konnte ihm ihr unerwartetes Tun nicht erklären, indem sie ihm erzählte, daß sie einem Mädchen nachgelaufen war, das sie an ihre tote Tochter erinnerte; er würde weder über Kate noch über Julia etwas wissen wollen. Sie versuchte ihr Bestes.

»Tut mir leid«, sagte sie und sah in sein graues, gefaßt wirkendes Gesicht. »Ich wollte, ehe Sie gehen, noch etwas hinter dem Haus nachsehen.«

Er sah sie mit merkwürdigem Ausdruck an; um die Rückseite zu betrachten, wäre man normalerweise durch das Haus gegangen und nicht um die Ecke herum.

»In dieser Straße gibt es nur wenige Kinder, Mrs. Lofting«, sagte er. »Selbstverständlich spielen sie im Park, aber Sie werden feststellen, daß hier am Ilchester Place eine sehr ruhige Gegend ist, wie ich gesagt habe.« Klang darin resignierter Sarkasmus mit? Aber der Mann hatte das Mädchen gesehen und bemühte sich, höflich zu sein. Er hatte ihre halbherzige Erklärung mühelos durchschaut.

»Danke«, sagte sie, nahm den Schlüssel und steckte ihn in eine der winzigen Taschen ihres Kleides. »Sie waren sehr geduldig mit mir.«

»Überhaupt nicht.« Der Mann sah auf die Armbanduhr, dann einen Augenblick zu seinem Wagen und darauf zu ihrem Rover, wo Koffer auf dem Rücksitz aufgestapelt waren, dazu ein paar Topfpflanzen, zwei mit Schnüren zusammengebundenen Bücherstapel und einer Kiste Stoffpuppen, die sie seit ihrer Kindheit besaß. Das waren die einzigen Dinge, die sie außer ihrer Kleidung mitgenommen hatte; sie waren alle aus dem Zimmer, das sie seit ihrer Entlassung aus dem Krankenhaus bewohnt hatte. Die Bücher waren zwar Luxus, aber es waren ihre Bücher, nicht die von Magnus.

»Nein, das ist nicht nötig«, sagte Julia rasch. »Ich könnte nicht im Traum daran denken, Sie darum zu bitten, nach – nach allem.«

»In diesem Fall«, sagte er mit deutlicher Erleichterung und begann, die Stufen hinabzusteigen, »habe ich ein paar dringende Dinge im Büro zu erledigen – wenn Sie mich also entschuldigen würden, werde ich Ihnen Ihr neues Haus überlassen.« Er ließ den Blick über die gemütliche Ziegelfassade schweifen. »Es ist ein wunderschönes Haus. Sie werden sehr zufrieden sein. Zudem haben Sie unsere Telefonnummer, falls sich etwas ergeben sollte. Ist meine Annahme richtig, daß Sie sich in Kensington nicht gut auskennen?«

Sie nickte.

»Dann haben Sie noch die Entdeckungsfreude vor sich. Wo haben Sie bisher gelebt? In Hampstead?«

»Ja.«

»Dieser Teil von Kensington wird Ihnen gefallen.«

Er wandte sich ab und ging zu seinem Wagen. Als er die Tür geöffnet hatte, wandte er sich noch einmal um und rief: »Rufen Sie uns an, wenn Sie Probleme haben, Mrs. Lofting! Ach, übrigens, vielleicht sollten Sie sich in einem der Geschäfte in der High Street einige Nachschlüssel machen lassen. Guten Tag, Mrs. Lofting.«

»Guten Tag.« Sie winkte von den Stufen des Hauses herab, als der Mann wegfuhr. Sobald sein Auto nicht mehr zu sehen war, ging Julia zum Rover hinunter und betrachtete ihr Haus, das nun wirklich ihres war. Wie alle Häuser um den kleinen, eleganten Ilchester Place, war es im neugeorgianischen Stil erbaut, aus massiven Ziegelsteinen. Hier würde sie sicher vor Magnus sein. Das Haus hatte bereits im ersten Augenblick, als sie es gesehen hatte, ihr Bedürfnis nach Ruhe und Abgeschiedenheit angesprochen – fast so, als hätte es tatsächlich zu ihr gesprochen. Es zu kaufen, war für sie ebenso zwanghaft gewesen wie die Verfolgung des kleinen Mädchens, das Kate so ähnlich sah. Sie konnte darin ohne Magnus leben; im Lauf der Zeit konnte sie ihn anrufen oder ihm schreiben, wenn er sich mit der Tatsache ihrer Flucht abgefunden hatte. Die vergangene Nacht hatte sie in einem Hotel in Kingsbridge zugebracht und gefürchtet, jeder Schritt könnte das Kommen von Magnus ankündigen; sie hatte bereits sein Gesicht, rot vor falschem Mitgefühl, vor sich gesehen, das von der Anstrengung gezeichnet war, seine Gewalttätigkeit zu beherrschen. Magnus konnte Furcht einflößen; das war die Kehrseite seiner eindrucksvollen Persönlichkeit, seiner überwältigenden männlichen Autorität. Nein, sie wollte Magnus eine Weile nicht sehen. Ihr Brief hatte alles erklärt, was man erklären konnte.

Nun mußten die Koffer und ihre restlichen Habseligkeiten ins Haus gebracht werden. Sie drückte auf den Knopf neben dem Türgriff, und als er Widerstand leistete, drückte sie noch fester. Das Auto war abgeschlossen. Julia zog einen Schlüssel aus der Tasche, aber es war der Hausschlüssel an dem gelben Band. Sie beugte sich hinab, um durch das Fenster zu schauen, und sah den Rest ihrer Schlüssel vom Zündschloß des Wagens herunterbaumeln. Sie spürte, wie vor lauter Hilflosigkeit Tränen in ihr aufstiegen. Einen Augenblick verspürte sie aber auch überwältigende Dankbarkeit darüber, daß Magnus nicht neben ihr stand... ›Julia, du bist vollkommen unfähig... Ich frage mich, ob du jemals etwas richtig machst...‹ Oder nur die knappe, brutale Verurteilung: ›Typisch...‹ Als Rechtsanwalt verfügte Magnus über ein Arsenal von Techniken, mit denen er andeuten konnte, daß andere Leute, besonders seine Frau, ihre fünf Sinne nicht beisammen hatten.

»Oh, Gott sei Dank!« sagte sie laut, als sie feststellte, daß das Fenster der Beifahrertür heruntergekurbelt war. So ›typisch‹ das sein mochte, Julia nahm es als gutes Omen für den den ersten Tag, den sie in ihrem neuen Haus verbringen würde. Vielleicht konnte Magnus sie wirklich nicht finden – eine Woche lang, vielleicht sogar zwei.

Als wären die beiden verwandt, rief ihr der Gedanke an das Mädchen Magnus wieder in Erinnerung; während sie die andere Tür öffnete, indem sie durch das Fenster griff und den inneren Griff nach unten drückte, überlegte sie, ob sie das Kind im Holland Park finden konnte. Sie verdrängte das Bild von sich und dem kleinen Mädchen, wie sie gemeinsam auf einer Bank saßen und sich unterhielten. Darunter lag ein anderes Bild verborgen, eines voll Grauen und Verzweiflung. Julia spürte es, wie in den Wochen im Krankenhaus, in ihr Bewußtsein aufsteigen und machte ihr Denken bewußt leer. Sie würde sich auf das Gepäck und die Pflanzen konzentrieren; einer der Töpfe war zerbrochen, eine lange Scherbe war abgefallen und entblößte körnige, von weißen Wurzeln durchzogene Blumenerde. Julia hatte, wie ihr jählings klar wurde, das Haus am Ilchester Place auf dieselbe Weise gekauft, wie sie ihren Mann geheiratet hatte: überstürzt.

Aber sie hatte ihr eigenes Geld für ihr eigenes Haus ausgegeben; es war die erste völlig freie Entscheidung, seit sie Magnus vor elf Jahren geheiratet hatte. Damals, 1963, war sie fünfundzwanzig gewesen, eine ausnehmend hübsche junge Frau mit atemberaubendem rötlichem Haar und einem sanften, glatten, zufriedenen Gesicht – das Gesicht eines Mädchens auf dem Frühstücksbild eines Impressionisten, wie ihr Vater immer gesagt hatte. Sie hatte ihre Privatschule und auch das Smith College in einer Art Trance hinter sich gebracht; wenigstens erschien es ihr heute so. Wenig, von ihren Vorlesungen und einigen ihrer Professoren abgesehen, hatte sie bewegt oder berührt. Ihre Jungfräulichkeit hatte sie an einen jungen Mann aus Columbia verloren, einen großen, exaltierten jüdischen Englischstudenten. Seine Werbung hatte größtenteils aus Anekdoten über Lionel Trilling und das Sexualleben berühmter Dichter bestanden; sie hatten sich zusammen eine Menge französische Filme angesehen.

Danach waren weitere Verehrer gefolgt, aber keiner war der inneren Julia so nahe gekommen wie der Student aus Columbia; sie schlief mit keinem von ihnen. Nachdem sie ihr Examen bestanden hatte, nahm sie einen Job bei Time-Life an, im Archiv von ›Sports Illustrated‹, kündigte aber ein Jahr später, als sie eine Kollegin, die sie für ihre Freundin gehalten hatte, von sich sagen hörte, sie sei eine verdammt reiche Erbin. Die Kündigung war eine Erleichterung; sie war ungeeignet für ihre Aufgabe und wußte, daß sie nur deshalb ein Jahr durchgehalten hatte, weil der Chef des Archivs, ein verheirateter Mann namens Robert Tillinghast, verrückt nach ihr war. Sie mochte ihn, aber nicht so sehr, um sich in seiner Gegenwart auszuziehen, und das war genau das gewesen, was er von ihr wollte. Danach lebte sie sechs Monate im Haus ihrer Eltern, las Romane, saß vor dem Fernseher und bekam immer größere Angst vor der Welt draußen; dann begegnete sie in einem Restaurant einer Studienkollegin und hörte, daß der Verlag, in dem sie arbeitete, eine junge Frau für editorische Aufgaben suchte. Innerhalb einer Woche hatte sie diesen neuen Job. Nun gab sie sich einer fast zügellosen Freude an der Arbeit hin; sie lektorierte in der Hochschulabteilung des Verlags wissenschaftliche Bücher. Sie betonte immer wieder voller Freude, daß sie aus jedem Buch etwas dazu lerne. Sie nahm sich ein Apartment in den West Seventies und schien sich auf ein ausgefülltes, emsiges, gedankenloses Leben einzustellen: sie fuhr mit dem Bus zur Arbeit, erledigte ihre Korrespondenz, bearbeitete ihre Manuskripte, ging mit dem einen oder anderen Mann zum Essen, und dachte oft, daß sie sich nur beim Schauspielern beobachtete, als hätte ihr Leben noch gar nicht wirklich angefangen. Dann wachte sie eines Morgens im Bett neben Robert Tillinghast auf und beschloß voll Panik, New York zu verlassen und nach England zu gehen. »Ich bewege mich horizontal, da ich außerstande bin, mich vertikal zu bewegen«, erklärte sie ihren Freunden. Robert Tillinghast fuhr sie zum Flughafen und meinte besorgt, er frage sich, was aus ihr werden sollte. »Mir geht's ebenso«, erwiderte sie.

In London nahm sie sich zuerst ein Zimmer an der Drury Lane; sechs Monate später, nachdem sie eine Stelle in einem Kunstbuchverlag gefunden hatte, zog sie in eine Zweizimmerwohnung in Camden Town um. »Du lebst in einer Hundehütte«, hatte ihr Vater protestiert, der herübergeflogen war, um sich über ihren neuen Lebensstil zu informieren. »Wo, zum Teufel, sind die Immobilienanzeigen?« Er suchte ihr eine abgeschlossene Wohnung mit zwei Schlafzimmern – ›Du brauchst ein Arbeitszimmer!‹ – und großen Fenstern in Hampstead, die dreimal soviel kostete wie die in Camden Town. Eines Abends – mehrere Monate nachdem sie dort eingezogen war – lernte sie Magnus Lofting bei einer Party kennen, die ein Ehepaar gab, das bei dem Kunstbuchverlag arbeitete.

Hugh und Sonia Mitchell-Mitchie waren beide in Julias Alter; Hugh, der Turnschuhe und T-Shirts und einen kleinen goldenen Ring im Ohr trug, war Chefredakteur der Kunstabteilung, während Sonia wie Julia Lektoratsarbeit erledigte. In ihrem Verhalten waren beide aufgeschlossen und inkonsequent; Julia, die beide mochte, auch wenn sie sie immer ein wenig aus der Fassung brachten – beide schienen unnatürlich viel Zeit damit zu verbringen, einander ihre Liebesaffären zu erzählen –, hatte nicht gewußt, daß ihre Vorstellung von einer Party darin bestand, zwei Stunden lang so schnell wie möglich so viel wie möglich zu trinken, um den Rest der Nacht mit Gesellschaftsspielen zu verbringen.

Als die anderen mit ihren Spielen begannen, wich Julia in eine Ecke des Zimmers aus und hoffte, unbemerkt zu bleiben: Spiele machten sie unsicher. Sonia begann sie aufzuziehen, und einen Augenblick später starrten zwanzig Leute sie an. Julia fühlte sich auf grausame Weise bloßgestellt.

»Sei nicht so brutal, Sonia«, sagte ein Mann. »Ich werde mich mit deiner Freundin unterhalten.«

Julia wandte sich der Quelle dieser befehlsgewohnten Stimme zu und erblickte einen großen Mann mit steinernem Gesicht, der einen Nadelstreifenanzug trug; er war um Jahre älter als alle anderen Teilnehmer der Party. Das Haar über seinen Ohren wurde bereits grau. »Setzen Sie sich neben mich«, befahl der Mann.

»Sie haben mir das Leben gerettet«, sagte Julia.

»Setzen Sie sich«, befahl Magnus.

Sie setzte sich mit Freuden.

Zehn Jahre später konnte sie sich nicht mehr an ihre Unterhaltung erinnern, aber sie wußte, daß er sofort großen Eindruck auf sie gemacht hatte; er war ganz Mann und schien mit jeder Geste anzudeuten, daß er sie ebenso mühelos erobern konnte, wie er eine Zigarette anzündete. Mit dem Instinkt eines Menschen, der unter wohlhabenden Leuten groß geworden war, erkannte sie, daß er, was immer er auch tat, erfolgreich tat; er schien sie völlig zu verstehen oder völlig gleichgültig allem gegenüber zu sein, das er nicht verstand. Er war auf eine kalte Weise faszinierend. Sie verbrachten den restlichen Abend damit, miteinander zu reden, und als Hugh und Sonia ein neues Gesellschaftsspiel begannen, in dem der Mörder seine Opfer tötete, indem er ihnen zublinzelte, sagte Magnus leise zu ihr: »Ich werde jetzt gehen. Soll ich Sie mitnehmen? Wie sind Sie hierher gekommen?«

»Mit dem Bus«, gestand sie.

»Jetzt ist es zu spät für den Bus.« Er stand auf. Er war einen Kopf größer als sie, zu groß, um als untersetzt zu gelten. Als er die Hand hob, zuckte sie zusammen, aber er führte sie an den Hinterkopf und strich sich die Haare glatt. »Ich werde Sie nach Hause bringen, wenn Sie nicht unvernünftig weit weg wohnen. Blackheath oder Guildford liegen außerhalb meiner Reichweite.«

»Ich wohne in Hampstead«, sagte sie.

»Ein gütiges Schicksal – ich auch.«

Sie gingen zu seinem Auto, einem schwarzen Mercedes, der in der Fulham Road parkte; sie erfuhr, daß er Anwalt war und einst Tür an Tür mit Sonia Mitchell-Mitchie gewohnt hatte, die zu einer Art Adoptivnichte geworden war. Er stellte wenige Fragen nach ihrer Person, aber Julia erzählte wie unter Zwang. Aus irgendwelchen Gründen – Gründen, die sie erst Jahre später verstand – erwähnte sie sogar Robert Tillinghast, als sie beschrieb, warum sie New York verlassen hatte.

Erst als sie wußte, daß sie Magnus verlassen würde, wurde ihr klar, daß sie ihn wohl nur deshalb geheiratet – und sich in ihn verliebt – hatte, weil er sie an ihren Vater erinnerte. Beide waren verschwenderisch, beiläufige Ehebrecher. Julia merkte sehr früh, daß Magnus andere Frauen hatte; in dieser Hinsicht war er von brutaler Offenheit. Auf der Fahrt zurück nach Hampstead hatte er gesagt, er wolle noch einen Drink; er war zu einem Club hinter dem Shepherd's Market gefahren, wo er ihren Namen in ein Gästebuch eintrug und sie in einen dunklen, halbvollen Saal führte, wo die Eleganz der Schäbigkeit ein paar Schritte voraus war. Die Kellnerinnen trugen lange pastellfarbene Kleider, die den Einschnitt überproportional großer Brüste enthüllten. Ein Drittel der Männer war betrunken, außer Julia und den Kellnerinnen hielten sich nur noch zwei andere Frauen in dem Club auf. Einer der Betrunkenen legte den Arm um Julia, kaum daß sie den Saal betreten hatte. Magnus stieß den Mann weg, ohne ihn auch nur anzusehen. Er bestellte Drinks und begann, sich mit aggressiven Blicken in dem Saal umzusehen, als suche er nach anderen Männern, die er wegstoßen konnte. Die beiden anderen Frauen, bemerkte Julia, sahen ihn an. Sie fühlte sich auf angenehme Weise erregt, während sie von ihrem Drink kostete.

»Spielen Sie?« fragte Magnus sie.

Sie schüttelte den Kopf.

»Macht es Ihnen etwas aus, wenn ich es tue?«

»Nein«, sagte sie. »Ich bin plötzlich wieder hellwach.«

Julia folgte ihm durch eine Tür am Ende des Saales und weiter, immer seinem breiten Rücken nach, zu einer schmiedeeisernen Theke, wo Magnus Geld aus der Brieftasche nahm und Chips kaufte. Sie sah zu, wie er fünf Fünfzigpfundnoten auf die Theke legte, und nach einigem Zögern noch eine sechste. Er schien eine bemerkenswert geringe Menge Chips für das viele Geld zu bekommen.

Gemeinsam schlenderten sie an verschiedenen Spieltischen vorbei und blieben schließlich beim Roulette. Magnus setzte vier Chips auf Rot. Atemlos verfolgte Julia, wie die Kugel über die Roulettescheibe wirbelte. Sie landete klappernd auf Rot. Magnus ließ die Chips dort, wo sie waren, und die Kugel landete wieder auf Rot. Dann setzte er alles, was er gewonnen hatte, auf Schwarz und gewann wieder. Wieviel Geld stellten diese Chips eigentlich dar? Fünfhundert Pfund? Mehr? Während sie Magnus beobachtete, der auf den Stapel Chips hinuntersah, fühlte sie sich aufgekratzt und zugleich verwirrt; er mußte die Party verabscheut haben. Als sich die Scheibe das nächste Mal gedreht hatte, verlor er ein paar Chips, aber sein Gesicht blieb unbeweglich.

»Sie sind dran, Charmaine«, befahl er. Er schob ihr ein paar Chips zu. Verzweifelt erkannte Julia, daß sie mindestens zweihundert Pfund wert waren.

»Ich kann nicht«, sagte sie. »Ich werde Ihr Geld verlieren.«

»Seien Sie nicht feig«, sagte er. »Setzen Sie, soviel Sie wollen.«

Sie schob die Chips auf Rot, denn damit hatte Magnus anfangs gewonnen. Diesmal landete die Kugel auf Schwarz. Sie sah schuldbewußt zu ihm auf.

»Macht nichts«, sagte er. »Setzen Sie weiter.« Er schob ihr Chips zu.

Sie befolgte seine Anweisung und verlor wieder. Sie trat vom Tisch zurück.

Magnus spielte weiter, scheinbar ohne auf sie zu achten. Sie stand neben ihm und verfolgte, wie er Chips vor sich aufstapelte. Daß er gewann, schien ihn nicht irgendwie zu verändern; er stand einfach reglos da, starrte stirnrunzelnd auf den Tisch und schob Stapel roter und weißer Chips hin und her. Einige Male kamen Männer näher und sprachen ihn an, aber Magnus antwortete mit nur knappen, höflichen Sätzen und wandte sich ab.

Nach einer halben Stunde kam eine magere, schwarzhaarige Frau, die Julia, wie sie sich erinnerte, im Nebensaal gesehen hatte, zu ihm und küßte ihn. »Liebling«, sagte sie, »du warst schon seit Ewigkeiten nicht mehr hier. Du könntest alle deine alten Freunde verlieren.« Als sie die letzten Worte aussprach, sah sie Julia herablassend an. Julia fühlte sich sofort wie ausgezogen.

Magnus flüsterte der schwarzhaarigen Frau ein paar Worte zu, dann wandte er sich wieder zum Spieltisch. Als er seine Chips eintauschte, sah Julia, daß er fast tausend Pfund gewonnen hatte.

Im Auto sagte sie: »War dieses Mädchen Ihre Freundin?«

Es war das erste Mal, daß sie ihn lachen hörte.

Als er sie vor ihrer Haustür abgeliefert hatte, bat er sie um ihre Telefonnummer; nachdem sie sie ihm gegeben hatte, holte er zwei Fünfzigpfundnoten aus der Jackentasche und drückte sie ihr in die Hand. »Ich werde Sie am Mittwoch anrufen«, sagte er und ging zur Tür hinaus, ehe sie protestieren konnte. Julia legte das Geld in eine Schublade mit der Absicht, es ihm zurückzugeben, wenn sie ihn das nächste Mal sah; zwei Monate später, als sie die beiden Geldscheine wiederfand, war es zu spät, sie zurückzugeben. Schließlich spendete sie einen Schein Oxfam, den zweiten Amnesty International.

Als sie am Montagvormittag zur Arbeit erschien, erfuhr sie zweierlei über Magnus: er war Sonia Mitchell-Mitchies erster Liebhaber gewesen, und jeder hatte damit gerechnet, daß er auch mit Julia schlafen würde. »Das tut Magnus immer; er liest bei einer Party ein Mädchen auf und nimmt sie mit nach Hause und fällt über sie her«, sagte Sonia zu Julia. »Ist er nicht über dich hergefallen?«

»Er hat mich kaum angefaßt«, protestierte Julia.

»Er scheint nicht mehr in Form zu sein«, sagte Sonia.

In den darauffolgenden Wochen beanspruchte Magnus immer mehr von ihrer Zeit; aber er schlief erst dann mit ihr, als Julia sich bereits fragte, ob er es nie tun würde. Er war eindeutig der größte Mann, mit dem sie je ins Bett gegangen war. Zu jenem Zeitpunkt – zwei Monate nach der Party bei den Mitchell-Mitchies – war er zu einer festen Größe in ihrem Leben geworden. Sie neigte dazu, andere Männer mit Magnus zu vergleichen und zu erraten, ob Magnus sie mögen würde. Bestimmt war kein anderer Mann so aufregend wie Magnus Lofting; er besaß eine überlegene Selbstsicherheit, die ein jüngerer Mann, der noch versuchte, seine Männlichkeit und seine Karriere zu festigen, nicht haben konnte.

Aber erst nachdem er ihr seine Kindheit beschrieben hatte, wußte Julia, die ihn bereits liebte, daß sie ihn heiraten mußte. Er und seine Schwester – ›die arme Lily‹, die ein Jahr älter war als er – waren von meistens abwesenden Eltern erzogen worden. Diese waren völlig mit sich selbst beschäftigt und deshalb unempfänglich für die Gefühle und Bedürfnisse anderer; sie waren viel herumgereist und hatten die Kinder verschiedenen Hauslehrern überlassen. Bevor sie Magnus auf das Thema seiner Kindheit zu sprechen gebracht hatte, hatte Julia nicht gewußt, wie gleichgültig und damit grausam Eltern sein konnten. Abgesehen von den Hauslehrern und der ›armen Lily‹, war Magnus in fast völliger Stille großgeworden, einsam und verlassen in der aus Glas und Marmor erbauten Gruft eines Hauses in Hampshire. Seine Kindheit war für Julia ein herzzerreißendes Thema, da ihr eigener Vater, im krassen Gegensatz zu Sir Greville Lofting, zudringlich, redselig und befehlsgewohnt gewesen war. Magnus' Kindheit, seine frühe Isolation, konnte Magnus' Zwangscharakter hinreichend erklären, dachte sie; als junger Mann war er offensichtlich skrupellos gewesen, was seine Karriere anbelangte, und auch heute noch verfolgte er sie mit genug Energie, um damit eine Dampfmaschine anzutreiben. Magnus' Kindheit diente nicht nur dazu, Julia seine Persönlichkeit zu erklären und ihn damit zugänglicher zu machen, sie half auch mit, ihn menschlicher werden zu lassen. Anfangs schien es unmöglich, daß Magnus einmal Eltern gehabt hatte; daß er die ›arme Lily‹ und einen viel jüngeren Adoptivbruder namens Mark hatte, war geradezu eine Offenbarung.

Weiterhin überraschte sie die Tiefe seiner Verbundenheit mit der ›armen Lily‹. Aber auch dafür hielt ihre Kindheit eine Erklärung parat. Magnus und Lily waren in einer aus zwei Personen bestehenden Gesellschaft aufgewachsen, jeder voll tiefempfundener Hingabe für den anderen, den einzigen möglichen Gefährten. Sie hatten eine eigene Sprache erfunden – ›Durm‹ –, in der sie sich in verspielten Augenblicken immer noch unterhalten konnten. Sie waren ›Magnim‹ und ›Lilim‹. Sie hatten verzwickte Spiele erfunden, in die sie jeden Teil des Hauses einbezogen, Spiele, bei denen Magnus anscheinend bereits im Alter von fünf, sechs Jahren die beherrschende Rolle übernommen hatte – König, General, Premierminister, Koriolan, Odysseus, Priamus. Das hatte bis zu dem Zeitpunkt gedauert, als Magnus nach Cambridge ging. Lily hatte nie geheiratet, und Julia fand heraus, daß Magnus mindestens einen Nachmittag oder Abend in der Woche in Gesellschaft seiner Schwester verbrachte. Tatsächlich glaubte sie, daß die Verwendung des Ausdrucks ›arme Lily‹ nicht aus der inneren Beschaffenheit Lilys abgeleitet worden war, sondern aus dem Wunsch, von vornherein jeglicher Eifersucht vorzubeugen, die Julia unter Umständen empfinden konnte. Trotz ihres seltsamen Gebarens, ihres Spiritualismus, ihrer Erscheinung affektierter Liederlichkeit, verdiente Lily den Beinamen nicht. Als Julia sie kennenlernte, entpuppte sie sich als grauhaarige, zweifellos liebenswürdige und derart zartgliedrige Frau, daß man die verschiedenen Gesichtsmuskeln unter ihrer Haut sehen konnte. In Lilys Gegenwart fühlte sich Julia verlegen und kam sich irgendwie schmutzig vor. Erst zwei Jahre später, nach Kates Geburt, wurde Lily freundlicher.

Mit Mark, dem Sohn eines jungen Freundes von Sir Greville, eines Konsulatsbeamten in Afrika, der Selbstmord verübt hatte, war es eine andere Sache. Die Loftings hatten das Kind zweijährig adoptiert – eine Tat uncharakteristischer Großzügigkeit –, da sie der sterbenden Mutter in einem tropischen Hospital versprochen hatten, für den Jungen zu sorgen. Ihre Vorstellung davon war, daß sie ihn samt Kinderschwester nach England schickten; nur ein Telegramm und ein nachfolgender oberflächlicher Brief hatten den fünfzehnjährigen Magnus und die sechzehnjährige Lily darüber informiert, daß ihnen ein neuer Bruder zugestellt würde. Ihre Welt war zu lange eine heilige Allianz von zweien gewesen, um nun einem dritten Zutritt zu gewähren. Magnus bezeichnete Mark unweigerlich als Verschwender und Unruhestifter. Auch Lily blieb argwöhnisch gegenüber Mark. Manchmal war er ›böse, sehr böse‹, was für Julia eine Anspielung darauf war, daß er im Alter von fünfzehn Jahren ein Mädchen aus der Nachbarschaft geschwängert hatte. Es konnte sich aber auch auf die erste Tat seines Erwachsenenlebens beziehen, als er seinen Namen Lofting offiziell wieder in Berkeley umändern ließ – ein stummer Kommentar zur Loftingschen Methode der Kindererziehung. Mark war eine Enttäuschung, denn er hatte nie ihre Geheimsprache gelernt und noch dazu einen drittklassigen Abschluß in Cambridge gemacht; heute hielt er Vorlesungen über Soziologie an einem Polytechnikum, ein Fachgebiet, das nach Magnus' Meinung überhaupt nicht existierte. Mark hatte sein ganzes Leben lang mit politischen Randgruppen sympathisiert, an Sternmärschen teilgenommen und Flugblätter verteilt; heute sollte er ein Maoist sein – Magnus hatte ihn einmal gesehen, wie er eine Ausgabe von ›Roter Stern über China‹ in der Hand hielt.

»Nun, ich begreife nicht, was schlimm daran ist, ein Buch zu lesen. Und du auch nicht.«

»Ich habe nicht gesagt, daß er es gelesen hat. Er hat es bei sich gehabt. Als Knalleffekt. In seinen Kreisen entspricht das einer Platte der Rolling Stones.«

»Im Ernst: Ich will Mark nicht verteidigen, aber du bist ungerecht. Du verurteilst ihn, ob er das Buch nun gelesen hat oder nicht.«

»Spielt es denn eine Rolle, was ich über einen Maoisten von Notting Hill sage?«

Mark kleidete sich gewöhnlich in Bluejeans und ein baumwollenes Arbeiterhemd; er wohnte noch in derselben Wohnung am Notting Hill Gate, die er sich gemietet hatte, nachdem er Cambridge verlassen hatte. Dort schlief er inmitten eines wahren Chaos auf einer Matratze auf dem Boden. Das alles erfuhr Julia von Lily innerhalb von drei, vier Monaten, während Magnus dazu mißbilligende Bemerkungen machte. Sie selbst lernte Mark erst kennen, als er drei Wochen vor der Hochzeit in Magnus' Haus in der Gayton Road erschien und sagte, er wolle das Opfer kennenlernen. Sie hörte seine helle, ironisch klingende

Stimme – eine alles andere als Loftingsche Stimme – auf der Vortreppe und hörte Magnus antworten: »Das was? Ich nehme an, du meinst meine Verlobte?«

»Dein Opfer, Magnus.«

Sie hörte Magnus seufzen. »Komm ruhig herein, wenn du nun schon einmal hier bist.«

»Du bist großzügig wie immer, Magnus.«

Julia hatte Mark als potentiellen Verbündeten betrachtet, seitdem sie gehört hatte, wie Lily und Magnus ihn verächtlich gemacht hatten; immerhin schien er Fehler zu haben und brachte ihr vielleicht Mitgefühl entgegen. Mit etwas schneller klopfendem Herzen schob sie den ›Guardian‹ hinter den Sessel und stand auf, um ihn zu begrüßen.

Magnus kam finsteren Blickes ins Zimmer und führte einen jungen Mann mit langem, glänzendem schwarzem Haar herein. Julia sah, wie Magnus das Gesicht verzog, als er die hinter dem Sessel zusammengeknüllte Zeitung bemerkte; dann stellte sie fest, daß Mark Berkeley ein Typ von Mann war, nach dem sich die Frauen auf der Straße umdrehen. Er war wirklich schön – auf sexuell anziehende Weise schön. Das lange dunkle Haar umrahmte sein fast olivfarbenes Gesicht, das hohe, geradezu mongolische Wangenknochen und einen vollen, geschwungenen Mund aufwies. Unter den schwarzen Brauen wirkten die Augen in dem dunklen, spöttischen Gesicht unglaublich blau. Als er die Hand ausstreckte, stellte sie fest, daß seine Fingernägel schmutzig waren.

»Sie sind beinahe so hübsch wie Lily Sie beschrieben hat«, sagte er. »Ich wünschte, ich hätte Sie zuerst gesehen. Nett, noch eine schöne Frau in der Familie zu haben, nicht wahr, Magnus? Lily hat ja den Zenith schon überschritten.«

Während sie seine etwas ungepflegte Hand hielt, spürte Julia, wie eine Unterströmung zu Marks Äußerungen, daß er durch sie hindurch sah; er konnte durchaus ein Verbündeter sein, aber nicht der, mit dem sie gerechnet hatte. Zwar war auch Mark außergewöhnlich, doch schien er mitfühlend zu sein. Während Julia spürte, wie sie sich für den jüngeren Bruder ihres Verlobten zu erwärmen begann, ging ihr in rascher Folge eine Vielzahl von Eindrücken durch den Kopf. Mark schien eher Magnus' Sohn als sein Bruder zu sein; ihn umgab eine Aura der Verantwortungslosigkeit, die schon fast kultiviert wirkte. Es war unmöglich, sich vorzustellen, daß Mark einer Arbeit nachging – höchstens noch, daß er unterrichtete. Sie überlegte, wobei sie immer noch seine Hand hielt, daß sie möglicherweise von einem Experten übertölpelt wurde. Bestimmt fiel es leicht, jemanden auf der Stelle zu mögen, der so attraktiv war. Sie entzog ihm ihre Hand. Sie war nicht sicher, ob ihr so schöne Männer gefielen, wie er einer war.

»Wirklich, Magnus«, sagte Mark, »sieht sie nicht wie eine von Lilys Visionen in ihrer Kristallkugel aus? Was für eine außergewöhnliche Frau sie sein muß, daß sie dich heiraten will!«

»Oh«, sagte sie in dem Bemühen, die Situation zu retten, »manchmal glaube ich, die Hälfte der Frauen Londons möchte Magnus heiraten.«

Aber Magnus hatte sich ungeduldig von ihr abgewandt. Der Rest des Nachmittags hatte sich mühsam dahingeschleppt, Mark hatte Magnus aufgezogen, Magnus war zunehmend ungehaltener geworden. Julia hatte überhaupt nicht gewußt, wie sie aus Mark schlau werden sollte.

Ein Jahr später, als der deprimierten Julia klar wurde, daß Magnus nicht einen einzigen Monat aufgehört hatte, andere Frauen zu sehen, hatte sie ihm wütend und verletzt den Vorschlag gemacht, daß sie etwas mit seinem Bruder anfangen könnte. »Warum sollst du den ganzen Spaß haben?« hatte sie zornbebend zu wissen verlangt.

Magnus hatte sie so fest gepackt, daß sie Blutergüsse an den Handgelenken hatte; sie sah, vor Angst und Zorn zitternd, daß er sich nur mühsam zurückhielt, sie zu schlagen. Dann ließ der Druck nach, sein Kiefer entkrampfte sich, er trat einen Schritt zurück. »Ich werde dich mit Freuden umbringen, solltest du jemals mit Mark schlafen«, sagte er. Sein Tonfall war so kalt, daß sie ihm ohne Zögern glaubte. Trotz aller Unterhaltungen über den unausgeglichenen Mark hatte sie noch nie zuvor gesehen, daß Magnus seinen Bruder haßte. Wenigstens hatte sie das geglaubt.

Nicht lange nach diesem Ausbruch unterhielten sie sich darüber, ein Kind zu haben.

Kate kam im darauffolgenden Sommer zur Welt. Die nächsten neun Jahre lebten die Loftings ganz konventionell in Hampstead, machten Reisen – Magnus kaufte ein Gehöft, das eine Meile vom Dordogne entfernt lag und brachte drei Sommer damit zu, es herzurichten –, besuchten Lily in gewissen Abständen und empfingen Mark zwei- oder dreimal im Jahr, wenn er unangemeldet vorbeikam. Offenbar informierte Lily ihn über die Geschehnisse im Hause Lofting: an Kates erstem Geburtstag schickte er ein schönes Puppenhaus; er rief manchmal an, wenn Magnus nicht in der Stadt war, und er verwickelte Julia in kühle, flirtartige Gespräche. Magnus hatte zwar auch weiterhin seine Affären, aber sie hatten ihre Fähigkeit verloren, Julia weh zu tun. Sie schienen völlig belanglos zu sein und Kate und Julia nichts zu nehmen. Magnus liebte Kate abgöttisch, blieb aber immer unberechenbar, immer ein wenig furchteinflößend. Julia verbrachte die neun Lebensjahre Kates in einer Art häuslicher Trance und war – oberflächlich gesehen – zufrieden. Einmal, während einer Party, hörte sie sich selbst sagen: »Kann man nicht für einen anderen Menschen leben? Natürlich kann man für einen anderen Menschen leben, ich lebe für meine...« Sie wollte gerade ›Tochter‹ sagen, da merkte sie, daß Magnus sie anstarrte, und sagte daher: »Familie.«

Nun dachte sie: Ich werde anfangen, ich selbst zu sein, ganz ehrlich ich selbst, und entdecken, was das heißt. Und wenn ich dabei verrückt werde, ist es auch recht.

Julia stand am Fenster ihres Schlafzimmers, bei halb geöffneten Läden, und sah hinaus auf den von selbstvergessenen Kindern erfüllten Spielplatz und den grünen Park dahinter. Sie stieß das Fenster auf, beugte sich hinaus und dachte: Eine Frau an der Schwelle ihres neuen Lebens lehnte sich zum Fenster hinaus... Im Zimmer war es unerträglich stickig. Die Luft, die über den Holland Park wehte, schien kühler trotz der Hitze des Tages. Während sie die Kleider auspackte und die Schnüre der Bücherstapel öffnete, hatte Julia sich klamm, verschwitzt und seltsam starr gefühlt – sie konnte die Kleider überall hintun, da das Schlafzimmer wie das ganze Haus ihr allein gehörte. Als sie die Schachtel mit den Puppen provisorisch im Schlafzimmerschrank verstaut hatte, nahm sie einen Augenblick auf der Bettkante Platz und spürte, wie die Hitze in Wogen in ihr aufwallte wie Dampf. Julia spürte die Gegenwart des Hauses um sich herum, dessen Größe einen Augenblick lang fast niederschmetternd war. Aber sie hatte es gewollt – und nun hatte sie es. Die Einrichtung war altmodisch und verwohnt, aber gemütlich, mit einem Hang zu Plüsch und Krimskrams. Mit der Zeit würde sie alles fortschaffen und neue Möbel kaufen, aber vorläufig war sie mit den alten Sachen ebenso zufrieden wie mit dem Haus selbst; es strömte die Atmosphäre gesetzter, familiärer, wohlhabender Behaglichkeit aus.

Es war seltsam, wie dieses Haus sie für sich beansprucht hatte. Zuerst hatte sie daran gedacht, in eine Mietwohnung zu ziehen, vielleicht in Knightsbridge; aber der vorübergehende Charakter einer solchen Unterkunft hatte sie schon beim Gedanken daran deprimiert, und so war sie zu einem Immobilienmakler gegangen mit der Absicht, eine Eigentumswohnung zu kaufen. Als sie jedoch das Haus am Ilchester Place gesehen hatte – ›Selbstverständlich völlig ungeeignet‹, hatte der Mann gesagt –, hatte sie gewußt, daß sie es haben mußte. Es war beinahe das erste Mal in ihrem Leben, daß Julia ihr Geld in einer verschwenderischen Weise ausgab. Aber nun, da Kate tot war, spielte es da eine Rolle, wieviel sie ausgab? Das Bild von Kates letzten Minuten drohte wieder zur Oberfläche zu steigen, und um es zu verdrängen, entfernte sich Julia rasch vom Fenster. Sie hatte nur halb bewußt nach dem blonden Mädchen gesucht, das sie heute morgen gesehen hatte. Wie nett wäre es, wenn der Kauf dieses Hauses sie in Kontakt mit einem anderen Kind brachte, einem Mädchen wie Kate, mit dem sie eine entspannte, problemlose Freundschaft verbinden würde!

Aber das war unmöglich; sie konnte die Tochter fremder Leute nicht zu ihrer eigenen machen. Sie wurde doch immer unrealistischer, immer verantwortungsloser der Welt gewöhnlicher Wahrheiten gegenüber. War es möglich, daß sie, anstatt ein neues Leben zu beginnen, das alte nur noch ärger verwirrt und durcheinandergebracht hatte?

Sie konnte es sich nicht leisten, so zu denken. Wenn sie geschwätzig, unordentlich, schlampig war, all das, was Magnus ihr vorgeworfen hatte, dann waren diese Eigenschaften möglicherweise nur für Magnus falsch; sie hatte ein Recht auf ihre eigenen Schwächen. Bereits jetzt, nach erst zwei Tagen Freiheit von ihm, konnte Julia fühlen, wie niederdrückend Magnus oder seine Wertvorstellungen gewesen waren. Sie sann darüber nach, daß ihre Ehe vorbei sei, und überraschte sich selbst mit diesem Gedanken. Daß sie Magnus verlassen hatte, lag einzig und allein an Kates Tod, an dieser grauenhaften Szene auf dem Küchenboden, überall Kates Blut, das aus ihrem von Panik geschüttelten Körper hervorsprudelte – aber es konnte auch, spürte Julia nun, an dem unumstößlichen Wissen liegen, daß sie unmöglich weiter mit Magnus zusammenleben wollte. Eigentlich hatte Kate sie zusammengehalten und war ihr Brennpunkt gewesen.

Wie interessant, dachte sie, und dann merkte sie, daß sie laut gesprochen hatte. »Ich werde zu einer Frau werden, die Selbstgespräche führt«, sagte sie. »Aber warum auch nicht?« Sie stellte sich vor den Spiegel und begann, ihr langes Haar zu bürsten, das im Licht, das ins Schlafzimmer fiel, ein wenig schimmerte.

Nachdem sie alles verstaut, die bereits makellos saubere Küche geschrubbt und den Teppich im Wohnzimmer gesaugt hatte, duschte Julia und verließ das Haus. Sie hatte beschlossen, nach allem doch Lily zu besuchen; Lily lebte jetzt in Plane Tree House, jenseits des Holland Parks. Sicher konnte sie Lily bereden, sie nicht an Magnus zu verraten. Die ›arme Lily‹ war im Verlauf der vergangenen neun Jahre zur Freundin geworden; ein Punkt, der für Ilchester Place sprach, war der, daß er so nahe bei Plane Tree House lag. Tatsächlich war Julia in unmittelbarer Nähe der beiden anderen Angehörigen der Familie Lofting gezogen. Marks Bungalow in Notting Hill war so nahe, daß sie mühelos zu Fuß dorthin gehen konnte.

Julia vergewisserte sich, daß sie den Schlüssel eingesteckt hatte, dann ging sie in den Park. Sie sah das blonde Mädchen sofort wieder. Das Kind saß in einiger Entfernung von einer Gruppe anderer Kinder auf dem Boden; Jungen und Mädchen blickten es argwöhnisch an. Julia blieb stehen; sie hatte Angst, das wie auch immer geartete Ritual zu stören, sollte das Kind sie bemerken. Das blonde Mädchen arbeitete verbissen mit den Händen an etwas, auf das sie sich uneingeschränkt konzentrierte. Ihr Gesicht war auf süße Weise ernst. Julia konnte nicht erkennen, was eine solche Konzentration erforderte, aber die anderen Kinder waren ebenso ernst wie das kleine Mädchen; sie atmeten kaum. Das ließ den Eindruck eines Schauspiels entstehen. Während sie an Kate dachte, die ein Dutzend andere Kinder in ihren Bann ziehen konnte, während sie sich eine fantastische Geschichte zusammenreimte, verließ Julia auf der anderen Seite des Spielplatzes den Weg, so daß sie rund zwanzig Meter von dem Mädchen und ihrem Publikum entfernt war, und setzte sich ins Gras. Das Mädchen saß mit ausgestreckten Beinen am Rand eines Sandkastens, einer Art Grube, ähnlich der Sandfalle eines Golfspielers. Sie sprach nun leise zu ihrem Publikum, das in Dreier- und Vierergruppen vor ihr auf dem sandübersäten Gras saß. Die anderen Kinder, die im Sand spielten, nahmen keine Notiz von ihnen. Sie waren unnatürlich still und völlig von der Theatralik des kleinen Mädchens gefesselt.

Julia vergaß, daß sie Lily besuchen wollte. Es war siebzehn Uhr dreißig und immer noch ziemlich heiß; Julia spürte die Hitze der Sonne auf Stirn und Armen. Wie die meisten Londoner Frauen war sie so weiß, als lebte sie unter ständigen Wolken; für eine Sekunde dachte sie darüber nach, daß sie vielleicht zum ersten Mal seit Jahren ein wenig Farbe bekommen würde. Als sie beobachtete, wie das Kind mit den verzwickten Bewegungen fortfuhr, von gelegentlichen gesprochenen Kommentaren begleitet, fühlte Julia den trägen Frieden im Sonnenschein und war einen Augenblick völlig entspannt. Sie hatte recht gehabt, das Haus zu kaufen; sie war um eine Ecke gegangen und konnte jetzt beginnen, ein völlig neues Leben zu führen. Einen Augenblick glaubte sie, das blonde Mädchen habe ihr einen verstohlenen Blick zugeworfen, aber wahrscheinlicher war, daß sie nur beiläufig zur Seite gesehen hatte. Es konnte kein Zweifel bestehen – es war dasselbe

Mädchen, das Julia vorhin auf der Straße emporschweben gesehen hatte. Sie sah eigentlich nicht wie Kate aus, abgesehen vom Zufall des seidigen, beinahe weißen Haars, aber irgendwie erinnerte sie an Kate. Seltsamerweise bereitete es Julia keinen Schmerz, sie anzusehen. Statt dessen erlebte sie dabei ein ungezügeltes Hochgefühl. Sie fühlte sich von allem losgelöst, während sie das Mädchen betrachtete – eine reine, glückliche, sonnige Ungebundenheit. Auf die Entfernung sah das Gesicht des Mädchens aristokratisch feingeschnitten aus; ihr Profil war von herzanrührender Reinheit. Sie schien weniger Geschichten zu erzählen als vielmehr zu unterrichten, wobei sie die anderen mittels ihrer Persönlichkeit zu fesseln verstand.

Ihre Hände bewegten sich, sie hielt etwas in der rechten Hand. Dorthin sahen die anderen Kinder. Das Mädchen lachte aufgeregt, und Julia sah etwas in ihrer linken Hand aufblitzen. Sie brachte es mit dem Ding in der rechten Hand zusammen, einem grünen Fleck. Der grüne Fleck flog in die Luft; es war ein kleines Stück Tuch. Ein kleines Mädchen im Publikum schüttelte den Kopf, und Julia sah ihre Schultern erbeben, als würde sie von einem Kichern geschüttelt. Das blonde Mädchen sprach ein paar heftige Worte, und das andere Mädchen hob den Kopf. Nun drängte sich die Gruppe der Kinder mehr zusammen; sie krochen fasziniert nach vorn – aber Faszination, das erkannte Julia, war nicht ganz das richtige Wort. Es war fast so, als empfanden sie Scheu, sich dem Mädchen zu nähern; sie war unzweifelhaft die Anführerin.

Jetzt sprach das Mädchen hastig zu den anderen und deutete mit dem Zeigefinger. Die Szene ähnelte bemerkenswert einem Klassenzimmer. Sie gestikulierte mit dem schlaffen grünen Ding. Eines der anderen Mädchen zuckte zusammen. Dann arbeitete das blonde Mädchen weiter mit den Händen, während die anderen sich langsam um sie herum versammelten. Julia reckte den Hals, um zu sehen, was sie taten, aber sie konnte nur den Kopf des Mädchens sehen. Eines der kleineren Kinder begann zu weinen.

Innerhalb einer Sekunde war die Vorführung beendet. Die anderen Kinder entfernten sich, einige laufend und aufgeregt rufend. Andere gingen langsam zum nächstbesten Sandkasten, wo sie sich ziellos beschäftigten und Sand aufhäuften. Manche sahen zu dem kleinen Mädchen hin, das immer noch an seinem Platz saß und ihnen den Rücken zuwendete. Sie glättete den Sand mit dem Handrücken, wobei sie wohl ein Loch zufüllte, das sie aufgegraben hatte. Ihre Haltung ließ erkennen, daß sie genau wußte, daß sie beobachtet wurde; sie war selbstbewußt und unbesorgt zugleich. Als sie den Sand glattgestrichen hatte, stand sie mit einer einzigen raschen Bewegung auf und wischte sich die Hände ab. Sie wirkte wie eine Königin, als sie den Kopf hob, und Julias Herz erwärmte sich für sie. Das kleine Mädchen stapfte aus der Sandfalle heraus auf den Weg in Julias Richtung. Ihr Gesicht trug immer noch einen Ausdruck wacher Selbstsicherheit. Was für komplizierte Rollen und Rituale Kinder doch haben, dachte Julia. Sie wußte, das Mädchen würde sie nicht ansehen, und sie tat es auch nicht. Das Mädchen begann nach einigen entschlossenen Schritten zu laufen. Bald lief sie, so schnell sie konnte, den Weg entlang, und nach einem Augenblick war sie hinter einer Gruppe von Teenagern verschwunden, deren lange Haare wie die Schweife von Pferden hinter ihnen herwehten.

Julia stand auf – weniger anmutig, als es das blonde Mädchen getan hatte – und ging über den Weg zum Spielplatz. Sie fühlte sich immer noch ein wenig desorientiert, als sei sie gerade aus tiefem Schlaf erwacht. Die Sonne brannte ungewöhnlich stark auf ihrem Gesicht. Sie wollte sehen, wo das blonde Mädchen gespielt hatte.

Ein kleines schwarzes Mädchen, vielleicht drei Jahre alt, mit einem dichten Lockenschopf und großen, kummervollen Augen, tauchte unmittelbar vor Julia auf. Es preßte die Hände vor den Hosenlatz, neigte den Kopf zurück und sah mit offenem Mund zu Julia empor.

»Wie heißt du?« fragte es.

»Julia.«

Das Mädchen machte den Mund noch etwas weiter auf.

»Dschulia?«

Julia legte dem Mädchen einen Augenblick die Hand auf den drahtigen Haarschopf. »Wie heißt denn du?«

»Mona.«

»Kennst du das kleine Mädchen, das gerade hier gespielt hat? Das Mädchen, das geredet und etwas gemacht hat?«

Mona nickte.

»Kennst du ihren Namen?«

»Wieder nickte Mona. »Dschulia.«

»Julia?«

»Mona. Nimm mich mit dir.«

»Mona, was hat das Mädchen gemacht? Hat sie eine Geschichte erzählt?«

»Sie tut Dinge.« Das Mädchen blinzelte. »Nimm mich mit dir. Nimm mich hoch.«

Julia beugte sich hinab. »Sie tut was? Was macht sie?«

Mona wich ein paar Schritte zurück und sah Julia unverwandt an. »Puh«, sagte sie. Sie kicherte und entblößte makellose weiße Zähnchen dabei. »Puh.« Sie drehte sich zu schnell um, fiel auf den Hosenboden, mühte sich wieder auf die Beine und lief rasch weg.

Julia sah Mona einen Augenblick nach, wie sie in Richtung des nächsten Sandkastens tappste, und ging dorthin, wo das blonde Mädchen gesessen hatte. Julia kniete sich über der Stelle nieder. Einen Augenblick zögerte sie und überlegte, ob sie in einem Geheimnis herumschnüffelte, doch dann strich sie mit der Hand über den Sand, wie es das Mädchen getan hatte. Ihre Hand traf auf keinen Widerstand. Sie wiederholte den Vorgang. Dann schaufelte sie ein wenig Sand aus der Vertiefung, die sie geschaffen hatte. Sehr langsam strich sie mit den Fingerspitzen durch die Vertiefung. Als sie drei oder vier Zoll tief war, berührten ihre Finger etwas Hartes, Metallisches, und sie grub vorsichtig darum herum, immer noch nur mit einer Hand. Allmählich legte sie ein kleines Messer frei. Feuchter Sand klebte an der Klinge. Julia sah das Messer verwirrt an, dann schaufelte sie noch mehr Sand aus der Vertiefung. Ihre Finger berührten etwas Hartes, und fast ohne Anstrengung zog sie aus dem Sand den Leichnam einer kleinen Schildkröte, wie sie in Julias Kindheit für einen Vierteldollar verkauft worden war. Sie brauchte einen Augenblick, um zu erkennen, daß das Tier verstümmelt worden war.

Erbrochenes stieg aus Julias Magen empor; sie ließ die verstümmelte Schildkröte und das Messer wieder in die Vertiefung fallen und schluckte die bittere Flüssigkeit hinunter. Mit dem Fuß bedeckte sie wieder Schildkröte und Messer. Julia verließ hastig den Sandkasten, da sie befürchtete, ohnmächtig zu werden, und ging auf eine schattige Bank am Hauptweg zu. Ich werde mich dorthin setzen und wieder zu Atem kommen, dachte sie, bevor ich zu Lily gehe. Sie wischte sich die Hände achtlos an ihrem Kleid ab und bemerkte erst nach einer Weile, daß sie eine kleine Blutspur hinterlassen hatte. Ihr Gesicht war schweißgebadet; sie wischte es mit dem Ärmel ab, auf dem sofort ein paar feuchte, dunkle Stellen zu sehen waren. Sie konzentrierte sich auf die Sonne, auf das Prickeln, das sie auf Stirn und Unterarmen empfand. Die Kinder konnte sie nicht ansehen.

Als ein paar Minuten verstrichen waren, hob Julia den Kopf und schloß die Augen vor dem grellen Sonnenlicht.

Sie brauchte eine Sonnenbrille. Irgendwo hatte sie eine Sonnenbrille. Vermutlich in der Gayton Road. Sie konnte sie vor sich sehen, das geschwungene Gestell, das auf der Resopalplatte in der Küche lag. Sie mußte sich eine andere kaufen. Ja, dachte sie, ich habe mich in eine Reaktion geflüchtet, ich habe nicht nachgedacht. Es gab keinen Beweis dafür, daß das Mädchen die Schildkröte getötet oder verstümmelt hatte. Vielleicht hatte Julia sogar an der falschen Stelle im Sand gegraben. So hübsche kleine Mädchen taten solche Sachen nicht; es war eine unfaire psychologische Regel, der zufolge hübsche kleine Mädchen gesünder und ausgeglichener waren als häßliche. Tatsächlich – diesen Gedanken ließ Julia nur langsam an die Oberfläche dringen – hatte der Anblick der Schildkröte sie nur deshalb so sehr aus der Fassung gebracht, weil er sie daran erinnert hatte, was mit Kate geschehen war.

Sie konnte Lily nichts davon erzählen. Nachdem sie diese Entscheidung getroffen hatte, stand Julia von der Bank auf und überquerte den langen Grünstreifen in Richtung Plane Tree House. Sie fühlte sich wirklich sonderbar.

2

Die beiden Frauen saßen auf Lilys Terrasse im Sonnenschein, der jetzt milder war als noch vor einer Stunde. Das Haar der ›armen Lily‹, vorzeitig ergraut wie das von Magnus, war geschnitten worden, seitdem Julia ihre Schwägerin zuletzt gesehen hatte; es lag flach und dicht am Kopf wie das eines Jungen und betonte die zierlichen Linien ihres Gesichts. Dadurch sah sie mehr denn je so aus, als sei ihre Beziehung zum Rest der Welt nur indirekter Natur. Dennoch war Lily ungerührt geblieben, als Julia ihr in nervöser Stimmung ihre Neuigkeiten mitteilte. Eine halbe Stunde lang hatte Julia sich überlegt, daß Lily vielleicht erfreut sein würde, Magnus wieder für sich allein zu haben; aber sie wußte, das war weitgehend ungerecht. Lily reagierte einfach nicht so wie andere Menschen. Am Ende hatte Julia, nachdem sie ihre Neuigkeiten losgeworden war, sich entspannt, und nun ließ sie sich von Lilys Freundlichkeit verhätscheln – sie trank gerade ihren dritten Gin mit Bitter Lemon, der in einem Glas mit klirrenden Eiswürfeln serviert wurde – und dachte über ihre unvorhersehbaren Reaktionen nach.

»Aber du bist außergewöhnlich«, sagte Lily gerade. »Außergewöhnlich und voreilig. Du bist eine regelrechte Heldin. Ich könnte mir nicht vorstellen, selbst einmal etwas so Kühnes und Tapferes zu tun.«

»Gott weiß, daß ich nicht tapfer bin«, sagte Julia lachend.

»Oh, doch, das bist du. Du hast eine tapfere Seele.«

»Dann bin ich ein Feigling mit einer tapferen Seele.«

»Du brauchst es nicht für Feigheit zu halten, Magnus zu fürchten. Magnus ist nicht wie die anderen. Er war schon immer ein schrecklich entfremdeter Mensch. Er hat Gewalt. Manchmal denke ich, Magnus ist überhaupt nicht von dieser Welt, oder er ist tausend Jahre alt und nur durch schwarze Magie am Leben erhalten. Ich selbst fürchtete Magnus, seit er drei Jahre alt war. Schon damals hatte Magnus eine uralte, mächtige Seele. Natürlich finde ich es nicht richtig, daß du ihn verlassen hast, und ich hoffe mit all meiner Kraft, daß du zu ihm zurückkehren wirst.« Lily trank Tee, und nach diesen Worten nahm sie einen winzigen Schluck, womit sie andeutete, daß sie zumindest noch eines hinzuzufügen hatte. Julia, die die Beschreibung ihres Mannes gehört hatte, fragte sich, wie oft Lily schon auf diese Weise über die uralte, mächtige Seele von Magnus nachgedacht haben mochte. Es war typisch für sie, ihren Bruder romantisch zu verklären. »Aber da mein Rat üblicherweise mißachtet wird, nehme ich an, daß auch du ihm nicht auf der Stelle folgen wirst.«

»Hast du von ihm gehört, Lily? Wie ist er?«

»Verzweifelt, schlichtweg verzweifelt. Natürlich konnte ich ihm keinen Funken Trost spenden. Ich wäre verzweifelt, wenn ich denken müßte, daß du nie mehr zu ihm zurückkehren wirst.«

»Ich kann nicht.«

»Er liebt dich. Und da die einzige, abgesehen von Kate, die er jemals geliebt hat, ich bin, kann ich dir das mit großer Bestimmtheit sagen.«

»Lily«, beharrte Julia, »bitte nicht! Davon will ich im Augenblick nichts hören.«

Nach einem Augenblick, in dem beide Frauen einander nicht ansahen, sondern in den Park blickten, fragte Julia: »War er wütend?«

»Wut würde ich es nicht nennen«, sagte Lily. »Er war unglücklich.«

»Lily«, sagte Julia. »Du mußt mir versprechen, daß du ihm nicht verraten wirst, wo ich bin. Ganz gleich, was du für das Beste in meinem oder Magnus' Interesse erachtest – bitte, sag es ihm nicht. Versprich es mir. Bitte.«

»Ich werde dir alles versprechen, was du möchtest. Aber ich wäre glücklicher, wenn du mir auch ein Versprechen machen würdest. Ich möchte, daß du darüber nachdenkst, wieder zu Magnus zurückzukehren, versprich mir das.«

»Lily, ich habe ein Haus gekauft«, sagte Julia fast lachend. »Ich habe Möbel gekauft. Es ist – es ist mir einfach unmöglich, Magnus gegenüberzutreten. Ich kann dir ein solches Versprechen nicht geben. Ich kann nicht einmal an Magnus denken.«

»Ganz im Gegenteil, ich habe den Eindruck, du denkst ununterbrochen an ihn.« Sie sah Julia fragend an.

Da Julia nichts sagte, fuhr Lily fort: »Das mit Kate war niemandes Schuld, Liebes. Ihr habt beide sehr tapfer getan, was ihr tun mußtet. Magnus und du, ihr seid beide von jeglichem Verdacht freigesprochen worden, wie du weißt.«

»Das ändert nichts.«

»Dennoch ist es schade, daß du es nicht hören konntest.« Obwohl sie sich bewußt war, daß sie Julia grausamerweise auf ein Gebiet führte, das sie erst in Monaten betreten würde können, widerstand Lily dem Impuls, sich in der Frage von Kates Tod zu Magnus' Advokat zu machen. Die Umstände des Todes ihrer Nichte waren in ihrem Gedächtnis ebenso lebhaft wie in dem Julias, und Lily hatte volles Verständnis dafür, daß Julia hinterher zusammengebrochen war. Lily wurde klar, daß sie bereits einen oder zwei Tage, nachdem sie aus dem Krankenhaus entlassen worden war, wo sie unter Beruhigungsmitteln stand, begonnen haben mußte, nach einem Haus zu suchen. Julia hatte das Krankenhaus nur verlassen, um zu Kates Beerdigung zu gehen; auch das war ein Fehler gewesen. Die blasse, verwirrte, unter Drogen stehende

Frau, die von Reportern durch den Regen gejagt wurde – aber es war unwahrscheinlich, daß sich Julia noch an diesen Morgen erinnerte. Offensichtlich hatte sie schon am ersten Tag, als sie wieder in der Gayton Road war, Vorbereitungen getroffen, um wegzulaufen. Lily vermutete, daß sie Magnus nicht in die Augen sehen konnte. Natürlich war Kates Tod furchtbar gewesen. Sie war an einem Stück Fleisch erstickt, und nachdem Magnus und Julia den Notruf gewählt und mehrere Minuten auf das Erscheinen des Krankenwagens gewartet hatten, während ihre Tochter vergeblich nach Atem rang, hatten sie verzweifelt beschlossen, einen Luftröhrenschnitt zu versuchen. Bis der Krankenwagen ankam, war Kate verblutet. Nach Magnus' Bericht war Julia sehr ruhig und beherrscht gewesen; erst am nächsten Tag begann sie, sich seltsam zu verhalten. Sogar jetzt sah sie erhitzt und atemlos aus, und sie trank zuviel Gin.

»Erzähl mir von deinem Haus«, sagte Lily. »Welche Nummer am Ilchester Place ist es?«

»Fünfundzwanzig.«

»Wie seltsam, daß du in diese Straße gezogen bist! Aber vielleicht ist es überhaupt nicht seltsam, wenn man in Betracht zieht, daß London ein Ort ist, in dem ständig solche Wiederholungen und Koinzidenzen geschehen.«

»Lily, was willst du damit sagen?«

»Mein Bruder hat vor langer Zeit ein Haus am Ilchester Place besucht. Das war, als er noch in Cambridge war. Ich glaube, er hatte eine Freundin dort.«

Diese Bemerkung erfüllte Julia mit Bitterkeit; sie sagte: »Magnus und seine Freundinnen! Wie mich das alles langweilt! Vielleicht liegt es daran, daß er eine so uralte, mächtige Seele hat.«

»Ja, genau das«, sagte Lily, die ein wenig gekränkt zu sein schien.

»Lily, es tut mir leid«, sagte Julia hastig. »Können wir

beide nicht Freundinnen sein, ohne Beziehung zu Magnus? Ich möchte ein neues Leben beginnen, ich möchte allein leben. Ich ertrage es nicht, an Magnus zu denken, und ich habe Angst davor, ihn zu sehen, aber deine Freundschaft wünsche ich mir über alles.«

»Aber meine Liebe«, sagte Lily, »die hast du natürlich. Ich möchte nur dein Bestes. Wir sind Freundinnen.«

Julia war den Tränen nahe. »Ich werde ein neues Leben anfangen«, sagte sie trotzig. »Ich möchte deine Hilfe.«

»Gewiß«, sagte Lily und ergriff Julias Hand. Sie war kalt von dem geeisten Glas, und ein paar Sandkörnchen klebten noch daran. Sie ließ Julia ein paar Augenblicke stumm weinen.

»Du brauchst etwas zu tun«, sagte sie, als Julias lautloses Weinen aufgehört hatte. »Nur Langweiler schlagen anderen Leuten ihre eigenen Hobbys vor, aber wie wäre es, wenn du zu unserer nächsten Versammlung kommen würdest? Mrs. Fludd ist unser neues Medium. Sie war ein echter Glücksfund, die empfänglichste Empfängliche, die ich je gesehen habe, seit die arme Mrs. Carmen gestorben ist. Natürlich nicht persönlich. Sie ist ein echter alter Cockney, zäh wie Stiefelleder. Aber sie besitzt die Gabe in einem erstaunlichen Maß. Ich bin ihrethalben richtig begeistert – aber wenn du von diesen altmodischen Darbietungen nichts wissen willst, werde ich dir nicht böse sein. Aber du hättest immerhin etwas zu tun.«

Normalerweise hätte Julia eine Ausrede vorgebracht, aber Lilys Freundlichkeit rührte sie, und sie fühlte sich wegen ihrer vorherigen absichtlichen Grobheit schuldig. »Sag mir nur, wann und wo«, sagte sie. »Könnte amüsant werden.« Dann kam ihr ein beunruhigender Gedanke. »Sie werden doch nicht... Sie wird nicht versuchen, Kontakt aufzunehmen mit... Ich meine...«

»Kein Gedanke daran«, sagte Lily fest. »Die Leute haben die falschesten Vorstellungen von dem, was wir tun.

Ich nehme an, du erwartest, daß Ektoplasma von dunklen Wänden herabläuft.«

»Okay«, sagte Julia lächelnd. »Ruf mich an, wenn deine Gruppe ihr nächstes Treffen hat.«

»Fein«, sagte Lily erfreut. »Und nun möchte ich dir ein Geschenk machen. Als Gegenleistung erwarte ich, daß du mich so bald wie möglich voller Neid durch dein Haus stöbern läßt. Jetzt entschuldige mich bitte.«

Lily ging von der Terrasse, und Julia schloß einen Augenblick die Augen. Wir geben ein herrliches Paar ab, Lily und ich, dachte Julia, wir haben beide unser bißchen Verstand verloren. Sie dachte daran, bei Mark vorbeizuschauen, und dann dachte sie an überhaupt nichts mehr.

Lily weckte sie, indem sie ihre Schulter streichelte. Sie trug ein großes gelbes Buch unter dem Arm, und in der anderen Hand hatte sie eine Schere. »Liebes, du hast eine halbe Stunde geschlafen«, sagte sie.

»Ich habe gerade über Mark nachgedacht«, sagte sie. »Ich würde Mark gern besuchen.« Sie fühlte sich wieder voller Energie.

»Das wäre wohl nicht sehr klug, Liebes«, sagte Lily auf der Stelle. »Du wärst viel besser beraten, Mark in Ruhe zu lassen«

Lily, die einen Bruder an Julia verloren hatte, wollte nicht auch noch den anderen verlieren; anders als Magnus war sie ihrem Adoptivbruder im Laufe der Jahre nähergekommen. Ihre Verteidigungsmechanismen waren Julia durchaus klar.

»Mark ist so interessant«, sagte Julia, »und ich habe das Gefühl, ich kenne ihn kaum. Magnus ließ ihn selten ins Haus. Manchmal rief er mich an, und wir führten lange, nette Gespräche. Er ist wahrscheinlich der einzige Mann, mit dem ich geflirtet habe, seit ich Magnus heiratete.«

»Kann ich mir gut vorstellen«, sagte Lily. »Und nun laß mich dir deine Geschenke geben. Es tut mir leid, ich habe nicht viel, um dich in deinem neuen Haus willkommen zu heißen, aber du hattest mich ja vorher nicht informiert. Zuerst ist hier ein Buch voller Bilder, das sich nur um deine neue Nachbarschaft dreht.« Sie hielt Julia den großen Wälzer vor die Augen, ›The Royal Borough of Kensington‹, von Eda Rolph. »Voll erstaunlicher Geschichten. Ich habe seit Jahren nicht mehr in dem Buch gelesen. Das andere Geschenk sind ein paar Blumen.« Sie deutete mit der Hand zu den üppig blühenden Topfpflanzen am Rand des Balkons.

»Oh, ich kann nicht zulassen, daß du diese herrlichen Blumen abschneidest«, sagte Julia, die Schnittblumen verabscheute. »Das wäre ein schreckliches Verbrechen. Du darfst sie meinetwegen nicht abschneiden.«

»Aber gewiß doch«, sagte Lily, die sich nach unten beugte und begann, ein Dutzend Blumen abzuschneiden. »Ein paar Tulpen, ein paar von diesen herrlichen Begonien, ein paar von meinen Lieblingsblumen, diesen großen rosafarbenen hier, und noch ein paar von den anderen. Nimm sie mit heim und stell sie ins Wasser«, sagte sie und reichte Julia den Armvoll bunter Blumen, »und sie werden frisch bleiben, so lange du möchtest.«

Julia sah mitleidig zu den Blumenkästen, konnte aber zu ihrer Erleichterung feststellen, daß der Verlust ihres Dutzends kaum etwas ausmachte; die Blumen wuchsen in solchem Überfluß, daß nur ein paar winzige Lücken sichtbar waren. Der Geruch der Blumen in ihrem Arm munterte sie auf; sie waren überwältigend sinnlich. Eine der fleischigen Tulpen strich über ihr Gesicht.

»Es soll nicht so aussehen, als würde ich dich wegschikken«, sagte Lily. »Ich kann die Blumen auch hier ins Wasser stellen, bis du gehen willst. Warum ißt du nicht mit mir zu Abend? Ich habe – mal sehen, sicher etwas Gutes mit Fleisch. Oder ist heute einer meiner vegetarischen Abende? Wie dem auch sei, es ist genug zu essen hier.

Hinterher könnten wir eine köstliche neue Fernsehserie ansehen. Eines dieser herrlichen Kostümdramen. Ich habe nie viel Trollope gelesen, aber gespielt ist alles viel eindrucksvoller. Die Sprache ist so herrlich, nichts von der Vulgarität, der sich die modernen Dramatiker heute befleißigen. Möchtest du sie mit mir ansehen? Es ist faszinierend, und ich könnte dir erzählen, was in den bisherigen fünfhundert Folgen passiert ist.«

»Ich habe mir das Fernsehen abgewöhnt«, sagte Julia lächelnd. »Dein Bruder duldete keines im Haus. Ich denke, ich werde nach Hause gehen. Und danke für alles, Lily.«

»Hast du Telefon?«

»Ich sollte keines haben, aber ich habe eines«, sagte Julia. »Es läuft noch auf den Namen des Vorbesitzers, William McClintock. Aber ich könnte dich praktisch über den Park rufen.«

Lily nickte, anscheinend zufrieden.

Julia klemmte das Buch unter den Arm und hielt die Blumen mit beiden Händen, als sie sich zum Gehen wandte und den Balkon verließ.

»Denk an dein Versprechen!« rief sie Lily über die Schulter zu.

Später bedauerte Julia, daß sie nicht auf Lilys Angebot von Nußschnitzeln und Fernsehserie eingegangen war. Sie war auf der riesigen grauen Samtcouch der McClintocks eingeschlafen, als sie sich hingelegt hatte, um die Beine ein wenig auszuruhen; sie hatte versucht, den Roman weiterzulesen, den sie sich gekauft und im Hotel in Knightsbridge angefangen hatte, eine Taschenbuchausgabe von ›Herzog‹, aber sie war nach zwei Seiten eingeschlafen. Als sie erwachte, den Geruch von Lilys Blumen, der das gesamte Zimmer durchströmte, in der Nase, hatte ihr Mund sich unangenehm pelzig angefühlt. Sie war hungrig trotz des Schmerzes hinter der Stirn. Sie markierte ihre Stelle im Buch mit einem Fädchen aus der Tasche ihres Kleides, dann durchquerte sie das große Zimmer und ging in die Küche.

Das Licht spiegelte sich grell in den glänzenden weißen Oberflächen von Herd und Kühlschrank. Julia suchte im Schrank nach einem Glas, mußte aber mit zunehmender Verzweiflung feststellen, daß die McClintocks alles Küchenzubehör mitgenommen hatten. In der Küche gab es nichts zu essen und nichts zu trinken. Die Geschäfte hatten inzwischen schon seit Stunden zu. Julia drehte den Wasserhahn über dem Spülbecken auf und spritzte sich ein wenig davon ins Gesicht; dann legte sie die hohlen Hände zusammen und versuchte zu trinken, konnte aber nicht genug Wasser zwischen den Handflächen halten. Schließlich drosselte sie den Wasserstrom aus dem Hahn und beugte den Kopf darunter, so daß sie direkt trinken konnte. Das Wasser hatte einen metallischen, brackigen Beigeschmack: sie ließ es eine Minute laufen und versuchte es dann noch einmal. Nun war es etwas besser, aber es schmeckte immer noch, als sei es voller Metallteilchen. Sie vermutete, daß sie Wasser in Flaschen kaufen mußte, aber vielleicht konnte sie sich auch an den Geschmack gewöhnen.

Julia trocknete sich Hände und Mund an den langen roten Vorhängen über dem überproportionalen Flurfenster ab. Während sie das tat, erinnerte sie sich an den Blutfleck vom Morgen und sah zum Saum ihres Kleides hinab. Das hellblaue Kreppleinen zeigte eine etwa drei Zentimeter lange rotbraune Verkrustung. Der Flecken schien größer zu sein als am Nachmittag. Was für ein seltsames Vorkommnis das gewesen war, dachte Julia. Sicher hatte sie diese Dinge im Sand durch einen bizarren Zufall gefunden; wahrscheinlich war sie gar nicht in der Nähe der Stelle gewesen, wo das Mädchen gespielt hatte. Kein Kind würde so etwas tun – doch, ein Junge vielleicht. Sie konnte sich vorstellen, daß Magnus als Junge lebende Schildkröten aufgeschnitten hatte.

Entfernte man Blutflecken mit warmem oder kaltem Wasser? Man hatte es ihr hundertmal gesagt, aber sie konnte sich nie daran erinnern. Es war immer dasjenige, das man nicht vermutete, daher entschied sie sich für kaltes Wasser. Julia ging durch den Flur zum großen Badezimmer im Erdgeschoß, das die McClintocks mit rosa getönten Spiegeln verkleidet hatten. Die McClintocks, die in fast jeder Beziehung konventionell und sogar einen Hauch altbacken waren, was ihren Geschmack anbelangte, hatten bei den Badezimmern eine geheime Dekadenz enthüllt. Wannen und Becken waren aus Marmor, die Badewanne oben wie eine riesige versunkene Muschel geformt; die Wasserhähne waren goldene Schwanenhälse. Am überraschendsten waren die getönten Spiegel. Julias Badezimmer oben hatte schwarze Spiegel, in denen die goldenen Armaturen trübe glänzten. Nun zog sie also das Kleid aus und legte es über den Rand des Waschbekkens, so daß die fleckige Stelle sich vollsaugen konnte; dann drehte sie den Wasserhahn auf. Kalt war richtig, dachte sie.

Sie wandte sich vom Becken ab und erblickte sich im Spiegel. Komisch, sich selbst vorn und hinten halbnackt zu sehen, dachte Julia. Sie hatte nur Slips und ein Korsett an. Meine Schale, dachte sie. Sie wurde ein wenig zu dick: mit Hosen mußte sie vorsichtig sein. Aber, sagte sie sich, so schlecht siehst du nicht aus, und überlegte: Zwar kein Playmate, aber auch keine Matrone... Durch die rosa Tönung sah ihre Haut dunkler und gesünder aus als sie war; Julia beschloß, in diesem Sommer öfter an die Sonne zu gehen. Es war wie eine Vision der Freiheit von Magnus – im Park vor ihrem Haus in der Sonne zu liegen.

Sie verließ das Badezimmer und huschte in das Schlafzimmer hinauf, für das sie sich heute morgen entschieden hatte. Obwohl es noch nicht ganz dunkel war, machte sie im Flur und dem Zimmer das Licht an. Das verlieh dem Haus ein höhlenartiges Flair, das sie erkennen ließ, wie wenig sie über ihre neue Unterkunft wußte. Sie trat ans Schlafzimmerfenster, zog die Vorhänge vor und begann sich anzuziehen. Nach wenigen Minuten, als sie gerade eine weite blaue Bluse zuknöpfte, die ihr schon immer besonders gut gefallen hatte, wurde Julia klar, daß es in dem Schlafzimmer richtig warm geworden war; sie schwitzte ebenso wie draußen. Im restlichen Haus war es ihr nicht so warm vorgekommen. Sie zog die Vorhänge beiseite und öffnete das Fenster, indem sie es in die Höhe zog. Die Luft, die hereinströmte, schien auf magische Weise kühler als im Zimmer selbst zu sein. Es mochte daran liegen, daß das Haus schon über einen Monat leerstand; oder konnte es noch einen anderen Grund dafür geben?

Julia ging zum Wärmespeicher an der Wand und berührte ihn mit der flachen Hand. Sie zog sie schmerzerfüllt zurück. Die Heizung war ganz aufgedreht worden. Der Makler mußte sie eingeschaltet haben, überlegte Julia, damit er seiner Kundschaft kein kaltes Haus vorführen mußte. Vielleicht waren auch unten ein paar Heizkörper an. Sie schaltete die Heizung an der Wand aus und ging in das schwarzverspiegelte Badezimmer, um sich die Haare zu kämmen. Auch die kleine Heizung in diesem Zimmer, stellte sie fest, war eingeschaltet. Sie schaltete sie an der Wand aus und richtete sich auf, um sich zu betrachten. In diesen Badezimmern war es unmöglich, sich nicht zu betrachten. Julia fragte sich, welche schwelgerischen Spiele die McClintocks vor diesen bedrohlich aussehenden schwarzen Spiegeln gespielt haben mochten. Aber ihr Haar glänzte in ihnen, und sie dachte, daß sie gut genug für ein Restaurant aussah. Es gab da ein gemütlich aussehendes französisches Restaurant, erinnerte sie sich, an der Ecke Kensington High Street und Abingdon Road.

Hatte sie nicht auch ein chinesisches Restaurant gesehen? Nun war es ihr peinlich, daß sie, wenn auch nur kurz, vor Lily geweint hatte; jedoch hatte Lily eine fast überirdische Freundlichkeit zur Schau gestellt. Julia dachte, daß sie nur wenig Grund zum Weinen hatte – die Unentschlossenheit, zwischen zwei Restaurants wählen zu können, hatte sie seit ihrer Heirat nicht mehr gekannt, und sie war von einem nostalgischen Freiheitsgefühl erfüllt. Immer noch benommen, aber hungrig, wie sie es seit Jahren nicht mehr gewesen war, fühlte Julia sich jung und zu allem in der Lage.

Als sie die Kensington High Street erreicht hatte, beschloß sie, das französische Restaurant auszuprobieren; sie erinnerte sich daran, daß es vor einigen Monaten mit der Michelin-Rosette ausgezeichnet worden war. An diesem ersten Abend konnte sie es sich leisten, verschwenderisch zu sein. Früher hatte sie mit Magnus stets bittere Streitgespräche über Restaurants geführt; zwanzig Pfund für ein Essen zu zweit bei Keats auszugeben, war unanständig, doch heute abend hatte sie eindeutig etwas zu feiern. Julia schlenderte die belebte Straße hinab, sah in Schaufenster, war sich des ständigen Stroms von Autos zu ihrer Rechten bewußt und machte sich im Geist Notizen, wo sie Sachen kaufen konnte, die sie für das Haus brauchte. Sie sah eine Bank; dorthin würde sie ihr Konto überweisen und Magnus das lassen, was sich auf ihrem gemeinsamen Konto befand. Etwas weiter oben befand sich ein W.-H.-Smith-Laden, wo sie Bücher kaufen konnte. Sie bemerkte eine überraschende Anzahl von Warenhäusern. Schließlich erreichte sie die Abingdon Road und überquerte die High Street, um zu dem Restaurant zu gelangen. Die Nachtluft wehte schwül um sie herum und glitt an ihrer Haut vorbei. Als sie die Tür des Restaurants öffnete, lächelte ihr eine schöne, schwarzhaarige junge Frau mit Sonnenbrille zu, welche die Abingdon Road entlangkam, und Julia erwiderte das Lächeln, wobei sie sich fühlte, als hätte das Mädchen ihr die Freiheit der neuen Nachbarschaft geschenkt. Auch sie war eine tüchtige junge Frau, die allein in Kensington lebte.

Nachdem sie mit luxuriöser Langsamkeit gespeist und dabei jeden Bissen Schnecken, danach einen halben Crêpe mit Meeresfrüchten und schließlich Suprème de volaille genossen hatte, bezahlte Julia das Essen mit einem Scheck und ging durch die bevölkerte Straße zurück. Der Verkehr hier schien endlos zu sein, er dröhnte und brummte vorbei, als wäre auch er auf dem Weg zu einer Mahlzeit. Erst als sie die ruhige Ecke des Ilchester Place erreichte, erinnerte sie sich daran, daß sie den Haustürschlüssel in der Tasche des Kleides gelassen hatte, das gerade im Waschbecken einweichte.

»Herrgott«, stöhnte sie. Sie ging die Stufen empor und versuchte es an der Eingangstür. Sie war verschlossen. Julia sah zu den Fenstern empor und stellte fest, daß sie im Bad und im Schlafzimmer das Licht angelassen hatte. An der Rückseite des Hauses hatte sie das Schlafzimmerfenster offengelassen, aber das konnte sie unmöglich erreichen. Vielleicht konnte sie ein Fenster in der Küche oder dem Eßzimmer öffnen. Julia ging um das Haus herum und versuchte es an allen Fenstern, die sie erreichen konnte. Nachdem sie die ganze rechte Seite des Hauses entlanggeschritten war, sah sie niedergeschlagen zu Boden und stellte fest, daß sie viele der kleinen Blumen niedergetreten hatte, welche die McClintocks in einer Rabatte um das ganze Haus herum gepflanzt hatten – kleine, bunte Blumen mit optimistischen Gesichtern. Sie lagen zertreten in einer unregelmäßigen Reihe am Haus entlang, gerade noch sichtbar in der Dunkelheit. Julia war zumute, als würde der massive, dunkle Klotz des Hauses sie tadeln – es war ein zwar flüchtiger, dennoch deutlicher Eindruck;

sie verdiente dieses Haus nicht, und das Haus wußte es jetzt. »Oh, bitte«, flehte sie und drückte gegen ein weiteres Fenster. Es hielt stand.

Julia ging um die Ecke zur Rückseite des Hauses und befand sich im mondbeschienenen Garten. Das Gras sah geisterhaft aus, ein Farbton zwischen grün und schwarz. Tatsächlich sah der ganze Garten im Dunkeln unirdisch aus, die Blumenbeete am anderen Ende massiv und farblos wie festgeklebte Wolken. Hinter ihnen ragte eine Ziegelmauer am Ende ihres Grundstücks empor. Julia hatte einen Augenblick, zitternd vor Furcht, den Eindruck, als befinde sich außer ihr noch jemand in diesem Garten, aber diesen Gedanken verdrängte sie rasch wieder, indem sie nachdrücklich an jedem Fenster rüttelte. Am anderen Ende stellte sie fest, daß das kleine Fenster zum Badezimmer unten einen Spalt breit offenstand; es war nicht verriegelt und so gekippt, daß es sieben bis acht Zentimeter vom Rahmen abstand.

Sie griff hinein und löste die Halterung, wodurch das Fenster frei schwingen konnte und eine Öffnung von etwa fünfunddreißig Zentimetern Höhe und fünfundvierzig bis fünfzig Zentimetern Länge freigab, die sich in Höhe ihres Kopfes in der Wand befand. Als sie das Fenster aufstieß und den Kopf hineinsteckte, konnte sie in dem rosa getönten Spiegel gegenüber das helle Rechteck des Fensters mit dem dunklen Halbrund ihres Kopfes sehen. Normalerweise hätte sie es nicht für möglich gehalten, daß sie sich zu dieser kleinen Öffnung emporschwingen und hindurchzwängen konnte, aber diesmal hatte sie keine andere Wahl. Die Luft im Badezimmer fühlte sich auf ihrer Gesichtshaut seidig warm an; sie mußte so hineinkriechen. Die einzige andere Möglichkeit wäre gewesen, eine Scheibe einzuschlagen, und sie scheute vor dem Gedanken zurück, dem Haus Gewalt anzutun.

Als sie eben im Begriff stand, den Körper hinaufzuziehen und die Schultern durch die Fensteröffnung zu zwängen, hatte Julia wieder das Gefühl, als sei eine andere Person irgendwo im hinteren Teil des Gartens; mit einem Klumpen Angst im Magen wirbelte sie herum. Niemand war zu sehen. Das Gras, in ausdrucksloser Farbe getönt, erstreckte sich ununterbrochen bis zu den Blumen. Nichts bewegte sich. Julia kniff die Augen zusammen und versuchte, in den Blumenwirrwarr zu schauen. Sie stützte die Beine ab und spürte ein paar der Zinien, die unter ihren Füßen zerquetscht wurden. »Ich weiß, daß Sie da sind«, sagte sie. »Kommen Sie heraus. Jetzt gleich.« Sie kam sich, während sie diese Worte mit einer so befehlsgewohnten Stimme wie möglich hervorstieß, lächerlich und mutig zugleich vor. Dennoch war in dem konturlosen dunklen Blumenbeet keine Bewegung zu sehen. Nach einem langen, suchenden Blick fühlte sie sich sicher genug, sich wieder dem Haus zuzuwenden.

Wieder spürte sie eine schwere Wärme von dem Haus ausströmen. Sie stützte die Ellbogen ab, neigte den Kopf und stieß sich mit den Füßen an der Wand ab, während sie die Schultern durch den Fensterrahmen zwängte. Das Fenster löste sich und schlug ihr schmerzhaft in den Nakken. Sie stützte sich mit einem Arm ab und zog sich am Aluminiumrahmen weiter; damit hatte sie eine solche Hebelwirkung erzielt, daß sie sich bis zur Taille hineinziehen konnte.

Sie wand sich und knickte den Oberkörper ab, damit ihr eigenes Gewicht sie weiter nach innen zog. Statt dessen blieb sie wie eine aufgeblähte Frucht im Rahmen stecken. Sie bewegte sich zweimal ruckartig nach vorn, wobei sie sich die Haut an den Hüften abschürfte; wegen des plötzlichen, wenn auch erträglichen Schmerzes erkannte sie, daß sie zu bluten angefangen hatte. Julia stieß sich mit aller Kraft ab, neigte den Oberkörper, so weit es ging, nach unten und spürte, wie ihre Hüften einen weiteren Zentimeter weiterrutschten. Nachdem sie sich nochmals vornübergebeugt und abgestoßen hatte, kam sie durch, stieß sich die Fersen an dem schrägstehenden Fenster an und schlug mit der rechten Schulter auf dem Badezimmerteppich auf. Sie hatte beide Schuhe verloren.

Sie blieb mehrere Minuten lang auf dem Badezimmerboden liegen und atmete schwer. Ihre Finger fühlten den kühlen Marmor der Wanne. Ein paar Minuten konnte sie sich nicht bewegen, da sie fürchtete, ihr könnte übel werden. Die Haut auf Gesicht und Händen fühlte sich heiß an. Schließlich richtete sie sich auf und lehnte den Rücken an die Badewanne. Durch den Stoff der blauen Bluse fühlte der Marmor sich kühl an. Moderne, friedliche und seßhafte Stadtmenschen können durch einen Schock gelähmt werden, wenn sie unter ungewohnter körperlicher Anstrengung stehen; diese Theorie hatte Julia erst dieser Tage in einer Zeitschrift gelesen, und nun dachte sie darüber nach, daß es in ihrem Fall zu stimmen schien. Sie konnte beinahe das Blut unter ihrer Gesichtshaut pulsieren spüren.

Sie stützte sich mit einer Hand am Rand der Wanne ab und stand unsicher auf. Die Wandspiegel zeigten eine zerzauste, gebeugte Frauengestalt in zerrissener weißer Hose. Alles glomm düster-rosa, wie durch einen Nebel hindurch. Was sie von ihrem Gesicht sehen konnte, sah schwarz aus. Julia ging langsam zum Waschbecken. Sie zog an dem Leinenkleid und ließ es naß, wie es war, auf den Teppich fallen. Dann zog sie den Stöpsel heraus und bewegte sich nicht, bis das stehende Wasser abgelaufen war; sie ließ frisches Wasser einlaufen und spritzte es sich ins Gesicht. Das Wasser schmeckte wie fettige Münzen. Als sie sich aus der Hose schälte, erkannte sie, daß sie sich die Hüften auf beiden Seiten aufgeschürft hatte; die blutige Hose war ruiniert. Am Morgen würde sie auffällige Blutergüsse an beiden Hüften haben. Julia beugte sich zu dem nassen Kleid hinab, nahm den Schlüssel aus der Tasche und schwankte auf unsicheren Beinen zur Tür. Dann kam ihr ein Gedanke, und sie berührte die Heizung neben der Tür. Sie verbrannte sich fast die Finger und legte den Schalter um, mit dem man sie ausschaltete. Bevor sie das Badezimmer entgültig verließ, dachte sie daran, das blaue Kleid in frisches Wasser zu legen.

Im ganzen Haus schien es unerträglich heiß zu sein; Julia glaubte, sie würde den ganzen Morgen brauchen, alle Heizungen zu finden. Die Wärme breitete sich verführerisch im ganzen Wohnzimmer aus, und sie ließ sich auf die graue Couch sinken, um sich einen Augenblick zu entspannen, bevor sie sich die Treppe hinaufwagte. Ihre Hüften schmerzten. Eine der Heizungen unten war in die Wand neben dem Panoramafenster eingelassen; eine kleinere Heizung befand sich in der Küche. Julia lehnte sich auf der Couch zurück und streckte die Beine von sich. Ihre Hüften taten weh, aber wenigstens hatten die Abschürfungen aufgehört zu bluten. Dann blinzelte sie, weil sie sich einbildete, sie hätte ein paar scharfe, klickende Geräusche aus dem Eßzimmer gehört. Vielleicht kamen sie aus der Küche; Kühlschränke gaben alle möglichen komischen Geräusche von sich. Sie hörte ein plötzliches Geräusch und öffnete unwillkürlich die Augen. Es kam aus dem Eßzimmer – es hatte sich angehört, als habe jemand gegen die Scheibe geklopft. Julia sah durch die Länge des Wohnzimmers ins Eßzimmer, welches daran angrenzte. Die großen Balkontüren lagen in einer Reihe mit den Wohnzimmerfenstern, so daß ein Passant durch das Haus in den Garten sehen konnte. Die Vorhänge im Eßzimmer hingen ein paar Zentimeter auseinander. Durch diesen Spalt konnte Julia nichts als Schwärze sehen. Sie verspürte ein extremes Unbehagen; sie hatte lediglich die blaue Bluse und einen Slip an und saß im Blickfeld des Fensters. Vielleicht war doch jemand im Garten versteckt gewesen.

Ihr Herz schlug schneller. Julia sprang von der Couch auf, lief durch die Diele ins Badezimmer und verriegelte das Fenster, durch das sie hereingekrochen war. Dann ging sie durch das warme Haus ins Eßzimmer zurück und sah hinaus, wobei sie sich hinter den Vorhängen verbarg. Eine Sekunde später glaubte sie, eine stehende Gestalt erkennen zu können – einen dunkleren Umriß vor den Blumenbeeten. Er bewegte sich ein wenig. Sie konnte weder Größe noch Geschlecht erkennen, aber das war auch nicht nötig. Julia wußte, das mußte Magnus sein. Sie ließ sich instinktiv zu Boden fallen und blieb einige Minuten voller Panik liegen, bevor ihr klar wurde, daß sie sich geirrt haben mußte. Magnus wußte nicht, wo sie wohnte.

Wenn es Magnus war und er ihr weh tun wollte, dann hätte er sie im Garten angreifen können. Er hätte sie kaum verfehlen können, als sie sich durch das Badfenster quälte. Es war auch möglich, daß sich gar niemand im Garten aufhielt. Vielleicht war es ein Busch gewesen, den ein Lufthauch bewegt hatte.

Julia öffnete die Augen und sah in den Garten hinaus, das Gesicht in Bodenhöhe. Im Garten war nichts Ungewöhnliches zu sehen. Ihr Herz schlug wieder normal; sie richtete sich auf und wischte sich das Gesicht mit dem schweren Vorhang ab. Das Gras hatte immer noch die geisterhafte, leuchtende Schwärze, und sie konnte deutlich die Ziegelmauer sehen. Zwischen dem Haus und der Mauer bewegte sich nichts. Julia stand auf, hielt eine Hand vor die Brust und ging ins Wohnzimmer zurück, wobei sie sich mit langsamen Schritten durch die Dunkelheit bewegte. Die Heizung, dachte sie und ging durch das Zimmer zu dem großen Wärmespeicher in der Wand. Auch er war eingeschaltet worden, und sie legte den in der Wand versenkten Schalter um.

Julia schreckte einige Stunden später aus dem Schlaf hoch; sie hatte geträumt, doch der Traum entzog sich ihr von der Sekunde des Erwachens an. Sie konnte unten Geräusche hören; in dem Augenblick, als sie die Geräusche vernahm, wurde sie sich der Hitze im Schlafzimmer bewußt. Das Fenster war offen, aber im Schlafzimmer war es, seit Julia in das Restaurant gegangen war, nicht kühler geworden. Ihr Körper war schweißgebadet, was wohl mit dem Traum zusammenhing, der furchteinflößend gewesen war. Sie verkrampfte sich und lauschte, hörte aber nichts mehr. Aber es waren Geräusche da gewesen. Sie hatte sie sich nicht eingebildet – raschelnde, leise, gedämpfte Geräusche, als würde jemand im Dunkeln herumschleichen. Ihr erster Gedanke war: Kate ist wach, aber das war nur eine halb bewußte Formel an der Oberfläche ihres Verstandes, die sie von sich stieß, als ihr klar wurde, daß Kate in ihrem Traum bedroht worden war. Völlig aus der Fassung gebracht, setzte Julia sich lauschend im Bett auf. Sie konnte keine Geräusche mehr hören. Sie stand aus dem Bett auf und ging zur Tür, trat halb auf den Flur hinaus und sagte laut: »Ich werde die Polizeit rufen. Hast du mich gehört, Magnus? Ich rufe die Polizei.«

Ohne zu wissen, ob sie in der nächsten Sekunde angegriffen würde, stand sie unter der Tür und lauschte mit ganzer Seele. Schweiß lief ihr in einem schmalen Rinnsal den Rücken hinab. Im Flur schien es ein wenig kühler als in ihrem Schlafzimmer, weniger konzentriert und dicht. Julia blieb einen langen Augenblick gebückt unter der Tür, doch sie hörte nichts mehr; ihr Verstand war, abgesehen von physischen Empfindungen, völlig leer. Sie begann langsam bis hundert zu zählen, wobei sie sich dazu zwang, zwischen den Zahlen Pausen zu machen; als sie hundert erreicht hatte, machte sie weiter bis zweihundert. Immer noch hörte sie nichts. Sie mußte sich verhört haben, aber sie hatte zu große Angst, um nach unten zu gehen und nachzusehen. Schließlich ging sie wieder ins Schlafzimmer und schloß die Tür hinter sich ab. Dann öffnete sie das Fenster noch weiter und ließ die kühle Nachtluft hereinströmen. In ihrem Garten und in den sichtbaren Bereichen des Parks war alles ruhig. Nach einer Weile ging sie wieder zu Bett und legte sich auf die klamme Matratze.

Am nächsten Morgen schrieb Julia gerade einen provisorischen Einkaufszettel auf die Rückseite ihres Scheckbuchs, dem einzigen Papier, das sie in ihrer Tasche finden konnte, als das Telefon klingelte. Ihr erster Gedanke war, daß der Makler sich mit einer Frage wegen des Hauses an sie wandte, aber dann wurde ihr klar, daß die Firma sie ignorieren würde, bis sie sie wieder mit einer neuen Anfrage verärgerte. Julia kam zu dem Ergebnis, daß es Lily war. Sie legte das Scheckbuch weg und ging von der Küche ins Wohnzimmer. Lichtstreifen fielen durch die Fenster an der Vorderfront des Hauses herein. Die Schrecken der vergangenen Nacht erschienen ihr heute unwirklich, nachdem sie unbehelligt in dem sonnendurchfluteten Haus erwacht war und sich den ganzen Morgen darin bewegt hatte, um zu entscheiden, was sie einkaufen mußte – Essen, Geschirr, Gläser, Töpfe, Pfannen, Handtücher, Tischdecken, Bettdecken, Besteck, Wasser in Flaschen, Bücher und Whiskey.

»Hallo?« sagte sie und sah durch das Fenster über die Straße. Ein Stück weiter unten putzte ein Mann sein Auto; er schüttete einen Eimer Wasser über das Dach. Wer waren die neuen Nachbarn?

Im nächsten Augenblick wurde aller Optimismus durch den Klang von Magnus' Stimme aus ihr herausgepreßt. »Julia, ich denke, du weißt, wer hier spricht. Ich möchte, daß du dieses Gebäude verläßt und in die Gayton Road zurückkehrst. Dort wohnen wir. Ich war bei den Maklern, und ich habe ihnen klargemacht, daß kein Vertrag, den du unterschreibst, als bindend angesehen wird; daher wird durch deinen lächerlichen Kauf wohl nur ein kleiner Verlust entstehen. Augenblicklich, Julia, halte ich dich für nicht imstande, dich um deine eigenen Angelegenheiten zu kümmern, und ganz sicher unfähig, Entscheidungen für unsere Zukunft zu treffen. Ich möchte, daß du dorthin zurückkehrst, wohin du gehörst. Du mußt dieses Haus verlassen. Es ist undenkbar...«

Sie legte auf.

Als das Telefon wieder läutete, nahm sie den Hörer von der Gabel und hielt ihn von ihrem Ohr weg. Magnus' Stimme polterte barsch weiter, aber sie konnte lediglich einzelne Worte verstehen: »Unverantwortlich... Schwachsinnig... Kate... Ehe...«

»Ich betrachte mich nicht mehr als deine Frau«, sagte sie in den Hörer. »Du machst mir Angst. Ich kann nicht an dich denken, ohne Kate vor mir zu sehen. Daher kann ich dich nicht ansehen, mit dir leben, mit dir verheiratet sein. Bitte, laß mich in Ruhe. Bleib weg, Magnus.«

»Den Teufel werde ich«, hörte sie ihn sagen. »Du bist durcheinander – wenn du mit verschiedenen Dingen fertig geworden bist...«

Sie brüllte: »Wenn ich dich erwische, wie du um mein Haus herumschleichst, werde ich die Polizei rufen.« Sie knallte den Hörer auf die Gabel.

Sie stand neben dem Telefon und wartete darauf, daß er wieder anrief, drohte, brüllte, sie belog. Als eine Minute verstrichen war, ohne daß er zum dritten Mal anrief, dachte sie: Er hat das Telefonkabel aus der Wand gerissen.

Aber ein paar Sekunden später klingelte es wieder.

»Julia, hier Magnus. Leg nicht auf. Ich war so wütend, daß ich nicht gleich zurückrufen konnte. Julia, ich möchte, daß du hierherkommst. Ich möchte dich bei mir haben. Ich habe Angst um dich. Du bist in Gefahr, so allein dort.«

Julia spürte, wie sie erstarrte. »Warum bin ich in Gefahr, Magnus?«

»Weil du allein bist. Weil du Hilfe brauchst.«

»Ganz im Gegenteil, Magnus«, sagte sie. »Ich fühle mich hier zum ersten Mal seit zwei Monaten sicher. Lily hat mir versprochen, sie würde dich nicht anrufen, aber da sie es nun doch getan hat, bist du die einzige Bedrohung, die mir einfällt. Vielleicht werde ich wieder umziehen. Du beobachtest mich. Ich weiß, daß du letzte Nacht hier warst. Wenn wir etwas zu besprechen haben, werde ich dich in mein Haus einladen. Bis dahin bleib weg. Sonst wirst du ernste Schwierigkeiten bekommen.«

Sie konnte sich seine Reaktion hierauf vorstellen: er ballte die Hände zu Fäusten, sein Gesicht wurde rot, er preßte die Lippen zusammen.

»Verdammt«, sagte er. Für Julia war es, als läge das Gewicht ihres zehnjährigen Beisammenseins hinter diesem Fluch. Sie antwortete nicht; einen Augenblick später legte Magnus auf. Nun war ihr, als wäre der Krieg mit Magnus erklärt – die offensichtlichste Folge von elf Jahren Ehe war wohl die, daß Drohungen und Flüche nicht mehr von Höflichkeit unterdrückt wurden. Sie kannten einander zu gut.

Zwanzig Minuten später, als sie zum ersten Mal ihre Türglocke läuten hörte, schrak Julia so heftig zusammen, daß sie den Inhalt ihrer Handtasche verschüttete. Das Telefongespräch war gerade lange genug her, daß Magnus Zeit gehabt hätte, von Hampstead hierher zu fahren, um sie zu zwingen, wieder in ihr gemeinsames Haus zurückzukehren – oder ins Krankenhaus. Es bestand kein Zweifel daran, daß es Magnus gelingen würde, sie wieder in ein Krankenbett und unter Drogeneinfluß zu zwingen; in der

Zwischenzeit würde er einen rechtlichen Trick finden, der sie zu seiner Gefangenen machen würde. Das war ein neuer Gedanke, und Julia beschloß, während sie den Inhalt ihrer Handtasche wieder zurückstopfte, daß sie ihn mit aller Gewalt auch physisch bekämpfen würde, anstatt sich von hier fortschleppen zu lassen.

Sie schlich hinter einen braunen Sessel und spähte durch den Vorhang zu den Stufen der Eingangstür. Sie konnte nur einen eckigen, perspektivisch verkürzten Schatten sehen. Dann trat die Person einen Schritt zurück und war zu sehen. Es war Mark Berkeley. Julia sprang hinter dem Sessel hervor und eilte zur Tür. Sie riß sie in dem Augenblick auf, als Mark, der immer noch rückwärts ging und das Haus betrachtete, den Gehweg erreicht hatte.

»Mark, Darling«, sagte sie. »Was für eine nette Überraschung! Ich hielt dich für Magnus. Bitte, komm herein.«

Mark stand im Sonnenlicht und grinste sie an. Er war wirklich unglaublich schön. Sein Baumwollhemd und die Hose waren so verblichen, daß es dieselben hätten sein können, die er schon bei ihrer ersten Begegnung getragen hatte.

»Macht es dir etwas aus, daß ich das Geheimnis kenne?« sagte er. »Lily hat mich gestern abend angerufen. Sie ist voll Bewunderung für dich, und ich muß gestehen, ich bin es auch. Was für ein herrliches Haus. Perfekt.«

»Lily hat ein schrecklich großes Mundwerk, aber in deinem Fall macht es mir nichts aus.« Julia hielt die Tür auf, während Mark zu ihr in die Diele kam. Einen Augenblick hatte sie den starken Eindruck, als würde er sie umarmen, und sie wich ein wenig vor ihm zurück. Mark legte ihr vertraulich die Hand auf die Schulter.

»Hat sie Magnus auch angerufen? Weiß er, wo du bist?«

Julia nickte.

»Er hat mich vor zwei Tagen wutschnaubend angerufen. Er beschuldigte mich, ich würde dich vor ihm verstecken.«

»Der Teufel soll ihn holen!« Julia war schockiert, überlegte sich dann aber, daß eine solche Beschuldigung typisch für Magnus war. »Oh, das tut mir leid, Mark. Ich möchte nicht, daß du meinetwegen Ärger hast. Komm herein und setz dich. Kann ich dir etwas bringen? Nein, eigentlich kann ich das nicht. Ich habe nichts im Haus, ich wollte gerade einkaufen gehen. Oh, ich bin so froh, dich zu sehen, du bist wie ein kühler Hauch.«

»Warum hältst du dieses Haus auf der Temperatur einer Säuglingsstation? Hier drinnen ist es wärmer als draußen.« Mark ließ sich auf das Sofa fallen. »Weißt du, Julia, du mußt dich nicht für Magnus entschuldigen – ich kenne ihn schon länger als du. Eigentlich war ich nie ganz sicher, warum du all die Jahre bei ihm geblieben bist. Ich nehme an, jetzt kann ich das sagen.«

»Du kannst sagen, was du möchtest«, sagte Julia, obwohl sie es eigentlich nicht mochte und ihr seine Bemerkung nicht gefiel. Fast gegen ihren Willen fügte sie hinzu: »Wir hatten Kate«, und dann dachte sie, daß ihre Ehe tatsächlich vorbei war, wenn sie eine solche Bemerkung machen konnte. Während sie den ansehnlichen, nicht gesellschaftsfähigen Mark auf dem Sofa flegeln sah, die ausgetretenen Stiefel auf dem Teppich übereinandergeschlagen, fühlte sie sich auf erregende Weise frei von Magnus. Sie sagte: »Augenblicklich ertrage ich es nicht, an ihn zu denken, Mark. Ich habe immer noch Angst vor ihm. Aber ich werde stärker. Glaubst du, daß ich richtig gehandelt habe?«

»Julia, von ihren Fesseln befreit«, sagte Mark lachend. »Natürlich hast du richtig gehandelt. Ich habe nur Angst, daß er dich nicht in Ruhe lassen wird. Glaubst du, er wird Ärger machen?«

»Ich weiß es nicht«, gab Julia zu. »Ich glaube, er ist letzte Nacht ums Haus geschlichen. Es war nur ein Eindruck, etwas, das ich im Garten gesehen habe, ein Schatten. Er hat es heute morgen am Telefon sogar so gut wie zugegeben. Er hat mir unbeschreibliche Angst gemacht.« Mark sah sie ernst an, was Julias Geständnis Gewicht verlieh; es hätte ihr nicht gefallen, wenn Mark ihre Angst einfach abgetan hätte.

»Aber das ist ja schrecklich«, sagte er. »Genau das hatte ich befürchtet. Du mußt ihn von dir fernhalten. Um ganz offen zu sprechen, ich würde ihm kein Wort glauben. Es würde Magnus ähnlich sehen, dich einzuschüchtern, damit du zu ihm zurückkehrst.«

»Oh, laß uns bitte nicht von Magnus sprechen«, flehte Julia. »Ich möchte dir mein Haus zeigen. Gefällt es dir wirklich? Ich habe es so überstürzt gekauft, daß ich selbst noch nicht ganz sicher bin. Ich habe so etwas noch nie vorher ganz allein getan.«

»Es ist perfekt für dich«, sagte er. »Aber woher hast du diese erstaunlichen Möbel?«

»Die gehörten den Leuten, die hier gewohnt haben«, sagte sie. »Sie gefallen mir. Ich möchte mich nicht auch noch um Möbel kümmern müssen.«

»Dann ist es in Ordnung«, sagte er lächelnd.

Julia führte ihn durchs Haus, in jedes Zimmer, bis sie zuletzt in ihrem Schlafzimmer standen.

»Aber hier drinnen ist es ja glühend heiß«, sagte Mark. »Obwohl die Fenster offen sind. Du mußt die Heizung eingeschaltet haben. Wo ist sie?«

»Nein, ich habe sie gestern abend ausgeschaltet«, sagte Julia und ging über den grünen Teppich zum großen grauen Block der Heizung. Sie sah zu den Armaturen an der Wand und stellte fest, daß der Schalter nach unten gedrückt war. »Komisch, ich dachte...« Sie verstummte. »Vielleicht habe ich sie eingeschaltet. Nein, das kann nicht sein, sie war heiß, als ich eingezogen bin. Ich muß mich irgendwie geirrt haben.« Sie beugte sich hinab und kippte den Schalter. »Oben ist aus, nicht wahr?«

»Für gewöhnlich«, sagte Mark und durchquerte den Raum. Er berührte die Heizung behutsam. »Aber die hier ist eingeschaltet. Sie heizt mit voller Stärke. Vielleicht hast du einen Poltergeist.«

»Oh, das hoffe ich«, sagte Julia. »Das ist nett. Du mußt lächeln, wenn ich etwas Albernes und Kindisches sage. Magnus hätte mich mißbilligend angesehen.«

»Magnus hat Verhaltensnormen.«

»Und eine mächtige Seele.«

»Ha! Verzeihst du ihr, daß sie mir dein Geheimnis verraten hat?«

»Daß sie es dir gesagt hat, schon, nicht aber, daß sie es auch Magnus verraten hat. Er hat mir eine schreckliche Nacht bereitet.«

»Laß mich mit dir einkaufen gehen, dann werde ich dir helfen, nicht mehr an Magnus zu denken.«

»Du bist ein Schatz. Ich werde Hilfe brauchen können, wenn ich schwer zu tragen habe.«

»Ich stehe dir voll und ganz zur Verfügung.« Diese Worte, von Mark ausgesprochen, hatten einen überdeutlichen sexuellen Unterton; Julia nahm statt einer Antwort seinen Arm. Niemand, der so verantwortungslos war wie Mark, konnte jemals eine Bedrohung sein.

»Wenn du mir hilfst, dann helfe ich dir als Gegenleistung vielleicht, dein legendäres Durcheinander in Notting Hill aufzuräumen.

»Einverstanden«, sagte Mark.

3

Auch später noch konnte Julia an diesen nachmittäglichen Einkaufsbummel mit nostalgischer Freude zurückdenken. Es war ihr, als sei sie wirklich frei von allen Banden gewesen, übermütig und sorglos – die Frau, zu der sie vor zehn Jahren hätte werden können, hätte sie sich nicht von Magnus Lofting verzaubern lassen. Sie und Mark waren mit dem Rover zuerst zur Oxford Street gefahren, wo Julia Handtücher und Bettdecken und ein paar Küchenutensilien kaufte, und dann zu Harrods. Mark hatte darauf bestanden, ihr ein grünes Armband zu kaufen, nach Harrodsmaßstäben nicht besonders teuer. Schließlich waren sie noch zu Fortnum und Mason gegangen, wo Julia eine lächerlich glückliche, lächerlich teure Stunde damit verbrachte, exotische Lebensmittel zu kaufen. Julia bemerkte andere Kunden, die sie verwundert ansahen, und ihr wurde klar, daß sie einigen Radau machte, aber heute fühlte sie sich nicht verlegen; Mark für seinen Teil schien entzückt über ihre Ausgelassenheit zu sein. Seine Freude an ihrer guten Laune steckte sie an; Julia fühlte sich vollgesogen mit Vergnügen, unkompliziert und wolkenlos. Sie und Mark tranken Tee bei Fortnum, dann stellten sie den vollgeladenen Rover in einem Parkhaus unter und besuchten ein Pub; am Abend führte er sie in ein kleines Restaurant in Notting Hill. Magnus hatte in seinem erwachsenen Leben kein einziges Mal ein Pub betreten – Magnus wäre aus ›The Ark‹ geflohen, kaum daß er die Speisekarte erblickt hätte, die mit Kreide auf an der Wand hängenden Tafeln geschrieben stand. Nach dem Essen, in einem anderen Pub, lud Mark Julia schüchtern in seine Wohnung ein. »Eigentlich bloß ein Zimmer. Du bist noch nie da gewesen.«

»Ein andermal, Mark. Ich muß meinen Einkauf noch verstauen. Und ich habe zu viel getrunken, um dir in deinem eigenen Zimmer noch zu trauen.«

In dieser Nacht waren ihre Träume unheimlich. Sie ging langsam, schleppend durch den Holland Park – einen Holland Park voller Statuen und Bronzemonumente. Sie war allein; Magnus war irgendwohin verschwunden, und Julia wußte, daß er eine andere Frau besuchte. Kate tollte weiter vorn herum, ihr Kopf wackelte, ihr weißes Kleid schimmerte in dem graugrünen Licht. Julia versuchte, schneller zu gehen, um Kate zu beschützen, aber jeder Schritt kostete sie enorme Anstrengung, als ginge sie durch Schlamm. Dann, als sie voraus sah, erkannte sie, daß Kate eine Gefährtin hatte, das blonde Mädchen, das sie an ihrem ersten Tag im Park gesehen hatte. Die beiden Mädchen tanzten unbeschwert vor ihr her. Ihre identischen Köpfe, jeder hellblond, flogen durch die stickige Luft. Weit von Julia entfernt setzten sie sich auf einen Hügel. Julia versuchte zu laufen, aber ihre Beine waren wie gelähmt. Das zweite Mädchen sprach hastig auf Kate ein, es stieß abscheuliche Dinge hervor – Kate saß wie gebannt. Als Julia näherkam, wandten die Mädchen ihr die Köpfe zu, ihre identischen Augen glühten. »Geh weg, Mutter«, sagte Kate.

Dann trug sie Kates Leichnam durch eine Stadt. Das blonde Mädchen tanzte, wie vorher, voraus. Julia folgte ihr, sie überquerte belebte Straßen im hellen Sonnenschein, bis sie die überfüllte Unterstadt hinter sich gelassen hatten und sich in einer bedrohlichen, heruntergekommenen Gegend befanden: rußige, sonnenlose Höfe und schäbige Ziegelgebäude mit vernagelten Fenstern. Ein Buckliger hinkte vorüber und grinste sie an. Das blonde Mädchen betrat eines der Häuser durch einen runden Torbogen. Julia zwang sich ängstlich, ihr zu folgen, dann fand sie sich auf einem Dach wieder, von zerlumpt gekleideten, herumlungernden Männern angestarrt. Ihre Arme taten weh, und Kate war sehr schwer geworden. Das blonde Mädchen war durch einen weiteren Bogen verschwunden. Julia begriff, daß sie auf dem Dach stehenbleiben mußte, den Leichnam ihrer Tochter auf den Armen und von verelendeten Männern angestarrt – sie mußte stundenlang so stehenbleiben. Die ganze Szene hatte eine verzweifelte, verbrecherische Atmosphäre, erfüllt von moralischem Scheitern; Julia wollte fort, aber sie konnte nicht.

Sie erwachte in ihrem heißen Zimmer. Der verzweifelte Geschmack des Traumes haftete ihr immer noch an. Julia vermißte Kate schrecklich; als sie in die Schwärze emporstarrte, schien ihr Leben von allem entleert zu sein. Mit einem leichten, mißbilligenden Schock erkannte sie, daß sie Marks Nähe wollte, nicht sexuell, sondern einfach nur, daß er an ihrer Seite schlief, daß seine Brust sich hob und senkte. Sie drehte sich auf die andere Seite und vergrub den Kopf tief im Kissen, das immer noch nach dem Laden roch; die Decke, die sie auf das Bett gelegt hatte, hatte sie im Schlaf weggeschoben. Sie schloß die Augen und versuchte, die Stimmung des Traums zu überwinden. Dann hörte sie das Geräusch, das sie in der vergangenen Nacht geweckt hatte. Es war ein leises, raschelndes, huschendes Geräusch gewesen, das aus dem Flur oder von der Treppe kam. Julia verkrampfte sich, dann entspannte sie sich wieder. Es mußte der Wind in den Dielenvorhängen gewesen sein.

Ein Poltern unten ließ sie senkrecht im Bett emporschnellen – sie dachte sofort daran, daß Magnus durch ein Fenster eingedrungen war und unten alles kurz und klein schlug. Anfangs verspürte sie die bekannte Angst vor ihm, doch während sie zuhörte, wurde aus der Angst

Zorn; sie würde Magnus in diesem Haus nicht dulden. Sie hob das Handgelenk vors Gesicht und blinzelte zur Uhr. Es war zwei Uhr vorbei. Wenn Magnus zu dieser Stunde unterwegs war, dann war er wahrscheinlich betrunken. In den letzten Jahren hatte er angefangen, immer mehr zu trinken, und er war oft alkoholisiert in die Gayton Road gekommen, erbost über etwas, das während des Abends geschehen war. Sie schlüpfte aus dem Bett, streifte sich das Nachthemd über den Kopf und zog den Morgenmantel über. Als sie die Tür zum Flur geöffnet hatte, lauschte sie aufmerksam, konnte aber nichts hören.

Julia verließ das Schlafzimmer und schlich so lautlos wie möglich in den Flur. Als sie die oberste Stufe der Treppe erreicht hatte, hörte sie das raschelnde Geräusch wieder, und ihr Herzschlag setzte beinahe aus. Sie ruderte mit dem rechten Arm und hieb auf den Lichtschalter des Treppenhauses. Niemand war da. Sie konnte den Rand der Vorhänge im unteren Flur sehen; sie hingen still und ruhig. Das raschelnde Geräusch hatte auf rasche Bewegung hingedeutet, eine zweibeinige Präsenz; aber es war ein feminines Geräusch gewesen, und sie konnte sich unmöglich vorstellen, daß Magnus es verursacht hatte. Julia ging leise die Treppe hinunter und wartete unten in der Diele. Aus keinem der Zimmer war etwas zu hören. Im Licht, das von der Treppe herabschien, stieß sie die Tür zum Wohnzimmer auf. Silbernes, schwereloses Mondlicht lag über Couch und Teppich. Der gelbe Umschlag von Lilys Buch schimmerte am Boden. »Magnus«, stieß sie hervor und machte einen Schritt ins Wohnzimmer, »Magnus!« Keine Antwort. Julia merkte, daß ihre Augen schmerzten; auch ihre Seiten taten weh, wo sie sie in der vergangenen Nacht aufgeschürft hatte. »Sag etwas, Magnus!« Es war sehr unüblich für Magnus, sich in einem dunklen Zimmer zu verbergen. Wahrscheinlicher wäre gewesen, daß er sich brüllend auf sie gestürzt hätte.

Julia sah sich rasch in dem Zimmer um, aber es schien nichts zu fehlen; das Wohnzimmer sah verschlafen und unpersönlich aus – nicht wie ihres; die Möbel der McClintocks lagen träge wie Großwild um ein Wasserloch herum. Im Mondenschein ging sie durch das Wohnzimmer ins Eßzimmer. Die Vorhänge waren offen, und sie konnte in den Garten hinaussehen, der im silbernen Licht unheimlich wirkte. Auch dort regte sich nichts. Julia drehte sich um, um in die Ecken des Zimmers zu schauen.

Und dann sah sie, was das Geräusch verursacht hatte. Lilys Blumen lagen in einer Pfütze auf dem Teppich; die Vase, in die sie sie gestellt hatte, war in vier oder fünf unregelmäßige Scherben zerbrochen. Julia erstickte einen Schrei, der in ihrer Kehle emporstieg, und legte eine Hand vor den Mund; jemand hatte die Vase gegen den Mahagonitisch geschlagen und dann die Blumen auf den Teppich geworfen. Sie lief zum Fenster und zog am Griff; er glitt mühelos nach unten, und das Fenster schwang in den Garten hinaus. Kühle Nachtluft strömte herein. Es war nicht verriegelt. Gestern nacht hatte sie von außen gegen den Griff gedrückt, aber er hatte nicht nachgegeben. Nun drehte sie den Griff herum und verriegelte das Fenster wieder. Magnus mußte irgendwie eingedrungen sein – er hatte einen Weg herein gefunden –, und nachdem er die Vase zerschmettert hatte, war er durch den Garten entflohen. Diese Szene hatte in ihrer Fantasie denselben üblen Beigeschmack moralischen Scheiterns, dieselbe Hoffnungslosigkeit wie der Moment auf dem Dach in ihrem Traum – es war niederschmetternd.

Julia bückte sich zu dem nassen Boden hinab und hob die Überreste der Vase auf. Sie brachte sie in die Küche und legte sie auf die Spüle. Später würde sie versuchen, sie zusammenzukleben. Als sie ins Wohnzimmer zurückkam, nahm sie die sinnlos geschnittenen Blumen, trug sie in die Küche und warf sie in einen Kasten unter dem Abfluß. Sie stellte sich vor, wie Magnus heimfuhr, mit sich selbst redete und dann wie ein Bär die Kensington High Street entlangstapfte. Sie nahm an, daß er eine seiner Frauen besuchen würde.

Nachdem sie etwas von dem Wasser mit einem Handtuch aufgesogen hatte, ging Julia wieder hinauf ins Schlafzimmer. Sie war aufgeregt und rastlos und legte sich auf das Bett, um den Morgen zu erwarten. Sie konnte unmöglich schlafen, überlegte sie, aber die Augen fielen ihr fast auf der Stelle zu. Kurz bevor sie eindöste, bildete sie sich ein, fernes Gelächter zu hören – ein unfreundlicher, spöttischer Laut. Hitze wogte über sie hinweg; in einem bruchstückhaften Traum, den sie zwischen wachen Intervallen hatte, träumte sie, daß sie und Kate Vögel waren, schwebende Vögel, die auf warmen Luftströmungen dahinschwebten. Dort oben waren sie frei; keiner würde sie bemerken. Sie sehnte sich nach Anonymität, Abgeschiedenheit, Isolation. Vielleicht, dachte sie, wollte sie wirklich den Verstand verlieren.

»Ich sagte dir doch, daß ich dein Haus sehen möchte«, sagte Lily. Sie sprachen am Telefon miteinander, es war am frühen Nachmittag. »Und es wäre eine vom Himmel geschickte Lösung unseres Problems. Normalerweise treffen wir uns in Mr. Piggots Zimmer in Shepherd's Bush, aber er hatte Malerarbeiten auszuführen, und die ganze Wohnung riecht danach – außerordentlich störend, wie du dir vorstellen kannst. Mrs. Fludd wird nicht nach Plane Tree House kommen, weil sie darauf besteht, nur im Erdgeschoß zu arbeiten, und ich kann mir kaum vorstellen, daß wir uns in der Halle versammeln. Miß Pinner und Miß Tooth leben zusammen in einem Wohn-Schlafzimmer in West Hampstead, aber auch das liegt im zweiten Stock. Mr. Arkwright sagt, seine Frau will nichts davon hören, daß unsere Versammlung in ihrem Haus stattfindet. Du siehst also unsere Lage, meine Liebe. Könnten wir uns in deinem Haus treffen? Ich weiß, das ist aufdringlich, besonders bei unserem ersten gemeinsamen Treffen, aber ich bin mit meiner Weisheit am Ende, ein Zimmer im Erdgeschoß zu suchen, das einfach nicht aufzufinden ist.«

»Nein, es ist mir ein Vergnügen«, sagte Julia, die in Wahrheit gemischte Gefühle bei dem Gedanken hatte, Mrs. Fludd und den Rest von Lilys Zirkel bei sich im Haus zu haben. Dann aber dachte sie, wenn Magnus um das Haus herumstrich, geschehe es ihm recht, eine Menge Leute vorfahren zu sehen. Sie sah das Haus aus seiner Perspektive, alle Lichter eingeschaltet, auf beiden Straßenseiten Autos geparkt: ein Zeichen ihrer Unabhängigkeit von ihm. Sie sagte: »Ich helfe gern aus. Um welche Zeit trefft ihr euch für gewöhnlich?«

»Du bist ein Engel«, seufzte Lily. »Um neun Uhr. Die anderen werden dir dankbar sein.«

»Soll ich Erfrischungen machen? Etwas zu essen?«

»Kaffee oder Tee. Ein paar Biskuits. Wir sind nicht besonders anspruchsvoll.«

Den Rest des Vormittags verbrachte Julia im Garten, wo sie abwechselnd in ›Herzog‹ las und döste; nach dem Essen ging sie wieder in den Garten und nahm ein geeistes Glas Gin mit Bitter Lemon mit. Der Drink und der heiße Nachmittag erinnerten sie an Nachmittage in Amerika, daheim oder im College, Nachmittage mit Nat King Cole im Radio und Jungen, die sich ins Gras legten. In dieser Stimmung nostalgischen, sonnenbetäubten Müßiggangs las Julia den ganzen Nachmittag ununterbrochen in dem Roman.

Um vier Uhr kam ihr eine Idee; sie ging durch das Eßzimmer ins Haus und rief Mark an.

»Wahrscheinlich ist es völlig verrückt«, sagte sie ein wenig unaufrichtig. »Lily hat praktisch darauf bestanden, daß ich ihrer Bande von Teufelsanbetern beitrete, und nun, da sie sich hier treffen, fühle ich mich von ihnen überrumpelt. Könntest du nicht vorbeikommen und mir die Hand halten?«

»Das wird Lily nicht gefallen«, erwiderte Mark.

»Vergiß Lily. Ich habe ihr gegenüber nicht einmal erwähnt, daß sie ihr Versprechen gebrochen und Magnus angerufen hat. Ich weiß, sie konnte nicht anders. Außerdem weiß ich nicht, ob es ihr nicht gefallen würde, wenn du hier bist. Seid ihr beide denn jetzt nicht Freunde? Ich dachte, du und Lily würdet miteinander auskommen.«

»Sie hat ein paar seltsame Vorstellungen, was mich anbelangt«, meinte Mark lachend. »Ich glaube, Lily betrachtet sich als meine Gouvernante.«

»Als meine auch«, sagte sie. »Bitte komm. Wir treffen uns um neun, aber du kannst auch früher kommen.«

»Abgemacht. Soll ich etwas mitbringen?«

»Dich selbst«, sagte Julia.

Lily und eine untersetzte Frau mit rotem Gesicht, in einem geblümten Kleid und formlosem, uraltem grauen Mantel, der von einem einzigen losen Knopf gehalten wurde, kamen zehn Minuten vor neun an. Als Paar waren sie unweigerlich komisch: Lily, einem alternden Seidenfalter ähnlich, begleitet von dieser kleinen Bulldogge, der nur noch das Zaumzeug eines Zugpferdes fehlte, um ihre Aufmachung zu vervollständigen. Julia konnte nicht anders als über die beiden lächeln, als sie die Tür geöffnet hatte. Von allen Leuten, die wie Lily aussahen, dachte sie, brachte es nur Lily fertig, sich in solcher Begleitung in der Öffentlichkeit sehen zu lassen. Sie sahen wie ein Vaudeville-Team aus – Lily war der Aristokrat, der mit Wasser überschüttet und mit Sahnetorten beworfen wird.

»Mrs. Fludd und ich haben einen herrlichen Spaziergang in den letzten Sonnenstrahlen genossen«, sagte Lily. »Julia Lofting, Mrs. Fludd.«

»Wie geht es Ihnen?« sagte Julia. »Bitte treten Sie ein. Sind Sie durch den Park gegangen?«

»Der Holland Park wird bei Sonnenuntergang geschlossen«, sagte Lily. »Er ist verschlossen und verriegelt. Mrs. Fludd wollte sich in der Nachbarschaft umsehen.«

»Sie ist nicht bloß heiß«, sagte Mrs. Fludd. »Tropisch, würde ich sagen. Aber näher als Shepherd's Bush. Hier drinnen ist es auch nicht gerade kühl.«

Julia entschuldigte sich und erklärte die Sache mit der Heizung.

»Sie sollten in einen netten klimatisierten Bingosaal gehen«, empfahl Mrs. Fludd.

Als sie Lily ins Wohnzimmer folgte, blieb sie wie angewurzelt stehen. Mark stand grinsend von der Couch auf. »Schön, dich wiederzusehen, Lily«, sagte er. »Und Sie müssen die wunderbare Mrs. Fludd sein, von der ich soviel gehört habe.«

Lily sah ihn an, dann Julia; ihre Mißbilligung stand ihr deutlich ins Gesicht geschrieben. Sie wandte sich zu Mrs. Fludd, die noch roter und untersetzter geworden zu sein schien.

»Zwei Neulinge«, beschwerte sie sich. »Sie sagten einer. Von zwei Neulingen war nicht die Rede. Ich bin umsonst hierher gekommen. Mit zwei Neulingen sind die Interferenzen zu groß.«

»Das ist mein Bruder, Mark Berkeley«, sagte Lily rasch. »Er ist ein Freund von Mrs. Lofting, Mrs. Fludd, bitte sagen Sie nicht, es wäre unmöglich. Die anderen werden bald hier sein. Und ich wollte, daß Mrs. Lofting Zeuge unserer Transzendenz wird.«

»Mit zwei Neulingen gibt es keine Transzendenzen«, sagte Mrs. Fludd nachdrücklich. »Keine Transformationen, keine Interpretationen, und auch keine Vollendung. Diese da« – sie deutete mit einem Wurstfinger auf Julia –

»ist skeptisch. Alle Schwingungen werden gestört sein. Sind Sie nicht skeptisch, meine Liebe?«

Julia sah zu Lily, da sie nicht wußte, was sie sagen sollte. Lily war keine Hilfe. Sie war immer noch verstimmt wegen Marks Anwesenheit. »Ich denke schon«, sagte sie schließlich.

»Gewiß sind Sie das. Ihre Aura ist dunkel – wie eine Grube. Verwirrung und Verzweiflung auf der siebenten Ebene. Das ist die Ebene der Häuslichkeit. Richtig, meine Liebe?«

»Nun...«

»Also gut. Und dann ist da noch eine umwölkte Aura. Schmutzig wie ein alter Teich. Aber er ist offen für die Dinge. Er ist empfänglich. Vielleicht zu offen. Schöne Männer sind so. Er braucht besondere Sorgfalt, ja, ja.«

»Heißt das, Sie wollen es nicht tun?« fragte Julia. Sie war bezaubert von Mrs. Fludd.

»Habe ich das etwa gesagt? Ich sagte: keine Transzendenzen, keine Transformationen, keine Interpretationen und keine Vollendung. Sie könnten ihnen ohnedies nicht ganz folgen, da Sie skeptisch sind. Aber er könnte es – er ist offen. Er möchte gefüllt werden wie eine Flasche.«

Mark lachte entzückt und sagte: »Mrs. Fludd, Sie sind ein Genie. Sie sind Ihr Geld doppelt wert.«

»Geld nehme ich nicht«, sagte Mrs. Fludd, knöpfte ihren einzigen Knopf auf und gestattete dem Mantel, sich ein wenig zu öffnen. »Geld verdirbt die Begabung. Aber ich nehme Tee. Normalerweise pflege ich PG Tips zu trinken.« Sie ging ohne Zögern zur Couch. »Mrs. Piggot macht einen herrlichen Tee.« Sie nahm Platz, wobei sie stramme weiße Waden und ein paar schwarze Polizeihalbstiefel entblößte, und sah erwartungsvoll zu Julia.

»Oh, das tut mir leid«, sagte Julia. »Ich habe keinen Tee. Ich habe Kaffee gekauft, denn ich dachte...« Sie sah zu Lily, die, immer noch erzürnt über Marks Anwesenheit, nur die Achseln zuckte. Sie hatte sich durch das ganze Zimmer von ihm entfernt, und nach der Geste zu Julia drehte sie sich um und gab vor, durch die hohen Fenster des Eßzimmers den Garten zu betrachten.

»Dieses Gebräu kann ich nicht trinken«, sagte Mrs. Fludd. »Manchmal nehme ich ein wenig Ribena. Aber Ribena ist verheerend für die oberen Regionen.«

»Ribena habe ich auch nicht«, sagte Julia den Tränen nahe.

»Hm...«

»Sherry?«

Mrs. Fludd neigte überlegend den Kopf. »Nun, heute nacht wird es keine speziellen Tricks geben, daher könnte ich einen winzigen Schluck Sherry nehmen, ja. Aber das nächste Mal besorgen Sie PG Tips, meine Liebe. Wir trinken alle Tee. Miß Pinner und Miß Tooth schwärmen geradezu von Mr. Piggots Tee. Hier ist mein Mantel, meine Liebe.«

Als Julia in die Küche ging, um den Sherry zu holen, läutete die Türglocke, und sie bat Lily, an ihrer Stelle zu öffnen. Als sie wieder ins Wohnzimmer kam, sah ein spindeldürrer älterer Mann, Mitte Sechzig, mit strengem, langem Gesicht und einem schmalen Hitlerbärtchen Mark mit ernstem Unbehagen an. »Mit zweien wird es niemals funktionieren, Miß Lofting«, sagte er. Der Mann hatte die Hände in die Taschen seines langen braunen Leinenmantels gesteckt – einem Mantel wie dem eines Parkwächters oder IRA-Mannes im Fernsehen – und machte ebensowenig Anstalten, ihn abzulegen wie den breitkrempigen Hut derselben Farbe. Mark saß völlig entspannt da und lächelte dem Mann einfach zu.

»Aber, Mr. Piggot«, redete Lily ihm gut zu, »Mrs. Fludd möchte es versuchen, und daher... Und hier ist Mrs. Lofting, unsere Gastgeberin. Mr. Piggot, Julia.«

Mr. Piggot sah Julia stechend an, entspannte sich ein

wenig und nahm den Hut ab. Sein Haar wuchs in einem ergrauten, dünnen Reif über den Ohren, sein hoher Kopf war kahl und voller Leberflecke und schien so zerbrechlich wie eine Eierschale zu sein. »Nun«, sagte er, »sie sieht aus, als könnte sie eine gute Tasse Tee machen.«

»Nehmen Sie ein gutes Glas Sherry, Mr. Piggot«, sagte Julia, die sich verzweifelt bemühte, über die alte Vogelscheuche zu triumphieren.

»Sherry, ja? Normalerweise nehmen wir bei unseren Treffen Tee zu uns. Ich verwende PG Tips. Mrs. Fludd liebt ihn, nicht wahr, Mrs. Fludd? Aber zu einem Glas Sherry sage ich nicht nein, nicht bei Ihnen. Britisch, nicht?«

»Spanisch«, sagte Julia. »Manzanilla.«

Mr. Piggot verzog das Gesicht. »Nun, er wird den Mund befeuchten. Nach einer Fahrradtour von Shepherd's Bush hierher bin ich etwas ausgetrocknet. Normalerweise halten wir diese Treffen bei mir ab, wissen Sie. Ich nehme an, Ihre – Tante? – wird Ihnen das gesagt haben. Aber Mrs. Fludd möchte nicht in einem Zimmer arbeiten, das erst gestrichen worden ist. Stört die Strahlungen.«

»Etwas Schreckliches«, pflichtete Mrs. Fludd fröhlich bei, während sie den Sherry nahm. »Bringt mein ganzes System durcheinander.«

»Das ist Mr. Arkwright«, sagte Mr. Piggot, als die Glocke erneut ertönte. »Mr. Arkwright ist pünktlich wie ein irischer Wachsoldat.«

Julia sagte: »Würdest du ihn hereinbitten, Lily?« Sie reichte Mark ein drittes Glas Sherry, der etwas Sardonisches darüber sagte, er müsse gefüllt werden wie eine Flasche, und sich dann neben Mrs. Fludd setzte. Mr. Piggot betrachtete ihn immer noch mit mißbilligenden blauen Augen, die ein wenig zu dicht zusammen lagen.

»Hallo beisammen!« Ein untersetzter kleiner Mann in zerschlissenem grauen Gabardineanzug kam ein paar

Schritte vor Lily ins Zimmer gehüpft. Auch er hatte einen Schnurrbart und Kahlkopf, aber sein Schnurrbart war größer als der von Mr. Piggot, und sein Schädel schien fast aggressiv solide zu sein. Julia bemerkte einen Orden, der am Kragen angesteckt war, dann erst fiel ihr auf, daß ein Ärmel hochgesteckt war. »Bin ich der letzte?« Er sah sich flink im Zimmer um, verweilte bei Mark und kam dann zu Julia. »Ich sehe, die Damen aus West Hampstead sind noch nicht hier. Sie müssen Julia Lofting sein. Schön, Sie kennenzulernen. Mein Name ist Arkwright. Nigel Arkwright. Und Sie haben Sherry, wie aufmerksam. Hübsches Haus haben Sie hier, hm? Meine Kusine Penny Grimes-Bragg nahm sich vor vielen Jahren ein Haus hier in der Gegend, drüben in der Allen Street. Nicht weit von hier – oder?«

»Nein, überhaupt nicht«, sagte Julia, die sich wunderte, ob Mr. Arkwright häufig das Haus verließ. Aber sie kam zu dem Ergebnis, daß er ein Verbündeter gegen die unvorhersehbare Mrs. Fludd und die noch unbekannten Damen aus West Hampstead war.

»Nicht mehr als ein strammer Fußmarsch«, sagte er. »Als ich mit meinem alten Bus hierher fuhr, dachte ich an die alten Zeiten, als Penny und ich...«

»Leisten Sie mir Gesellschaft, Mr. Arkwright«, unterbrach Lily ihn. Ihre angeborene Geselligkeit hatte scheinbar ihre Verstimmung über Marks Anwesenheit überwunden, denn sie lächelte Julia zu, als Mr. Arkwright ihr den Rücken zugekehrt hatte.

»Mit Freuden, Miß L.«, zwitscherte er. »Ah, Mrs. Fludd, zwei Neulinge heute abend. Das schränkt das Arsenal der Tricks ein, nicht wahr?«

»Trinken Sie Ihren Sherry, Nigel«, sagte Mrs. Fludd liebenswürdig. Sie hatte sich ein paar Zentimeter von Mark entfernt, der nun so tief auf der Couch lag, daß er Gefahr lief, herunterzurutschen. Er schien durch und durch gelangweilt, aber Julia spürte eine Spannung – unterdrückt, verborgen – in ihm. Mrs. Fludd schien psychische Energie aufgeladen zu haben, denn sie sah bereits einen Augenblick, bevor es klingelte, zur Tür.

Julia ging in die Diele und öffnete die Tür. Zwei Frauen, beide dünn und älter und in lange, fadenscheinige schwarze Mäntel gekleidet, standen auf der Schwelle. Hinter ihnen erblickte Julia ein uraltes, an die Wand gelehntes schwarzes Fahrrad sowie einen noch älteren rostigen Morris Minor dahinter, der Mr. Arkwrights ›Bus‹ sein mußte. Die Damen aus West Hampstead waren wahrscheinlich mit dem richtigen Bus gekommen und unterwegs mehrmals umgestiegen. Wenn Magnus dort draußen herumlungerte und die Ankömmlinge betrachtete, überlegte sie, würde die Wirkung ganz und gar nicht die sein, die sie sich erhofft hatte. Ihr wurde klar, daß sie sogar das Gegenteil von dem bezweckt hatte, was sie eigentlich wollte: Magnus würde annehmen, sie habe nun endgültig den Verstand verloren. Dennoch fand sie ein Lächeln für die beiden Frauen.

»Ich bin Julia Lofting. Sie müssen Miß Pinner und Miß Tooth sein.«

»So ein weiter Weg.«

»Aber nicht so weit wie Shepherd's Bush.«

Miß Pinner und Miß Tooth betraten Julias Haus und machten Bemerkungen, wie hübsch es war. Als sie das Wohnzimmer erreichten, gingen beide unverzüglich zu Mrs. Fludd, wechselten ein paar Worte mit ihr und wandten sich dann erst lächelnd den anderen zu. Als Miß Pinner endlich Mark erblickte, verblaßte ihr Lächeln. Miß Tooth jedoch warf ihm einen Blick voll vager Verstimmung zu.

»Wer ist dieser junge Mann?« fragte Miß Pinner.

»Bitte, Norah«, sagte Miß Tooth.

»Wer ist er?«

»Mrs. Loftings Bruder Mark. Seine Aura ist sehr dunkel. Ihre Aura ist heute abend sehr stark, Miß Pinner. Hellorange, die Farbe starker Bewegungen im vierten Haus. Vielleicht haben wir heute abend Glück.« Nachdem sie das gesagt hatte, sah Mrs. Fludd sich in dem Zimmer um, ihre Aufmerksamkeit sichtbar von Miß Pinner abgelenkt; seit Julia sie zuletzt angesehen hatte, schien sie zurückhaltender geworden zu sein.

»Mit zwei Neuen sind die höheren Ebenen außer Frage«, sagte Miß Pinner.

Lily sagte an Mr. Arkwrights Seite: »Mrs. Fludd hat dankenswerterweise zugestimmt, sich auf die elementaren zu beschränken.«

Als Julia die beiden älteren Frauen betrachtete, begannen ihre Gesichter, die unter der Tür so ähnlich ausgesehen hatten, sich zu unterscheiden. Miß Pinner hatte eine gewisse Ähnlichkeit mit Mr. Piggot, der gerade Lily und Mr. Arkwright beschrieb, wie er im Hyde Park Fische gefangen hatte, indem er Brot am Angelhaken befestigte; beide hatten längliche, schmale Gesichter und kleine, hellblaue Augen, gleich Bruchstücken des Himmels. Miß Tooth machte dagegen einen staubigen, verblichenen Eindruck; ihr kleines, runzliges Gesicht verlieh ihr das Aussehen einer alternden Gourvernante. Miß Pinner hätte eine für ihren Scharfsinn berühmte ehemalige Rechtsanwältin sein können. Julia brachte alle Mäntel zur Garderobe in der Diele und kam mit zwei Gläsern Sherry für die beiden Frauen zurück. Miß Tooth sah zu Miß Pinner, bevor sie ihres nahm; als diese nickte, nahm sie das Glas in ihre winzige, zitternde Hand.

Mark warf Julia einen verzweifelten Blick zu, stand vom Sofa auf und ging zu Lily, die Mr. Piggot zuhörte, wie er seine unerlaubten Anglererlebnisse zum Besten gab. Für diese alten Leute waren die spiritistischen Sitzungen gesellschaftliche Anlässe; Mr. Arkwright kontrapunktierte

Mr. Piggots Erlebnisse mit lauten, soldatenhaften Lachsalven. Sein anfänglicher Redeschwall hatte keine spezielle Sympathie für Julia ausgedrückt, sondern lediglich Freude darüber, der Einsamkeit wieder einmal entronnen zu sein. Julias Haus war voller Leute, über deren Gesellschaft sie sich nicht freuen konnte; selbst Mark machte einen mürrischen Eindruck. Miß Pinner und Miß Tooth begutachteten gerade Julias Möbel. Sie waren in einem ekstatischen Lobesrausch; alles war ›so nett‹. Julia wünschte sich, sie könnte gehen und die Tür hinter sich absperren, aber sie nahm einen Schluck Sherry und setzte sich zu Mrs. Fludd auf die Couch.

»Ich sollte nicht hier bleiben«, sagte Mrs. Fludd.

»Nein? Mrs. Fludd, ich wäre Ihnen sehr dankbar. Lily hat sich so darauf gefreut...«

»Mir gegenüber brauchen Sie nicht zu heucheln, Mrs. Lofting. Sie wären froh, wenn wir alle nach Hause gingen. Aber Sie haben mich nicht richtig verstanden. Ich würde an Ihrer Stelle nicht hier bleiben. Nicht in diesem Haus.«

Julia sah das gerötete Gesicht der Frau überrascht an; sie mußte weiterhin überrascht feststellen, daß Mrs. Fludds Augen listig und empfänglich waren, überhaupt nicht verschwommen. Es war so, als hätte sie entdeckt, daß Mrs. Fludd in Wirklichkeit ein Mann war, der diese absurde Kleidung trug; so groß war der Schock darüber. Sie hatte Mrs. Fludd als ›Original‹ angesehen, jemanden, den man nicht ernst nehmen mußte, und dieser kurze Augenblick des Erkennens ließ sie wegen ihrer Vorbehalte erröten. Wenn die anderen aus Lilys Umfeld einsame Exzentriker waren, so enthüllte Mrs. Fludds kühler, durchdringender Blick eine Persönlichkeit, die aus härterem Holz geschnitzt war, als das Gerede über Transzendenz und Hellseherei vermuten ließ.

»Etwas in diesem Haus stimmt nicht«, sagte sie.

»Sie meinen, ich sollte ausziehen?« fragte Julia gebannt.

»Sehen Sie etwas? Hören Sie Geräusche? Ist etwas Unerklärliches geschehen?« Sogar ihre Ausdrucksweise hatte sich verändert.

»Ich weiß nicht«, gestand Julia. »Manchmal glaube ich, ich höre etwas...«

»Ja.« Mrs. Fludd nickte nachdrücklich.

Ihr fiel etwas ein, das Mark gesagt hatte, und sie fragte: »Was sind eigentlich Poltergeister? Ich komme mir ein wenig albern vor, wenn ich Sie das frage, aber könnte hier einer sein?«

»Poltergeister richten keinen Schaden an«, antwortete Mrs. Fludd. »Sie bewegen Gegenstände, manchmal zerbrechen sie einen Spiegel oder eine Vase – schalkhafte kleine Geschöpfe. Sie wären nur in Gefahr, wenn Sie besonders empfänglich wären wie Ihr hübscher Freund dort drüben. Oder wenn Sie von einem starken destruktiven Gefühl besessen wären. Haß. Neid. Dann könnte der Geist Sie beeinflussen, wenn er Rache sucht. Das ist selten, aber es kommt vor, wenn der Geist besonders böse ist. Oder wenn Sie durch einen Zufall mit ihm verbunden sind. In Wapping legte ein seit fünfzig Jahren toter Dieb Feuer an ein Haus, in dem die Familie eines Einbrechers wohnte. Alle kamen um.«

»Aber woher wissen Sie das?« fragte Julia.

»Ich spürte es. Ich wußte es.«

Eine solche eherne Überzeugung beeinflußte Julia immer. In jedem Fall ließ sie keine Widerrede zu. »Sie haben hier etwas gespürt?« fragte sie.

Mrs. Fludd nickte. »Etwas, kann es aber noch nicht festnageln. Aber ich mag dieses Haus nicht, Mrs. Lofting. Wer hat vor Ihnen hier gewohnt?«

»Ein Paar namens McClintock. Er hat Teppiche gemacht. Ich habe auch die Möbel von ihnen gekauft.«

»Irgendwelche Todesfälle in ihrer Familie? Irgendwelche Tragödien?«

»Das weiß ich nicht. Es war ein kinderloses Paar.«

»Aber Sie haben etwas gesehen. Dinge in diesem Haus.«

»Nun, ich fürchte, das könnte mein Mann gewesen sein«, sagte Julia lachend.

Mrs. Fludd erstarrte auf der Stelle und rückte von Julia ab; dann nahm sie sich zusammen und ergriff Julias Hand. »Rufen Sie mich an, wenn Sie Rat brauchen«, sagte sie. Sie holte eine weiße Visitenkarte aus der Tasche, auf der stand: Rosa Fludd, Hellseherin und Parapsychologin. Darunter war die Telefonnummer gedruckt.

Mr. Piggot näherte sich der Couch, gefolgt von dem forschen Mr. Arkwright. »Es ist doch soweit, nicht wahr?« sagte Mr. Piggot. »Ich brenne darauf, ein paar Theorien zu diskutieren, die ich seit unserem letzten Treffen aufgestellt habe.«

»Natürlich, mein Guter«, sagte Mrs. Fludd, die wieder fest in ihrer früheren Rolle verwurzelt war. Sie klatschte zweimal in die Hände, und die Unterhaltungen im Raum kamen zum Erliegen. Miß Pinner und Miß Tooth wandten ihre bleichen Gesichter ruckartig der Couch zu.

»Zeit«, hauchte Miß Tooth.

An entgegengesetzten Enden des Zimmers wandten auch Mark und Lily ihre Gesichter Mrs. Fludd zu; Lily mit einem Ausdruck, der Eifer mit Zufriedenheit verband, Mark ergeben. Julia hatte gerade noch Zeit, sich zu fragen, was mit Mark nicht stimmte, bevor Lily sie bat, das Licht auszuschalten.

Sie sprang auf und eilte rasch zum Lichtschalter. Düsteres graues Licht fiel durch die Fenster in das Zimmer; im weichen, diffusen Halbdunkel konnte Julia die starren, verbissenen Mienen der Mitglieder der Gruppe sehen. Sie und Mark waren hier Fremdkörper, und sie ging zu ihm.

»Haben Sie eine Kerze oder eine kleine Lampe, Mrs. Lofting?«

Julia ging ins Eßzimmer und schaltete eine kleine Keramiklampe in Form eines Bierkruges ein.

»Bitte stellen Sie sie weiter weg«, befahl Mrs. Fludd. »Ich muß Sie alle bitten, zu Beginn die Hände zusammenzulegen. Betrachten Sie das Licht hinter mir. Läutern Sie Ihren Geist.«

Die kleine Lampe warf nur schwaches Licht ins Wohnzimmer. Julia, die sich zur Gruppe gesellte, stellte fest, daß Mark zur Rechten ihre Hand ergriff, und zwar so fest, daß er ihr weh tat. Mr. Piggots Hand zur Linken war überraschend feucht und weich. Sein Kahlkopf glänzte blaß im spärlichen Licht.

Als sich die Mitglieder der Gruppe die Hände gereicht hatten, nahmen sie linkisch auf dem Fußboden Platz, wobei sie Mark und Julia mit sich zogen. Nur die kleine Miß Tooth konnte sich mit Anmut niedersetzen; sie schien in ihre Haltung mit übergeschlagenen Beinen zu schweben, während Miß Pinner sich mit maschinenhafter Wirtschaftlichkeit bewegte. Julia, die sie heimlich beobachtete, glaubte, Öl und Zahnräder riechen zu können.

Als sie am Boden saßen, sahen die Mitglieder der Gruppe an Mrs. Fludd vorbei zu dem weichen Lichtschein, der von der Bierkruglampe ausging. Der nachdenkliche Mark hatte das Gesicht zu einer Maske ergebener Toleranz verzogen. Erwartungsvoll und skeptisch zugleich, sah auch Julia zu der Lampe. Nach einer Weile begannen ihre Augen zu brennen. Sie sah sich in der Runde um und stellte fest, daß die Mitglieder der Gruppe die Augen geschlossen hatten; ihre Gesichter schwebten wie Totenmasken in der Luft. Mrs. Fludd saß in normaler Haltung auf der Couch vor ihnen, die Hände hatte sie im Schoß gefaltet. In der Scheibe des großen Fensters hinter ihr spiegelten ihr Kopf und die Lampe sich im dunklen

Glas. Weißliche Wolken trieben über dem flammenähnlichen, schwächer werdenden Lichtschein der Lampe.

»Schließen Sie die Augen«, sagte Mrs. Fludd mit langsamer, leiser Stimme. Mr. Piggot, der links von Julia saß, seufzte und ließ sich zurücksinken, wobei er ihre Hand mit sich zog. »Sie können sie später öffnen, wenn Sie möchten.«

Sie schloß die Augen. Rings herum hörte sie das Atmen der anderen. Mark umklammerte ihre Hand noch fester, und sie bewegte ihre in seiner, um ihm zu signalisieren, er möchte loslassen; statt dessen drückte er noch fester zu.

»Einer von uns hat Schwierigkeiten«, sagte Mrs. Fludd. »Wer ist es?«

Mark sagte: »Ich höre auf.« Er unterbrach den Kontakt mit Julia und stand auf.

»Schließen Sie die Gruppe«, sagte Mrs. Fludd. »Mr. Berkley, Sie werden ruhig außerhalb der Gruppe sitzen und zusehen.«

Julia rückte zur Seite und ergriff Lilys kühle Hand. Sie lag passiv in ihrer. Lily hatte die Augen nicht geöffnet, als Mark gesprochen hatte, aber alle anderen hatten es getan. Nun saß Mark hinter ihnen, immer noch Mrs. Fludd zugewandt.

»Ich brauche Ihre Hilfe, Mrs. Lofting«, sagte Mrs. Fludd sanft. »Machen Sie Ihren Geist leer und weiß – völlig leer. Lassen Sie sich durch nichts ablenken.« Ihre Stimme wurde langsamer und tiefer. Julia öffnete ein Auge und sah, als sie zur Couch blickte, Mrs. Fludds kräftigen Kiefer im Umriß im Licht hinter ihr. Ihr Haar schien aus weißer Gaze zu bestehen. Sie schien schwerer und älter geworden zu sein. Julia schloß die Augen wieder und dachte an eine weiße Untertasse.

Miß Tooth, am linken Ende der sitzenden Reihe, begann in kurzen Stößen zu atmen. Lilys Hand lag immer noch völlig passiv in der Julias. Nach einer Weile spürte

Julia Schmerzen in den Hüften. Mit geschlossenen Augen begann sie Bruchstücke von Szenen zu sehen, Gesichter von Menschen oder Landschaften, die blitzartig vor ihr auftauchten und dann mit anderen Szenen verschmolzen. Moses Herzog, mit dem Gesicht eines ältlichen Englischprofessors am Smith College, verwandelte sich in Blakes Floh. Das böse Gesicht des Flohs wurde zu dem von Magnus. Mit Willenskraft verdrängte Julia diese letzte Vision – sie dachte an Wolken, die dieses übermächtige, willensstarke Gesicht verschleierten. Als die Wolken sich verzogen, enthüllten sie einen der schäbig gekleideten Männer aus ihrem Traum. Nun war der Mann ihr Vater, und er sah sie mit einem Ausdruck erschöpften Mitleids an. Sie konnte sich selbst sehen, wie sie auf der schwarzen Dachpappe stand, die tote Kate auf den Armen. Ihre beiden Schenkel schmerzten, der rechte stand kurz vor einem Krampf. Julia neigte sich auf eine Seite und streckte die Beine vor sich aus. Mr. Piggot drückte als Reaktion ihre Hand.

Als sie die Augen öffnete, sah Julia wieder Mrs. Fludd, die auf dem Sofa zusammengesunken war, als würde sie schlafen. Ihr Mund stand offen, schwarz und zahnlos in der fleischigen Masse ihres Gesichts, die von der Aura des Haars umgeben war. Der zusammengesunkene Körper der Frau wirkte wie unter Druck, aber zusammengesunken war nicht das richtige Wort, denn sie schien unter einer zunehmenden Anspannung zu stehen.

»Augen schließen«, sagte sie mit erdiger Stimme, und die aufgeschreckte Julia kniff unverzüglich die Augen zu. Sie hörte Mrs. Fludds schwere Stiefel auf dem Teppich schaben. Sie war wieder auf dem Dach, dieses Mal allein mit den Männern. Ihr Vater, der eines Nachts gestorben war, während sie und Magnus sich in Perigord befanden, wandte das Gesicht von ihr ab. Im Innern begann sie mit ihm zu sprechen, wie sie es häufig tat, wenn Schuldgefühle sie plagten.... Du warst ein anständiger Mann, aber zu energisch. Das ist mir jetzt klar. Ich heiratete Magnus, weil er deine Macht besaß, er konnte beherrschen wie du auch, und dann sah ich, was für eine Waffe deine Macht war. Aber ich liebte dich, Daddy. Ich wäre zu deinem Begräbnis gekommen, wenn ich es gewußt hätte; ich möchte, daß du mir verzeihst, weil ich nicht dabei gewesen bin; ich habe dich immer geliebt, bitte verzeih mir, gewähre mir das... Während ihre Worte flehentlicher wurden, löste die Vision sich auf. Sie war allein auf dem Dach, von der umfassenden Atmosphäre moralischen Verlusts niedergedrückt. Alles war rußig, alles war unterlegen und voller Makel. Sie neigte den Kopf. Die Szene verdunkelte sich zu undurchdringlicher Schwärze, in die sie fiel; Julia war benommen und schien tatsächlich langsam zu fallen. Das Zimmer schien sich herumgedreht zu haben; sicherlich saß sie nun dem Fenster zugewandt und nicht mehr Mrs. Fludd. Sie widerstand dem Wunsch, die Augen zu öffnen. Wieder stellte sie sich die weiße Untertasse vor – kühl, eine makellos weiße Oberfläche – und erfüllte ihr Denken damit.

Eine Zeitlang waren die einzigen Geräusche im Zimmer Miß Tooths gepreßter Atem und Mrs. Fludds Stiefel, die über den Teppich glitten. Julia wurde ruhiger und überlegte, was Mark, hinter ihnen, in der Dunkelheit dachte und tat. Er war nervös geworden, nachdem er durch das Zimmer gegangen war und sich neben Mrs. Fludd gesetzt hatte. Sie mußte etwas zu ihm gesagt haben, so wie zu Julia selbst. Und wie mochten sie alle nun für ihn aussehen, wie sie wie Narren vor der massiven Gestalt von Mrs. Fludd auf dem Boden saßen? Sie konnte kaum den Impuls bezwingen, den Kopf zu drehen und zu ihm zu sehen. Mr. Piggots knochenlose Hand, die sich kurz in ihrer bewegte, lenkte ihre Gedanken wieder in den Kontext zurück.

»Ach, agh...« Die leisen, erstickten Laute kamen, glaubte Julia, von Miß Tooth. Dann vernahm sie ein Wimmern, das unzweifelhaft von Miß Tooth stammte, und ihr wurde klar, daß das anfängliche Keuchen aus Mr. Arkwrights Kehle kam. Auch Lily gab ein Geräusch von sich; ein falterähnliches, damenhaftes Geräusch, ein Ausstoßen des Atems, das leiseste stimmhafte Tönung vermittelte. Es klang erstaunlich sexuell. Julias Hände wurden vor und zurück bewegt, und bald begann sie, sich zu wiegen. Ihre Beine hatten wieder angefangen zu schmerzen, aber sie konnte nicht daran denken, die sanft schwingenden Bewegungen zu unterbrechen, um sie wieder einzuziehen. Sie öffnete kühn die Augen einen schmalen Spalt und sah wie durch einen Nebel die dunklen Köpfe auf beiden Seiten vor- und zurückschwingen. Jeder gab ein leises, rhythmisches und beharrliches Geräusch von sich. Miß Pinner schnurrte wie eine Katze. Vor ihnen saß Mrs. Fludd, deren Füße nun stillstanden, mit verzerrtem Gesicht. Mr. Piggots Hand war schweißfeucht geworden. Julia schloß die Augen und wiegte sich wieder hin und her. Da sie sich nicht an das Aussehen von Mrs. Fludds Gesicht erinnern wollte, machte sie ihren Verstand von allen Gedanken leer. Sie dachte ans Nichts. Bald war sie ein sich wiegendes Teilchen des Nichts.

Dann sah sie Kate – Kate, die ihr den Rücken zugewendet hatte.

Eine tiefe, krächzende Stimme unterbrach sie alle. »Ah, aufhören!« Unvermittelt zurückgerissen und erschüttert von der Vision von Kate, entzog Julia Mr. Piggot die Hand, während sie die von Lily weiterhin festhielt. Sie öffnete die Augen. Mrs. Fludd hatte sich in die Kissen der Couch gedrückt, ihr Gesicht war fast purpurrot. Sie hatte nichts von der Losgelöstheit, die Julia mit der Trance eines Mediums verband: die Augen quollen hervor, ihr Mund bebte. »Aufhören! Aufhören!«

»Etwas stimmt nicht«, flüsterte Mr. Piggot.

Gemeinsam sahen sie der angestrengten Mrs. Fludd zu, ohne zu wissen, was sie tun sollten. Lily zog an Julias Hand und bedeutete ihr so, daß sie nicht aufstehen sollte. Allmählich verlor Mrs. Fludds Gesicht die purpurne Farbe, sie schloß die Augen; sie lehnte sich erschöpft und offensichtlich ohnmächtig zurück, das Gesicht schlaff und tot. Während Julia zusah, wurde das Gesicht der alten Frau kreidebleich. »Es ist vorbei«, verkündete sie mit einer Stimme, die so leise war wie zu Beginn des Abends. Aber sie schien zu zittern. Auch ihre Hände bebten, als sie sie auf die Brust legte und sich zwang, gleichmäßig zu atmen.

»Vorbei?« fragte Miß Pinner. »Aber warum, wir haben doch gerade angefangen...«

»Es muß aufhören«, sagte Mrs. Fludd mit zitternder Stimme. »Tut mir leid. Ich kann nicht mehr tun. Ich kann es nicht zu Ende bringen.« Die Frau, erkannte Julia, war von Entsetzen gezeichnet. »Bringen Sie mir den Mantel«, befahl sie. Sie versuchte, vom Sofa aufzustehen. »Heute abend nichts mehr. Meinen Mantel. Bitte.« Sie fiel erschöpft zurück, und Julia sah voller Entsetzen, daß die alte Frau blinzelte, um Tränen zurückzuhalten.

Die Mitglieder der Gruppe standen unsicher und beunruhigt in der Dunkelheit. Lediglich Miß Pinner schien gekränkt zu sein. Während sie Miß Tooth etwas zuflüsterte, trat Lily zu Mrs. Fludd. »Bringen Sie mir den Mantel«, bat Mrs. Fludd. Nun weinte sie ungeniert.

»Jemand möchte bitte etwas Wasser holen«, sagte Lily, und Miß Pinner sah von ihrer eifrigen Unterhaltung mit ihrer Begleiterin auf. Julia stand wie erstarrt dabei und konnte sich kaum bewegen.

»Was ist geschehen?« fragte sie. »Mrs. Fludd, was ist mit Ihnen geschehen?«

»Verlassen Sie dieses Haus«, flüsterte Mrs. Fludd. Sie lehnte sich gegen die Kissen und öffnete und schloß den trockenen Mund. Tränen liefen ihre fleischigen Wangen hinab. »Etwas Wasser.« Sie begann zu wimmern.

Miß Pinner ging verärgert aus dem Zimmer. Julia bemerkte, daß sie nicht in die Küche ging, sondern zum unteren Badezimmer.

»Sie hat Angst«, flüsterte Lily Julia zu. »Was hat sie zu dir gesagt?«

Julia schüttelte den Kopf. Mrs. Fludd versuchte wieder zu sprechen. Sie beugte sich hinab. Mundgeruch schlug ihr entgegen. »Gefahr. Ich bin in Gefahr. Sie auch.« Die Frau zitterte heftig. Ein scharfer, säuerlicher Geruch drang zu Julia hinauf, und sie identifizierte ihn erst, als Mrs. Fludd eine hektische Anstrengung unternahm, um von der Couch aufzustehen. Nun war sie gedemütigt und entsetzt zugleich, und Julia, um die der saure Geruch wie Ammoniak wirbelte, konnte sie nicht mehr auf der Couch halten. Sie sah in die dunkle Höhle des Wohnzimmers, über die Köpfe von Miß Tooth, Mr. Piggot und Mr. Arkwright hinweg, aber Mark war nirgends zu sehen. Er hatte das Haus unbemerkt verlassen.

Miß Pinners Schrei unterbrach ihre Spekulationen und ließ sie auf der Stelle erstarren, die Arme auf Mrs. Fludds Schultern. Miß Tooth stürzte aus dem Zimmer. Auch Mrs. Fludd hatte den Schrei gehört, und sie sank auf die Couch zurück und machte die Augen zu. Julia rannte hinter Miß Tooth her. Als sie beim Badezimmer ankam, sah sie Miß Pinner hinter der Tür auf dem Rücken liegen; Miß Tooth strich ihrer Freundin über den Kopf. Julia trat über Miß Pinners Körper hinweg ins Badezimmer. Die Spiegel reflektierten ihr fassungsloses Gesicht, die Augen weit geöffnet, und einen Augenblick sah sie unnatürlich gesund und schön aus. Dann sah sie jemanden flüchtig und verschwommen hinter sich aus ihrem Gesichtsfeld verschwinden; sie wirbelte herum, aber niemand sonst war im Zimmer. Und wenn jemand da gewesen wäre, hätte auch Miß Tooth ihn gesehen. Julia wandte sich wieder dem Spiegel zu, und da war die Gestalt erneut; sie entglitt gerade aus ihrem Sehbereich. Doch Julia hatte so etwas, wie jedermann, schon häufig erlebt; es war eine verbreitete, nervlich bedingte Sinnestäuschung. Nicht ungewöhnlicher, als hörte man seinen Namen auf der Straße rufen. Sicher hatte das oder etwas Ähnliches Miß Pinner erschreckt. Julia ging zum Waschbecken, um ein Glas Wasser zu holen; da sah sie, daß ihr blaues Baumwollkleid noch vergessen im Becken lag und immer noch einweichte. Das Wasser im Becken hatte eine rostige Färbung angenommen, aber der Blutfleck war nicht von dem Kleid verschwunden.

4

Als Julia in dieser Nacht schließlich wieder nach Hause kam, kurz nach elf, ging sie gleich zu Bett. Ihr war zumute, als würde sie ihr ganzes restliches Leben lang angsterfüllt sein – und ein großer Teil ihres Unbehagens begründete sich in der Tatsache, daß sie die Ursache für dieses Gefühl nicht eindeutig definieren konnte. Sie und Lily hatten die erschütterte Mrs. Fludd mit dem Taxi zu ihrem Wohnhaus gefahren; sie fuhren durch hoffnungslose Straßen, den Straßen aus ihrem Traum so ähnlich, bis sie das Viertel erreichten, wo sich Mrs. Fludds Wohnung befand, in einer Einbahnstraße, die quer zur Mile Ende Road verlief. Alle Straßenlaternen waren kaputt; weißlich glitzernde Glasscherben lagen auf dem schmutzigen Gehweg; auch auf der Straße lagen Scherben, körnige grünliche Splitter geborstener Windschutzscheiben. Ein beleuchtetes Schild an Mrs. Fludds Block verkündete, daß dieses graue, gefängnisähnliche Gebäude, eines einer ganzen Reihe ähnlicher Gebäude, die ein ganzes Viertel bildeten, den Namen Baston trug; vor Baston streunten Banden junger Männer mit umgeschlagenen Jeans herum und brüllten mit rauhen Stimmen. Ein paar von ihnen blieben stehen und gafften das Taxi an. Als sie Mrs. Fludd sahen, fingen sie an zu rufen: »Verdammte alte Hexe! Verdammte alte Hexe!« Während der langen Fahrt von Kensington bis hierher hatte Mrs. Fludd kein Wort gesagt, obwohl Julia sie zweimal gefragt hatte, was mit ihr passiert sei und was sie gesehen hatte. Die alte Frau hatte den Mund so fest zugekniffen, daß ihre Oberlippe weiß geworden war. Die Jugendbande erschreckte sie noch mehr, und sie weigerte sich zunächst, das Taxi zu verlassen. Lily stieg auf der Straßenseite aus und begann damit, die Jungen einzuschüchtern. Als sie ihr Rufen wieder aufnahmen, galt es Lily. Sie achtete nicht weiter darauf, und dann lockten sie und Julia Mrs. Fludd aus dem Taxi. »Warten Sie bitte auf uns«, bat Lily den Fahrer, dann halfen die beiden Frauen Mrs. Fludd in den Hof. Mehrere der Jungen folgten ihnen und riefen Obszönitäten. »Hier«, sagte Mrs. Fludd und deutete auf eine der Türen. Sie wohnte im Erdgeschoß des Gebäudes, wie Julia erwartet hatte.

Julia stützte sie auf dem Weg durch die kleine antiseptische Wohnung zum winzigen Schlafzimmer, wo ein staubiger Wellensittich in seinem Käfig schlief. Das Schlafzimmer, kaum größer als ein Wandschrank, enthielt ein einzelnes Bett und eine zwergenhafte Kommode mit Schubladen. An den weißgetünchten Wänden hingen Kruzifixe, Sternenkarten, ein Dutzend seltsamer Gemälde, die Julia kaum beachtete. Lily war in die Küche gegangen, um nachzusehen, ob sie irgend etwas für Mrs. Fludd finden konnte, und Julia half der alten Frau, sich auf das schmale Bett zu legen, worauf sie ihr die Halbstiefel aufschnürte.

Während sie sich niederbeugte und sich mit den fest verknoteten Schnürsenkeln abmühte, spürte Julia, wie sich eine fleischige Hand auf ihre Schulter senkte. »Gehen Sie fort von hier«, krächzte Mrs. Fludd.

»Ich dachte, ich könnte Ihnen helfen«, sagte Julia und sah Mrs. Fludd in ihr blasses Gesicht – sie fragte sich, ob mit Mrs. Fludds Herz alles in Ordnung war.

»Nein, ich meine, verlassen Sie dieses Land«, murmelte Mrs. Fludd. Ihr Atem war wie der eines Bussards. »Gehen Sie zurück nach Amerika. Wohin Sie gehören. Hier lauern Gefahren. Bleiben Sie nicht.«

»Gefahren hier in England?«

Mrs. Fludd nickte ihr zu wie einem schwer verständigen Kind und rollte sich auf ihr Bett.

»Hat es mit dem zu tun, worüber wir gesprochen haben? Was haben Sie gesehen?«

»Ein Kind und ein Mann«, sagte Mrs. Fludd. »Seien Sie vorsichtig. Es könnte Ihnen etwas zustoßen.« Sie schloß die Augen und begann schwer durch den Mund zu atmen. Julia, die zur Wand sah, erblickte einen Druck von Keane.

»Ist der Mann mein Mann?« fragte sie.

»Das Haus ist Ihres«, sagte Mrs. Fludd. »Sie müssen fort.«

Dann wandte sie ihr derbes Gesicht Julia direkt zu und ergriff ihre Hände. »Hören Sie. Ich mache Hokuspokus. Show. Für die anderen, Mr. Piggot und Miß Pinner. Die erwarten das. Nicht alle. Alles über Transzendenz ist Unsinn. Aber ich sehe Dinge. Auras. Das stimmt. Aber ich hypnotisiere sie. Jetzt habe ich Angst. Da waren ein Mann und ein Mädchen. Sie bringen Sie in Gefahr. Und mich. In Gefahr. Sie sind böse. Nur böse.«

»Ist der Mann mein Ehemann?«

»Gehen Sie fort«, stöhnte Mrs. Fludd. »Bitte.«

»Bitte, Mrs. Fludd, wer ist das Mädchen? Sie müssen es mir sagen.«

Die alte Frau rollte sich stöhnend auf die Seite. Ein Schwall übelriechender Luft ging von ihr aus. »Gehen Sie.«

Während der Heimfahrt wollte Lily wissen, was vorgefallen war. »Sie hat vor Angst beinahe den Verstand verloren. Was hat sie zu dir gesagt?«

»Ich bin nicht sicher, ob ich es verstanden habe«, sagte Julia ausweichend. Wenig später gestand der Taxifahrer, daß er sich verfahren hatte, und sie fuhren ziellos durch dunkle, niederdrückende Straßen, bevor sie wieder den Weg fanden. Julia stieg in Plane Tree House aus dem Taxi aus und bezahlte trotz Lilys Protesten den Fahrer; es kostete fast das ganze Geld, das sie im Portemonnaie hatte. Dann ging sie zu Fuß nach Hause, am

Park entlang, wo sie Stimmen und Gelächter aus den dunklen Regionen jenseits der Absperrungen vernahm.

In ihrem Haus ging sie nacheinander durch alle Zimmer; sie wußte nicht, wonach sie suchte, und sie fand auch nichts. Die meisten Lichter waren angelassen worden, und das Haus hatte eine kahle, einsame, wartende Aura, als würde überhaupt niemand darin wohnen. Halbvolle Sherrygläser standen auf den Tischen. Eines war umgekippt, auf dem Teppich darunter hatte sich ein dunkler, unregelmäßiger Fleck gebildet. Das Haus machte einen bösen Eindruck auf sie, aber wahrscheinlich nur wegen dem, was Mrs. Fludd zu ihr gesagt hatte. Böse – genau dieses Wort hatte die alte Frau benutzt.

In den unbenutzten Schlafzimmern, wo die Möbel mit staubigen Leintüchern abgedeckt waren und die Leere wie ein Dauergast wohnte, kam Julia sich unwirklich vor; sie schien ziellos zu schweben und nach etwas zu suchen, das sie, wie sie genau wußte, nicht finden würde. Staubig und unberührt, wie sie waren, schienen diese Zimmer durch ihre eigene Leere erkaltet zu sein. Als sie es überprüfte, stellte sie fest, daß die Heizungen abgeschaltet geblieben waren. Doch das Haus war eine gigantische Struktur, ein riesiges Gebilde, das sie ausschloß und auf Distanz hielt; es würde ihrer Belastung standhalten und nicht nachgeben. Das Gefühl der Verstocktheit des Hauses war immens. Mehr denn je spürte sie, daß sie in einem umfassenden Irrtum lebte, einem Fehler, zu dem ihr Leben geworden war; stärkere Kräfte lagen wartend außerhalb. Ein Kind und ein Mann.

Diese Hoffnungslosigkeit trieb sie schließlich in ihr heißes, klaustrophobisches Schlafzimmer. Sie zog sich rasch aus und warf ihre Kleidung über einen Stuhl. Bevor sie zu Bett ging, sah sie nach dem Schalter der Heizung. Er war nach unten gekippt. Julia erinnerte sich daran, daß sie ihn gestern vormittag nach oben gekippt hatte, als Mark im

Zimmer gewesen war; seither hatte sie die Heizung sicher nicht wieder eingeschaltet. Sie berührte die Metalloberfläche der Heizung und stellte fest, daß sie so heiß war, als sei sie niemals abgeschaltet gewesen. Das bedeutete, sie war gestern nacht angewesen, da diese Heizungen tagsüber nicht arbeiteten; aber hatte sie gestern abend nicht nachgesehen? Sie verfluchte ihre Erinnerung. Aber letzte Nacht war Magnus im Haus gewesen. Konnte er so kindisch sein, herumzugehen und die Heizungen anzustellen? Wenn er sich dazu herablassen konnte, Gegenstände zu zerschmettern und sie so primitiv zu erschrecken wie die Halbstarken es mit Mrs. Fludd getan hatten, konnte man unmöglich sagen, was er nicht tun würde. In seinem Zorn war Magnus zu allem fähig. Sie schaltete die Heizung wieder ab; dann überlegte sie kurz, nahm eine Rolle Klebestreifen aus dem Schrank und klebte den Schalter in der nach oben gekippten Stellung fest.

Obwohl sie vor der Vorstellung allein schon zurückschreckte – sie mußte sich Magnus stellen und auch ihren Gefühlen ihm gegenüber. Aber welche Gefühle waren das? Julia fühlte sich augenblicklich, als stünde sie auf einem abbröckelnden Überhang eines Felsens; ihre Beherrschung, ihr Halt an vernünftigen und normalen Dingen war zerbrechlich; sie wußte, ein Großteil ihrer scheinbaren Ruhe und Gelassenheit waren geschauspielert. Das Grauen lauerte unter der Oberfläche – das Grauen bevölkerte den Abgrund unter dem überhängenden Felsen. Das Bild von Magnus, wie er Kate ermordete, der Anblick, wie er ihr das Messer in die Kehle stieß, während sie um sich schlagend am Boden lag, konnte jederzeit in ihr emporsteigen, wie vor ihrer Einweisung ins Krankenhaus, wo man sie durch Drogen hatte vergessen lassen. Und selbst dort war sie von Wachträumen gepeinigt worden. Immer wieder hatte sie sich, während sie mit ans Bett gefesselten Handgelenken dalag, vorgestellt, wie sie Magnus' Arm ergriff und das Messer gegen die eigene Kehle hielt. Auch dieses Bild hatte sie verfolgt. Für Kate zu sterben – sie wäre mit Freuden für Kate gestorben. Statt dessen hatte sie tatenlos dem plumpsten Mord zugesehen. Magnus war untrennbar mit diesem Grauen verbunden, dem Grauen der Entkräftung, des Treibens, das Verlust bedeutete, des Lügens, der Einsamkeit ohne Ende oder Sinn; das war wahrhaftig der Tod, und er schien aus den Mauern dieses Hauses herauszukriechen.

Ein Kind und ein Mann. Kate und Magnus. Mrs. Fludd hatte sie gesehen. Und was hatte sie vor ihrer Trance gesagt? Etwas über Haß oder Neid – sie machten einen Geist böse. Kate war präsent; Kate war der Grund für Magnus' wahnsinnige Ausflüge zum Ilchester Place. Sie verzieh nicht. Die Logik trieb sie gnadenlos zu dieser unlogischen Schlußfolgerung. Julia begann auf dem Bett, sich stöhnend von einer Seite zur anderen zu wiegen. Sie erlitt einen Zusammenbruch. Wieder das Bild des Abgrunds, über dem sie so sorgfältig balanciert war, Geröll und Felsbrocken bröckelten ab und zerschellten während des langen Sturzes nach unten. Es war Kate. Mrs. Fludd hatte Kate gesehen. Auf eine lebhafte, traumähnliche Weise war Magnus von Kate beherrscht; er war eine unvorstellbare Gefahr für ihren Verstand.

Außerstande zu schlafen, außerstande, ihre Gedanken zu kontrollieren, schaltete Julia die Leselampe am Kopfende des Bettes ein. Sie zwang sich dazu, die Arme entlang des Körpers auszustrecken. Sie streckte die Finger, so daß die Handflächen das Leintuch berührten, und winkelte die Daumen ab. Entspannen. Sie atmete zweimal tief durch. Sie würde mit Mrs. Fludd sprechen. Wenn sie das Haus verlassen mußte, um der Gefahr zu entkommen, die von Magnus ausging, dann würde sie es verlassen können. Augenblicklich war Schlaf unmöglich: dennoch würde sie dieses Schlafzimmer nicht verlassen. Dieses

Zimmer gehörte ihr. Wenn sie aus diesem Zimmer vertrieben werden würde, dann würde sie auch das Haus verlassen.

Julia drehte den Kopf zur Seite und sah zu dem kleinen Bücherregel neben dem Bett. Sie hatte den Roman von Bellow zu Ende gelesen, und nun standen ›The Millstone‹, ›The White House‹, ›Transcripts‹, ›The Golden Notebook‹ und ›The Unicorn‹ zur Auswahl. Aber sie brauchte etwas weniger Anspruchsvolles als diese Bücher. Kate und Magnus – Mrs. Fludds Andeutungen und Warnungen offenbarten eine gräßliche Möglichkeit. Kates Geist war noch am Leben, er haßte sie, benützte Magnus' Zorn, nährte diesen Zorn – Kates Geist, der durch dieses Haus streifte... Und alles geschah wirklich, geschah mit ihr.

Julia mußte Miß Pinner ebenso anrufen wie Mrs. Fludd; bevor die Damen aus West Hampstead sich verabschiedet hatten, war Miß Pinner zu erschüttert gewesen, um zu berichten, was sie im Bad gesehen hatte.

Dann sah sie ein anderes Buch, das sie erst kürzlich auf den Nachttisch gelegt hatte, hinter einem kleinen Stapel Taschenbücher verborgen. Es war ›The Royal Borough of Kensington‹, Lilys Geschenk. Eine nüchterne, simple Auflistung von Fakten, ein paar Anekdoten und kolorierte Stiche – genau das, was sie brauchte, ein Buch mit demselben Nachgeschmack wie ein Talgpudding, eine Schlaftablette von einem Buch. Sie hob das schwere Buch auf den Schoß und begann, wahllos Seiten umzublättern und Absätze zu lesen.

Berühmte Einwohner Kensingtons im achtzehnten Jahrhundert... Kensington als Dorf... Politische Geschichte der königlichen Stadtgemeinde... Die Entwürfe für Kensington Gardens... Handelsherren... Ein berüchtigter Mr. Price, der wegen eines Diebstahls gehängt worden war... Als sie die Seite nach dem Schicksal des Mr.

Price umblätterte, sah Julia eine Überschrift: ›Verbrechen, Geister und Erscheinungen‹. Zuerst überblätterte sie ein paar Seiten, da sie sich nicht zutraute, ein solches Kapitel zu lesen, aber ihre Neugier war zu groß, und so blätterte sie zu der Überschrift zurück und begann zu lesen.

Anfangs fand sie nichts Aufregenderes, als es die Auflistungen berühmter Ratsherren und Kaufleute von Kensington gewesen waren; der Verfasser hatte eine Reihe konventioneller Spukhausgeschichten ausfindig gemacht und in farblosem nüchternem Stil niedergeschrieben. Der Geist einer Nonne ohne Kopf, der in einem herrschaftlichen Haus an den Lexham Gardens gesehen worden war; zwei Schwestern, die in benachbarten Häusern am Pembroke Place Selbstmord begangen hatten und danach gesehen worden waren, wie sie bei Mondenschein Hand in Hand durch den Garten gingen; der ›pater familias‹ vom Edwards Square im Jahr 1912, der vom Geist seines irren Großvaters besessen gewesen war, sich im extravaganten Stil des vorigen Jahrhunderts kleidete und schließlich seine eigenen Kinder ermordet hatte; all diese Geschichten las Julia mit geringem Interesse.

Dann fielen ihr ein bestimmter Abschnitt und ein Straßenname ins Auge:

Einer der bedrückendsten und bestürzendsten Morde in Kensington war der Fall Heather und Olivia Rudge in 25 Ilchester Place. Eine der letzten Frauen, die in England zum Tod verurteilt wurden, Heather Rudge, eine Amerikanerin, hatte das Haus am Ilchester Place von dem Architekten gekauft, der es 1927 für sich selbst gebaut, nach zwei Jahren aber beschlossen hatte, es aufgrund familiärer Probleme zu verkaufen; zu der Zeit hatte Mrs. Rudge, die von ihrem Mann getrennt lebte, einen Ruf als brillante und übermütige Gastgeberin und wurde allgemein in ihren Kreisen als ›Lebedame‹ angesehen. Ein Zeitgenosse,

Verfasser mehrerer Gedichtbände und einer Reihe einst populärer religiöser Romane, beschrieb sie mit den Worten, sie hätte ›ein schmales, lebhaftes, faszinierendes Gesicht, in dem Schönheit und Begierde auf fatale Weise zusammenwirkten. Die reine vanitas leuchtete aus ihr, und dennoch fanden wir einen zügellosen Charme an ihr.‹ Die Geburt ihrer Tochter Olivia, zwölf Jahre nachdem sie das Haus am Ilchester Place gekauft hatte – während des Krieges –, hatte wenig dazu beigetragen, ihren bereits angeschlagenen Ruf als Gastgeberin zu schädigen – die Moral eines reichen, alternden Playgirls, dessen berüchtigte Glanzzeit schon vor sechs oder sieben Jahren vorüber gewesen war, interessierte nur die wenigsten.

Die Partys gingen weiter, in größeren Zeiträumen und weitaus weniger ausschweifend als früher, dann hörten sie ganz auf; bis 1950 hörte man kaum mehr etwas von den Rudges. In diesem Jahr wurde der Name der neunjährigen Olivia Rudge im Zusammenhang mit dem Erstickungstod eines vierjährigen Jungen im Holland Park erwähnt, Geoffrey Braden von Abbotsbury Close. Olivia Rudge und eine Gruppe von zehn oder zwölf Kindern, die offenbar von Olivia angeführt wurden und die die Presse vorübergehend die ›Holland-Park-Kinderterror-Bande‹ nannte, waren gesehen worden, wie sie den kleinen Braden am Tag vor seinem Tod quälten. Wie ein Parkwächter aussagte, hatten Olivia und mehrere andere den Jungen am nächsten Tag erneut verfolgt und mißbraucht; der Wächter hatte die Bande der Kinder weggejagt und dem kleinen Braden den Rat gegeben, nach Hause zu gehen. Als er später in den Park zurückkam, hatte er Bradens Leiche in einem schattigen Teil neben der Mauer gefunden. Das Interesse von Polizei und Öffentlichkeit wurde von der Kinderbande abgelenkt, als man herausfand, daß der kleine Braden vor seinem Tod sexuell verletzt worden war; wenig später war ein Vagabund wegen des Mordes gehängt worden.

Zwei Monate nach der Hinrichtung des Vagabunden rief Heather Rudge bei der Polizei an und gestand den Mord an ihrer Tochter. Die Polizisten, die in das Haus kamen, fanden Olivia erstochen in ihrem Bett; der Gerichtsmediziner stellte später mehr als fünfzig Stichwunden an der Leiche fest. Mrs. Rudge wurde auf der Stelle verhaftet und so vor dem Mob der Journalisten geschützt, der sie verfolgte – der Mord an Olivia Rudge war schon bald zur schlagzeilenträchtigen Geschichte für die erste Seite der Skandalpresse geworden, nachdem die Vergangenheit von Olivias Mutter bloßgelegt worden war (›Gesellschafts-Sex-Königin ermordet ihre Tochter‹). Heather wurde wegen Mordes angeklagt und zum Tod verurteilt. Später begnadigte man sie zu lebenslanger Gefängnishaft.

Gewisse Fragen blieben ungeklärt. Warum hatte Heather Rudge ihre Tochter ermordet? Warum wurde sie begnadigt? Gab es einen Zusammenhang mit dem ein Jahr zuvor verübten Mord an Geoffrey Braden? Die Presse deutete natürlich einen solchen Zusammenhang an. Die Zeitungen hatten sich auf den Fall gestürzt und behauptet, Heather wäre von ihrer Tochter in den Wahnsinn getrieben worden; die mehr auf Effekthascherei ausgerichteten Blätter gingen soweit zu versichern, daß Olivia ihre Mutter mit dem Wissen um den Fall Braden verhöhnt hatte und Heather schließlich zu der Überzeugung kam, daß man sie nicht weiterleben lassen durfte. Später wurde von einem speziellen Untersuchungsausschuß festgestellt, daß Heather, die man inzwischen selbst als Opfer betrachtete, geistig unzurechnungsfähig war. Heute lebt sie als alte Frau in permanenter Abgeschiedenheit in einer Privatklinik für Geisteskranke in Surrey. Die Fragen konnten nie geklärt werden. Heather Rudge wird das Geheimnis der Verbindung ihrer Tochter mit der Ermordung Bradens mit ins Grab nehmen. Von der Öffentlichkeit vergessen, ihr Verstand verwirrt und umnachtet, ist Heather Rudge ein lebender Geist.

Julias erster Gedanke, nachdem sie das gelesen hatte, galt einer Nebensächlichkeit: daher also diese Spiegel – Heather Rudge auf ihren wilden Parties mit jungen Männern, nicht die biederen McClintocks. In der nächsten halben Stunde wurde ihr dann klar, daß sie alles herausfinden würde, daß sie alles herausfinden mußte, was mit Olivia und Heather Rudge zu tun hatte. Sie überflog die beiden Seiten nochmals hastig, dann blätterte sie zurück und las sie erneut langsam und gründlich. Eda Rolph deutete niemals direkt an, daß Olivia Rudge den kleinen Braden ermordet oder an seiner Ermordung mitgeholfen hatte; welche Gründe gab es für diese Vermutung? Julia begann sofort darüber nachzudenken, wie sie Informationen über den Fall Rudge erlangen konnte. Zeitungen – das Britische Museum, wenn nicht gar eine öffentliche Bibliothek, hatten sicher ein Zeitungsarchiv auf Mikrofilm. Konnte es sein, daß Heather Rudge noch am Leben war? Sie schlug die erste Seite des Buches auf und las das Jahr der Veröffentlichung. ›The Royal Borough of Kensington‹ war 1969 von der Lompoe Press veröffentlicht worden, also vor fünf Jahren. Es war durchaus denkbar, daß sie noch lebte. ›Privatklinik für Geisteskranke in Surrey‹: Wie konnte sie den Namen dieser Klinik in Erfahrung bringen? Heather Rudge hatte in diesem Haus gewohnt, sie hatte in diesem Schlafzimmer geschlafen; im Schlaf hatte ihr Körper denselben Platz eingenommen wie heute der Julias. Julia schien durch die Zeit zu wirbeln; die Zeit schien aus Plastik zu bestehen, verzerrt und unsicher; rings um sie herum schien die Vergangenheit wie übelriechendes Gas emporzusteigen.

Dann richtete sie sich auf, ihr Herz schlug schneller.

Vielleicht hatte Heather Rudge Olivia in eben diesem Zimmer erstochen. Olivia war gestorben, wie Kate gestorben war; sie war verblutet, als hätte das Blut durch Willenskraft den sterbenden Leib verlassen. Ihr Blut ergoß sich schäumend hinter einer verborgenen Ecke der Zeit auf diese Stelle... Julia wäre beinahe aus dem Bett gesprungen.

Aber das konnte nicht sein. Hier mußte das Schlafzimmer von Heather gewesen sein, dachte sie; ihre Tochter hatte sicher eines der kleineren Schlafgemächer am Ende des Flurs gehabt. Dort hatte der Mord stattgefunden.

Warum interessiere ich mich so sehr für diese Leute, überlegte Julia. Weil dort die Erklärung liegt.

Julia fühlte sich hellwach und so angeregt, als hätte sie gerade drei Tassen starken Kaffee getrunken. Sie wollte Mark anrufen, Lily sehen – sie wollte Eda Rolph anrufen, um sie nach dem Namen des Krankenhauses zu fragen, wo Heather Rudge die letzten vierundzwanzig Jahre verbracht hatte. Aber sie ist auch hier, dachte Julia, sie ist Teil des Charakters dieses Hauses, und sie lebt immer noch hier, geht die Stufen hinauf und hinab, ihr Rock rauscht, wenn sie an einem Bett vorbeigeht, zur Tür eilt, um einen Liebhaber oder Freund zu empfangen, eingeschlossen in die Blase ihrer Zeit. Jeder Augenblick existiert parallel zu jedem anderen Augenblick. Was hatte Miß Pinner gesehen, daß sie das Bewußtsein verloren hatte?

Wie als Antwort vernahm sie ein klickendes Geräusch von unten. Es war dasselbe Geräusch, das sie schon früher gehört hatte, als sie zusammengekauert hinter dem Vorhang stand und die Gestalt von Magnus bewegungslos im Garten stehen gesehen hatte. Es war das Geräusch von etwas, das draußen war und herein wollte. Julia stellte fest, daß sie nun paradoxerweise weniger Angst vor Magnus hatte, ehe sie über Heather und Olivia Rudge gelesen hatte – Magnus war Fleisch, Magnus war Blut. Überall um sie herum bewegten sich Andeutungen der Vergangenheit des Hauses, Widerhall ihrer eigenen Vergangenheit. Sie lag im Bett und lauschte dem leisen Kratzen am Fenster im Erdgeschoß. Ein paar Minuten später griff sie nach ›The White House Transcripts‹; sie las zwei Stunden lang aufmerksam und schaffte beinahe die Hälfte des Buches, bevor sie endlich einschlief, während das Licht weiter leuchtete. Das geduldige und beharrliche Kratzen hallte weiterhin durch das Haus.

Sie schwitzte und träumte von Kate.

Zwei Stunden später erwachte Julia benommen von dem Gefühl, daß sie gerade eben berührt worden war, nein, liebkost. Das Licht schien immer noch. Sie griff nach oben und schaltete es aus. Im Schlafzimmer war es noch heißer, als es gewesen war, als sie es das erste Mal betreten hatte; ihr ganzer Körper schien von einem Schweißfilm überzogen zu sein. Die Vorhänge im Zimmer hingen bewegungslos herab; in diesem Zimmer weigerte die Luft sich zu zirkulieren, statt dessen häufte sie sich dicht aufeinander. Der Himmel schimmerte durch das Fenster, heller als das Dunkel im Schlafzimmer. An der von Blutergüssen entstellten linken Seite konnte Julia immer noch den Nachhall einer sanft streichelnden Hand spüren. Die Liebkosung war sanft und verführerisch gewesen. Selbstverständlich war niemand im Zimmer; sie hatte die Zärtlichkeit selbst ausgeführt, weil ihre Bedürfnisse sie dazu verleitet hatten.

Julia ließ sich wieder auf dem Laken nieder und versuchte, sich bewußt zu entspannen. Das Scharren unten war verstummt; Magnus war nach Hause gegangen, da es ihm nicht gelungen war, sie unruhig durchs Haus zu treiben. Wenigstens diesmal hatte er keinen Erfolg gehabt. Sie schloß die Augen und überkreuzte die Arme über dem Zwerchfell. Vielleicht hatte Heather Rudge sich in diesem

Zimmer um ihre Tochter gekümmert, in Babysprache zu ihr gesprochen... Vielleicht hatte Mrs. Fludd gesehen, wie Heather ihrer Tochter Gewalt angetan hatte. Sicherlich haftet ein solches Ereignis der körperlichen Umgebung an, hallt ständig dort nach... Julias Verstand begann zu wandern. Sie hörte Musik spielen: Es war Big Band-Musik, blechern, wie im Radio, und dann löste sie sich auf, wie alles andere auch. Sie fiel auf der Stelle in Träume, die vom halbwachen Zustand kaum zu unterscheiden waren. Wieder wurde sie liebkost. Sie wurde von zärtlich streichelnden Händen, neben ihren eigenen Händen, berührt. Kleine Hände glitten sanft an ihrem Körper entlang. Sie verharrten und fingen wieder an zu streicheln. Julia sah Kate neben sich; sie umklammerten einander. Kate war bei ihr. Die Liebkosungen waren wie Musik – sanft, bewegend, verhalten. Julia fühlte sich grenzenlos besänftigt, grenzenlos beruhigt; die winzigen, sich bewegenden Hände waren wie Zungen, die über sie hinwegleckten. Sie ergab sich diesem Behagen. Bruchstücke von Träumen, von diesen langsamen Zärtlichkeiten genährt, tröpfelten in ihren Verstand. Sie und Mark saßen nebeneinander auf der grauen Couch und sprachen Worte, die sie nicht hören konnte. Marks Hand umfing sie. Sie schwamm in warmem Wasser, einem See, der so warm wie ein Bad war. Sie hatte keinen Badeanzug an, und das Wasser umfing sie wie Öl. Ihre Haut öffnete sich. Sie lag unter starker Sonne. Die kitzelnden Bewegungen huschten unablässig über ihren sich öffnenden Körper. Mark und Kate; dann, auf schockierende Weise, nur noch Kate allein. »Nein«, sagte sie stöhnend, und ihre Stimme riß sie aus dem Schlaf empor, »nein!« Sie konnte immer noch die letzte Berührung der Hand spüren, die sie zwischen den Schenkeln gestreichelt hatte: sie fühlte sich abgestoßen und ängstlich und erregt. Nun war sie hellwach.

Sie hatte von Kate geträumt. Was für einen gräßlichen

Traum hatte sie gehabt? Sie lauschte Heather Rudge nach, die die Stufen hinab rauschte. Nun war der Gedanke an Kate von Furcht begleitet: Kate, wurde ihr klar, mußte sie hassen. Sie war in einer schrecklichen Verwirrung gefangen: ihr Körper verlangte nach Erfüllung, ihr Bewußtsein wehrte sich gegen das, was logisch nicht erklärbar war. Langsam glitt Julia mit der Hand zu der Stelle ihres Körpers, die nach der Berührung brannte, wobei sie sich für ihr ganzes Leben besudelt fühlte, und brachte sich mit harten, kreisenden Bewegungen zweier Finger über die Grenze. Sie fühlte sich wie der unbeschwichtigte Geist der lebenden Heather Rudge. Ihr Körper roch nach Verlust und Scheitern, nach atemloser Anstrengung.

Am nächsten Morgen wählte sie mit zitternden Fingern die Nummer, die Rosa Fludd ihr dagelassen hatte. Zum ersten Mal in ihrem Leben nahm sie schon am Morgen einen Drink zu sich – einen rauchigen Malzwhiskey, den sie hinunterwürgte, noch ehe sie den Morgenmantel anhatte. Sie wollte auf der Stelle noch einen. Die rasche Explosion der Wärme, die Entspannung auslöste und auf ein Auslöschen des Bewußtseins hinauslief, war auf unheimliche Weise so, als wäre sie wieder im Krankenhaus, Sekunden nach ihrer morgendlichen Spritze. Nun, dachte sie, weiß ich, weshalb Menschen morgens trinken. Es ist besser als frühstücken. Sie hatte rasch den Verschluß wieder auf die Flasche geschraubt und war zum Telefon gegangen. Daneben lag die weiße Karte, die Mrs. Fludd ihr gegeben hatte.

Sie hörte, wie das Telefon in Mrs. Fludds weißer, antiseptischer Wohnung klingelte. Es läutete sechs-, siebenmal, ohne Antwort. War sie immer noch da und wachte über den Wellensittich und die großen, sentimentalen Augen des Mädchens auf dem Bild von Keane? Es war zwingend notwendig, daß Julia mit ihr sprach; was hätte die alte Frau ihr gesagt – ihr zugemutet –, wenn Julia gestern nacht über Heather und Olivia Rudge Bescheid gewußt hätte? Beim zehnten Klingeln wurde der Hörer abgenommen.

»Ja«, sagte eine junge Frau.

»Ich möchte gern mit Mrs. Fludd sprechen, Rosa Fludd. Mein Name ist Julia Lofting.«

»Einen Augenblick bitte.« Julia vernahm gedämpfte Stimmen; die junge Frau hielt den Hörer zu, während sie sich mit jemand anderem im Zimmer unterhielt.

»Meine Tante sagt, sie kann nicht mit Ihnen sprechen.«

»Stimmt etwas nicht?« fragte Julia.

»Ob etwas nicht stimmt? Das sollten Sie doch am besten wissen. Sie waren doch dabei, als sie heimgebracht wurde.«

Der Akzent des Mädchens war so stark, daß Julia Schwierigkeiten hatte, sie zu verstehen. »Sie sind schuld daran, daß sie so erschrak.«

»Ein Schlag? Oh.«

»Erschrak. Sie und die anderen. Sie und Ihre Bande von Gruselmumien haben sie beinahe um den Verstand gebracht. Das ist nicht richtig. Die arme alte Frau nahm nicht einmal Geld von Ihnen, und...«

Im Hintergrund wurde eine andere Stimme laut, und die Hand bedeckte wieder den Hörer.

»Sagen Sie ihr, ich habe weitere Informationen«, sagte Julia. »Es ist schrecklich wichtig.«

»...sie sagt, sie hat mehr Informationen. Du möchtest?«

Einen Augenblick später war Mrs. Fludd am Apparat. »Ich bin hier«, sagte sie. Ihre Stimme klang gepreßt.

»Mrs. Fludd, hier spricht Julia Lofting. Geht es Ihnen gut? Ich habe mir Sorgen um Sie gemacht.«

»Sparen Sie sich Ihre Sorgen«, sagte Mrs. Fludd. »Was wollten Sie mir sagen?«

»Nun, ich habe durch Zufall eine Geschichte über mein Haus in einem Buch über Kensington gelesen, und ich muß Ihnen erzählen, was dort stand. Dieses Haus gehörte einst einer Frau namens Heather Rudge, einer Amerikanerin, die eine Tochter namens Olivia hatte. Sie hat ihre Tochter erstochen. Auch meine Tochter wurde erstochen – mein Mann wollte ihr das Leben retten, sie erstickte, und er hat sie getötet. Das andere Mädchen wurde vor zwanzig Jahren hier in diesem Haus umgebracht. Haben Sie das gesehen? Hat Miß Pinner das im Bad gesehen?«

»Von Miß Pinner weiß ich nichts«, sagte Mrs. Fludd.

»Mrs. Fludd, könnte – könnte es sein, daß mich meine Tochter als Erscheinung verfolgt? Könnte sie versuchen, mir weh zu tun? Haben Sie das gestern nacht gemeint? Hat sie versucht, Ihnen etwas zu tun? Steckt meine Tochter hinter alledem?« Hysterie und Tränen stiegen in ihr auf, und sie hörte auf zu sprechen, um sich zur Ruhe zu zwingen. »Können Sie mir helfen, Mrs. Fludd?«

»Kehren Sie in Ihr Land zurück.«

»Können Sie mir nicht sagen, was Sie gesehen haben?«

»Ich habe nichts gesehen.«

»Aber Sie sagten – ein Kind und ein Mann. Kate und Magnus.«

»Ich habe nichts gesehen. Miß Pinner ist eine alte Närrin, und sie hat auch nichts gesehen. Verlassen Sie dieses Haus und verlassen Sie dieses Land – mehr kann ich Ihnen nicht sagen.«

»Mrs. Fludd, bitte legen Sie nicht auf. Ich habe so viel nachgedacht, ich wollte Sie so vieles fragen. Wie – wie können Menschen aus der Vergangenheit sich Menschen in der Gegenwart zunutze machen? Wie können die Toten die Lebenden beherrschen? Ist das möglich?«

»Ich habe Ihnen alles gesagt«, sagte Mrs. Fludd. »Sie vergeuden meine Zeit. Leben Sie wohl.«

»Sie sagten etwas von Haß oder Neid«, sagte Julia hastig.

»Also erinnern Sie sich. Manchmal kann es sein, daß sie Ihnen etwas wegnehmen wollen, manchmal geben sie Ihnen etwas. Das hilft dem bösen Geist. Aber starke Geister brauchen keine Hilfe, Mrs. Lofting. Sie tun, was sie tun wollen. Ich kann nicht reden, Mrs. Lofting. Bitte, lassen Sie mich in Ruhe.«

Sie legte auf, und Julia preßte den Hörer ans Ohr, bis sie das Freizeichen hörte.

Sie drückte die Gabel nieder und wollte wieder wählen, doch in diesem Augenblick läutete das Telefon schrill. Julia ließ die Gabel los.

»Ja«, sagte sie leise.

»Ich werde dich zurückbekommen«, sagte Magnus' tiefe Stimme. »Du kannst mir nicht entkommen. Hörst du mich? Hörst du mich, Julia?«

Julia drückte die Gabel nieder. Eine Gestalt hinter und neben ihr schien sich gerade hastig aus ihrem Sehbereich hinaus zu entfernen; sie wirbelte herum und hielt den Atem an. Niemand war im Zimmer. »Kate«, flüsterte sie. »Kate, nicht!«

Als Julia in die Küche ging, um sich ein Glas Wasser zu holen, schreckte sie zurück, kaum hatte sie den Hahn aufgedreht. Aus dem Hahn kam eine faulige, braune Flüssigkeit, die wie Jauche stank. Julia legte eine Hand auf den Mund, dann drehte sie den Hahn wieder zu, und der Strom versiegte. Nun roch es nach Metall, nach Münzen. Nach einer Weile drehte sie versuchsweise wieder auf: die zähe Brühe schäumte aus dem Hahn. Wieder drehte Julia zu, um den Strom zum Versiegen zu bringen. Unter der Spüle standen zwölf Flaschen Mineralwasser aus dem Safeway, und davon nahm sie nun eine, schraubte den Verschluß auf und goß sich ein Glas ein. Es schmeckte unglaublich erfrischend; als sie es trank, wurde Julia klar, wie nahe daran sie gewesen war, sich zu erbrechen. Selbst jetzt noch drehte sich ihr beim Gestank, der von der Spüle aufstieg, der Magen um.

Dann brachte ihr körperliches Unbehagen eine Erinnerung zurück. In der Nacht, als sie durch das Badezimmerfenster hereingestiegen war, hatte sie die Schuhe verloren; als sie sich durch den winzigen Rahmen gezwängt hatte, waren sie nach draußen gefallen. Und dort draußen waren sie liegengeblieben, wo Magnus sie finden konnte; etwas gegeben, etwas genommen, hatte Mrs. Fludd gesagt. Fast alles, was sie besaß, hatte sie von Magnus bekommen. Sie trug seinen Ring; er hatte Ohrringe gekauft, Anhänger, Perlen, ihre Kleider. Julia hätte fast nackt gehen müssen, um sich von allem frei zu machen, was Magnus ihr gegeben hatte.

Aber wie lange lagen diese Schuhe schon draußen? Drei Nächte und zwei Tage. Sie konnten immer noch unter dem Badfenster liegen. Julia lief aus der Küche in den Flur und durch den Flur zum Bad. Während sie sich in den rosa Spiegeln spiegelte, schob sie den Riegel zurück und kippte das Fenster nach außen. Auf Zehenspitzen beugte sie sich nach vorn, hielt das Fenster mit der linken Hand auf und streckte den Kopf hinaus. Sie sah hinab auf zertretene weiße und gelbe Blumen, ein paar an den Stengeln abgebrochen, andere ins weiche Erdreich getreten. Ihre Schuhe konnten sie nicht sehen. Sie waren fort; jemand hatte sie mitgenommen. Das schien der Beweis. Ein Mann und ein Mädchen. Sie wollten ihr ein Leid zufügen.

Ein paar Augenblicke lang stolperte Julia unkontrolliert durch das Bad. Sie wußte, sie gab ein tiefes, gräßliches Geräusch von sich; sie konnte das Geräusch nicht beenden, und es hallte in dem verspiegelten Raum wider, wo es hin- und hergeworfen wurde wie ihr Körper. Ich muß damit aufhören, sagte sie zu sich und zwang sich, auf den Boden zu sitzen. Das Geräusch wurde zum Schluckauf, dann konzentrierte es sich in ihrer Kehle, wo sie es abwürgen konnte. Als sie merkte, daß sie gegeifert hatte, wischte sie sich den Mund ab.

Sie sah sich benommen im Badezimmer um. Sie saß mit glasigen Augen und offenem Mund nahe bei der Badewanne; ihr Gesicht in den rosafarbenen Spiegeln sah erschlafft und fremdartig aus. Magnus hatte die Schuhe genommen.

Julia stand unsicher auf, wobei sie sich mit beiden Händen am Waschbecken festklammerte. In ihm lag das Baumwollkleid immer noch im orange-braunen Wasser. Sie konnte den Blutfleck noch sehen; er schien größer geworden zu sein. Nun schien er mehrere Zentimeter lang zu sein. Julia riß das Kleid aus dem Becken, zog den Stöpsel heraus und drückte den durchnäßten Stoff aus, während das verfärbte Wasser abfloß.

Sie dachte eigentlich überhaupt nicht. Sie wußte, sie mußte das blaue Kleid vernichten, und aus diesem Wissen wurde unter Ausschaltung jeglichen Denkens sofort die Tat. Sie mußte das Kleid verbrennen.

Julia trug das Kleid in die Küche, wo sie Streichhölzer holte, dann ging sie zum Kamin im Wohnzimmer. Sie warf das Kleid aufs Gitter und hielt ein angezündetes Streichholz an eine trockene Ecke des Stoffs. Das Kleid fing nicht Feuer. Julia zündete ein zweites Streichholz an und hielt es an dieselbe Stelle; diesmal flackerte der dünne Stoff auf, rollte sich ein und verfärbte sich unter der sich ausbreitenden Flamme dunkel. Ein beißender Geruch breitete sich im Wohnzimmer aus, gefolgt von Rauch. Etwa die Hälfte des Kleids verbrannte, bevor die Flammen vom nassen Stoff erstickt wurden. Im Zimmer stank es nach verkohltem Stoff – es war der Geruch von schwelendem Fell. Julia bemerkte den Gestank kaum. Sie hielt brennende Streichhölzer unter die nassen Überreste des

Kleides, aber die Flammen verkohlten sie nur, so naß waren sie.

Dann sah sie die Morgenausgabe des ›Guardian‹ auf dem Tisch neben der Couch, und sie durchquerte das Zimmer, um sie zu holen. Sie schüttelte vier Seiten heraus und stopfte sie unter das Kleid auf dem Gitter. Als sie das nasse Kleid emporhob, an dem Asche und Ruß klebten, sah sie den roten Blutfleck am Saum. Sie legte Zeitungspapier über das Kleid und warf Streichhölzer darauf. Fettiger, gelblicher Rauch stieg aus dem Papier auf. Julia warf Streichholz um Streichholz auf das schwelende Papier, aber der feuchte Stoff wollte nicht brennen. Ihre Hände waren schwarz von Asche.

Sie ließ ihre Anstrengungen sein, das Kleid zu verbrennen, und ging in die Küche, um einen der großen schwarzen Plastikmüllbeutel zu holen, den sie öffnete und zum Kamin zurücktrug. Mit der kleinen verzierten Schaufel füllte sie das Durcheinander aus Asche und verkohltem Stoff in den Beutel. Dann drehte sie ihn zu und trug alles auf den schmalen Pfad neben dem Haus.

Sonnenlicht und Wärme überraschten sie. Die vergangene halbe Stunde – war es so kurz? – schien an ihr vorbeigeflogen zu sein. Sie hatte unter einem dringenden, gedankenlosen Zwang gestanden, dem sie nicht widerstehen konnte. Julia spürte, wie ihr Puls langsamer ging; sie empfand wieder Gefühle, das Licht ließ eine Million Grashalme entstehen, die Wärme der Sonne drang durch ihr Haar. Julia begann regelmäßiger zu atmen, sich plötzlich bewußt, daß sie die ganze Zeit über gekeucht hatte. Dieses Ding in dem schwarzen Beutel, sie mußte es vernichten, als wäre es etwas Lebendes gewesen. Nun, als sie das Ende des Müllbeutels umklammerte, verspürte sie plötzlich erneut allen Widerwillen, warf ihn in die Mülltonne und klappte den Deckel zu. Asche beschmutzte ihren gesteppten Morgenmantel. An ihren Beinen war Asche verschmiert. Julia fühlte sich, als hätte sie gerade einen Wettlauf hinter sich gebracht.

Magnus – sie hatte die Fähigkeit, vernünftig zu denken, völlig verloren, als er unvermittelt, wie durch einen bösen Zauber beschworen, am Telefon aufgetaucht war. Nun konnte sie sich nicht einmal mehr an seine Worte erinnern, aber sie erinnerte sich an ihre Bedeutung. Sie waren drohend gewesen. Er hatte ihre Schuhe. Sie floh zurück in die Wärme des Hauses.

Zwanzig Minuten später kam eine Besucherin; eine junge Frau stand vor ihr, eine Nachbarin, die in Nummer 23 lebte, dem Haus nebenan. Sie war kleiner als Julia, ihr Haar fast so kurz wie das von Lily, ein milchweißes, schüchtern lächelndes Gesicht, in dem sich bereits erste Fältchen zeigten. Ihr Name war Hazel Mullineaux. Schon bei den ersten Worten der Frau – »Ich weiß nicht, ob ich Sie gerade jetzt belästigen soll« – wurde sich Julia mit schmerzlicher Klarheit ihres schmutzigen Kleides und der rußgeschwärzten Hände bewußt. Aus Mrs. Mullineaux' Blicken auf Stirn und Wangen erkannte Julia, daß sie ebenfalls mit Ruß beschmiert waren. Sie verbarg die Hände hinter dem Rücken. »Sie scheinen so beschäftigt zu sein, ich weiß nicht, ob ich Ihre Zeit beanspruchen soll.« Ein Lächeln.

Julia, die so tat, als wäre alles völlig normal, hatte nicht die Absicht, die junge Frau hineinzubitten. »Oh, ich habe Zeit genug«, sagte sie und verfluchte sich gleichzeitig für ihre Übertreibung.

»Wir dachten nur, wir sollten fragen. Wir dachten, Sie sollten es wissen«, verbesserte sie sich, und dann verbesserte sie sich nochmals: »Und selbstverständlich wollten wir unsere neue Nachbarin kennenlernen.«

»Vielen Dank.«

»Ich habe, fürchte ich, Ihren Namen nicht ganz mitbekommen.«

Sie hatte ihn nicht genannt. »Julia Lofting.«

Hazel Mullineaux sah an Julia vorbei nach drinnen. »Sind Sie Kanadierin? Ich versuche, hinter den Akzent zu kommen...«

»Amerikanerin«, sagte Julia. »Aber ich lebe schon lange hier.«

»Das erklärt, warum er nicht so breit ist.«

»Oh«, sagte Julia, »ich denke selten darüber nach; ich glaube, er verändert sich sowieso dauernd. Mein Mann sagte immer, ich würde mich anhören wie eine Landarbeiterin aus Iowa. Dabei war ich in meinem ganzen Leben noch nicht in Iowa, aber er natürlich auch nicht.« Sie erzählte und roch dabei den Gestank, den das verbrennende Kleid hinterlassen hatte; zehn Minuten hatte sie mit der gefalteten Zeitung im Wohnzimmer Luft gefächelt, aber der Gestank war hartnäckig geblieben, als hätte sie eine Katze verbrannt.

Mrs. Mullineaux schien dieses Gespräch über Iowa aus dem Konzept zu bringen. »Nun, wie ich sagte, wir meinen, Sie sollten es wissen. Gestern nacht sah mein Mann einen Mann vor Ihrem Haus stehen.«

Julia erstarrte. »Wann war das?«

»Um zehn, als er vom Büro nach Hause kam. Er arbeitet zu lange, wie alle Verleger. Gegen zehn Uhr dreißig sah er zum Fenster hinaus und sah Sie in Ihr Haus gehen, aber der Mann war immer noch da. Perry sagte, er sah nicht wie ein Verbrecher aus, aber er war weiter die Straße hinabgegangen und stand unter dem Baum vor Nummer siebzehn, dem Haus der Armbrusters. Perry war neugierig, daher beobachtete er den Mann weiter, und nachdem Sie hineingegangen waren, kam er wieder näher zu Ihrem Haus. Dann stand er einfach gegenüber und beobachtete das Haus. Perry sagte, er stand mindestens eine Stunde da. Natürlich gibt es kein Gesetz, das einem verbietet, in anderer Leute Häuser zu starren, aber es schien doch merkwürdig. Er fragte mich, ob ich der Meinung wäre, er hätte die Polizei rufen sollen. Ich sagte ihm, ich würde mit Ihnen darüber sprechen. Falls er zurückkommt. Ich hoffe, Sie denken jetzt nicht, wir hätten uns in Ihre Angelegenheiten eingemischt.«

»Nein, o nein«, sagte Julia. Nun konnte sie den Geruch nach verbrannter Katze zu deutlich wahrnehmen, und auch Hazel Mullineaux hatte ihn mitbekommen; die blasse kleine Frau sah sie seltsam an und ging eine Stufe hinab. »Ich habe Hausputz gemacht«, sagte Julia. »Ich weiß, daß ich schrecklich aussehe.«

»Ja. Ich meine nein, natürlich nicht. Aber ich wollte es Ihnen sagen, da der Mann wirklich lange draußen herumstand. Ich hoffe, es war nicht falsch, daß wir nicht die Polizei angerufen haben.«

»Das war mein Mann«, sagte Julia. »Ich glaube, er beobachtet mich. Ich weiß es.«

»Beobachtet?« Hazel Mullineaux' Gesicht drückte völliges Unverständnis aus.

»Er wohnt nicht hier«, sagte Julia, die spürte, wie sie in eine Tirade von Erklärungen verfiel und nicht wußte, wie sie sie vermeiden sollte. »Wissen Sie, ich habe dieses Haus für mich selbst gekauft. Ich kann ihn nicht sehen – und er belästigt mich, ruft mich an. Ich glaube, er brach in einer Nacht sogar einmal ein...«

Nun strahlte Mrs. Mullineaux Schock und Mißbilligung aus.

»Oh, bitte, ich möchte, daß wir Freunde werden«, sagte Julia. »Nachbarn sollten Freunde sein, finden Sie nicht auch? Ich habe Sie nicht einmal hereingebeten. Würden Sie gern eine Tasse Kaffee trinken? Sie waren so nett, mir zu erzählen, was Sie gesehen haben. Ich weiß nicht, ob man die Polizei verständigen sollte oder nicht. Ich weiß nicht, ob Gefahr besteht... In den vergangenen Tagen ist alles so verwirrend geworden, es ist wegen Kate, unserer

Tochter, ich meine, unserer verstorbenen Tochter... Ich habe wirklich schreckliche Angst vor ihm, aber ich glaube nicht, daß ich die Polizei holen sollte; sie würden die Sache nicht verstehen. Aber danken Sie Ihrem Mann dafür, daß er sich meinetwegen Sorgen gemacht hat; das war sehr freundlich...« Sie bemerkte Hazel Mullineaux' ratlosen Gesichtsausdruck. »Möchten Sie nicht auf eine Tasse Kaffee hereinkommen? Ich muß das Wohnzimmer lüften, damit dieser schreckliche Gestank verschwindet, aber wir könnten in der Küche sitzen oder im Garten.«

»Ich kann momentan nicht, danke«, sagte die Frau. Sie ging bereits die Treppe hinunter. »Ein andermal gern, danke.«

»Oh, ich muß Sie noch etwas fragen«, sagte Julia, bevor die andere Frau sich davonmachen konnte. »Kannten Sie die Leute, die vorher hier gewohnt haben?«

»Selbstverständlich kannten wir die McClintocks«, sagte Mrs. Mullineaux. »Sie waren alt und ein wenig weltfremd, aber wirklich nette Leute.«

»Nein, nicht die McClintocks«, unterbrach Julia sie. »Ich meine die davor. Mrs. Rudge. Heather Rudge. Sie hatte eine Tochter.«

»Vor den McClintocks? Wir sind 1967 hierhergezogen, und da wohnten die McClintocks schon seit zwanzig Jahren hier – dachten wir.«

»Ja, natürlich. Sie können sie nicht gekannt haben.«

Mrs. Mullineaux wandte sich ab, ging die Treppe hinunter, und bevor sie zu ihrem eigenen Haus hinüberging, drehte sie sich nochmals um und sah zu Julia. Ihr Gesicht verzog sich zu einer Grimasse, die man als Lächeln ansehen konnte.

Diese Frau hält mich für verrückt, dachte Julia. Und dann dachte sie an Magnus, der auf der Straße spionierte. Gestern nacht hatte er stundenlang am Eßzimmerfenster gekratzt – Magnus versuchte, sie in den Abgrund zu stoßen. Sie wollte Marks unbefangene Gegenwart, Marks Männlichkeit: Er war ein Talisman gegen Magnus. Nicht einmal Lily konnte sie vertrauen, wenn es um Magnus ging. Sie hörte, wie Hazel Mullineaux die Eingangstür zuschlug. Auch davor würde Mark sie beschützen.

»Ich glaube, du brauchst Hilfe, Liebling. Du bist einer solchen Belastung ausgesetzt, und ich kann dir nicht verdenken, daß du ängstlich bist, sogar argwöhnisch.«

»Ängstlich, Lily? Natürlich bin ich ängstlich. Diese Vorstellung gestern nacht hat nicht gerade dazu beigetragen, mich zu beruhigen...«

»Genau das meinte ich. Ich habe heute nachmittag die arme Mrs. Fludd angerufen, und das Telefon hat einfach geläutet. Sie geht niemals aus, niemals, abgesehen von ihren Sitzungen. Etwas Schreckliches ist geschehen, da bin ich sicher. Ich kann nicht anders, ich mache mir Sorgen um die alte Frau.«

»Ich mache mir auch Sorgen. Magnus wurde gestern nacht gesehen, wie er um das Haus herumschlich. Ich bin sicher, daß er vor zwei Nächten hier eingebrochen hat. Er versucht, mich zu sich zurückzuzwingen. Ich glaube, er ist von Sinnen, und ich werde es auch bald sein. Willst du wissen, was ich glaube? Ich glaube, Kate bestraft mich. Das hat Mrs. Fludd gesagt – ein Mann und ein Mädchen. Kate hat von Magnus' Verstand Besitz ergriffen. Manchmal ist sie auch in diesem Haus, und sie haßt mich. Sie glaubt Magnus' Lügen.«

»Oh, Liebes...«

»Du möchtest ihn für dich selbst haben, nicht wahr? Und du möchtest auch Mark für dich selbst haben. Du möchtest, daß Magnus denkt, ich verliere den Verstand. Ich vermute, du wirst ihn gleich anrufen und ihm mitteilen, was ich gesagt habe, aber du wirst ihn nicht erreichen, weil er wahrscheinlich hier herumhängt und das Haus beobachtet.«

»Julia, das kannst du doch nicht von mir denken...«

»Du hast ihn angerufen. Du bist wortbrüchig geworden.«

»Weil ich wollte, daß du wieder zu ihm gehst.«

»Aber möchtest ihn für dich selbst – und Mark.«

»Julia, das führt zu nichts. Du tust mir schrecklich unrecht. Bitte, hör mir zu, Julia. Kate hat keinen Grund, dich zu hassen; du hast nichts getan, das ihr weh tun sollte. Du warst tapfer.«

»Magnus hat Kate getötet. Magnus haßt mich, weil ich ihn verlassen habe, und jetzt haßt Kate mich auch. Mrs. Fludd hat sie gesehen.«

»Julia, warum kommst du nicht zu mir herüber, damit wir uns über diesen Tag unterhalten können? Bitte komm vorbei. Das ist bodenlos...«

»Was meinst du damit? Was soll ich sagen? Wozu willst du mich bringen?«

»Nichts, Julia, nichts. Ich dachte nur, es würde dir guttun, darüber zu reden – wenn schon nicht mit Magnus, dann wenigstens mit mir. Aber wenn du noch nicht bereit bist, dann lassen wir es. Ich bin dennoch der Meinung, du solltest zu mir kommen und ein paar Tage hierbleiben, damit...«

Plötzlich sah Julia die klare Vision eines Mannes in weißem Kittel, der ihr eine Spritze in den Unterarm gab.

»Auf bald, Lily. Tut mir leid.«

Sie legte so heftig zitternd auf, daß der Hörer von der Gabel und zu Boden fiel. Sie mußte unbedingt das Haus verlassen.

Julia hastete nach oben ins Schlafzimmer und streifte das schmutzige Kleid ab; im Badezimmer duschte sie eilig und vermied es dabei, so gut es ging, sich selbst zu betrachten, weil sie befürchtete, ein Blick in den Spiegel würde ihr eine Gestalt zeigen, die gerade aus ihrem Sehbereich hinausglitt. Als sie sich abtrocknete, begann das

Telefon zu klingeln, und Julia ließ es läuten, während sie mitzählte. Nach dem zwanzigsten Klingeln hörte es auf. Sie kleidete sich an und dachte bewußt nicht an das, was Lily ihr gesagt hatte. Statt dessen dachte sie sehnsüchtig an mehr Bücher – sich in eine Erzählung über das Leben anderer Leute zu stürzen. Das war Befreiung.

Es führte sie, als sie zwanzig Minuten später die Kensington High Street entlangeilte, das Haar feucht im Nakken, zu plötzlichen und lebhaften Erinnerungen an ihre Kindheit: an Sommer in ihrem Haus in New Hampshire, wo es jeden Tag so warm gewesen war wie heute. Ihr Urgroßvater hatte das Anwesen gekauft, nachdem er aus dem Aufsichtsrat der Eisenbahngesellschaft ausgeschieden war, wo er während des Booms mehrere hundert Millionen Dollar gemacht hatte; dort hatte der Boden selbst, die Beschaffenheit der Luft, anders gewirkt, einheitlich, unschuldig vom Leben ihrer Familie absorbiert. Einen Augenblick sehnte Julia sich danach, wieder in Amerika zu sein. Sie stand auf der Kensington High Street, zwischen einem Warenhaus und einem Geschäft von W. H. Smith, Autohupen zerrissen die Luft, und sie befand sich völlig unter dem Bann der Erinnerung an das Tal in New Hampshire. Und jenseits des Tales die endlose, unschuldige Ausdehnung des Kontinents; aber sie wußte selbst, daß es so nicht mehr war. Es war ihre eigene Vergangenheit, nach der sie sich sehnte. Und doch brannte in ihr eine ungestillte Sehnsucht nach dem visionären, blühenden Kontinent; ihre Kindheit, schien es ihr, war dort geblieben. Sie ging in den Buchladen und kaufte sich eine umfangreiche Taschenbuchausgabe von ›Gravity's Rainbow‹.

Mit dem Buch in der Hand ging Julia durch die Menschenmassen auf der Straße. Es war wirklich so heiß wie im August in New Hampshire. Sie überlegte, ob sie die Kensington Church Street bis Notting Hill Gate entlanggehen sollte, um nachzusehen, ob Mark zu Hause war. Sie erinnerte sich an seine Adresse, und sie glaubte zu wissen, wo die Wohnung war; an einer der langen, gekrümmten Straßen, Pembridge irgendwas, beim Notting Hill Gate, eine der von großen Villen gesäumten Straßen, die heute alle in Ein- und Zweizimmerwohnungen unterteilt worden waren. Marks Wohnung war eine ›Gartenwohnung‹; sie lag im Keller. Sie stellte sich eine Treppenflucht vor, welche vom Gehweg in ein halbdunkles Zimmer führte – die Vision reichte aus, sie in Richtung Holland Park gehen zu lassen, wo sie in der Sonne liegen konnte. Sie war noch nicht bereit, Mark in seiner Wohnung zu besuchen. Wenn sie dorthin ging, löste sie damit möglicherweise eine Ereigniskette aus, vor deren Konsequenzen sie sich fürchtete.

Während sie an der Reihe der Geschäfte vorbeiging, suchte Julia in der Menschenmenge nach einer Spur von Magnus. Es konnte gut sein, daß er in ein Schaufenster sah, während er sie unbemerkt verfolgte; sie mußte davon ausgehen, daß Magnus auf solche Taktiken zurückgriff. Noch beunruhigender war allerdings der Gedanke, daß er sich im Augenblick gewaltsam Zugang zu ihrem Haus verschaffte. Aber sie brauchte nicht zurückeilen, um das Haus zu untersuchen; sie war ganz sicher, daß sie ihn niemals dort erwischen würde. Julia konnte das Bild von Magnus, wie er hinter ihr lauerte, nicht aus ihren Gedanken verbannen. Vor der langen Piazza des Commonwealth Institute wirbelte sie hastig herum, wobei sie einem Priester mit dem Ellbogen in den Magen stieß. Während sie sich bei ihm entschuldigte, erkannten sie einander als Amerikaner; der Priester, ein adretter Mann mit verschmitztem Gesicht, sah sie seltsam an, während sie Belanglosigkeiten austauschten. Sie konnte nur vermuten, daß er auf etwas an ihrem Benehmen oder ihrem Äußeren ansprach. Was stimmte nicht mit ihr, daß selbst ein freundlicher

Fremder sie für sonderbar hielt? Julia hob eine Hand, um sich über die Stirn zu wischen, und sah, daß diese Hand zitterte. Schweiß stand ihr auf der Stirn. »Nichts weiter«, sagte sie zu dem Priester. »Nur Angst. Ich bin ein normaler Mensch. Normalerweise schlage ich Leuten nicht in den Magen.«

Sie bog in den Holland Park ab. Die Wege waren überfüllt, auf jedem Quadratmeter Rasen lag jemand. Eine Gruppe Kinder lief kreischend auf dem Rasen herum, sie liefen zu kleineren Gruppen auseinander und vereinten sich dann kichernd wieder. Jungen in Jeans, Mädchen in langen, enganliegenden Kleidern, Mädchen in Jeans, Deutsche mit um den Hals geschlungenen Kameras und teurer Kleidung. Sie kam an einer Gruppe von zwanzig Japanern vorbei, die ein Lied sangen. Ein junges Paar direkt vor ihr küßte sich lange und intensiv, während der Mann, ohne sich um die Menschen ringsum zu kümmern, den Po des Mädchens streichelte und knetete. Julia verspürte ein heißes körperliches Verlangen, bis sie den Priester sah, der sich rasch entfernte, ohne sich umzudrehen. Sie verdrängte die Erinnerung an den Traum der vergangenen Nacht aus ihrem Gedächtnis. Sie begann, dem amerikanischen Priester ziellos zu folgen. Das Buch in ihrer Hand fühlte sich sehr schwer an.

Der Priester bog vom Hauptweg in einen Seitenweg ein, der, erinnerte sich Julia, durch einen Teil des Parks führte, wo Pfauen und andere Vögel unter dunklen Bäumen einherstolzierten. Julia folgte ihm und betrachtete die schwarze Soutane, als enthalte sie eine Bedeutung. Der Priester blieb einen Augenblick stehen, um die Pfauen zu betrachten, dann ging er weiter auf das Wäldchen zu, das den oberen Teil des Parks umgab. Er schritt wacker aus, und schon bald war er hinter einer Biegung zwischen den spärlichen Bäumen verschwunden. Drei Frauen, die Kinderwagen schoben, begleitet von einem einzigen Mann, der eine Weinflasche trug, kamen an Julia vorbei, und der Priester war verschwunden. Dann sah sie Magnus.

Er saß auf einer Bank, blickte sie aber nicht an. Er sah sehr müde aus. Julia erstarrte; sie ging zwei vorsichtige Schritte rückwärts, dann drehte sie sich um. Das Ebenbild von Magnus, im hellgrauen Anzug, vornübergebeugt, das Gesicht eingefallen, brannte sich ihr ein; wenn er den Kopf drehte, würde er sie sehen. Anfangs machte sie leichte, ausgreifende Schritte; sie schien auf dem Weg zu schweben. Als sie die Biegung hinter sich gelassen hatte, ging sie langsamer, bis sie es wagte, über die Schulter zu sehen. Er war ihr nicht gefolgt. Julia ließ den Blick über den Park schweifen – rechts von ihr war ein Ausgang, direkt bei Plane Tree House. Sie würde im Kreis am Parkrand entlanggehen, um nach Hause zu gelangen. Julia ging am Weg entlang, sie machte ein verschlossenes Gesicht und achtete nicht auf die Blicke der Männer, die ihr begegneten.

Es war nicht mehr daran zu denken, daß sie im Park blieb und dort ihr Buch las; sie mußte sofort nach Hause gehen und die Tür verschließen. Gerade als sie den letzten Abschnitt des Weges zum Ausgang erreichte, sah sie das kleine schwarze Mädchen, das sie an ihrem ersten Tag im Park schon gesehen hatte. Das Mädchen sah wie am ersten Tag zu ihr auf.

»Hallo, Mona«, sagte Julia. »Erinnerst du dich an mich?«

»Pups«, sagte Mona und lächelte Julia mit offenem Mund an. Ihre Augen leuchteten.

»Das ist aber kein schönes Wort.«

»Pups. Scheiße.« Mona kicherte und wandte sich ab. »Verpiß dich.«

Julia sah das kleine Mädchen an.

»Verpiß dich. Scheiße. Ficken.«

»Was...« Julia drehte sich um und sah ins Gesicht des

blonden Mädchens. Sie berührte ein Fahrrad, das an den Grenzzaun des Parks gelehnt war, und sie sah Julia direkt ins Gesicht. Keine anderen Kinder waren in der Nähe; zwanzig Meter entfernt befanden sich ein Mann und eine Frau, die auf dem Gras schliefen, die Gesichter der Sonne zugewendet. Um Julia und das blonde Mädchen herum schien ein aufgeladenes, zeitloses Vakuum zu existieren. Das Mädchen hatte seltsam altmodische Stoffhosen an, mit hoher elastischer Taille und weiten Beinen. Ihre Ähnlichkeit mit Kate ließ Julias Herz vor Furcht schneller schlagen. Sie standen da und starrten einander an, und keiner sagte etwas; Julia hatte fast das Gefühl, als habe das Mädchen an dieser abgeschiedenen Stelle auf sie gewartet.

Dann lächelte das Mädchen, und die Ähnlichkeit mit Kate verschwand. Einer ihrer Vorderzähne war halb abgebrochen, eine aufwärts gekrümmte Bruchstelle, die ihr Lächeln asymmetrisch aussehen ließ.

»Wer bist du?« fragte Julia.

Das Lächeln des Mädchens verzog sich auf eine frühreife, trotzige Weise. Ihre zusammengepreßten Hände bewegten sich, oder besser, etwas darin bewegte sich. Als Julia genauer hinsah, bemerkte sie, daß das Mädchen eigentlich gar nicht das Fahrrad berührte, sondern ihre Hände zum hinteren Reifen hinhielt. Es dauerte einen Augenblick, bis sie erkannt hatte, was das Mädchen da in den hohlen Händen hielt. Erst als sich das kleine braune Geschöpf bewegte, wurde Julia klar, daß es ein Vogel war.

»Ist der Vogel verletzt?« fragte Julia.

Das Kind gab keine Antwort, sondern starrte Julia weiter an und lächelte ihr frühreifes, verzogenes Lächeln. Das ganze Wesen des Kindes schien wie zusammengeflickt.

Mit einer einzigen raschen Bewegung schob das Mädchen den Vogel in den Reifen des Fahrrads, wo es ihn sicher zwischen den Speichen verkeilte, die die Felgen mit der Radnabe verbanden. Die Szene prägte sich Julia mit unglaublicher Klarheit ein: Wie in der Sekunde vor einer vorher bekannten Katastrophe schien die Zeit ebenso starr zu sein wie das Lächeln des Mädchens. Julia sah einen Augenblick, bevor das Mädchen das Fahrrad ein Stück nach vorn schob, zu dem Vogel – er steckte zwischen den beiden Metallstreben vom Gepäckträger zur Radnabe und nicht zwischen den Speichen, wie Julia zuerst angenommen hatte. Nur der Körper ragte zwischen die Speichen.

»Nein... Nicht...« stammelte sie.

Das Mädchen rollte das Fahrrad vorwärts, und der Vogel verwandelte sich im selben Augenblick in eine Masse blutiger Federn. Sein Kopf fiel zu Boden.

Julia riß den Kopf hoch und starrte das Mädchen an, das nun auf sein Fahrrad stieg. Sie fuhr nicht gleich weg, sondern rollte mit dem Rad hin und her, wobei sie Julia durchdringend ansah.

Julia öffnete den Mund, aber dann sah sie den Kopf des Vogels, der mit offenen Augen neben dem Hinterrad lag, und sie spürte, wie sich ihr der Magen umdrehte. Sie wandte sich ab und übergab sich in den Staub.

Als sie sich aufrichtete, war das Mädchen nicht mehr an ihrer Seite. Das Fahrrad fuhr gerade durch das Tor, das Mädchen trat sorglos und unbeschwert in die Pedale; bald darauf war sie im Verkehr und der Menge verschwunden.

Julia ging einen Schritt weiter und stellte fest, daß ihre Knie zitterten: Sie zwang sich zum Laufen. Ohne einen Gedanken an Magnus zu verschwenden, rannte sie auf geradem Weg nach Hause; sie hatte den Mund offen, der Atem schmerzte zwischen den Rippen. Sie flog über das Grün, immer nur knapp an den Schaulustigen vorbei, die auseinanderwichen, um sie durchzulassen, dann auf dem Weg, der an den Kinderspielplätzen vorbeiführte.

Inzwischen hatte sich ihr Mund in Baumwolle verwandelt, ihre Seite fühlte sich an, wie von Schwertern durchbohrt.

Sie kam keuchend um die Ecke am Ilchester Place herum und verfiel in eine etwas langsamere Gangart. Atemlos, mit heftig pulsierendem Blut in ihrem Kopf, ging sie die drei Stufen vor ihrem Weg hinauf. Das Haus machte einen abweisenden Eindruck. Sie wollte nichts weiter, als in ihr Bett fallen und die ganze Welt im Schlaf vergessen. Das Buch in ihrer Hand schien sein Gewicht verdreifacht zu haben.

Als Julia vor der Eingangstür stand, suchte sie in ihrer Tasche und berührte ein benutztes Papiertaschentuch, einen Ohrring mit abgebrochener Nadel, eine Münze, zwei kleinere Geldstücke. Der Schlüssel, erinnerte sie sich, befand sich in ihrer Tasche, und die lag auf dem Küchentisch. Ihre Knie schienen völlig zu verschwinden. Ihr Körper sank ins weiche Gras. Bevor sie die Augen schloß, sah sie das milchige, verblüffte Gesicht von Hazel Mullineaux, die sie aus einem Fenster von Nummer 23 betrachtete.

Die alte Frau saß in ihrem Bett auf; ein länglicher, weißer Fleck Mondlicht lag gefaltet im Winkel von Wand und Boden. Eine leise Stimme hatte mehrmals ihren Namen gerufen und sie damit aus dem Schlaf gerissen, sanft, als wollte sie sie necken. Sie erklang wieder, diesmal aus größerer Entfernung, anderswo im Haus. Die Frau wollte der Stimme nicht folgen; sie klammerte sich an den Bettlaken fest und widersetzte sich. Aber sie wußte, sie würde sich nicht lange widersetzen können. Die Stimme war kühles Wasser, lange blaue Portionen Wasser, die sie brauchte. Die schwachen Muskeln in ihren Armen begannen zu zittern. Und sie wußte, wer es war. Ihre trockene Zunge rieb sich an den Zähnen. Ihr Name klang verlockend vom Flur herein. Nun gab ihr Körper den Widerstand auf. Ohne ihren Willen schlugen die Arme der Frau das Laken zurück. Die Beine schwangen sich über die Bettkante.

Sie stand auf unsicheren Beinen, die genau wußten, wohin sie sie bringen mußten. Die Stimme schien das einzige in ihrem Verstand zu sein. Ihre Füße fanden die Hausschuhe und schlüpften hinein. Sie ging auf den Flur hinaus und sah die offene Tür. Davor, im gelblichen Licht verschwommen, stand ihr Besucher und rief.

Die Frau ging den Flur hinab. Wissen lag vor ihr, Wissen und Frieden. Ihre Hand bewegte sich und ergriff den schweren Tweedmantel, als sie an den Kleiderhaken vorbeikam. Dumme Hand, dummer Mantel, unnötig. Nur, um damit das Nachthemd zu bedecken. Sie streifte ihn über den Körper und knöpfte den einzigen Knopf zu.

Lockend und geduldig wartete der Besucher. Verführerisch – äußerst verführerisch. Die Frau ging zur Tür; dann durch sie hindurch in vertrautes Gelände.

Der Besucher bewegte sich rasch, er ging rückwärts und lockte. Weißes Licht im Haar, auf den winkenden Handrücken. Alles an dem Besucher war verschwommen und unscharf. Andere Stimmen drangen an ihr Ohr, aber sie drehte den Kopf nicht weg.

Die lockende Stimme war das letzte, was sie hörte.

II

Die Suche nach Heather

5

»Ich habe fast alles verstanden«, sagte Julia. »Ich lag im Bett und las das Buch, das du mir gegeben hast, und als ich zu der Stelle über Heather und Olivia Rudge kam, da wußte ich, ich war im Begriff, das zu verstehen, was mit mir geschieht – denn ich habe mir das alles nicht eingebildet, Lily. Alles war vermengt mit Kate und einem kleinen Mädchen, das ich gesehen habe, bevor ich das Bewußtsein verlor – ich war so nahe daran, ich verspürte eine erstaunliche Energieflut, und ich hätte dich fast angerufen, so viele Einfälle hatte ich. Dieses Haus hat etwas an sich, das Mrs. Fludd gesehen hatte, und es wird durch das bedeutsam, was Magnus Kate angetan hat. Deshalb bin ich wohl Brennpunkt der Energie in diesem Haus. Mrs. Fludd wußte, daß sie in Gefahr war, und ich auch. Überzeugt dich das denn nicht davon, daß ich mir das alles nicht nur einbilde?«

Es folgte ein längeres Schweigen, während Lily am anderen Ende der Leitung die möglichen Wirkungen verschiedener Antworten abwog. Schließlich sagte sie: »Liebling, Mrs. Fludd kam bei einem Verkehrsunfall ums Leben. Fahrerflucht, ganz in der Nähe ihres Hauses. Anscheinend lief sie direkt in den Verkehr der Mile End Road, und das Auto war verschwunden, noch ehe jemand bemerkte, was geschehen war. Es ist immer besser, nach einer vernünftigen, rationalen Erklärung zu suchen, bevor man an etwas anderes denkt.«

»Ich weiß. Aber manche Dinge haben keine rationale Erklärung.«

»Liebling, ein Unfall mit Fahrerflucht hat nichts Übernatürliches an sich, so tragisch er auch sein mag.«

»Das Böse ist nicht rational, Lily. Ich weiß, etwas haßt mich – etwas in diesem Haus. Mrs. Fludd hat es auch gespürt – das hat sie mir gesagt. Ich war so nahe daran, alles zu verstehen, als ich in dieser Nacht von den Rudges las. Ich wäre fast durchgedrungen – ich hatte eine Menge Gedanken und Einsichten –, ich konnte die Vergangenheit rings um mich spüren. Die Vergangenheit ist in diesem Haus! Kannst du nicht begreifen, daß ich mit dieser Geschichte verbunden bin? Wegen Kate – das ist der Schlüssel zu allem.«

»Was den Schlüssel zu allem anbelangt«, begann Lily, dann verstummte sie. Sie hatte Magnus versprochen – sie hatten es gemeinsam ausgearbeitet auf den nachdrücklichen Rat von Julias Arzt –, Julia nicht auf dieses Gebiet zu führen; wenn Julia je die Wahrheit über Kates Tod anerkennen sollte, dann sollte es aus eigenem Antrieb geschehen. Sie beendete ihren Satz mit den Worten: »Das ist nur eine Frage deines Verstandes.« Sie bedauerte ihre Wortwahl, kaum hatte sie die Worte ausgesprochen.

»Meines Verstandes? Wie nett, Lily. Danke.«

»Ich meinte es nicht so, wie es sich vielleicht angehört hat, meine Liebe.«

»Ich kann nicht glauben, daß ausgerechnet du nicht einmal die Möglichkeit in Betracht ziehen willst, daß etwas Außergewöhnliches geschieht. Lily, wenn Mrs. Fludd etwas gesehen oder gespürt hat, liegt das nicht genau auf deiner Linie? Ist das nicht gerade etwas, was du akzeptieren müßtest?«

»Nur unter den angemessenen Umständen, Julia. Du weißt, ich habe einen tief verwurzelten Glauben an das Übernatürliche, aber...«

»Und was ist mit Heather und Olivia Rudge? Lily, es gibt keine Zufälle! Diese Dinge sind mir nicht ohne Grund widerfahren. Vielleicht bedurfte es eines Zufalls, um sie auszulösen, vielleicht folgt alles einem Plan, das weiß ich nicht, aber ich habe mich in den vergangenen Tagen sehr intensiv mit dem Fall Rudge beschäftigt, und ich bin sicher, daß das die Richtung ist, in die ich gehen muß. Ich fand den Namen der Klinik heraus, wo Heather Rudge sich aufhielt, die Breadlands-Klinik, und ich habe mit der Bitte hingeschrieben, ob ich sie besuchen dürfte.«

»Wie hast du sie gefunden?«

»Sie stand in einer alten Ausgabe der Times. Mein Nachbar, Perry Mullineaux, hat mir einen Leseausweis für das Archiv des Britischen Museums besorgt, und ich habe die vergangenen drei Tage damit verbracht, alte Zeitungen durchzublättern. Erinnerst du dich, du selbst hast mir gesagt, daß ich eine Beschäftigung brauche. Nun, die habe ich jetzt. Ich sage dir, manchmal sehe ich die beiden fast vor mir, ich spüre sie überall im Haus – ich höre die Musik, die sie gehört haben; manchmal glaube ich, sie haben gerade in dem Augenblick das Zimmer verlassen, als ich es betreten habe. Kanntest du die Sache mit den Heizungen? Ich mußte sie ständig ausschalten, ohne sie jemals angeschaltet zu haben – das hat jemand anders getan; anfangs dachte ich Magnus, aber schließlich war das einzige Zimmer, in dem es passierte, mein Schlafzimmer, und ich klebte den Schalter an der Wand fest, aber trotzdem ging die Heizung nicht aus. Also habe ich die Leitungen durchgeschnitten, und das Ding ist immer noch heiß. Ich weiß, das ist nur eine Kleinigkeit, aber dann war da noch der Blutfleck auf meinem blauen Kleid, der sich nicht entfernen ließ und immer größer wurde; dazu kommen die huschenden Schatten, die ich im Spiegel sehe, und dann das Wasser, das so brackig geworden ist, daß es stinkt wie Durchfall, aber voller Geld ist; manchmal schmeckt es wie fettige alte amerikanische Pennies, ich habe schon seit einer Woche kein richtiges Bad mehr genommen. Dann gibt es da die Geräusche und die allgemeine Atmosphäre des Hauses – es will, daß ich dort bin, aber es mag mich nicht. Lily, warum habe ich das Haus gekauft? Gerade dieses Haus? Meinst du nicht, daß ich ein Recht darauf habe, das herauszufinden? Darum wurde Mrs. Fludd getötet – es ist schrecklich, furchtbar, aber diese intelligente alte Frau wurde getötet, damit ich die Wahrheit nicht so schnell erfahre. Ich werde Heather Rudge besuchen, und ich werde so viele Leute wie möglich ausfindig machen, die Olivia gekannt haben – ich sehe immerzu Zeichen des Bösen in Kindern, nicht Ungezogenheit, sondern wirklich Böses. Kate steckt hinter alledem, nun, da sie tot ist, ist sie böse geworden, und ich muß mich darum kümmern, ich muß sehen, was ich dagegen tun kann, es ist so ungerecht...«

»Julia«, sagte Lily, als Julias Stimme in einem aufgeregten Schluckauf verstummt war, »ich möchte, daß du hierher zu mir ziehst. Ich denke, du solltest nicht allein dort bleiben.«

»Ich kann nicht fort. Alles, woran ich interessiert bin, ist hier.«

»Julia? Hast du getrunken?«

»Nicht viel. Warum? Spielt doch keine Rolle, Magnus trinkt auch.«

»Ich möchte, daß du zu mir kommst, Julia.«

»Komisch, jeder möchte, daß ich bei ihm leben soll. Ich scheine bei der gesamten Familie Lofting außerordentlich beliebt zu sein. Ich kann dir gar nicht sagen, wie begehrt ich mich fühle.«

»Schläfst du?«

»Ich brauche keinen Schlaf mehr. Ich bin zu aufgeregt, um zu schlafen. Doch, ich nehme schon an, daß ich ein paar Stunden pro Nacht schlafe. Ich habe die seltsamsten Träume – ich träume ständig von diesem Mädchen, das ich im Holland Park gesehen habe. Ich denke, sie ist eine Art Metapher für Kate. Sie scheint völlig ohne versöhnliche Züge zu sein.«

»Julia, Schuldgefühle sollten nicht...«

»Ich habe keine Schuldgefühle. Die überlasse ich deinem Bruder.«

Julia legte auf.

Besorgt nahm Lily ihre Gießkanne in die Küche und füllte sie am Wasserhahn. Sie trug die Kanne auf die Terrasse und begann, Wasser über die Blumen zu gießen, die in letzter Zeit die Spuren eines Monats voller heißer, trokkener Tage zeigten – für einen Sommer in London äußerst ungewöhnliches Wetter. Sie nahm jedoch an, daß das Wetter bald umschlagen würde. Lilys deutlichste Erinnerung an einen ähnlichen Sommer reichte zwanzig Jahre zurück; sie erinnerte sich daran, weil es das Jahr gewesen war, in dem Magnus das Haus in der Gayton Road gekauft hatte. Damals war er noch nicht so dick gewesen, und er hatte zu ihr gesagt, er würde zu gern einmal nach Hampstead Heath gehen und dort das Hemd ablegen. Eines Tages hatte sie ihn in der Gayton Road getroffen und war mit ihm nach Hampstead Heath gegangen; an einem sanften grünen Hang hatte Magnus das Hemd ausgezogen und sich in der Sonne schlafen gelegt. In ihren Augen hatte er gewaltig und anziehend ausgesehen, der große rosa Oberkörper und der massive, hübsche Kopf auf dem leuchtend grünen Gras. Lily hatte ihn eine Stunde betrachtet und bewundernd festgestellt, daß er selbst im Schlaf mächtiger und befehlsgewohnter aussah als andere Männer. Selbstverständlich war er grausam, aber zu ihr nicht. »Magnim«, hatte sie gesagt und eine seiner buschigen Brauen gestreichelt – das war sein Name in ihrer Geheimsprache. Sie war glücklich, daß er Frauen hatte, aber ebenso glücklich, daß er unfähig zur Heirat schien. Damals hatte Lily angenommen, die meisten Frauen wären klug genug, sich keine Ehe mit Magnus zu wünschen.

Julia war ein Schock gewesen. Damals stellte sie ein unschuldiges Mädchen mit herrlichem Haar und einem bescheidenen Verhalten dar, das auf absurde Weise unvereinbar mit ihrem sonstigen kecken Äußeren zu sein schien – ganz der Typ Frau, den Magnus besonders begehrte, aber gewiß nicht die Art von Frau, die für eine Heirat mit ihm in Frage gekommen wäre. Aus irgendwelchen Gründen hatte Lily stets vermutet, daß Magnus, sollte er einmal heiraten, eine Frau nehmen würde, die älter wäre als er. »Es liegt an ihren Burne-Jones-Augen«, hatte Mark gesagt – der arme neiderfüllte Mark hätte jede Frau gewollt, die Magnus sein eigen nannte, selbst wenn sie wie Mrs. Pankhurst ausgesehen hätte. Später war sie sich über das Ausmaß von Julias Reichtum klargeworden, und das hatte Magnus' Heirat in einem vernünftigeren Licht erscheinen lassen.

Aber erst Jahre später wurde es weniger schmerzlich. Tatsächlich hatte Kate viel zu dieser Aussöhnung beigetragen, denn Magnus änderte sich zwar wenig, entwikkelte aber eine überraschende Neigung zu Vaterpflichten. Er hatte Kate so sehr geliebt, daß Lily gar nichts anderes übriggeblieben war, als es auch zu tun; schließlich waren sie und Julia Freundinnen geworden. Daß Julia diese Freundschaft von Anfang an gewollt hatte, hatte sie vielleicht ermutigt; aber die Veränderung hatte eigentlich erst begonnen, als Lily eines Morgens zu Besuch gekommen war und eine Julia vorfand, die kein Babybuch las, während sie auf ihr Kind aufpaßte, sondern ›Middlemarch‹. Julia mochte absurd jung sein, vielleicht sogar zu reich, aber immerhin hatte sie einen guten Geschmack, was Literatur anbelangte. Schließlich hatte ihr Lily ein paar Bücher über das Okkulte gegeben – Bücher, die Mr. Carmen und Miß Pinner empfohlen hatten –, und sie war erfreut darüber gewesen, daß Julia sie sorgfältig durchlas, auch wenn sie mehr von Mr. Carmens Roheim und Mircea Eliade gehalten hatte als von Miß Pinners Büchern über astrale Projektion. Später hatte sie noch mehr Grund, Julia dankbar zu sein, auch wenn Julia es selbst gar nicht bemerkte, denn sie hatte die Wohnung in Plane Tree House weitgehend mit Geld gekauft, welches Magnus ihr von seinem gemeinsamen Konto zur Verfügung gestellt hatte. Sie wußte auch ohne Fragen, daß es Julias Geld war, mit dem die meisten von Magnus' teuren Geschenken für sie bezahlt wurden.

Die Hauptsache, dachte Lily, war es, Julia wieder zu Magnus zurückzubringen – einerlei, wieviel Geld durch das Haus und sein Mobiliar verlorenging. Sie brauchten beide die Genesung. Lily wußte ganz genau, daß sie manchmal einfach deshalb eifersüchtig auf Magnus war, weil er ein Mann war, und sie war eifersüchtig auf Julia, weil sie sich zwischen ihn und sie gestellt hatte, wie es selbst Mark niemals tat; aber es lag in jedermanns Interesse, daß sie sich wieder zusammentaten. Um Magnus stand es im Lauf der vergangenen Woche schlechter, als Lily es je bei ihm erlebt hatte. Manchmal schien er Julia beinahe zu hassen – dafür brauchte er, stolz wie er war, keine übernatürliche Unterstützung; dennoch wollte er sie verzweifelt zurückhaben, wollte sie geheilt wissen.

Und Julia brauchte Magnus weitaus mehr als er sie. Sie sah erschreckend schwach und krank aus. Ihr herrliches Haar war stumpf und ohne Spannkraft, das Gesicht weich und aufgedunsen. Manchmal schien sie kaum zuzuhören, wenn man etwas zu ihr sagte. Julia wurde nur noch von nervöser Energie vorangetrieben; kein Wunder, daß sie überall böse Kinder sah und eine kranke Fantasiewelt um Kate herum aufgebaut hatte.

Und nun diese Besessenheit vom Fall Rudge, die im Licht dessen, was Julia zu verdrängen versuchte, völlig erklärbar war. Lily stellte sich Julia im Lesesaal vor, wo sie fiebrig alte Zeitungen durchblätterte und sich irre Notizen machte – sie mußte wie eine Ophelia wirken, die auf einem Meer von Zeitungsausschnitten abwärtstrieb.

Am wichtigsten aber war, daß sie Julia von Mark fernhielt. In Marks Wesen fehlte etwas, ein moralischer Raum, der bei ihm völlig von seiner Abneigung gegen Magnus erfüllt war. Lily wußte, Mark würde sich keine Gelegenheit entgehen lassen, Magnus zu demütigen. Julia, geschwächt und möglicherweise hysterisch, würde empfänglicher für Marks Annäherungsversuche sein als jemals zuvor. Das mußte verhindert werden.

Sie rief zuerst in der Gayton Road an. Als dort niemand abnahm, versuchte sie es in der Kanzlei, aber seine Sekretärin hatte ihn den ganzen Tag noch nicht gesehen; er hatte ihr gesagt, sie sollte nicht mit seinem Erscheinen rechnen. Sie wußte, was das bedeutete. Lily ging die Liste seiner Clubs durch und erreichte ihn schließlich im Marie Lloyd, ein deutlicher Indikator dafür, daß Ärger in der Luft lag. Wenn er erst einmal im Marie Lloyd gelandet war – dem zwielichtigsten der kleinen Clubs, die er in der ganzen Stadt hatte –, suchte er fast immer Streit; einmal hatte er vor diesem Club einen Lastwagenfahrer niedergeschlagen, weil dieser ihn angegrinst hatte. Sie mußte vorsichtig den Grad seiner Betrunkenheit herausfinden und ihre Worte danach sorgfältig wählen. Sie war Magnus' Spionin, aber sie sah sich auch als seine Beschützerin. Schon nach seinen ersten Worten wurde ihr klar, daß es gefährlich war, ihn zu reizen; daher verschwieg Lily ihm von der Unterhaltung mit Julia das meiste über die Rudges.

»Es geht ihr schon viel besser«, sagte sie. »Ich glaube, sie verlor aufgrund von Erschöpfung das Bewußtsein, und nun spannt sie richtig aus. Sie hat ein Projekt, an dem sie arbeiten möchte; das wird sie beschäftigen. Scheint harmlos zu sein. Magnus, du darfst nicht mehr in dieses Haus gehen. Das ist eine völlig falsche Taktik.«

»Warst du da, als sie das Bewußtsein verlor? Hast du sie gesehen?« Das bedeutete, wie Lily wußte, daß Magnus ihren Rat in den Wind schlug.

»Eine Nachbarin sah, wie sie das Bewußtsein verlor«, sagte Lily. Jetzt war nicht der Zeitpunkt, Magnus zu sagen, daß Mark wenige Augenblicke später vorbeigekommen war. »Jemand sagte mir Bescheid, und wir brachten sie hinein. Sie hatte sich ausgesperrt, aber die Terrassentür war offen, und so konnten wir sie hineinbringen.«

»Diese verdammten Fenster sind immer offen«, grollte Magnus. »Ich werde hinuntergehen, sie besuchen und sie nach Hause holen.«

»Das würde ich nicht«, sagte Lily hastig. »In ihrem Zustand würde das alles nur noch verschlechtern.«

»Pfeif darauf!«

»Ich glaube, du solltest heimgehen. Du solltest die Dinge sich noch ein paar Tage entwickeln lassen, mein Lieber, bis sie sich beruhigt hat. Sie ist ein schrecklich verwirrtes Mädchen.«

»Sie sieht elend aus«, sagte Magnus. »Ich habe sie gesehen. Aber wer ist nicht verwirrt?«

»Magnus, nicht mehr lange, dann wird sie einsehen müssen, was wirklich mit Kate geschehen ist. Ich weiß, es ist schrecklich unfair dir gegenüber, daß sie dir die Schuld an dem Vorgefallenen gibt, und ich teile deinen Schmerz, aber ich kann dir dennoch nur raten, jetzt heimzugehen und später zu versuchen, sie anzurufen und ruhig mit ihr zu sprechen. Ich bin sicher, auf lange Sicht ist das die beste Taktik.«

»Ich habe das Gefühl, Lily, daß du mir etwas verheimlichen willst.«

»Nein. Das stimmt nicht.«

»Was ist das für ein Projekt?« Magnus rülpste laut. »Herrgott, ich muß pinkeln. Was ist das für ein Projekt, an dem sie arbeitet?«

»Ich nehme an, es hat etwas mit dem Haus zu tun, das sie gekauft hat.«

»Himmel«, sagte Magnus und legte unvermittelt auf.

Nachdem Julia das Telefon aufgelegt hatte, wich ihre aufgeregte Hochstimmung nicht. Das hatte, trotz Lilys Andeutung, nichts mit Alkohol zu tun, denn sie hatte den ganzen Nachmittag nach ihrer Rückkehr aus dem Archiv in Colindale nur einen Whisky mit Soda getrunken. Dennoch konnte man das Gefühl mit dem Zustand der Trunkenheit vergleichen – ein optimistisches, impulsives Gefühl, als wären Räder in Bewegung gekommen, als wäre eine Lösung nahe. Sie hatte keinen Zweifel, daß hier ein Zusammenhang mit den Rudges bestand: Die Rudges wollten ihr helfen, Kate zu exorzieren, ihr helfen, Kate endlich zur verdienten Ruhe zu betten. Wie das vor sich gehen sollte, das wußte sie nicht, aber sie war sicher, daß es geschehen würde. Wie dem auch sei, sie hatte schon lange keine andere Wahl mehr – sie mußte die Wahrheit über Olivia Rudge herausfinden.

Die alten Ausgaben der ›Times‹ und des ›Evening Standard‹, die sie gelesen hatte, hatten sie zumindest von einem überzeugt: Olivia Rudge war psychotisch gewesen. Ein Mitglied ihrer Gruppe, ihrer Kinderbande im Holland Park, war anonym zitiert worden mit der Meinung, Olivia sei ›verdreht‹ gewesen, und selbst ein unbeteiligter Reporter hatte sie ›beunruhigend‹ genannt. Wenn Julia die Wahrheit über die Ermordung des kleinen Geoffrey Braden herausfinden konnte, würde das vielleicht Kate beschwichtigen. War der Beweis dafür nicht der außergewöhnliche Stimmungsumschwung, seit sie davon im ›Royal Borough of Kensington‹ gelesen hatte? Sie hatte immer noch Mühe, ihren Verstand darauf zu konzentrieren, was sie von einem Augenblick zum nächsten tun sollte, aber sie fühlte sich, als würde sie von einer großen Woge dahingespült werden. Sie ließ das Essen anbrennen, ließ im ganzen Haus halb leergetrunkene Kaffeetassen stehen, aber seit ihr der Gedanke gekommen war, Perry Mullineaux um einen Leseausweis zu bitten, hatte sie keine großen Ziele mehr – selbst Magnus war zur Bedeutungslosigkeit verblaßt. Sollte er ruhig die Nachbarschaft unsicher machen; er lebte nur in der Gegenwart und hatte keine Verbindung mehr mit dem, was wirklich zählte.

Als Julia sich, selbstzufrieden wegen ihrer abschließenden Spitze gegenüber Lily, in die Richtung des Eßzimmers und der Gartentüren wandte, erinnerte sie sich eines Einfalls, den sie am Ende ihrer täglichen Arbeit in der Bibliothek gehabt hatte. Bevor sie mit Heather Rudge sprach – sie hatte keinen Zweifel, daß sie von ihr hören würde –, wollte sie alte Ausgaben von ›The Tatler‹ durchsehen. Sicherlich war sie zur Zeit ihrer berühmten Gesellschaften oft in diesem Magazin abgelichtet worden; vielleicht fand sie sogar Bilder ihrer Partys.

Dann entsann sie sich an etwas, das Mark gesagt hatte, als er, wie durch einen gütigen Zauber, an ihrer Seite aufgetaucht war, als sie das Bewußtsein verlor. Sie war zu sich gekommen und fand sich in den Armen von Hazel Mullineaux, während Mark ihre Hand hielt. Benommen und verwirrt wie sie war, war ihr doch nicht entgangen, daß Mrs. Mullineaux auf Marks Äußeres ansprach, und sie hatte sich bemüht, sich aufzurichten und ihre Zweisamkeit zu stören. Mark hatte ihre Hand fester gehalten und zu Hazel Mullineaux gesagt: »Ich weiß nicht, wer Sie sind, aber könnten Sie nicht so freundlich sein und durch den Park gehen, um Julias Schwägerin, Lily Lofting, zu holen?« Er gab ihr Lilys Adresse und sagte, er würde dableiben und sich um Julia kümmern; froh, sich nützlich machen zu können, hatte Hazel sie allein zurückgelassen.

»Das war nett, meinst du nicht auch?«

»Machen die Frauen immer das, was du sagst?«

»Fast immer. Normalerweise sind sie aber auch schlau genug, mir keinen Schrecken einzujagen. Ich dachte schon, du würdest deinen Friedhofsblick nun auf Dauer behalten, wie das Mädchen auf dem Bild in der Tate Gallery, an das du mich immer so sehr erinnerst, an das von Burne-Jones.«

»Friedhofsblick? Burne-Jones? Wovon redest du eigentlich? Mir geht es schon wieder besser.« Julia hatte sich aufgerichtet; ihre Benommenheit war fast verschwunden.

»Das Mädchen in ›Königin Kophetua und die Bettlerin‹. Dieselben Augen. Ist mir schon vor Jahren aufgefallen, als ich dich zum ersten Mal gesehen habe. Was hat diesen Anfall verursacht?«

Darauf erzählte sie ihm die ganze Geschichte von dem blonden Mädchen im Park, und sie beeilte sich, sie vor Lilys Ankunft zu Ende zu bringen. Dieses Erlebnis war so privat gewesen, daß sie es, zumindest vorläufig, nur mit Mark teilen konnte.

Julia warf nun ein paar Dinge in ihre Handtasche und eilte zur Tür hinaus, als das Taxi am anderen Ende des Ilchester Place auftauchte. Als es näherkam, winkte sie dem Fahrer und sagte: »Zur Tate Gallery, bitte.« Sie war zu aufgeregt, um sich selbst ans Steuer des Rover zu setzen.

Als das Taxi vor der Galerie hielt, gab sie dem Fahrer eine Pfundnote und ging rasch die Steinstufen empor, vorbei an den üblichen Scharen von Touristen, durch die Eingangstür und die Halle. Sie sagte zu einem Aufseher: »Könnten Sie mir sagen, wo ich die Präraffaeliten finde? Ich suche nach einem ganz bestimmten Bild, einem Burne-Jones.«

Der Mann wies ihr die genaue Richtung; sie ging die Treppe hinunter und gelangte in den Raum, den ihr der Mann gezeigt hatte. Sie sah das Gemälde sofort. Das Mädchen saß zurückgelehnt, ein Kissen im Rücken, auf einer langen Bank und hielt schüchtern ein paar Blumen; der König, der auf Goldgrund unter ihr saß, sah zu ihr auf. Sie glich wirklich dem Mädchen, das Burne-Jones gemalt hatte. Friedhofsblick. Waren ihre Augen so rund? Aber der König! Abgesehen von seinem kurzgeschnittenen Bart war der König Mark. Sie seufzte vergnügt. Julia stand zehn Minuten vor dem Bild, dann ging sie, ohne den Blick davon abzuwenden, zu einer Bank, von wo aus sie es betrachten konnte. Der kleine Raum erduldete mehrere Wellen von Zuschauern, die hereinströmten, ihn umrundeten und wieder hinausstürmten. Julia veränderte ihre Position auf der Bank, wann immer ihr der Blick auf das Bild versperrt war. Als sie schließlich wieder allein in dem Raum war, begann sie leise zu weinen.

Sie hatte Mark. Immerhin hatte sie Mark. Sie waren beide Opfer von Magnus. Marks Bemerkung verdeutlichte die vergebliche Geschichte ihrer Ehe; sie wußte nicht, ob sie den neun vergeudeten Jahren ihres Lebens nachweinte oder aus Erleichterung darüber, daß Mark ihr einen Ausweg gezeigt hatte.

Mark, Mark...

Als die nächsten Besucher in den Raum kamen, wischte Julia sich die Augen ab und ging wieder die Treppe hinauf zum Ausgang der Galerie. Draußen begegneten ihr Licht, Wärme und der Lärm von Autos; sie ging die Stufen hinab, überquerte die Straße zum Ufer und ging am Fluß entlang. Nach einer Weile blieb sie stehen, lehnte sich auf die Brüstung und sah hinab in das graue, trübe Wasser. Der niedere Wasserstand hatte Algen, einen Fahrradreifen, eine zertrümmerte Puppe und den Fetzen eines Kinderkleides in Schlamm und Geröll am Flußufer hinterlassen. Julia war sicher, daß sie bald von Heather Rudge hören würde; sie fühlte sich seltsam körperlos, als würde sie über dem Unrat des Flusses schweben. Sie merkte, daß sie den Ausdruck des Mädchens auf dem Gemälde von Burne-Jones nachahmte.

Dieses Mädchen verfällt immer mehr, dachte Lily, und

wenn sie nicht aufhört, dann wird sie alles ruinieren. Während sie die Hände abtrocknete, versuchte Lily darüber nachzudenken, ob sie eine Erklärung für Marks Anwesenheit an Julias Seite gehört hatte. War er eingeladen worden? Gehörte es neuerdings zu seinen Gewohnheiten, bei Julia vorbeizuschauen? Die erste Möglichkeit war weniger erschreckend als die zweite, wenn auch nur unwesentlich. In jedem Fall mußte sie versuchen, Julia wieder zur Vernunft zu bringen, ihr ihre wilde, irrationale Stimmung auszureden. Julia hatte das Krankenhaus bestimmt zu früh verlassen. Magnus konnte das ausbügeln. Das Mädchen war auf den gräßlichen Fall Rudge fixiert, an den Lily verschwommene Erinnerungen hatte. Vor langer Zeit war er wochenlang durch die Presse gegangen – nun, da sie daran dachte, fiel ihr auf, daß das alles auch in dem Sommer geschehen war, als Magnus das Haus gekauft hatte. Aber es war nichts weiter als eine dieser Zeitungssensationen gewesen, ohne Beziehung zu ihr selbst. Sicherlich war es eine Spiegelung von Julias eigenem Verlust, daß sie sich auf diese uralte Geschichte gestürzt hatte.

Es bestand kein Zusammenhang. Es sei denn – nein, das konnte nicht sein. Trotz Julias übereifrigen Versicherungen kamen Zufälligkeiten andauernd vor. Man mußte nur an Rosa Fludd denken, um das zu erkennen. Die gute Rosa Fludd. Arme Rosa. Die gräßliche Nichte war am Telefon sehr unhöflich zu Lily gewesen.

Lily ging durch das Wohnzimmer ins Schlafzimmer; unterwegs blieb sie einen Augenblick stehen und betrachtete das Bild von Stubbs, Magnus' letztes Geburtstagsgeschenk für sie. Vielleicht konnte sie Julia immer noch überzeugen, im Gästezimmer zu schlafen. Sie mußte etwas energischer mit Julia umgehen; sie waren alle zu behutsam gewesen, zu sanft mit der Frau ihres Bruders. In Lilys Verstand erschien das Bild eines Schmetterlings, der gegen eine Scheibe prallte: Um die Farben des Schmetterlings zu erhalten, mußte man ihn zwischen Glas pressen. Wenn Julia sich erst einmal wohlbehalten im Gästezimmer von Plane Tree House befand, dann konnte man Magnus holen, damit er sie wieder zu Verstand brachte. Als sie daran dachte, überlegte sie, ob sie Magnus nach diesem Zusammentreffen fragen sollte, an das sie noch vor wenigen Augenblicken gedacht hatte, nur um herauszufinden, ob es möglicherweise stimmte – und wenn, ob Julia es herausfinden konnte. Lily verfluchte sich, weil sie so wenig über Magnus' Leben wußte. Wohin genau war er gegangen, als er Ilchester Place besuchte? Aber sicherlich war es mehr als unwahrscheinlich, zu vermuten... Lily tat den Gedanken achselzuckend ab und wandte sich zum Wandschrank. Sie hatte beschlossen, sich umzuziehen.

Je nüchterner sie gekleidet war, desto überzeugender würde sie sein. Sie ging ihre Kleider durch, dann entschied sie sich für ein blaues Kostüm. Sie hatte es schon acht Jahre, aber es sah immer noch hinreichend elegant und würdevoll aus. Dann öffnete sie die Schublade mit den Schals, seufzte und begann, sich umzuziehen.

Mit dem blauen Leinenkostüm und einer weißen Bluse bekleidet, die Julia ihr vor einem Jahr geschenkt hatte, ging Lily nochmals zu der Schublade zurück. Sie probierte drei an, bevor sie sich für einen rechteckigen Hermès-Schal mit weiß-rotem Muster entschied; dann betrachtete sie sich im Ankleidespiegel. Sie sah ein wenig distinguierter aus als gewöhnlich – wie eine Anwältin im Ruhestand oder die Frau eines wohlhabenden Geschäftsmanns. Nun mußte sie proben, was sie zu Julia sagen wollte. Sie sah auf die Uhr und stellte fest, daß es eine halbe Stunde her war, seit sie mit Julia gesprochen hatte; sie war ganz sicher noch im Haus.

Berufe dich auf die Fludd-Geschichte, riet Lily sich. Erinnere sie daran, daß Mrs. Fludd ihr geraten hat, das Haus zu verlassen; der Zeitpunkt war gekommen, sich wieder in den Griff zu bekommen, bevor alles völlig auseinanderfiel. Kate würde sie nur erwähnen, wenn Julia selbst damit anfing. Es war schrecklich unfair Magnus gegenüber, aber Magnus hatte, wie Lily sich erinnerte, den Vorschlag des Arztes wesentlich schneller aufgegriffen als sie selbst – Lily mußte Julias Traumwelt ein Ende machen.

Nun, vermutete Lily, mußte sie zur Mehrzahl überwechseln. Aus einer Traumwelt waren ein halbes Dutzend geworden. »Braucht eine kalte Dusche«, murmelte Lily und prüfte den Sitz ihres Rocks im Spiegel. Sie war bereit.

Im warmen Sonnenschein ging sie durch den Park. Es war Freitagnachmittag, und da schien der Holland Park immer noch überfüllter zu sein als an allen anderen Tagen, abgesehen vom Wochenende. Lilys adrette Gestalt bewegte sich durch die Mengen junger Leute, wobei ihre Handtasche im Takt mit ihrem Schritt schwang. Die meisten waren Müßiggänger. Studenten. Aber sie konnte nicht sagen, was sie studierten, wenn sie überhaupt Zeit hatten. Natürlich gibt es da ein Lieblingsfach, dachte sie, als sie ein Pärchen sah, das im Gras lag und sich küßte. Magnus hätte wirklich jemanden in seinem Alter heiraten sollen; ein Mann wie Magnus brauchte eine respektable Dame als Frau. Sicher keine Amerikanerin. Amerikaner begriffen manchmal so wenig, trotz ihrer Autos und elektrischen Zahnbürsten. Selbstverständlich war sie ein nettes Mädchen, und keiner konnte sagen, daß ihr Geld nicht über vieles hinweggeholfen hatte. Aber selbst das hatte seine Schattenseiten. Der alte Gauner, der es gescheffelt hatte, mußte eine Art Pirat gewesen sein, nach allem, was sie so mitbekam. Julias Urgroßvater war einer der ruchlosen Eisenbahnbarone gegen Ende des vorigen Jahrhunderts gewesen – er hatte Blut an den Händen bis hinauf zu den Ellbogen, hatte Magnus gesagt. Der Großvater war scheinbar aus demselben Holz geschnitzt gewesen: Ganze Wälder waren für ihn gefällt worden, Flüsse verseucht, Kriege geführt und Firmen in den Bankrott getrieben und Menschen getötet, um seinen Wohlstand zu vergrößern. Julias Geld haftete ein historischer Makel an. Lily hob den Kopf und wandte sich tiefer in den Park; ihre Absätze verursachten ein stakkatohaftes Geräusch auf dem Asphalt.

Als sie eine schmale Treppenflucht bei den kleinen Gärten herunterkam, bemerkte Lily ein kleines blondes Mädchen, das hinter den Bänken emporsprang, wo die alten Leute sich sonnten, und in die Richtung lief, in die sie gerade ging. Nach ein paar Metern begann das Mädchen zu gehen. Was für ein süßes, altmodisch aussehendes Kind, dachte Lily; es sah sogar ein wenig wie Kate aus, zumindest von hinten. Nach einem Augenblick wurde ihr klar, daß es die Hosen des Mädchens waren, die ihr dieses altmodische Äußere verliehen; sie waren hoch tailliert und mit einem Gummiband versehen, so wie Kinderhosen vor etwa fünfundzwanzig Jahren gewesen waren. Das Mädchen schien Lily fast zu Julias Haus zu führen. Sie hüpfte vor ihr her, und wann immer sie mehr als fünfzehn bis zwanzig Meter entfernt war, ging sie langsamer; wenn Lily näher kam, warf sie sich herum und fing wieder an zu laufen – gerade so, dachte Lily, als wäre sie an der Leine.

Als sie den Kinderspielplatz erreichten, von dem aus man Julias Haus bereits sehen konnte, verschwand das Mädchen. Lily verlangsamte ihr Tempo für einen Augenblick verwirrt. Sie sah über die Kinder, die im Sandkasten spielten und zwischen den Bäumen herumtollten, aber sie sah das herrliche Haar nirgendwo aufleuchten – das Kates Haar so ähnlich war. Links von sich, auf einem Rasenstreifen, sah sie nur drei weinende Kinder, aber keines von ihnen war das Mädchen.

Lily sah von einer Seite zur anderen, dann zuckte sie die Achseln und wollte ihre Schritte wieder beschleunigen, als sie plötzlich einen kalten Schauer am ganzen Körper verspürte. Sie hatte eine ältere Frau gesehen, die sie nun, während sie stehen blieb, erneut betrachtete; sie saß auf einer Bank und wandte Lily das Profil zu. Es war Rosa Fludd. Sie starrte vor sich hin, ohne sich zu bewegen. Sie trug den gräßlichen Tweedmantel, den sie am Abend ihres letzten Treffens angehabt hatte. Lily wandte sich langsam in die Richtung der Frau; ihr Magen fühlte sich wie vereist an, ihre Fingerspitzen kribbelten. Ihr wurde klar, daß sie nicht sprechen konnte.

Mit unheimlicher Willensanstrengung wandte Lily den Kopf von Mrs. Fludd ab und sah wieder zu den Kindern. Sie spielten weiter und gruben im Sand. Ihre Stimmen drangen deutlich und hell zu ihr. Sie drehte unvermittelt den Kopf und sah wieder zu der Parkbank. Nun war sie leer. Rosa Fludd war verschwunden wie das Mädchen.

Lilys Atem kehrte allmählich wieder in ihren Körper zurück, als habe er ein paar Minuten vor ihr in der Luft geschwebt. Sie streckte sich selbstbewußt und fuhr sich über den Hinterkopf. Sie sah nochmals zu der Bank. Niemand saß dort. Keine traurige, dicke alte Dame. Natürlich nicht. Dort hatte niemand gesessen. Wie außergewöhnlich, dachte Lily. Eine Halluzination gerade dann zu haben, da sie auf dem Weg zu Julia war, um ihr wieder Verstand einzubleuen! Eine weniger stabile Person als sie hätte sich wahrscheinlich sofort von Julias Hirngespinsten einfangen lassen und sich auf ewig dem Unwirklichen verschrieben. Lily gestattete sich ein Lächeln, als sie daran dachte, wie Miß Tooth oder Miß Pinner auf die Auferstehung von Mrs. Fludd reagiert haben würden. Dann fragte sie sich, was Miß Pinner wohl in jener peinlichen Nacht im Badezimmer gesehen hatte; sie ermahnte sich, dieses Thema unter gar keinen Umständen in Julias Gegenwart anzuschneiden. Sie befand sich, überlegte sie, in derselben Lage wie ein Priester, der einem neuen Konvertiten gegenüber eine harte Position in Sachen Wundern vertreten muß.

Inzwischen fühlte Lily sich wieder einigermaßen erholt. Das Erlebnis war eindeutig abgeschmackt gewesen. Sie sah noch einmal zu der Bank – leer – und ging dann mit entschlossenen Schritten weiter.

An der Ecke des Ilchester Place verweilte sie und legte sich noch einmal ihre Argumente zurecht. Sie wurde sich über ihre exakten Worte nicht klar, aber sie wußte, daß sie einen Ansatzpunkt finden mußte – Julia mußte aus diesem Haus herausgelockt werden. Vielleicht konnte sie Magnus benutzen. Eine subtile Drohung war erforderlich. Wenn sie das Wort ›Krankenhaus‹ in der richtigen Weise fallenlassen konnte... Lily stand einen Augenblick da und genoß das unbekannte Aroma von Macht und Duldung.

Sie sah hinauf zu Julias Schlafzimmerfenstern. Oder gehörten sie zu einem der unbenutzten Zimmer? Das Haus machte einen unbewohnten Eindruck, dachte Lily, wie verwunschen. Diese verdammte Halluzination hatte sie aus der Fassung gebracht. Sie konnte von der Seite durch die Fenster sehen und erkennen, daß zumindest die Hälfte des Wohnzimmers verlassen war. Wenn sie direkt davorstand, konnte sie ganz durch das Haus hindurchsehen. Wenn die Vorhänge zugezogen waren, bedeutete das nicht, daß Julia zu Hause war? Lily verspürte einen seltsamen Widerwillen, ihren Kreuzzug gleich auf der Stelle zu beginnen.

Sie ging die zehn Schritte die Straße entlang und sah durch die doppelten Fenster in den Garten, der grün leuchtete, aber durch die Scheiben wie gedämpft wirkte. Sie mußte klingeln. Aber warum dieses Zögern? Eine Erinnerung pulsierte im Unterbewußtsein und öffnete sich ihr dann: Mrs. Weatherwax bei einer Party vor dem Krieg – im Albany, wie sie sich erinnerte. Ein Berg von einer

Frau, Gattin eines Ministers, Königin ihres Haushalts. Mrs. Weatherwax war in besonders übler Stimmung gewesen; sie saß auf einem kleinen Sofa und hatte das Gesicht finster verzogen, als wollte sie jedem drohen, der es wagte, sich ihr zu nähern. In absurder Weise erinnerte das Haus sie an Mrs. Weatherwax, die aus ihrem Sofa im Albany Feindseligkeit ausgestrahlt hatte. Diese niedergetrampelten Blumen am Seitenstreifen: War das eine Art visuelle Anspielung? Anspielung oder nicht, der Eindruck war klar und deutlich gewesen.

Was für ein Unsinn, dachte Lily und trat einen Schritt vom Gehweg herunter. Dann sah sie Magnus' Gesicht in dem grünen Rechteck hinter dem Haus auftauchen, und sie erstarrte im zweiten Schritt. Sie wich hastig zurück. Nach einem Augenblick ging sie so weit nach einer Seite, wie sie konnte, ohne dabei die Fenster an der Rückseite des Hauses aus den Augen zu lassen. Magnus zerrte an einem der Griffe, er bewegte den Mund dabei. Während Lily noch erschrocken zusah, holte Magnus eine Art Karte aus der Brieftasche und schob sie in das Fenster, wo die beiden Rahmen sich vereinigten. Seine Arme bewegten sich rasch, das Fenster ging auf, Magnus kletterte in das Haus. Lily konnte nichts mehr beobachten.

6

Magnus stand in dem sonnigen Eßzimmer und lauschte argwöhnisch. Irgendwo im Haus bewegte sich ein Schalter, was ein Summen von hinter den Wänden verborgenen Maschinen auslöste. Magnus steckte die Access-Karte mit fahrigen Bewegungen in die Brieftasche zurück. Er bewegte sich einen Schritt voran, dann lauschte er wieder, wie ein Tier. Vielleicht entsprang das summende Geräusch seinem eigenen Kopf. Er hatte die ganze Woche über kaum mehr als sieben oder acht Stunden geschlafen, sich mit Whisky vollaufen lassen und sich Szenen mit Julia vorgestellt – Schlaf bekam er im Büro zwischen zwei Terminen von Klienten, auf Parkbänken; einmal war er im Blumenbeet im Garten eingeschlafen, als er Julia beobachtete. Er konnte sich vorstellen, wie er Julia schlug, mit ihr schlief, sie eine Stunde vor der Dämmerung aufweckte und drängend und überzeugend auf sie einredete. Wie vielen geselligen Männern war Magnus der Gedanke ans Alleinsein verhaßt, und er hatte, wenn er sich letzte Woche allein in seinem Haus befand und rastlos von Zimmer zu Zimmer ging, eine Flasche in der Hand, so ernsthaft zu Julia gesprochen, daß er sie vor sich zu sehen schien. Zweimal hatte er sie in Not oder unter Schmerzen seinen Namen rufen hören, und er war betrunken durch die Stadt gerast, um vor dem dunklen Haus am Ilchester Place zu parken. Er wußte nicht, was er zu sehen erwartete – möglicherweise eine von Mark bedrängte Julia, die sich eine verzweifelte Sekunde lang wehrte, bevor sie sich ihm ergab. Diese Szene stahl sich in seine Träume und ließ ihn mit klopfendem Herzen aus dem Schlaf hochschrecken. Fünf Minuten von seinem Haus entfernt wohnte eine

Frau, eine ehemalige Klientin, die in Hammersmith lebte, eine andere Frau fast so nahe, die Gattin eines Häftlings, aber Magnus wußte, er ging hauptsächlich deshalb zu ihnen, weil er ihnen Angst machte; sie waren nur als vorübergehende Alternativen zu Julia nützlich. Ohne sie waren sie nutzlos für ihn. Daher hatte er angefangen, nachts um das Haus herumzuschleichen, Wut und Frustration vom Whisky nicht gemildert, ohne eine andere Absicht als die Worte zu Julia zu sprechen, die er nur finden konnte, wenn sie allein waren. Am Telefon konnte er sich nicht beherrschen; sie klang schnippisch und vorlaut, ablehnend. Das erboste ihn.

Nun halfen die Erinnerung an diesen Zorn und Julias vorgebliche Kühlheit, die ihn auslöste, Magnus einen Augenblick, seine Befürchtungen zu vergessen. Daß Julia von allen Häusern in London sich ausgerechnet für dieses entschieden hatte, reichte beinahe aus, an Lilys mystischen Unsinn zu glauben. Ilchester Place Nummer fünfundzwanzig barg zu viele unangenehme Erinnerungen, als daß er sich wohl gefühlt hätte, da Julia nun dort wohnte. Nach all den Jahren begann die Vergangenheit sich wieder unangenehm zu regen.

Jetzt, dachte Magnus, sollte ich dieses Haus bis auf seine elenden Grundmauern niederbrennen. Diese Vorstellung gab ihm zusätzlichen Mut; er ging im Eßzimmer herum, hob Gegenstände auf und stellte sie wieder ab. Er würde sich von dem Haus nicht einschüchtern lassen. Zudem war jetzt heller Tag, anders als damals, als er draußen in der Dunkelheit gekauert und am Fenster gekratzt hatte, bevor er versuchte, sich gewaltsamen Zutritt zu verschaffen. Damals hatte er gespürt, wie das Haus nach ihm schlug – einen anderen Ausdruck dafür fand er nicht.

Magnus nahm die kleine Brandyflasche aus der Tasche und trank einen kräftigen Schluck, bevor er ins Wohnzimmer ging. Er merkte, daß er angefangen hatte zu schwitzen; daher lockerte er die Krawatte und wischte sich mit einem Taschentuch die Stirn ab. Damals war es im Haus nie so heiß gewesen – wenn überhaupt, dann meistens kühl. Jemand hatte diese verdammten häßlichen Heizkörper einbauen lassen. Die Wärme war unangenehm und bedrückend. Magnus zog die Krawatte aus und steckte sie zerknüllt in die Tasche.

Er rief Julias Namen. Als er keine Antwort erhielt, ging er zum Sofa und lehnte sich gegen die gepolsterte Lehne. Er rief ihren Namen noch einmal, dann fluchte er, als er nur die leisen, summenden Geräusche des Hauses hörte. Als er zur Treppe schaute, sah er einen Augenblick doppelt, und er mußte sich zwingen, aufrecht stehenzubleiben. Er klärte seinen Blick. Natürlich waren die Möbel anders. Vor Jahren war das Zimmer heller gewesen, mit Satintapeten – war das richtig? Sie hatten wie Satin ausgesehen. Auch ihre Bettücher waren aus Satin gewesen, und Seide. Hier unten waren kleine Sofas gewesen, und helle Gemälde; das Zimmer hatte viel größer gewirkt. Mit zunehmendem Alter erscheint uns alles kleiner, dachte Magnus. Dies ist nicht mehr das Zimmer, in dem ich mich vor Jahren aufhielt – das Zimmer war fröhlich, frivol und ein wenig albern gewesen. Und wir albernen jungen Männer hatten uns dort aufgehalten. Als Alternative zu Cambridge hatte ihn das Haus seiner Achtlosigkeit wegen angezogen, seiner Atmosphäre immerwährenden Karnevals, ein Flair, welches er damals als typisch amerikanisch betrachtet hatte. Damit sollte aber die Faszination der Besitzerin nicht geschmälert werden. Er konnte sich an Heather Rudge erinnern, wie sie durch den Torbogen kam, einen Cocktailshaker in der Hand, eine Sobranie in ihrem anmutigen Mundwinkel.

Aber er wollte verhindern, daß Julia das alles herausfand. Und auch das, woran er nicht zu denken wagte. Magnus stieß sich vom Sofa ab und ging in die Küche.

Auch dort hatte sich alles verändert. Jetzt war alles weiß – weiß wie im Krankenhaus. Magnus öffnete mehrere Schränke. Mineralwasserflaschen, Teller, Gläser. Eine Schublade mit neuem Silberbesteck. In der Spüle fand er ein paar Whiskyflaschen. Den Malzwhiskey, den er ihr schmackhaft gemacht hatte. Er berührte eine der Flaschen. Sie waren irgendwie beruhigend.

Sie muß inzwischen tot sein, dachte er. Dann verschwamm alles in seinem Verstand, und er dachte, er hätte Julia gemeint. Die Angst, die er in der Nacht verspürt hatte, als er die Vase zerschmetterte, erfüllte ihn wieder. Nein, es war die andere, die tot war, nicht Julia. Sie mußte in dieser Anstalt gestorben sein, wohin man sie gebracht hatte. Diese schwache, närrische Frau. Er hatte ihr jahrelang Geld geschickt. Wahrscheinlich hatten ihr auch andere Männer Geld geschickt. Sie hatte alle in ihren Bann gezogen. Magnus schlug die Tür der Spüle zu; er hoffte, die weiße Farbe zum Abblättern zu bringen oder die Scharniere kaputtzumachen.

Von der Küche ging er ins untere Badezimmer. Unter der Tür verharrte er, weil er spürte, daß jemand da war. Erstaunt sah er in die rosé getönten Spiegel. Etwas huschte gerade aus seinem Sehbereich. Er war betrunken. Er brauchte keine Angst zu haben. Sein Kopf brummte wie in Übereinstimmung mit einem tieferen Vibrieren. Er betrachtete sich im Spiegel und trank noch einen Schluck Brandy. Und da war es wieder, es huschte gerade aus seinem Blickfeld hinaus. »Verflucht«, murmelte Magnus. Sein dichtes graues Haar klebte an der Stirn; sein Anzug war zerknittert und fleckig. Er strich sich mit den Fingern durchs Haar. »Du bist nicht hier«, sagte er laut. »Verpiß dich.«

Was hatte ihn in der ersten Nacht so erschreckt, als er das Haus betreten hatte? In jener Nacht war er nüchterner gewesen; halb wollte er Julia mit der Faust Verstand einprügeln, halb wollte er einfach nur im Haus sitzen und ihre Atmosphäre genießen. Er hatte die Blumenvase aufgehoben, um an den Blumen zu riechen. Das Haus war ein besonders dichtes Netz von Geräuschen, von denen er keines identifizieren konnte. Aber er hatte geglaubt zu hören, wie Julia sich oben bewegte und Selbstgespräche führte. Dann war langsam, anfangs fast unmerklich, die Gewißheit in ihm aufgestiegen, daß er beobachtet wurde, wie von einem kleinen Tier. Das Gefühl, als ruhte ein Blick auf ihm. Das war auf irrationale Weise stärker geworden. Die Maus wurde zum Tiger, etwas Gefährliches und Riesiges und Wildes. Er hatte noch niemals ein so plötzliches Entsetzen verspürt. Und es war ebensosehr Verzweiflung wie Angst – völlige und ausweglose Hoffnungslosigkeit. Er hatte die Vase festgehalten und nicht gewagt, sich umzudrehen, da er wußte, daß etwas Furchtbares hinter ihm lauerte. Kates Tod. Eben dieser Augenblick schien hinter ihm zu verharren, bereit, ihn zu verschlingen. Sein Kopf hatte unerträglich geschmerzt. Etwas war auf ihn zugestürmt, er hatte die Vase fallen gelassen, was einen Höllenlärm machte, und war, ohne sich umzusehen, in den Vorgarten hinaus geflohen.

Jetzt wiederholte er »Verpiß dich«, und ging aus dem Badezimmer zum Fuß der Treppe.

Wenn Mark dort oben war, würde er ihn erwürgen.

Magnus setzte einen Fuß auf die unterste Stufe.

Etwas war dort oben. Seine Haut fühlte sich heiß an.

Er setzte den Fuß auf den Teppich zurück und spürte auf der Stelle, wie der Druck nachließ. Selbst das Summen in seinem Kopf wurde leiser. Oben im Haus waren Geräusche. Laufende, raschelnde Geräusche; aus Gründen, die Magnus nicht erklären konnte, bedeutete das eine schreckliche Gefahr für ihn. Er stellte den Fuß wieder auf die Treppe und spürte im selben Augenblick, wie sich die Atmosphäre um ihn herum verdichtete. Ein Stahlband schien sich um seine Stirn zu schließen; er rang nach Luft.

Er wich weiter in den Flur zurück. Nun lag das Haus fast lauernd um ihn herum – wenn er hier blieb, bedeutete das seinen Tod. Das spürte er mit völliger Gewißheit. Er versuchte, das Taschentuch aus der Hosentasche zu ziehen und stellte fest, daß er die Finger nicht richtig schließen konnte. Seine Hand zitterte. Die Bewegungen der Finger waren unkoordiniert. Er hatte Angst davor, der Treppe den Rücken zuzukehren. Schließlich schaffte er es bis zur Tür.

Als er vor der Tür in der Sonne stand, schwankte Magnus ein wenig und berührte die Flasche in seiner Tasche, die er streichelte wie ein Mann seinen Hund. Aus dem Augenwinkel sah er ein Gesicht, das ihn durch das Fenster betrachtete, und er wirbelte herum, um es anzusehen. Das Gesicht der Frau, so hübsch und rein wie ein Teller Sahne, hing einen Augenblick hinter dem Vorhang, dann verschwand es. Magnus wandte den Blick nicht von der Stelle ab, wo sie gewesen war. Wenn er Julia sah, würde er das Leben aus ihr herausprügeln. Jemand mußte bezahlen für diese Demütigung. Er würde jeden verprügeln, der ihm in die Quere kam.

Am Tag nach diesen Ereignissen fuhr Julia mit dem Auto in südliche Richtung und folgte der Straße, die der Chefarzt der Klinik ihr genannt hatte. Sie fühlte sich klar und erleuchtet durch die Schlaflosigkeit; ihr Bewußtsein war hoch und hell. Sie fuhr sehr schnell und wurde sich ihrer Geschwindigkeit erst bewußt, als sie zufällig auf den Tachometer sah. Ihr schien, als wäre sie noch niemals so gut gefahren, mit solcher Selbstsicherheit. Unter dem hellen Zentrum ihres Bewußtseins lenkte ihr Körper den Wagen wie eine Verlängerung ihrer Nerven.

In Guildford stellte Julia beim Anblick einer Restaurantreklame fest, daß sie Hunger hatte. Sie hatte, seit sie den Brief erhalten hatte, nichts mehr gegessen; eigentlich waren es zwei Briefe gewesen, der kurzen gekritzelten Notiz von Mrs. Rudge folgte ein maschinengeschriebener Kommentar des Chefarztes. Die erste Notiz lautete:

Julia Lofting –
ist das Ihr wirklicher Name und wohnen Sie in meinem alten Haus? Sie erinnern sich an meinen Fall. Besuchen Sie mich, wenn Sie möchten.

HR

In ihrer Aufregung hatte sie den Begleitbrief nur überfliegen können, in dem zu lesen stand, daß es der Frau, die ihn geschrieben hatte, ein großes Vergnügen war; daß Mrs. Rudge nach so vielen Jahren wieder Besuch bekam, würde von keiner offiziellen Maßnahme behindert werden. Früher hatte es Probleme mit der Presse gegeben, die die Patientin schlecht behandelt hatte. Es wäre dem Leiter der Anstalt ein großes Vergnügen, wenn er sich nach ihrer Unterhaltung mit der Patientin auch mit Mrs. Lofting unterhalten könnte. Das hatte den Beigeschmack eines überladenen Schreibtischs und einer emsigen Sekretärin, hinter ihnen der Geruch von Ammoniak und Krankenhaus, und Julia hatte ihn weggeworfen, nachdem sie sich den Weg zur Breadlands Klinik eingeprägt hatte. Heather Rudges Zeilen hatte sie sich viele Male durchgelesen und versucht, alles Mögliche aus der krakeligen, spinnwebartigen Handschrift herauszulesen. Es war eindeutig eine amerikanische Handschrift, ohne die Schnörkel und Trennungen der Engländer.

Julia hatte den Morgen und den Nachmittag damit verbracht, ihrer Begegnung mit Heather Rudge entgegenzusehen – sie war wie ein Wachhund, der an seiner Leine zerrte und für alles blind war, abgesehen von dem, was gerade aus dem Gebüsch hervorgekommen war. Sie hatte das Telefon klingeln lassen, ohne abzunehmen, schließlich hatte sie das Haus verlassen und war bis nach Einbruch der Dunkelheit durch die anrüchigen Bezirke von Hammersmith und Chiswick gegangen; nach elf hatte sie festgestellt, daß sie sich bereits in der Nähe von Gunnersbury Park befand und war mit der U-Bahn nach Kensington zurückgefahren. Nicht einmal die zunehmenden Geräusche und Tollheiten des Hauses hatten ihr Angst einjagen können; sie waren ein Anzeichen dafür, daß sie sich tatsächlich dem näherte, was ihr Leben dirigierte. Endlich war sie imstande zu handeln.

Und der Poltergeist, das Gespenst, war zufrieden. Er zeigte sich fast. Natürlich, wenn es Kates Geist war, konnte er sich erst ganz am Ende zu erkennen geben – dessen war sie sicher. Aber die Hitze in ihrem Schlafzimmer war doppelt so schlimm geworden, und die Geräusche in der Nacht – das Huschen und Rascheln – waren beinahe hektisch. Manchmal hörte Julia Stimmen, die einer Frau und eines Mädchens, die in der Diele murmelten. Bruchstücke von Musik. Magnus war in ihrer Fantasie geschrumpft. Er war lediglich eine Kraft außerhalb – bedrohlich, aber für sie nicht von zentraler Bedeutung. Magnus war ein Werkzeug. Julia war zumute, als würde sie sich einem grellen Licht nähern, das zu brennend und intensiv war, um Furcht zuzulassen; sie mußte im vollen Schein dieses Lichts stehen, sie mußte alles verstehen. Ansonsten war Mrs. Fludd vergeblich gestorben. Vielleicht war sogar Kates Tod umsonst gewesen. Sie spürte, wie das ganze Gewicht ihrer Vergangenheit sie auf dieses heiße Zentrum des Lichts zuschob.

Als sie das Zentrum von Guildford hinter sich gelassen hatte, sah Julia das Schild eines Jolyon-Restaurants, und wieder krampfte ihr Magen sich heftig zusammen. Sie fuhr an den Seitenstreifen und ging hinein. Während sie an der Theke der Cafeteria entlangging, lud sie sich auf das Tablett, was immer ihr in die Finger kam; an der Registrierkasse zahlte sie schließlich Joghurt, Chips, zwei Würstchen, ein Ei, Toast und Kaffee. Sie trug das Tablett zu einem der wenigen sauberen Tische in dem Lokal und begann, ohne sich die Mühe zu machen, sich umzusehen, das Essen in sich hineinzustopfen. Nach wenigen Bissen ließ ihr Hunger so unvermittelt nach, wie er gekommen war, aber sie aß weiter, bis sie die Würstchen und das Ei verzehrt hatte. Der Rest blieb unberührt auf dem Tablett liegen, nachdem sie aus der Gaststätte hinausgeeilt war.

Eine halbe Stunde später sah Julia ein Messingschild, das in die Richtung zur Breadlands Klinik wies, und bog in einen schmalen, gewundenen Weg ein, welcher sich durch ein kleines Wäldchen erstreckte, bevor er an einem grauen Herrenhaus endete. Julias Mund war sehr trocken; ihr Herz schien manchmal ein paar Schläge auszusetzen. Um sich zu beruhigen, dachte sie an die Fotos, die sie von Heather Rudge gesehen hatte. Schließlich war sie imstande, die Tür des Rover zu öffnen und über den knirschenden Kies zur Treppe des Hauses zu gehen.

Eine ältere Dame in Weiß begrüßte sie. »Sind Sie Mrs. Lofting? Mrs. Rudge hat sich so gefreut, daß Sie geschrieben haben. Und wissen Sie, daß Dr. Phillips-Smith Sie hinterher sprechen möchte? Gut. Es ist ein langer Weg, also folgen Sie mir bitte – natürlich ist die arme alte Frau nicht so schwierig, nicht mehr, aber wir müssen die Vorschriften einhalten. Natürlich. Und sie hat ihre kritischen Augenblicke. Hat es immerzu von ihrer Tochter, wie Sie wahrscheinlich wissen werden. Sie sehen aus, als könnten Sie etwas Ruhe vertragen, meine Liebe. Wollen Sie einen Augenblick ausruhen, bevor Sie zu ihr gehen?« Kleine, flinke Wieselaugen.

»Nein, bitte, nein«, bat Julia.

Sie erhielt ein professionelles Lächeln, das eine beachtliche Menge Metall zu verbergen schien. »Dann kommen Sie bitte mit hierher, Mrs. Lofting.«

Sie gingen unvermittelt einen kahlen Flur entlang, vorbei an mit Nummern versehenen Türen. Alle waren eierschalenweiß. »Wir konnten sie in den E-Flügel verlegen«, sagte die ältere Dame.

»Oh? Wie... Wie sieht sie aus?«

»Viel besser.«

»Besser...«

Während die Schwester den Schlüssel ins Schloß einer versperrten Metalltür schob, drehte Julia den Kopf und sah in ein kleines weißes Zimmer, wo eine reglose Gestalt unter einem Leintuch lag. Neben dem Bett stand ein Stahltisch, auf dem dichtgedrängt Ampullen und Spritzen lagen. Julia stolperte fast. Das Essen regte sich in ihrem Magen wie eine wütende Katze.

»Hier durch.« Am Ende des Flurs eine weitere verschlossene Metalltür. Ein großer kahler Mann in einem schmutzigen weißen Kittel stand von einem Hocker auf. Sein Bauch wogte, als er auf sie zukam.

»Würden Sie Mrs. Rudge bringen, Robert? Ich führe Mrs. Lofting ins Besucherzimmer.«

Robert nickte und machte sich langsam davon. Die Schwester führte Julia durch einen kleinen Raum voll heller Wasserfarben – einige ältere Männer arbeiteten um einen zerschrammten Tisch herum und starrten sie an. Die Männer sahen furchtsam aus, ihre Gesichter seltsam glatt und konturlos. Einer hatte eine dunkle Brille auf, die sein Gesicht zu Granit erstarren ließ.

Warum bin ich hier? dachte Julia. Ich ertrage diesen Ort nicht.

Dieses Gefühl steigerte sich noch, als die Schwester sie durch zwei weitere Zimmer führte, die beide von dem beunruhigenden Widerspruch zwischen bunten, bemalten Wänden und blassen, verblüfft dreinschauenden Insassen geprägt waren. Gesichter, die vor ihren Erfahrungen flohen... Julia fühlte sich von ihrer Gier wie eingefangen.

»Da sind wir, meine Liebe.« Die Schwester war um eine Ecke gegangen und hielt die Tür zu einem anonymen kleinen Raum auf, in dem ein grüner Metalltisch zwischen zwei Stühlen stand. Die Schwester deutete auf einen Stapel zerlesener Zeitschriften und sagte: »Sie wird gleich bei Ihnen sein.«

Julia nahm auf dem gegenüberliegenden Stuhl Platz, während die Krankenschwester das Zimmer verließ.

Einen Augenblick später ertönten Schritte. Die Tür öffnete sich für Robert, der beiseite trat, um einer Frau Platz zu machen. Julia dachte zuerst, er hätte die falsche Frau gebracht. Die kraftlose Gestalt im verblichenen Morgenmantel hatte keine Ähnlichkeit mit den Fotografien von Heather Rudge, die um die Vierzig und schlank gewesen war, mit ovalem Gesicht und sehr sinnlich. Julia sah zu Robert, aber der hatte auf einem Hocker in der Ecke Platz genommen und saß nun mit über dem Bauch verschränkten Armen da. Er sah zu Boden.

Die Frau stand immer noch unter der Tür. Sie war die Schwester der verfallenen, hoffnungslosen Frauen, die Julia in den anderen Zimmern gesehen hatte.

»Wie heißen Sie?« fragte die Frau. Ihre Stimme zerschmetterte Julias erste Eindrücke.

»Tut mir leid...« sagte Julia und stand auf. »Ich wollte Sie unbedingt sehen. Sind Sie Heather Rudge?«

»Mrs. Lofting?«

Sie haben mich überlistet, dachte Julia. Sie haben mir eine andere Frau gebracht.

»Mrs. Lofting?«

»Ja«, sagte Julia. »Tut mir leid, es ist so ein Ereignis, Ihnen zu begegnen – ich habe Ihr Haus gekauft, wissen Sie? Ich denke oft an Sie. Ich denke häufig über Sie nach.«

Die alte Frau schlurfte durch das Zimmer und nahm gegenüber von Julia Platz. In ihrem kantigen Gesicht wuchsen ein paar weiße Barthaare.

»Weshalb interessieren Sie sich für meinen Namen?«

Die Frau sah Julia verschlagen an. »Nichts weiter.«

Julia beugte sich nach vorn. »Ich weiß nicht, wo ich anfangen soll... Haben Sie gern Besucher? Behandelt man Sie hier gut?«

»Es ist schlimm hier. Aber besser als im Gefängnis. Wissen Sie, ich war im Gefängnis.« Julia konnte in ihrer Sprache die stimmlosen Vokale des Mittelwestens hören. »Sie müssen mir nichts von draußen erzählen. Sie lassen uns – Sachen lesen.«

»Oh, ich hätte daran denken sollen, Ihnen etwas mitzubringen, ein Buch oder Magazine, Taschenbücher – ich habe nicht daran gedacht.« Die Frau mit dem stumpfen Gesicht sah sie gleichgültig an.

»Ich bin gekommen, um über Sie zu reden.«

»Ich bin nichts. Ich bin hier sicher. Hier geschieht einem nichts.«

Julia konnte nicht sprechen. Schließlich stieß sie hervor: »Meine Tochter ist auch tot. Wir haben vieles gemeinsam, gemeinsame Dinge, wichtige Dinge.«

»Sie glauben, daß meine tot ist?« Die alte Frau warf einen raschen, verschlagenen Blick über den Tisch. »Das denken alle. Aber sie kannten sie nicht. Olivia ist nicht tot. Und weshalb sollte mir etwas an Ihrer Tochter gelegen sein, Mrs. Lofting?«

»Nicht tot? Was...«

»Kein was. Es ist so, wie ich gesagt habe. Warum interessieren Sie sich für Olivia? Sind Sie nicht hergekommen, um mit mir zu sprechen, Mrs. Lofting?« Die alte Frau kicherte unerwartet. »Sie armes Luder. Sie wissen nicht, wo Sie sind.«

Das schwere Essen brannte in Julias Magen. »Ich muß am Anfang beginnen...«

»Zuerst müssen Sie wissen, wo das ist.«

»Mit mir passiert etwas, und ich muß Ihnen davon erzählen. Ich habe in alten Zeitungen über Ihren Fall gelesen, ich habe tagelang gelesen, ich glaube, es gibt eine Verbindung zwischen uns...«

»Sehen Sie mich an, Mrs. Lofting«, sagte die andere Frau. »Ich bin diejenige, die tot ist, nicht Olivia. Mrs. Lofting. Die nette Mrs. Lofting, die die verrückte Frau besucht. Kümmern Sie sich um Ihre eigene Scheiße, Mrs. Lofting. Reiben Sie sich mit Ihrer eigenen Scheiße ein. Dann werden Sie wissen, was ich bin.«

Julia steigerte sich wieder hinein. »Ich glaube, ich kann Ihnen auch helfen – ein Teil von Ihnen ist in meinem Haus gefangen. Ich kann Sie manchmal hören. Bin ich deshalb verrückt? Warum haben Sie von Sicherheit hier geredet?«

Nun war Mrs. Rudges ungeteilte Aufmerksamkeit auf Julia konzentriert. »Ich kann nichts für Sie tun, hohe und erhabene Mrs. Lofting. Ich verachte Sie.« Ihr Gesicht verzerrte sich, sie spie die Worte beinahe heraus. »Leben Sie in Ihrem Haus. Ich will Ihnen von Olivia erzählen, Mrs. Hoch-und-Erhaben, Mrs. Nett. Möchten Sie es wissen? Olivia war böse. Sie war eine böse Person. Das Böse ist nicht wie bei normalen Menschen. Man kann es nicht abgewöhnen. Es will Rache, und die bekommt es.«

»Was – was war ihre Rache?«

Das Schweigen war besser als Schmähungen.

»Meinen Sie, sie hat Sie zu dem getrieben, was Sie taten?«

»Sie lacht über mich. Sie lacht auch über Sie. Sie hören sie, nicht wahr? Sie wissen überhaupt nichts.« Das erschlaffte, um einen bebenden Mund und zusammengekniffene Augen zusammengezogene Gesicht ragte vor Julia auf. »Ich habe getan, was ich getan habe, Mrs. Scheiße, weil ich erkannt habe, wie sie war. Müssen Sie mich fragen, was ihre Rache war?«

»Mrs. Rudge«, drängte Julia. »Hat sie das getan, was die Leute von ihr behaupteten?«

»Was sie gewesen ist, war schlimmer als das, was sie getan hat. Normale Menschen kommen damit nie in Berührung. Ich bin froh, daß ich hier drinnen bin, Mrs. Lofting. Möchten Sie ein Geheimnis wissen?« Boshaftigkeit leuchtete in ihrem verzerrten Gesicht.

»Ich möchte es wissen«, sagte Julia. Sie beugte sich über den Tisch, um die undeutlichen Worte zu verstehen.

»Sie wären glücklicher dran, wenn Sie an meiner Stelle wären.«

Robert schnaubte in seiner Ecke.

»Sie sind dumm, Mrs. Scheiße. So dumm wie wir hier drinnen.«

Julia senkte den Kopf. Speichel schimmerte auf der zerkratzten Tischplatte. Der Raum schien schrecklich winzig zu sein. Ein ranziger Geruch stieg um sie herum auf, und einen Augenblick fühlte sie sich benommen und verschmäht.

»Mit wem kann ich sonst noch reden?« brachte sie heraus. »Wer kannte Sie sonst noch?«

»Bradens Schlampe«, schnarrte Mrs. Rudge. »Sprechen Sie mit dieser Sauerkrautfresserin. Sprechen Sie mit den Freunden meiner Tochter. Sie haben es alle herausgefunden.«

»Wie heißen Sie?« fragte Julia leise.

»Namen. Minnie Leibrock. Francesca Temple. Paul Winter. Johnny Aycroft. Wollen Sie noch mehr hören? David Swift. Freddy Reilly. Ha! Fragen Sie doch die nach Ihren Problemen, Mrs. Scheiße!«

»Danke«, sagte Julia.

»Sie sind genau das, was ich erwartet hatte«, sagte Mrs. Rudge. »Sie gehören hierher. Albernes Luder. Und jetzt verschwinden Sie.«

»Sie haben noch acht Minuten«, sagte Robert in der Ecke.

»Nein, es ist wohl besser...« begann Julia. Sie stand auf.

»Dummes Miststück. Dummes verblödetes Miststück.«

Julia stürzte um den Stuhl der alten Frau herum und riß die Tür auf. Robert sah verblüfft auf und hielt eine fleischige Hand hoch. Julia rannte den Flur hinab und bog an einer Kreuzung blind ab. Als sie eine große Tür mit einem Licht darüber sah, eilte sie hinein; im Bann einer Vision von Mrs. Rudges stumpfsinnigem, verzerrtem Gesicht und von Robert, der keuchend hinter ihr herlief, floh Julia durch die Flure, bis sie in eine große Halle kam, in der Männer und Frauen versammelt waren.

Ihre Gesichter waren schlaff und grau oder leer und grau. Sie drehten sich alle um, als sie hereinkam. Julia blieb zuerst stehen, dann ging sie leise zwischen ihnen durch zum anderen Ende des Saales. Die Männer waren gebeugt; mit runden, selbstvergessenen Gesichtern traten sie beiseite, um sie durchzulassen, manche griffen mit zitternden Händen nach ihr. Ein leichenähnlicher Mann grinste sie unter zerzaustem Haar träge an. Julia sah die Tischtennisplatten und die zu Reihen zusammengestellten Stühle nur schemenhaft. Der Geruch von frischgewaschenem Leinen und welken Körpern und Desinfektionsmitteln hüllte sie ein, als wäre Heather Rudge ihr auf den Rücken gesprungen. Diese Gesichter – sie sahen aus, als würde Sägemehl aus ihnen herausquellen. Eine Hand mit riesigen Knöcheln strich über ihr Handgelenk und schnappte nach ihr. Julia zuckte zusammen, und der ungeschlachte Mann zu ihrer Linken zischte sie an. Eine breiig aussehende Frau mit schrecklich weißem Haar stimmte in sein Zischen ein. Ein Mann, dessen Gesicht ganz auf eine Seite gerutscht war, wie von einem Haken gezogen, kauerte vor Julia und versuchte, nach ihren Ellbogen zu greifen, als sie an ihm vorbeiging. Sie fühlte sich, als würde sie in groteskem, sinkendem Fleisch ertrinken... Sie stieß den Mann weg und rannte zum Ende der Halle, als Robert gerade durch die gegenüberliegende Tür hereinkam.

Sie war in einem spärlich beleuchteten Korridor. Hinter sich konnte sie taumelnde Körper und schwere Schritte hören. Sie rannte. Am Ende des Flurs war eine Treppe, die in einen schmaleren, dunkleren Flur mit grobem Steinfußboden hinabführte. Hier rannte sie in der Dunkelheit etwa die halbe Länge entlang; dann ging Julia, die sich die Seite hielt und schwer nach Atem rang, rasch zu einer verriegelten Holztür. Sie stieß den Riegel zurück und öffnete die Tür, wobei sie vor Anstrengung stöhnte. Drei breite Steinstufen führten zu einem grünen Rasen empor. Am anderen Ende der Grünfläche begann der Wald. Die Namen, die Heather Rudge ihr ins Gesicht geschrien hatte, fielen ihr elektrisierend wieder ein: Braden. Minnie Leibrock. Francesca Temple. Paul Winter. Johnny Aycroft. David Swift. Freddy Reilly... Sie sah in den dunklen, zugewucherten Wald und ging die Stufen hinauf auf die Finsternis zwischen den Bäumen zu, wobei sie die Namen wiederholte.

Magnus stand wie im Schock zwischen den Sandkästen; um ihn herum spielten Kinder. Er sah zum Fenster von Julias Schlafzimmer hinauf. Es war unmöglich, was er vor einem Augenblick dort gesehen hatte. Er berührte die Flasche in seiner Tasche. Ein kleiner Junge strich an seinem Bein entlang, und Magnus ging einen Schritt zurück, Sand knirschte unter seinen Sohlen. Sein Pulsschlag schien sich verlangsamt zu haben. Ganz allmählich drangen wieder Geräusche in die Totenstille, die sich wie eine Glocke über ihn gesenkt hatte. Er hörte fiepsige Kinderstimmen und das ferne Grollen eines Düsenflugzeugs. Eines der Kinder drückte sich gegen sein linkes Bein. Er war verärgert von Plane Tree House durch den Park gegangen. Lily war freundlicher als gewöhnlich zu ihm gewesen, als wollte sie ein Geheimnis vor ihm verbergen. Sie hatte ihr Was-bist-du-für-ein-böser-Junge-Verhalten an den Tag gelegt, wie sie es manchmal tat, wenn sie etwas Beunruhigendes über ihn erfahren hatte, aber sie hatte sich geweigert, offen über sein mutmaßliches Vergehen zu sprechen. Statt dessen hatte sie von Julias Privatsphäre geredet, von der Notwendigkeit eines privaten Zusammentreffens mit Magnus, von den Bedürfnissen aller Beteiligten, während ihre Augen die ganze Zeit mit heller, stechender Ermahnung geleuchtet hatten. Er nahm an, daß alles mit seinem Trinken zu tun hatte.

Dann hatte sie wieder damit angefangen, daß er kein Oberrichter geworden war.

»Um Himmels willen, Lily«, hatte er gesagt. »Ich habe dir das schon hundertmal erklärt. Wenn ich das sein wollte, dann wäre ich einer. Du begreifst nicht, was das für ein Amt ist. Für einen Mann in meiner Position wäre es ein lächerlicher Fehler.«

»Ich möchte aber, daß mein ehrbarer Bruder ein solches Amt hat.«

»Du meinst, du möchtest die Schwester eines solchen Amtsinhabers sein, ohne zu wissen, was das bedeutet. Absurd. Und das hat nichts mit Julia zu tun. Geht das denn nicht in deinen Kopf hinein?«

»Magnim...«

»Und versuch nicht, mich mit Durm zu beschwichtigen.«

Sie hatte sich schmollend zurückgezogen. »Du solltest nach deiner Kleidung sehen lassen. Dein Anzug sieht aus, als hättest du darin geschlafen.«

»Verdammt, das habe ich auch.«

Als er Lilys Wohnung verlassen hatte, hatte er Kopfschmerzen und den sauren Vorgeschmack einer Magenverstimmung gehabt. Er war düsterer Stimmung durch den Park gegangen und hatte sich über den Sonnenschein und die im Gras liegenden Müßiggänger geärgert. Die Zeitungen sagten für die kommenden Tage einen Wetterumschwung vorher, was ihm ganz recht kam. Er wollte Regen. Er sehnte sich nach Wolken und kaltem, unfreundlichem Wetter. Schließlich erreichte er die Spielplätze und trat vom Weg herunter auf das federnde Gras. Dann sah er wütend zu Julias Fenster hinauf und erblickte Kate – ihr Hinterkopf war durch das Glas zu sehen. In der nächsten Sekunde war sie verschwunden gewesen. Aber es war Kate. Er kannte diese Haarfarbe besser als seine eigene. Einen langen Augenblick vergaß Magnus zu atmen.

Er schob ein farbiges Mädchen aus einer Gruppe von zwei oder dreien von seinem Bein weg und trat, nach Atem ringend, weiter auf das Gras. Sein Magen brannte. Seine Zunge war ein hölzernes Ruder, das in seinem Mund befestigt war. Er konnte Kate nicht gesehen haben. Aber er hatte sie gesehen – dieses Haar, das wie das einer Prinzessin im Märchen leuchtete. Einen Augenblick verspürte Magnus eines der stärksten und selbstlosesten Gefühle seines Lebens – eine überwältigende Angst um Julias Sicherheit.

Seine Beine trugen ihn über das Gras, zum Weg und aus dem Park hinaus. Er lief ein paar hastige Schritte auf den Ilchester Place, dann ging er keuchend langsamer. Er betrachtete die ausdruckslose Fassade des Hauses. Man konnte unmöglich sagen, was im Inneren vor sich ging. Der erste Augenblick der Angst war überwunden, aber sie war noch stark genug, daß Magnus den Weg entlanghastete und die drei Stufen zur Haustür hinaufsprang. Er läutete. Im Inneren konnte Magnus das Läuten der Türglocke hören; es verhallte, das Haus war verlassen.

Er sprang die Stufen hinab und ging halb um das Haus

herum, wobei er in die Fenster spähte. Das Innere, das er sah, wirkte bewegungslos und tot, wie in einer Gruft. Er klopfte gegen das Küchenfenster, bis deren weiße Sterilität ihn abstieß; dann ging er zur Rückseite des Hauses, wo er die Klinken der Balkontüren versuchte. Sie waren versperrt. Er beugte sich nach vorne, legte beide Hände ans Gesicht und sah zwischen den gerafften Vorhängen hindurch. Das massive, gleichmütige Mobiliar kauerte auf dem Boden, als wäre es gerade eben aus dem Schaufenster eines Präparators geholt worden. Bevor er die Access-Karte herausholte, sah er rasch zum Nachbarhaus und erblickte dort Julias überspannte kleine Nachbarin, die aus einem Fenster voller Entsetzen zu ihm herunterschaute.

Er drohte ihr mit der Faust, als er einen großen, schlaksigen Mann bemerkte, der um die Ecke von Julias Haus herum auf ihn zukam. Sein Gesichtsausdruck, der eines Polizisten, der im Begriff steht, einen Landstreicher zu verjagen, erboste Magnus, wie alles an dem Mann, sein modisch langes Haar, die Samtjacke und die bunte, breite Krawatte. Als der Mann argwöhnisch Magnus' zerknittertes und fleckiges Äußeres, ohne Krawatte, betrachtete, wirbelte Magnus zu ihm herum und ballte die Fäuste.

»Einen Moment«, begann der blonde Mann. »Sie da, einen Moment!«

Als er ihm ins Gesicht starrte, sah Magnus mit der aus jahrelangen Zeugenverhören und Plädoyers vor Geschworenen erworbenen Gewißheit, die Schwäche unter dem aufgeplusterten Gebaren. »Verpiß dich«, knurrte er.

Der Mann blieb stehen, als würde er zögern, dann kam er bis auf zwei Schritte zu Magnus heran. »Ich weiß nicht, was Sie für ein Spiel spielen, Mister, aber Sie werden Ärger mit dem Gesetz bekommen, wenn Sie dieses Haus nicht in Ruhe lassen. Ich habe Sie schon häufig hier gesehen, und Ihr Aussehen gefällt mir nicht.«

»Sie Hampelmann«, sagte Magnus. »Hauen Sie ab, und

lassen Sie mich in Ruhe. Mein Name ist Lofting. Meine Frau wohnt hier. Ich habe keine Ahnung, wer, zum Teufel, Sie sind, und es interessiert mich auch nicht. Und jetzt verschwinden Sie.«

Das sorgfältig gepflegte Gesicht drückte Erstaunen aus. »Mein Name ist Mullineaux«, stieß er hervor. Das Eingeständnis hatte ihn geärgert, und Magnus, dem das klar war, wappnete sich. »Ich wohne neben diesem Haus, in das Sie einbrechen wollten. Ich muß Sie bitten, jetzt zu gehen.«

Magnus lehnte die Stirn gegen die Scheibe und grinste gehässig. »Für einen feinen Pinkel haben Sie verdammt viel Schneid«, sagte er. »Ich gehe hinein. Ich glaube, meine Frau ist in Gefahr.« Er richtete sich auf und lächelte dem Mann zu, wobei ihm mit wachsender Verzweiflung klar wurde, daß er mit ihm kämpfen mußte.

»Ihre Frau ist nicht da«, sagte Mullineaux. »Und ich bezweifle, ob Sie in Ihrem Zustand etwas für sie tun könnten.« Er hob mahnend einen Finger. »Wenn Sie noch in diesem Augenblick verschwinden, dann schwöre ich Ihnen wider besseres Wissen, daß ich nichts davon der Polizei sagen werde. Und nun gehen Sie bitte.«

»›Nun gehen Sie bitte‹«, äffte Magnus ihn nach. »Sie gehen jetzt besser, Hampelmann, denn ich werde hineingehen. Sie können hier stehenbleiben und mir zusehen, oder Sie können mir helfen.«

»Ich muß sagen...«, sagte der Mann, trat einen Schritt nach vorn und legte eine Hand auf Magnus' Arm.

Völlige Überzeugung von seiner Größe durchpulste Magnus, und er schlug dem Mann seitlich gegen den Kopf und stieß ihn beiseite. Der Schlag war schwach, weil Magnus mit der linken Hand zugeschlagen hatte, dennoch fiel Mullineaux zu Boden. In diesem Augenblick tauchte das Gesicht von Mark vor Magnus' geistigem Auge auf. Er knirschte mit den Zähnen und ging wütend auf die bleiche Gestalt zu, die sich auf dem Gras krümmte. Er hob den rechten Fuß, um Mullineaux gegen das Kinn zu treten, aber dann sah er zum Nachbarhaus hinüber und sah die hübsche kleine Frau hinter dem Fenster aufschreien. »Komm und hol diesen Idioten«, murmelte er. Seine Wut verflog, er stapfte zur Vorderfront des Hauses davon. Er hatte sein Auto in Plane Tree House stehenlassen.

Kate? Kate? Während er durch den Park stürmte, schien die dunstige Sommerluft um ihn herum dunkler zu werden.

7

Mark erwachte in der Dunkelheit; das schmutzige Bettuch hatte sich um seine Hüften geschlungen. Er hatte von Julia geträumt – die Variation eines Traumes, den er seit drei, vier Jahren regelmäßig hatte. Normalerweise begann der Traum damit, daß er einen Hörsaal betrat, sich auf das Pult setzte und plötzlich erkannte, daß er völlig unvorbereitet war. Er hatte nicht nur kein Skript oder keinen Plan für die Vorlesung; er konnte sich nicht einmal daran erinnern, was für ein Fach er überhaupt unterrichten sollte. Studenten verschiedener Semester und Studiengänge sahen ihn verwirrt und bereits gelangweilt an; wenn ihm nichts einfiel, was er sagen konnte, würde bald die ganze Stunde verschwendet sein, eine Stunde, für die ihm um nichts auf der Welt etwas einfallen wollte. War es ›Die Entwicklung der Arbeiterklasse in England‹, Montag, Mittwoch und Freitag, 9 Uhr 30 bis 10 Uhr zwanzig? oder ›Neue Trends sozialistischen Denkens‹, Dienstag, Donnerstag und Freitag, 1 Uhr 30 bis 2 Uhr 20? oder ›Massentheorie‹, Montag und Mittwoch, 4 Uhr bis 5 Uhr 25? Mit zunehmender Verzweiflung erkannte er, daß er nicht wußte, was für einen Tag man heute schrieb. Letzte Nacht war der Traum bis zu dieser Stelle gediehen, dann war Julia von einer der Zuhörerbänke aufgestanden, hatte ein Manuskript aus der Tasche geholt und begonnen, brillant über die Londoner Corresponding Society und ihren Vorsitzenden, Thomas Hardy, zu sprechen. Er hatte mißfällig zur Kenntnis genommen, daß sie seine Vorlesung an sich riß; gleichzeitig hörte er benommen ihrer Zusammenfassung von Informationen und der Kaskade ihrer Ideen zu, die exakt das ausdrückten, was er den Studenten im Verlauf des vergangenen Jahres klarzumachen versucht hatte. Er war sicher gewesen, sich an alles erinnern zu können, was sie sagte, damit er es im ersten Kapitel des Buches verwenden konnte, das er schreiben wollte, aber in der ersten Sekunde des Erwachens war alles entschwunden. Anstatt an ihre Ideen erinnerte er sich lediglich daran, wie sie ausgesehen hatte – weiße Bluse und gelber Rock; das Haar fiel geschwungen über die Schultern, ganz die Julia, die er am ersten Morgen in Magnus' Haus gesehen hatte. Sie sah verzaubert aus, wie eine Frau, die mit Feen sprach: eine Frau, der noch die letzten verzauberten Spuren der Kindheit anhingen. Mark sah zur niederen Decke seines Zimmers hinauf und erkannte, daß der Traum ihn sexuell außerordentlich erregt hatte. Er wollte Julia mit aller Verzweiflung. Sie konnte sich nicht mehr als Magnus' Frau betrachten nach dem brutalen Auftritt in ihrem Haus am gestrigen Tag; dieser Gedanke gab ihm genügend Energie, sich umzudrehen und den Lichtschalter neben der Matratze zu bedienen. Magnus schien endlich explodiert zu sein. Sowohl Julia wie auch Lily hatten ihm den Vorfall geschildert und ihm den Rat gegeben, sich vorerst von Magnus fernzuhalten. Nun, wann hatte er nicht versucht, sich von Magnus fernzuhalten? Einer der ersten und lebhaftesten Eindrücke in Marks Leben war der gewesen, daß sein Adoptivbruder ihn verabscheute.

Vielleicht war Haß das bessere Wort dafür, dachte er kichernd.

Immer noch grinsend befreite Mark die Beine von dem Leintuch und stand mit den Beinen neben der Matratze, wobei er sorgfältig den Tellern und halbleer gegessenen Konservendosen auswich, die auf dem Boden verstreut waren. Im vergangenen Winter hatte er angefangen, im Bett zu essen, da es der wärmste Ort in der Wohnung gewesen war, und diese Angewohnheit hatte er noch nicht wieder sein lassen. Auf einem Stuhl neben der Matratze lag ein Bündel Kleidungsstücke, aus dem Mark Hemd und Hose hervorzog, die er überstreifte, wobei er besonders sorgfältig auf den Reißverschluß der Hose achtete. Aus der Tasche des Hemdes nahm er eine Packung Gauloises und ein Feuerzeug und hielt die Flamme an die Zigarettenspitze; dann genoß er, wie der Rauch Mund und Lungen erfüllte. Er tastete neben der Matratze, bis er seine Uhr gefunden hatte. Es war elf. Er sah kurz zu seinem Schreibtisch, der am Fenster am anderen Ende des Zimmers stand, und augenblicklich ließ seine sexuelle Erregung nach. Dort war seine Schreibmaschine, ein paar Bleistifte in einem Glas, ein Stapel Papier und etwa ein Dutzend Bücher aufgeschichtet – alles Material, das er brauchte, um mit seinem Buch anzufangen. Das alles lag bereits seit dem letzten Sommer dort, als er bewußt keine Lehraufträge angenommen hatte, damit er zu schreiben anfangen konnte. Aber der Sommer war mit einer Reihe belangloser Treffen mit Frauen, Tagträumen und grandiosen Plänen vorübergegangen, die nie zu einem Ergebnis führten. Er hatte erschreckend viel Zeit schlafend verbracht, als würde die Tatenlosigkeit ihn erschöpfen. Nach drei weiteren Vorlesungsrunden hatte er geglaubt, nun könnte er sich endlich an das Buch heranwagen, aber er konnte nicht einmal zu seinem Schreibtisch sehen, ohne panikartige Schuldgefühle zu verspüren. Mittlerweile war er sich seiner Vorstellungen weniger sicher als damals, als er erstmals daran gedacht hatte, seine Interpretation gesellschaftlicher Bewegungen der Arbeiterklasse niederzuschreiben. Wenn er sich heute überhaupt dazu aufraffen konnte, an das Buch zu denken, dann stellte er sich meist die Rezensionen vor, die es erhalten würde. ›Der Durchbruch im sozialistischen Denken, den dieser brillante junge Dozent erreichte...‹ – ›Dieser Klassiker marxistischer Praxis...‹ Er drückte die Gauloise auf einem Teller aus und ging durch den Flur ins Bad.

Als er zurückkam, zog Mark die Vorhänge über seinem Schreibtisch auf und ließ kraftlosen, schwachen Sonnenschein herein. Da sie unterhalb der Gehwegebene lag, mußte er in der winzigen Wohnung den ganzen Tag über elektrisches Licht eingeschaltet lassen. Sie war stets düster, aber an regnerischen Tagen enthielt sie große Teile bräunlicher Lichtlosigkeit. Durch das Fenster konnte man – wie beim Küchenfenster im zweiten ›Zimmer‹ der Wohnung – eine Betonmauer sehen, die einst weiß gewesen war. Bald würde er wieder Kopfschmerzen bekommen. Er hatte sie zum ersten Mal vor etwa einem Monat bekommen, kurz nach dem Erwachen. Seither war er kontinuierlich davon verfolgt worden, ein beharrliches Pochen hinter seinen Schläfen und ein Gefühl des Druckes überall auf dem Kopf. An Tagen, nachdem er von Julia geträumt hatte, schien es schlimmer zu sein. Diese Empfindungen, wenngleich niemals richtig schmerzhaft, hatten seine Konzentrationsfähigkeit beeinflußt. Selbst wenn er imstande gewesen wäre, an seinem Schreibtisch Platz zu nehmen und zu arbeiten, wäre er außerstande gewesen, einen sinnvollen Absatz zu Papier zu bringen; er stellte fest, daß er manchmal den Faden von Unterhaltungen verlor; manchmal stellte er fest wie in seinem Traum, daß er nicht sicher wußte, was er als nächstes vorgehabt hatte. Einige Male hatte er sich auf der Straße nicht mehr daran erinnern können, wohin er gehen wollte. Er dachte häufig über Julia und Magnus nach. Da er selbst ein abgeschobenes, verlorenes Kind war, hatte Mark in jüngster Zeit angefangen, Julia – die er jahrelang für nichts weiter als eine nette, durchschnittlich gutaussehende Hausfrau angesehen hatte – als eine verwandte Seele zu betrachten. Daß Magnus sie besaß, war eine grausame und brüskierende Ungerechtigkeit. Kein so verkommener und arroganter

Mann wie Magnus verdiente eine Frau, aber sicher keine so sensible wie Julia. Und Julias Geld, für das er tausend sinnvolle Verwendungsmöglichkeiten sah – wovon das Schreiben seines Buches nur die erste und dringlichste war –, war für Drinks und bourgeoise Essen verplempert worden, und mit ziemlicher Sicherheit war auch Lily damit versorgt worden. Manchmal haßte Mark Julia fast dafür, daß sie ihre gefühllose Parodie einer Ehe so lange toleriert hatte. Und das Geld stammte von dem alten Gauner Charles Windsor Freeman, Julias Urgroßvater, einem der klassischen amerikanischen Plünderer und Ausbeuter; Mark könnte es gegen eben diese Klasse verwenden und ihm damit den Schandfleck nehmen.

Es war Zeit für seine Übungen. Mark streckte sich auf dem Teppich aus, der unter dem grünen Velour stellenweise schon recht fadenscheinig geworden war, verdrängte alle Gedanken aus seinem Verstand und hob zuerst den einen, dann den anderen Arm in die Höhe. Er spannte die Muskeln an und stieß mit aller Kraft nach oben. Das wiederholte er mit den Beinen. So gelockert, setzte er sich in die Lotusstellung und versuchte, die Stirn auf den Boden zu pressen. Er streckte die Zunge heraus, bis ihre Wurzel schmerzte. Dann saß er leer und erwartungsvoll da. Er schloß die Augen, pelzige Dunkelheit hüllte ihn ein.

Er starrte angestrengt in die milchige Schwärze und ließ sie um sich herum Form annehmen. Keine Bewegung, keine Gedanken. Er war ein leeres Gefäß, das gefüllt werden mußte.

Nach zehn Minuten war das Chaos der Wohnung davongewirbelt und hatte ihn in einem vibrierenden, kreisenden Universum zurückgelassen. Er war ein tanzender Lichtpunkt in der Dunkelheit, ein schmaler Spalt, durch den der Geist eindringen konnte. Sterne und Welten kreisten wie Kugeln um ihn. Die brennende Lampe war ein strahlendes goldenes Rad des Bewußtseins, auf welches er spiralförmig zuflog. Es atmete und pulsierte, es zitterte vor Leben und Wissen.

Sein nicht mehr länger winziger Körper wurde riesig. Sein Wirbeln umfaßte Welten, Milchstraßen. Mark-Körper wurde zu Mark-Selbst, der Schwaden des Geistes einatmete. Zeit, leicht wie Staub, hüllte ihn wie ein Kokon ein. Alles war heilig. Er konnte die Zeit fortblasen und die Welt zerschmettern, so daß nur Mark zurückblieb, nur heiliges Licht. Seine Hände lagen auf Kontinenten, so schwerelos wie das Summen einer Fliege. Seine Arme hoben sich von selbst und streckten sich über unermeßliche Entfernungen aus. Wortloses Singen erfüllte den leuchtenden Raum um ihn herum. Körperloser Friede, von Spannung ununterscheidbar, erleuchtete ihn und hob ihn höher. Muskeln, Vögel, Flug. Er war oben. Nun reiste er auf einen Schauer heller Teilchen zu, welche verschmolzen, während er die große Entfernung zwischen sich und ihnen verringerte. Er sehnte sich nach der Vereinigung. Er sah zuerst eine goldene Stadt, dann ein Gesicht, welches er als das Julias erkannte, noch ehe es deutlich erkennbar wurde. Er erschuf sie aus Geist. Der Raum begann, mit Energie zu summen, zu singen. Er löste sich in Flammen und Kerzen auf, in reinste Helligkeit. Das Gesicht, das er sah, war nicht das von Julia, sondern das eines wunderschönen Kindes. Die bereits unerträglich strahlende Helligkeit wurde noch intensiver.

Draußen, weit entfernt zu seiner Linken, hupte ein Taxi. Mark begann, abwärts zu trudeln, Schwere drang wieder in die weiten molekularen Zwischenräume seines Körpers ein. Er brach auf dem Teppich zusammen, seine Schenkel verkrampften sich. Mit der Zunge berührte er ein staubiges Haar. Mrs. Fludd, die neben ihm auf der Couch in Julias Wohnzimmer saß, sagte zu ihm: »Sie werden blockiert.« Als das Taxi sein lautes, grelles Hupen wiederholte, kamen die Kopfschmerzen, die sich wie die Nacht über seine Schädeldecke senkten.

»Ich bin so froh, daß Sie bereit waren, mich zu empfangen«, sagte Julia zu der freundlichen, lächelnden Frau in mittleren Jahren, die die Tür des großen weiten Hauses Abbotsbury Close No. 4 geöffnet hatte. »Es ist sehr wichtig, daß wir uns unterhalten – wichtig für mich. Ich war sehr überrascht, als ich Ihren Namen im Telefonbuch las, ich dachte, Sie wären nach Ihrer Tragödie weggezogen. Erinnern Sie sich, wir haben am Telefon miteinander gesprochen, Mrs. Braden. Ich bin Julia Lofting. Sie sagten, ich sollte heute vormittag zu Ihnen kommen, vor dem Essen...«

Die Frau öffnete die Tür einen Spalt weiter und gestattete Julia Zugang in tiefe Düsternis. Alles in dem Haus, was sie sehen konnte, schien braun zu sein; an einer Wand hingen zahlreiche eingestaubte Fotografien. »Ich bin nicht diejenige, mit der Sie gesprochen haben«, flüsterte die Frau Julia zu. »Mrs. Braden ist oben in ihrem Zimmer. Sie wartet auf Sie. Es ist wegen Geoffrey, nicht wahr?« Ihr deutscher Akzent klang ähnlich wie die Stimme, die Julia gestern am Telefon gehört hatte, aber die Stimme dieser Frau war höher, silberner. Julia dachte sofort an die Stimme eines Hypnotiseurs.

»Sie sind nicht...« Julia sah die Treppe hinauf, die unter einem dunklen Bogen endete.

»Ich bin Mrs. Bradens Gefährtin«, sagte die Frau mit schmeichelnder, einlullender Stimme. »Ich bin Mrs. Huff. Ich kenne Mrs. Braden erst seit der Tragödie. Anfangs waren es so viele, die Männer von den Zeitungen, die Polizei, so viele böse Menschen kamen hierher, die Neugierigen. Ich hielt sie von ihr fern. Nun ist schon lange niemand mehr gekommen. Sie möchte Sie sehen.«

Mrs. Huff bewegte sich mit einer steifen Zielstrebigkeit,

die sie an Miß Pinner erinnerte, und erst jetzt erkannte Julia Arthritis als Ursache. Sie öffnete die Tür zu Julias Linker und gab damit den Blick in einen muffigen Salon frei. Braune Plüschsessel standen einander auf einem gesprenkelten Teppich gegenüber. Neben jedem ragte eine haarige Pflanze empor. »Bitte warten Sie hier, bis ich zurückkehre. Es wird nicht lange dauern.«

»Gibt es einen Mr. Braden?« Julia stand unbehaglich vor einem der Plüschsessel.

»Er ist im Krieg gefallen«, sagte Mrs. Huff und war auch schon verschwunden. Die Tür fiel klickend hinter ihr ins Schloß.

Julia wollte nicht auf einem der Sessel Platz nehmen; sie erinnerten sie an eine klebrige Pflanze, die Insekten fing und sie dann verdaute. Sie drehte sich in dem kleinen halbdunklen Zimmer um und begann, auf und ab zu gehen, war jedoch zu aufgeregt, um das Mobiliar des Zimmers in sich aufzunehmen, das im düsteren Schein zu schweben schien. Ihre Schritte führten sie zu einem hölzernen Bücherschrank; Julia betrachtete die Titel, die irgendwie seltsam wirkten, waren sie doch auf dem Rücken alle gleich in Gold geprägt. Dann sah sie, daß sie alle in Deutsch geschrieben waren. Sie strich mit der Hand über die Bücher, ihre Finger wurden schwarz. Julia wischte sich die Finger mit einem Papiertaschentuch aus ihrer Handtasche ab und ging in kleinen Kreisen auf dem dunklen Teppich herum. Gewiß war er doch türkisch? Ihr Großvater hatte einen Teppich besessen, der diesem ähnlich sah. Sie spürte einen Druck auf der Blase. Wo war die Toilette? Es war nur ihrer Aufregung zuzuschreiben, wußte sie, und wenn es ihr gelang, die Gedanken auf ein anderes Thema zu konzentrieren, würde es wieder verschwinden. Sie begann, schneller auf und ab zu gehen. Wenn der Druck stärker wurde, mußte sie mit überkreuzten Beinen auf einem der gräßlichen Stühle Platz nehmen.

Schließlich führten ihre Schritte sie vor eine kleine Leinwand, und sie blieb stehen, da die Vertrautheit des Bildes sie verblüffte. Es war kein Bild, das sie schon einmal gesehen hatte, aber sie kannte dieses Arrangement von geneigtem Tisch, Pfeife und Zeitungsausschnitt. Braque – es war Braque. Sie betrachtete das kleine Bild eingehender. Es mußte ein Druck sein; aber als sie die Signatur betrachtete, fielen ihr die hervortretenden Farbschichten auf. Die Überraschung ließ sie den Druck auf die Blase vergessen.

Sie drehte sich um, als die Tür aufging. Mrs. Huff winkte ihr steif mit einer Hand zu und lächelte. »Mrs. Braden wird Sie jetzt empfangen. Bitte, folgen Sie mir.«

»Dieses Gemälde – ich kann es nicht glauben!« sagte Julia.

»Bitte kommen Sie. Ich verstehe nichts von Bildern.«

Julia eilte aus dem Raum, von der silbernen, einlullenden Stimme Mrs. Huffs angetrieben. Mrs. Huff deutete zur Treppe und ging lächelnd hinauf. Julia folgte ihr. Als sie durch den dunklen Bogen getreten war, sah sie, wie Mrs. Huff auf halbem Weg eines unbeleuchteten Flures eine Tür öffnete. Julia hatte gerade noch Zeit genug, Reihen von Bildern zu erkennen, welche die Wände säumten, doch im Halbdunkel des Flurs konnte sie keines erkennen. Sie ging eilig durch die Tür, die Mrs. Huff ihr aufhielt.

»Bitte setzen Sie sich, Mrs. Lofting«, sagte die große, grauhaarige, ganz in glänzendes Schwarz gekleidete Dame, die aufgestanden war, als Julia eintrat. »Ich bin Greta Braden, Sie haben am Telefon mit mir gesprochen. Bitte nehmen Sie auf dem Stuhl links Platz. Ich denke, der wird gemütlich genug sein. Danke, Huff.« Die Tür schloß sich leise hinter Julia.

Sie betrachtete ein Bild in einem Goldrahmen, vor dem ein roter Samtvorhang hing, der nun ein wenig beiseite gezogen worden war, so daß man eine üppige nackte Frau erkennen konnte, deren Haut alles Licht im Zimmer zu absorbieren schien. Es war unglaublich, aber das war ein Rubens. Der Rest des Schlafzimmers hatte eines mit seiner Insassin gemeinsam, nämlich die Atmosphäre bröckelnder Eleganz. Die Tapete, einstmals rotgolden, war durch Ruß zu einem dunkelbraunen Farbton gedämpft worden. Bücher und Zeitungen lagen über den Fußboden verstreut, viele Zeitungen waren bereits altersbedingt vergilbt. Auf der abgenutzten schwarzen Samtbettdecke stand ein Tablett mit den Überresten eines Frühstücks. Mrs. Bradens großes, kantiges Gesicht schien in jeder Falte Staub angesetzt zu haben. Das graue Haar war störrisch und fettig. Als sie sie ansah, war Julia nicht sicher, ob Greta Braden noch bei klarem Verstand war.

»Sie möchten mit mir über meinen Sohn sprechen, Mrs. Lofting. Warum?«

Julia nahm auf dem Stuhl Platz, den Mrs. Braden ihr zugewiesen hatte, und spürte, wie sich das Polster unter ihrem Gewicht senkte. Nun betrachtete sie eine Fotografie, die über dem Bett hing; sie zeigte einen zierlichen Jungen mit Brille. Daneben hing die Fotografie eines großen, hageren Mannes mit Kneifer und einer Norfolk-Jacke.

»Das war Geoffrey«, sagte Mrs. Braden. »Daneben ist mein Mann. Weshalb interessieren Sie sich für mich, Mrs. Lofting?«

»Ich habe vor zwei Tagen Heather Rudge besucht«, sagte Julia, und sie sah, wie sich der Körper der Frau unter der Schale des schwarzen Kleides verkrampfte. »Sie war gehässig und verwirrt, deutete aber an, daß ich mit Ihnen sprechen sollte.« Ohne auf eine knappe, ablehnende Geste von Mrs. Braden zu achten, fuhr Julia hastig fort: »Ich arbeite nicht für Heather Rudge, in keiner Weise. Wissen Sie, ich habe vor einiger Zeit das ehemalige Haus der Rudges gekauft. Ich habe... Ich habe mich von einer langen Krankheit erholt. Etwas in dem Haus wollte, daß ich es kaufe. Seither habe ich die Vergangenheit der Familie Rudge untersucht – die Vergangenheit des Hauses. Das ist so etwas wie eine fixe Idee geworden – ich muß alles über sie herausfinden, was ich kann. Ich glaube, die Wahrheit über den Tod Ihres Sohnes kam nie ans Licht, Mrs. Braden. Da ist noch viel mehr, aber Sie würden mich wahrscheinlich für verrückt halten, wenn ich Ihnen alles erzählen würde. Das Wichtigste ist: ich muß alles über die Rudges herausfinden.«

Mrs. Braden sah sie verschmitzt an. »Und dann werden Sie wahrscheinlich über alles schreiben, was Sie herausgefunden haben?«

»Nun«, sagte Julia, die Angst hatte, durch eine falsche Antwort ein Ende des Gesprächs herbeizuführen. »Ich bin mir nicht sicher...«

»Vor vierundzwanzig Jahren hätte ich nicht mit Ihnen gesprochen«, sagte Mrs. Braden. »Besonders nicht, wenn Sie den Namen Rudge ausgesprochen hätten. Inzwischen ist viel Zeit verstrichen, und ich habe auf jemanden gewartet, dem ich die Wahrheit über den Tod meines Sohnes erzählen kann. Viele blieben ungestraft. Als meine Tragödie geschah, wollte die Polizei nicht auf mich hören. Ich war eine Ausländerin, eine Frau, und sie hielten mich für verdächtig und närrisch. Sie achteten nicht auf mich, Mrs. Lofting. Meines Sohnes Tod blieb ungesühnt. Begreifen Sie, warum ich mit Ihnen sprechen will?«

»Ich – ich glaube schon«, sagte Julia.

»Meine Welt ist dieses Zimmer. Ich habe mein Haus seit zwanzig Jahren nicht verlassen. Ich bin in diesem Zimmer alt geworden. Huff ist Augen und Ohren für mich. Ich kümmere mich um nichts anderes mehr als die Gemäldesammlung meines Mannes sowie die Erinnerung an ihn und meinen Sohn. Nicht einmal Huff weiß alles über die Ermordung meines Sohnes – klingt dieses Wort nicht schrecklich und grausam für Sie, Mrs. Lofting? Wissen

Sie, was Mord ist? Daß es das größte Verbrechen an der Seele ist, sogar an den Seelen der Lebenden? Es ist ein ewiges Verbrechen.«

»Ja, das fühle ich auch«, hauchte Julia. »Aber ich brauche einen Beweis. Oder – mehr noch als Beweise – Wissen.«

»Beweis!« Die ältere Frau spie das Wort aus ihrem Mund, als wäre es verdorbenes Fleisch. »Ich brauche keinen Beweis. Der Mann, den die Polizei hinrichten ließ, war ein harmloser Stadtstreicher. Er war ein einfacher Mann, selbst noch ein Kind. Er unterhielt sich gern mit Kindern. Welche Beweise hatte die Polizei, als sie ihn hinrichtete?«

»Sie sind also überzeugt, daß er unschuldig war«, sagte Julia.

»Gewiß, gewiß! Hören Sie zu, was ich Ihnen zu sagen habe. Es gab keine Geheimnisse zwischen Geoffrey und mir, Mrs. Lofting. Ich weiß, was sie im Park mit ihm gemacht haben. Die anderen quälten ihn tagtäglich. Sie machten ihm das Leben zur Hölle, weil er so sensibel war und weil er Asthma hatte. Und weil er teilweise deutscher Herkunft war. Sie nannten meinen Sohn den Kraut, den Jerry, den Hunnen. Sie waren alle böse Kinder, diese anderen.«

»Und Sie kannten Mrs. Rudge?«

»Ach, die. Die lachte mich aus. Sie verabscheute mich. Ich bat sie, um Geoffreys willen, mir zu helfen, aber sie war blind und verbohrt. Sie konnte nicht sehen, was in ihrem eigenen Haus vor sich ging. Sie konnte nicht sehen, daß sie ein Monster verteidigte. Ich habe keine Zweifel daran, was mit meinem Sohn passiert ist, Mrs. Lofting. Das Mädchen hat ihn verstümmelt und dann getötet. Und die anderen haben ihr dabei geholfen. Glauben Sie, daß ich mich irre?«

Julia berührte sanft das glänzende Material von Mrs.

Bradens Ärmel. »Wie hat Olivia ausgesehen, Mrs. Braden? Können Sie sie mir beschreiben?«

Die Antwort zerstörte ihre Erwartungen. »Sie war nur ein Mädchen. Ihr Äußeres war bedeutungslos. Sie sah wie ein Mädchen unter vielen aus. Sie ist schon so lange tot wie Geoffrey. Das müssen Sie doch wissen.«

»Ja, das weiß ich, aber ich habe Gründe – ich muß wissen, wie sie ausgesehen hat. Hatte sie blondes Haar? Wie groß war sie?«

»Das sind alberne Einzelheiten. Blond, ja, sie könnte blond gewesen sein. Aber man konnte nicht erkennen, daß sie böse war, wenn man sie ansah, Mrs. Lofting.«

»Dasselbe hat auch ihre Mutter gesagt.«

Mrs. Braden lächelte. »Diese dumme Frau«, sagte sie. »Diese gewöhnliche, ungehobelte kleine Närrin. Nein, Mrs. Lofting, Sie sollten Ihre Zeit nicht mit den vergeblichen Leben der Rudges verschwenden. Sie müssen andere finden. Sie müssen aus ihnen Geständnisse herauslocken.«

»Ich muß sie finden«, stimmte Julia zu. »Ich kenne ein paar Namen. Minnie Leibrock und Francesca Temple und Paul Winter...«

»Und John Aycroft und David Swift, ja. Und der Junge der Reillys. Sie überraschen mich, Mrs. Lofting. Das waren die Kinder, die Olivia Rudge halfen, meinen Sohn zu töten. Wenn Sie Beweise wollen, dann sprechen Sie mit ihnen. Ich kann Ihnen dabei helfen.«

Julia wartete gespannt; sie konnte nicht erraten, was jetzt kommen würde.

»Ein paar von ihnen sind gestorben. Keinem erging es im Leben besonders gut. Wie Sie sich denken können, Mrs. Lofting, haben mich die Lebenswege dieser Gruppe stets interessiert. Ich blieb auf dem neuesten Stand, wie Sie es wohl nennen würden. Ich kann Ihnen sagen, daß der junge Reilly vor zehn Jahren in Amerika – Ihrem Heimatland – verschwunden ist; er wird vermißt. John Aycroft hat sich vor zehn Jahren erschossen, als seine Firma Pleite machte. Minnie Leibrock kam bei einem Verkehrsunfall unter Alkoholeinfluß ums Leben. Francesca Temple war klug und wurde Nonne. Heute lebt sie im Kloster der Dienerinnen Mariens in Edinburgh, wo sie ein Schweigegelübde abgelegt hat. Paul Winter wurde Berufssoldat wie sein Vater, aber er wurde von seinem Regiment unehrenhaft entlassen. Er lebt in einer kleinen Wohnung in Chelsea. David Swift ruinierte die Weinhandlung seiner Eltern und verlor seine Frau durch einen ungewöhnlichen Unfall – sie starb durch einen Stromschlag. Er wohnt über einem Pub in der Upper Street in Islington. Sprechen Sie mit diesen beiden Männern, Mrs. Lofting. Wenn Sie sie zum Sprechen bringen können, dann haben Sie Ihren Beweis.«

Julia war erstaunt. »Wie haben Sie das alles herausgefunden?«

Mrs. Braden entkrampfte die Schultern, wobei ihr Kleid raschelte. »Meine Augen und Ohren. Mrs. Huff. Ich bezahle Huff sehr gut. Sie hat viele Begabungen. Ich möchte Sie jetzt bitten zu gehen, Mrs. Lofting. Aber zuerst möchte ich Ihnen noch einen Rat geben. Seien Sie sehr gründlich. Und vorsichtig.«

»Wirklich, du solltest vorsichtig sein«, sagte Mark an diesem Abend. »Eine so verquere Absicht ist mir noch nie untergekommen. Du meinst, du hast tatsächlich die Absicht, zu diesen beiden Männern zu gehen und sie wegen eines vierundzwanzig Jahre zurückliegenden Mordfalls auszuquetschen, für den bereits ein Mann hingerichtet wurde? Komm her, trink statt dessen noch etwas und vergiß es. Gott weiß, worauf du dich da einläßt.«

»Ich trinke noch etwas, wenn du mich bezahlen läßt. Bitte, Mark.«

»Wenn du darauf bestehst, dann füge ich mich widerstrebend.« Mark hatte sein Geld vor wenigen Minuten auf der Herrentoilette gezählt und dabei festgestellt, daß er nach der letzten Runde noch ganze dreiundsechzig Pence besaß. Zwanzig Pfund schuldete er einem Kollegen, und wenn er das zurückgezahlt hatte, blieb ihm von seinem nächsten Gehaltsscheck von der Schule gerade noch genug übrig, um die Miete zu bezahlen und einen Monat Essen und Trinken zu kaufen. Dennoch, dachte er, konnte er Samuels vielleicht noch einen Monat vertrösten – vielleicht sogar bis zum nächsten Semester. Er sah gierig zu, wie Julia den Geldbeutel zur Hand nahm und eine Zehnpfundnote herausnahm. Mit einer Art ahnungsvoller Vorfreude erkannte er, daß er Julias Geld bereits als sein eigenes betrachtete. »Das ist nett von dir, Liebling«, sagte er und nahm ihr den Geldschein aus der Hand.

Als er von der Bar zurückkam, stellte er die beiden Drinks und die Rechnungen nebst Wechselgeld auf den Tisch zwischen ihnen. Er sagte: »Interessiert dich das Kleingeld?«

Sie sah erstaunt zu ihm auf. »Warum? Brauchst du Geld?«

»Nur etwas, um mich über die Runden zu bringen. Ich hatte einen knappen Monat.«

Sie schob ihm die Rechnungen zu; ihr Gesicht sah wunderschön aus. »Mark, bitte, nimm es. Möchtest du noch mehr? Es ist dumm, daß ich soviel habe, während es dir nicht reicht. Wirklich, brauchst du noch etwas?«

»Darüber können wir später sprechen«, sagte er. In dem weichen Licht, das in die hinteren Ecken des Pubs fiel, sah Julia viel besser aus, dachte er. Ihr Gesicht schien infolge Schlafmangels immer noch milchig, aber sie war selbstsicherer, forscher, wie die Julia aus alten Zeiten, bevor Magnus seine Krallen in sie geschlagen hatte.

»Fühlst du dich wohl, Mark?« fragte sie.

»Nur Kopfschmerzen. Die kommen und gehen.« Er gab

seinem Gesicht seinen einschmeichelndsten Ausdruck, den eine alte Freundin sein ›Wolf-im-Schafspelz‹-Gesicht genannt hatte. »Ich muß sagen«, fuhr er fort, »meiner Meinung nach solltest du die ganze Sache so schnell als möglich fallenlassen. Ich meine, du hättest dich nicht durch Besuche bei diesen verschrobenen alten Tanten aufwühlen lassen sollen. Ich verstehe deine Sorgen bezüglich Kate nicht. Du hast Kate immer noch, Liebling. Sie ist Teil von dir. Sie kann dir nicht weh tun. Ich gebe Magnus die Schuld dafür, daß er dir all diese Ängste eingetrimmt hat. Ich könnte ihn umbringen für das, was er dir angetan hat. Du hättest Perry wie-heißt-er-doch-gleich zum Teufel gehen lassen sollen.« Seine Kopfschmerzen waren eine Spur schlimmer geworden, aber er wahrte seinen Gesichtsausdruck und versprühte, wenn überhaupt, noch mehr Wärme mit den Augen.

»Du haßt Magnus, nicht wahr?« fragte Julia besorgt.

»Magnus ist ein Mistkerl.«

»Ich betrachte dich als meinen Schutz vor ihm. Es war Zauberei, daß du vorbeigekommen bist, als ich bewußtlos geworden bin. Du und Lily, ihr seid die beiden einzigen Menschen, mit denen ich mich darüber unterhalten kann, was mit mir passiert. Wenn die Sache mit der armen alten Mrs. Fludd nicht wäre, könnte ich vielleicht überhaupt nicht davon sprechen. Hast du von ihr gehört?«

Mark nickte, und seine Kopfschmerzen ließen das Pub schwanken. »Lily hat es mir erzählt. Zu schade. Komische alte Tante.«

»Sie hat etwas gesehen, und sie wußte, daß sie in Gefahr war. Ich glaube, sie wurde getötet, damit sie mir nicht verraten konnte, was es war. Mark, wenn sie nicht wäre, würde ich denken, ich verliere den Verstand – ich muß dafür sorgen, daß ihr Tod nicht vergebens war.« Julia nahm einen großen Schluck ihres Drinks. »Sie wurde ermordet. Ich bin ganz sicher.«

»Sie lief vor ein Auto, nicht? Das ist Totschlag, nicht Mord.«

»Aber warum ist es passiert? Und wenn es nichts weiter als ein Unfall war, woher wußte sie dann, daß sie in Lebensgefahr schwebte? Mrs. Fludd sagte, da wären ein Mann und ein Kind – ich habe die ganze Zeit angenommen, das waren Magnus und Kate. Ich dachte, Kate würde in meinem Haus spuken, aber es gibt noch eine andere Möglichkeit. Der Mann ist selbstverständlich Magnus, soviel weiß ich – er ist völlig irrational –, aber das Mädchen könnte auch jemand anders sein. Das Mädchen, das ich gesehen habe. Und darum muß ich mit diesen Leuten sprechen.«

Mark rieb sich die Schläfen. »Ich glaube, du machst einen Fehler. Ich denke, du solltest die ganze Sache vergessen.« Julia hatte einen überspannten, aufgeregten Gesichtsausdruck angenommen, der an seinen Nerven zerrte.

»Was hat Mrs. Fludd an jenem Abend zu dir gesagt? Ich muß es wissen, Mark. Es könnte mir weiterhelfen.«

»Nichts. Es war nichts. Ich kann mich nicht einmal mehr daran erinnern.«

»Oh.« Sie schien enttäuscht. »Wirklich? Bitte, versuch es.«

»Ich kann dir gar nicht sagen, wie schlimm diese Kopfschmerzen sind. Nun, ich glaube, sie sagte etwas Ähnliches wie: ›Sie werden blockiert.‹ Und dann sagte sie, daß ich dein Haus verlassen sollte.« Sie streckte die Hand aus und strich durch sein wolliges Haar. Die Schmerzen schienen nachzulassen. Er betrachtete ihr gerötetes Gesicht und die wässrigen Augen und sah, daß ein Teil ihrer Exaltiertheit auf den Whiskey zurückzuführen war. »Lieber Mark«, sagte sie. »Dein armer Kopf.«

»Vielleicht hat sie versucht, mich von dir fernzuhalten.« Tatsächlich hatte er genau diesen Eindruck gehabt.

»Ich ging diese Woche in die Tate Gallery«, hörte er sie sagen. Ihre Finger liebkosten weiter sein Haar. »Ich habe dieses Gemälde betrachtet. Den Burne-Jones. Du bist auch darauf. Ich bin dir so dankbar.«

Als er von seinen aneinandergelegten hohlen Händen emporsah, stellte er fest, daß Julia weinte. »Trink aus und laß uns gehen«, sagte er. Die Kopfschmerzen hatten ihre gewohnte Heftigkeit angenommen.

Danach standen sie in seiner verwahrlosten Wohnung und umarmten einander. Mark setzte vorsichtig einen Fuß zurück, um Julias Gewicht zu stützen, während er darauf achtete, nicht in eine verkrustete Schüssel zu treten, und streichelte ihr langes, zerzaustes Haar. Er sah eine Fülle von gespaltenen Haarspitzen und drahtige Einzelhaare, die in einer ausgefransten Korona aufragten. »Mark, ich weiß nicht, was mit mir passiert«, sagte sie zu ihm. Jedes Wort schwebte heraus in seinen Kragen und explodierte zu einem Hauch Whiskey. »Manchmal habe ich solche Angst. Manchmal ist mir, als hätte ich selbst keine Kontrolle mehr über mich. Seit ich über den Fall Rudge gelesen habe, werde ich irgendwie davon beherrscht – ich denke an nichts anderes mehr. Weil es bedeuten würde, daß Kate...« Ihr Rücken erbebte, als sie zu schluchzen begann.

»Sprich nicht davon«, sagte er. Er schob die rechte Hand zwischen sich und sie und begann, ihre Brust zu streicheln. Julia erstarrte, dann klammerte sie sich noch fester an ihn. »Bleib bei mir«, sagte er. »Ich brauche dich.«

»Das will ich«, murmelte sie gegen seinen Nacken. Sein Rücken schmerzte, weil er sie so lange gestützt hatte. Julia war schwerer, als er gedacht hatte. »Du bist der einzige Mann, den ich jemals wirklich gewollt habe, abgesehen von Magnus. Aber...«

»Ich brauche dich«, wiederholte er. »Du bist schön,

wunderschön, Julia.« Er drehte ihren Körper herum, wobei er einen Teller beiseite trat und eine leere, verschmierte Milchkanne umstieß, und senkte sie grunzend auf die Matratze. »Bitte, Julia. Bleib bei mir.« Er beugte sich nieder und begann, ihre Bluse aufzuknöpfen, worauf er mit den Lippen über die Wölbung ihres Bauches strich. Im Licht der Leselampe neben dem Bett wirkte ihr Gesicht fleckig und gerötet.

»Ich kann nicht«, stöhnte sie.

»Du kannst alles tun, was du willst.« Er streifte die Bluse von den Brüsten weg und preßte den Mund auf eine ihrer Warzen. Dann beugte er sich zur Seite, ließ sich auf die Matratze neben sie gleiten und küßte sie auf den Mund. Er war warm und fleischig, wie zerdrückte Früchte.

»Mark...«

»Pst...«

»Mark, ich kann nicht.« Aber sie bewegte sich nicht. »Bleib einfach an meiner Seite«, sagte sie.

Mark zog ihr die Bluse über die Schultern und streifte sie an ihren Armen herab, dann warf er sie beiseite. Er zog rasch sein Hemd aus und gab ihr einen weiteren langen Kuß. Julia lag bewegungslos da, im Licht der Leselampe waren ihre Augen glasig und blutunterlaufen und starrten ins Leere. Als er den Gürtel geöffnet und die Schuhe ausgezogen hatte, streifte Mark die Hose ab. »Das werde ich«, sagte er. »Ich werde nur an deiner Seite liegen.«

»Versprich es mir. Bitte.«

»Ja.«

Er entledigte sich seiner Unterwäsche, während sie geistesabwesend und unbehaglich den Rest ihrer Kleidung auszog. »Deine Wohnung ist in einem schrecklichen Zustand«, sagte sie, als sie den Rock auf die Bluse legte.

»Faß mich an.« Er führte ihre Hand.

»Du bist weich.« Sie lächelte ihm ins Gesicht. »Süß. Großer, weicher Mark.«

»Ich habe immer noch Kopfschmerzen«, gestand er. »Normalerweise passiert mir so etwas nicht.« Julias Hand liebkoste seinen Penis, den sie zögernd hielt. »Nein. Laß die Hand dort.« Jetzt begann er einen gewissen Drang zu verspüren, und er versteifte sich ein wenig. Ihre Hand weckte ihn. Er strich mit der Zunge über ihre Brustwarzen und glitt mit der Hand zwischen ihre Beine. Julias Körper schien eine riesige, blühende Wiese der Wärme zu sein.

»Mein Gott«, sagte er. »Was ist denn mit deinen Hüften passiert?« Sie waren von riesigen purpurnen Blutergüssen verunstaltet.

»Ich habe mich verletzt, als ich eines Nachts durch das Fenster einsteigen mußte, weil ich den Schlüssel vergessen hatte.

»Verdammt«, sagte Mark. Die Andeutung einer Erektion, die er gerade gehabt hatte, war dahin. Seine Kopfschmerzen pulsierten. Er senkte den Kopf neben ihren auf das Kissen und griff nach unten, um die Decke über sie zu ziehen. Er berührte ein warmes Knie, die Krümmung einer Fessel, dann sah er nach unten und stellte fest, daß das Laken zerwühlt am Fußende lag. Er schloß wieder die Augen und spürte, wie aus ihren Händen Wärme in seinen Rücken pulsierte. Er fuhr mit einer Hand zwischen ihre Schenkel und streichelte langes, strohiges Haar.

»Nicht«, sagte sie und umklammerte ihn plötzlich heftig.

Aber Mark konnte nichts anderes tun. Sein Kopf schien auf doppelte Größe angeschwollen zu sein. Zwischen seinen Beinen war ein wirbelndes Vakuum. Er machte das Licht aus und hielt Julias warmen Körper, weil er der Anker war, der ihn in diesem Zimmer hielt. Sein Kopf fand das Kissen ihrer Brüste. Er versuchte, durch Willenskraft eine Erektion herbeizuführen, aber sein Verstand konnte nicht an die nötigen Bilder denken. Sein Körper fühlte sich an, als würde er reisen – als würde er über große Entfernungen auf eine Zusammenballung von Lichtern zureisen. Julias Stimme brachte ihn seiner ursprünglichen Größe wieder näher, aber auch darauf konnte er sich nicht konzentrieren.

»... sehe immerzu groteske Gestalten. Hast du den Mann im Pub gesehen? Er hatte einen roten Stumpf anstelle einer Hand – nur vernarbtes Gewebe – und sein Mund ...« Er zwang sich dazu, zu denken: Er hatte keinen Mann mit nur einer Hand im Pub gesehen. »... ein Saal voller leerer, schlaffer alter Leute, die nach mir griffen ... Diese alte Frau in Breadlands, die mich verfluchte ...« Ihre Stimme entglitt völlig.

Am Morgen war sie fort, sein Körper räkelte sich vergeblich verlangend in der Luft. Neben seinem Kopf fand er eine Notiz auf dem Kopfkissen, die lautete: Du bist ein Schatz. Ich bin weg, meiner Detektivarbeit nachgehen. Alles Liebe. Darunter lag ein Scheck über hundert Pfund.

8

Dem Geist gefiel es nicht, daß sie eine ganze Nacht das Haus verließ. Als Julia ihr Heim betrat, weil sie sich waschen und die Kleidung wechseln wollte, bevor sie nach Paul Winter und David Swift zu suchen begann, stellte sie überrascht fest, daß ein paar der Möbelstücke durcheinandergewirbelt, Stühle umgekippt und Kissen in die Ecken des Wohnzimmers geschleudert worden waren. Von oben ertönte ein wütendes Poltern und Klopfen, das, wie sie wußte, verschwinden würde, sobald sie den Fuß auf die Treppe setzte. Inmitten des Getöses konnte sie ein Radio hören, das eine leblose Tanzmelodie aus den vierziger Jahren spielte: Auch dieses Geräusch würde verschwinden. Die seltsam linkische Nacht mit Mark – er hatte die ganze Nacht bewegungslos an sie gelehnt dagelegen, als wäre er in einer durch Drogen herbeigeführten Bewußtlosigkeit – verblaßte. Abgesehen von ihren zärtlichen Empfindungen gegenüber Mark hatte sie in all den langen Stunden, nachdem die Wirkung des Alkohols verflogen war, deutlich bemerkt, daß sie sich nicht am echten Ort aufhielt, dort, wo die wirklich wichtigen Dinge geschahen. Marks Unvermögen, mit ihr zu schlafen, war eine Erleichterung gewesen; fern von ihrem Haus, abgelenkt von ihrer Suche, suchte sie nur der Einsamkeit zu entrinnen. Wieder in ihrem Haus, dicht bei der Quelle des Geheimnisses, empfand sie die Einsamkeit als vertrautes Element – sie war das graue, befehlende Meer, in dem sie schwamm. Was mit ihr geschah, war notwendig; sie war zu Hause.

Julia ging in die Küche und drehte versuchsweise den Wasserhahn auf. In der Mauer rumorte ein Rohr wie eine gefangene Eule. Eine ekelerregende braune Gallertmasse tropfte aus dem Hahn, und sie beeilte sich, ihn wieder zuzudrehen. Sie sagte leise in die Luft: »Du bist böse mit mir.« Das Tohuwabohu oben wurde einen Augenblick leiser. Als sie drei Flaschen Mineralwasser in einen Topf geschüttet hatte, um sie zu erwärmen, ging sie rasch durch das Wohnzimmer, stellte die Stühle wieder auf und brachte die Kissen an Ort und Stelle.

»Du bist nicht Kate«, sagte sie und legte den Kopf zurück. »Du bist Olivia. Und das werde ich beweisen. Ich werde es herausfinden, ich werde es herausfinden – deswegen bin ich hier, oder nicht?«

Die Lampe, die aussah wie ein Bierkrug, fiel krachend zu Boden und zerbarst.

»Ich werde dir helfen«, flüsterte Julia. Im Haus schien es mit jedem Wort wärmer zu werden. »Du bist sehr mächtig, aber du brauchst meine Hilfe. Und wenn ich es herausfinde, dann werde ich alles herausfinden. Ich werde wissen, warum du Magnus quälst. Und dann werde ich auch frei sein.«

Sie wartete auf ein erneutes Poltern von oben, doch das Haus schien abwartend um sie herum zu lauern.

»Ich werde uns befreien«, wiederholte Julia leise. »Du möchtest, daß Magnus mir weh tut, aber ich werde dich befreien. Darum bin ich gekommen. Du brauchtest mich. Du wolltest, daß ich hier wohne.«

Ein schweres Bild fiel zu Boden, das Glas zerschellte mit einem peitschenden Geräusch wie ein Pistolenschuß.

»Ich habe keine Angst«, sagte Julia, dann fügte sie hinzu: »Ich muß keine Angst haben, so lange ich es nicht weiß.« Sie log – sie rechnete jeden Augenblick damit, daß ihr etwas an den Kopf fliegen würde –, aber es war eine Lüge, die ein leuchtendes Körnchen Wahrheit enthielt. Angst konnte sie nicht vom heißen Zentrum der Wahrheit fernhalten: Angst war nur persönlich.

Nachdem sie sich am Waschbecken gewaschen hatte, unter den Armen und zwischen den Beinen mit einem Schwamm, ging Julia in die pulsierende Hitze des oberen Stockwerks hinauf. Die Tür zu ihrem Schlafzimmer stand offen. Der Lärm schien aus den Wänden zu pulsieren. Die Hitze strömte in einer Brise aus dem Zimmer heraus, wehte ihr Haar zurück und trocknete ihre Haut aus, als sie eintrat. Die Farbe auf dem Heizkörper hatte Blasen geworfen, krebsähnliche braune Flecken auf der Oberfläche waren die Folge, die sich in unregelmäßigen Auszackungen aufwärts ringelten. Julia hörte raschelnde Schritte im Flur, wo sie gerade gewesen war. Die Schranktür war offen. Sie ging darauf zu, öffnete sie ganz und sah mit zugeschnürter Kehle hinein. Ein paar ihrer Kleider waren von den Bügeln gezogen worden und lagen zusammengeknüllt und durcheinander zwischen den Schuhen auf dem Schrankboden. Dann sah sie die Kiste mit den Puppen. Sie war aufgerissen worden, die Puppen waren überall im hinteren Teil des Schranks verstreut. Ihre weichen, unkomplizierten Leiber waren zerrissen und aufgeschlitzt. Alte graue Wolle quoll aus ihren Brustkörben. Entsetzen überkam sie, und sie fiel stöhnend auf die Knie. Ihre Gewißheit verschmolz mit ihrer Vision. Kate hatte diese Puppen geliebt; eine böse Kate würde sie zerstören. Einen Augenblick sehnte sie sich danach, wieder im Krankenhaus zu sein.

Als sie ins Badezimmer stürzte, fiel ihr zuerst auf, daß die Gestalt im Spiegel – sie? – alt und verhärmt aussah; ihr Haar war schrecklich zerzaust, die Augen durch den Schock unnatürlich geweitet. Dann sah sie, daß der große, ungetönte Spiegel über dem Waschbecken mit Seife verschmiert worden war. Sie starrte die Linien und Schnörkel an, bis sie sich zu einer Liste von Obszönitäten zusammenfügten. Alle Einzelheiten ihres nächtlichen Zusammenseins mit Mark flammten in ihrem Verstand auf, von den Worten in den Schmutz gezogen, die vom Spiegel auf sie einsprangen. Der Geist wußte, was sie getan hatte, und er haßte sie dafür. Das letzte Wort sprang ihr förmlich entgegen: MÖRDERIN. »Lügner«, kreischte sie, bis ins Mark erschüttert, griff nach dem nächstbesten schweren Gegenstand – einem großen, ovalen, roséfarbenen Stein, dessen Oberfläche glatt wie Glas poliert war –, und zerschmetterte damit den Spiegel. Ihr Herzschlag schien auszusetzen. Magnus schien überall um sie herum zu sein; er hüllte sie in eine kalte, verzweifelte Decke der Täuschung ein. Das anklagende Wort brannte immer noch vor ihren Augen. Nach ein paar Minuten atmete sie tief durch und begann, die langen, silbernen Scherben des Spiegels aufzusammeln. Ihre Gedanken begannen zu wandern, während sie mechanisch die kleineren Bruchstücke des Glases aufhob. Hatte sie diese Worte selbst geschrieben? Hatte sie die Puppen verstümmelt? Einen Augenblick war sie sicher, daß sie es getan hatte.

Winter, Capt. Paul S. 2B Stadium St. SW 10. Beide Männer standen im Telefonbuch. Stadium Street lag im heruntergekommenen unteren Ende von Chelsea, in der Nähe der vier Kais und von World's End; Julia fuhr mit dem Rover vom Sloane Square durch den dichtgedrängten Karneval der King's Road, und nachdem sie sich ihren Weg zentimeterweise durch die Gruppen junger Leute gebahnt hatte, die in Kostümen von einer Boutique zur nächsten gingen, überquerte sie die Beaufort Street und befand sich plötzlich in einer anderen Welt. Die grellbunte, nervöse Menge war verschwunden, Restaurants und Boutiquen wichen Fabrikwänden und den abbröckelnden Fassaden von Mietskasernen. Hier hingen die wenigen Läden für Bekleidung ihre Waren an den Markisen aus; gebeugte alte Frauen mit Einkaufswagen trotteten auf dem Pflaster entlang und murmelten vor sich hin. Als sie an der Ecke der Cremorne Road abbog, sah sie flüchtig durch das Seitenfenster einen unglaublich dicken Mann, in einem zerrissenen, in den Hüften von einer Schnur gehaltenen Mantel, der sich bemühte, einen entsetzlichen Spaniel in eine Papiertüte zu zwingen. Er hatte den Hund an der Kehle gepackt und streifte die Tüte über die wie rasend zuckenden Beine des Tiers... ›Mörderin‹, in Buchstaben aus verkrusteter Seife, leuchtete in Julias Gedanken auf.

Die hellrote Seite eines Brotlieferwagens blockierte ihre Windschutzscheibe, und sie riß das Steuer herum, um einen Zusammenstoß zu vermeiden. Die Buchstaben MUTTERS BESTES wirbelten vorüber; der Rover brach nach rechts hinten aus, stieß mit einem parkenden Wagen zusammen und schlitterte dann auf seine Fahrspur zurück. Hupen und Rufe wurden laut. Julia fuhr rasch davon.

In der einsamen Stadium Street stieg sie aus dem Wagen aus und nahm sofort den Geruch der Themse wahr. Ihr sonnenloser, öliger Geruch schien sich in ihren Fingern und dem Haar festzusetzen. Ihr war zumute, als würde sie feuchte Spinnweben einatmen, die mit Fischgeruch imprägniert waren. Julia sah zu der nächstbesten Tür und konnte unter verkrusteter Farbe gerade noch die Nummer 15 erkennen. Sie ging langsam den Block hinab, sie hörte Rolladen rasseln, als sie an den Reihen zwergenhafter Häuser vorbeiging. Der rostige Rahmen eines Fahrrads lag am Straßenrand wie der Leichnam eines monströsen Insekts. 10, 8, 6. Nr. 5 war mit Flecken roter, blauer und gelber Sprühfarbe bemalt worden, darüber standen die schwarzen Buchstaben REVOLUTION IST DAS RECHT ALLER und HENDRIX; die Eingangstür war mit einem gewaltigen Vorhängeschloß versperrt worden. Julia ging über die Straße und stieß die Tür des Vorgartens von Nr. 2 auf. Am Ende des gepflasterten Weges befand sich eine Tür mit einer Reihe von Klingeln und Namensschildern daneben. Sie ging die Stufen der Vortreppe hinauf und las die auf die Schilder gekritzelten Namen – Voynov, ein leeres Schild, Mertz & Polo, Gandee, Moore, Gilette, Johnson. Kein Winter war verzeichnet, und sie brachte es nicht fertig, an einer der nicht gekennzeichneten Klingeln zu läuten. Mit sinkender Zuversicht trat Julia einen Schritt zurück, sah an der Fassade hinauf und erblickte erleichtert auf dem grauen Beton einen Pfeil unter einem schwarzen Buchstaben B. Zum ersten Mal bemerkte sie nun, daß sich das Wetter geändert hatte. Eine dichte Wolkenmasse hing am Himmel, die die Sonne verbarg und nach oben hin in einer Schicht grauer Regenwolken endete.

B war eine schmalere Tür am hinteren Ende des Hauses. Hinter ihr konnte sie blecherne Musik hören. Als Julia klopfte, ging die Tür beinahe auf der Stelle auf, und eine magere Gestalt in schwarzem Rollkragenpullover und schwarzen Hosen kam heraus. Die Musik, die nun anschwoll, entpuppte sich als Ravi Shankar. Julia bemerkte zuerst die hervorstehenden, verbitterten Wangenknochen des Mannes, dann, daß er eine Perücke trug, die ein paar Töne heller als sein echtes Haar war.

»Captain Winter?« fragte sie unsicher.

»Es ist eine Ewigkeit her, seit mich jemand zum letzten Mal so genannt hat, meine Liebe«, sagte der Mann. »Ich nehme an, Sie sind Rogers' erboste Schwester. Kommen Sie besser herein.«

Julia trat über die Schwelle in den schweren Geruch von Weihrauch. »Ich erkläre vielleicht besser zuerst«, sagte sie. »Ich bin nicht die, für die Sie mich halten. Mein Name ist Julia Lofting, Captain Winter...«

Der Mann stöhnte. »Bitte nicht. Nennen Sie mich wie Sie wollen, aber nicht Captain.«

»Mr. Winter.«

»Paul.«

»Paul. Danke.« Als sie in Winters aufgewecktes, durch

und durch unehrliches Gesicht sah, stellte sie überrascht fest, daß der Mann ungefähr in ihrem Alter war. Sie rechnete sich aus, daß er um die Dreißig gewesen sein mußte, als er gezwungen wurde, sein Regiment zu verlassen, doch während sie sich in dem engen, exotischen kleinen Zimmer umsah, das mit Paisleykissen und afrikanischem Wandschmuck, Reproduktionen von Gemälden und hellen Druzeteppichen vollgestopft war, konnte sie sich Paul Winter nicht als Angehörigen irgendeiner Armee vorstellen. Aber sie gestattete sich den unloyalen Gedanken, daß Paul Winter das Problem, in einem einzigen Zimmer zu leben, besser gelöst hatte als Mark. Abgesehen davon, dachte sie, daß es ein Zimmer war, welches andeutete, daß jenseits der Tür ewige Nacht herrschte. Es war ein Zimmer, in das kein Tageslicht fiel.

»Sie können nicht Rogers Schwester sein«, sagte er hinter ihr. »Sie würde sich nie die Zeit nehmen, meine kleine Sammlung zu bewundern. Sie mögen mein Zimmer?«

»Ja«, antwortete sie schlicht.

»Wenn ich die Tür schließe«, sagte er, »dann sperre ich die Welt aus und existiere hier in einer Welt, die ich geschaffen habe. Es ist meine Oase, mein Himmel. Ich verlasse es eigentlich nur sehr selten. Es enthält alles, was ich brauche – Schönheit, Frieden, Kunst, kultivierte Atmosphäre. Und es liegt in Chelsea, was wichtig ist, finden Sie nicht auch? Ich wollte nirgendwo anders leben, und ich war schon überall auf der Welt. Die Armee, wissen Sie.« Er plusterte sich vor ihr auf, und Julia erkannte in dem Mann eine seltsame Mischung von Mißerfolg und Arroganz; er betrachtete sich selbst als einen Oscar Wilde, aber die absurde Eitelkeit des Toupets machte ihn pathetisch. In ein paar Augenblicken, spürte sie, würde er anfangen, alberne Sinngedichte zu erfinden. »Aber das wissen Sie natürlich«, sagte er. »Meine ruhmreiche Militärzeit«, und dabei schienen sich seine Wangenknochen zu spitzen

Punkten zu verjüngen. »Alles Vergangenheit. Möchten Sie eine Zigarette? Türkische?«

»Nein, danke«, sagte Julia. »Tut mir leid, daß ich Sie so unvorbereitet störe, Cap... Paul, aber aus persönlichen Gründen interessiert mich etwas in Ihrer Vergangenheit.«

»Großer Gott«, seufzte er theatralisch. »Die Vergangenheit existiert nicht.« Er dachte einen Augenblick darüber nach, dann revidierte er das. »Kein intelligenter Mensch glaubt an die Vergangenheit.« Schließlich fand er etwas zu seiner Zufriedenheit. »Diejenigen, die an die Vergangenheit glauben, sind dazu verdammt, in ihr zu leben.«

Julia schien berechtigten Argwohn im Blick des Mannes zu sehen. »Aber die Vergangenheit hat einiges mit meiner Gegenwart zu tun«, sagte sie. »Es ist sehr schwer zu erklären.« Einen Sekundenbruchteil sah sie die Kiste mit den zerfetzten Puppen und die mit Seife geschriebenen anklagenden Worte vor sich, und ihr Blutdruck schien unvermittelt zu sinken.

»Sie sehen aus, als würden Sie jeden Moment ohnmächtig werden«, sagte Winter erschrocken und schob einen Sessel in ihre Richtung. Nachdem sie sich gesetzt hatte, faltete er sich auf eines der Kissen. »Was ist los?« fragte er.

»Ich werde heimgesucht«, stieß sie hervor.

»Meine Liebe«, krähte er. »Machen Sie aus sich eine Touristenattraktion, und verlangen Sie Eintritt dafür.«

Sie lächelte ihn an.

»Soll ich das so verstehen, als hätte dieser köstliche Zustand etwas mit mir zu tun?«

Julia nickte. »Ja...«

»Wie faszinierend. Fragen Sie. Ich habe keine Geheimnisse mehr, meine Liebe. Ich bin einfach, und die Menschen müssen mich akzeptieren oder ablehnen, denn es ist die Mühe nicht wert, seine Innere Natur zu verbergen. Die Wahrheit siegt am Ende doch immer. Ich bin nur deshalb zur Armee gegangen, weil mein Vater nichts anderes gelten lassen wollte, wissen Sie, und ich stellte fest, daß sie einfach vor Verlogenheit platzt. Darum haben sie mich fortgeschickt, meine Liebe, das muß ich Ihnen erzählen, weil ich ihre hübschen Posen nicht mehr mitspielen konnte. Ich mußte ich selbst sein. Und das war ziemlich peinlich für sie. Ich kann Ihnen etwas darüber erzählen, was es heißt, der Sohn eines Generals zu sein. Wie Rimbaud. Der französische Dichter. Ich hoffe, Sie sind nicht wegen einer Umfrage gekommen. Das könnte ich nicht ertragen. Oder weil Sie Recherchen für ein Buch anstellen.«

»Nein, eine persönliche Sache«, antwortete Julia. »Ich bin in etwas verwickelt worden, wobei Sie mir helfen können, wenn Sie so freundlich sein wollen.«

»Die spirituelle Seite der Dinge hat mich schon immer interessiert – ich bin Jungfrau, mit aufsteigendem Widder.«

»Ich wollte Sie nach ein paar Leuten fragen, an die Sie sich vielleicht erinnern.«

»Faszinierend.« Er wühlte sich noch tiefer in das Kissen. »Fragen Sie getrost. Ich bin so froh, daß Sie nicht Rogers Schwester sind.«

»Ich weiß nicht, wie ich anfangen soll. Erinnern Sie sich an Francesca Temple? Oder Freddy Reilly?«

Er blinzelte. »Gütiger Himmel, Sie gehen ein Stück zurück. Ich habe mit ihnen gespielt.«

»Sie erinnern sich also.«

Das war zu nachdrücklich für ihn, und er wich einer direkten Antwort aus. »Kaum. Nur schwach. Man behält Umrisse von Dingen im Kopf. In der Kindheit ist man nicht man selbst. Die Kindheit ist eine Lüge, die alle Erwachsenen sich erzählen. Der Mann bevatert seine eigene Kindheit, wenn Sie verstehen, was ich meine. Nun, wollen mal sehen. Francesca Temple. Ein sehr bescheidenes kleines Mädchen, mit reizenden braunen Locken. Ja, jetzt kann ich« – er machte mit der Hand eine Geste in der Luft – »sie erkennen. Sie war folgsam. Sie war der Soldat, wenn Sie so wollen. Hat alles gemacht, was man ihr sagte. Freddy Reilly war ein wenig ein Bulle, wenn Sie verstehen, was ich meine. Gut bei Spielen. Erzählen Sie mir nicht, daß Sie von Freddy Reilly heimgesucht werden!« Er schlug lautlos die Hände zusammen und entblößte eine Reihe kleiner, ebenmäßiger, ein wenig verfärbter Zähne.

Sie nahm allen Mut zusammen. »Können Sie mir etwas über die anderen erzählen? Erinnern Sie sich zum Beispiel an Olivia Rudge?«

Er starrte sie an, dann spielte er mit den Fransen seines Kissens. »Ich fürchte, ich erinnere mich nicht besonders gut an sie. Ein sehr seltsames Mädchen, glaube ich.« Plötzlich stand er auf und glättete die Bügelfalte seiner Hose. »Hätten Sie gern irgend etwas? Tee? Ich mache eine ausgezeichnete Tasse – halb chinesisch, halb indisch. Exzellent.«

»Nein, bitte«, sagte Julia. »Was können Sie mir über sie erzählen? Olivia?«

»Ich glaube«, sagte er, »ich glaube, Sie fangen gerade an, ein klein wenig langweilig zu werden.« Er strahlte eine Empfindung aus, die Julia erst nach Sekunden als Angst erkennen konnte. »Ich war immer der Meinung, daß die Kindheit unser uninteressantester Lebensabschnitt ist. Ich glaube, ich möchte keine Fragen mehr über meine beantworten.«

»Ich flehe Sie an«, sagte Julia. »Sie werden keine Schwierigkeiten bekommen – ich muß nur verschiedene Dinge wissen.«

Er sah überdeutlich auf die Uhr. »Ich glaube, ich habe keine Zeit mehr für diese faszinierenden Remineszenzen. Diese Frau wollte um zwei hiersein, und ich kann Ihnen gar nicht sagen, was die für einen Ärger machen wird. Sie wird Ihnen Schwierigkeiten machen.«

»Mr. Winter – Paul – wie ist Geoffrey Braden gestorben?«

Er wurde kalkweiß durch den Schock. Oder war es Scham? »Ich muß meine Einladung zum Tee zurücknehmen, meine Liebe. Ich muß Sie höflich bitten zu gehen, bevor meine Besucherin kommt. Ich habe Ihre letzte Frage gar nicht richtig verstanden. Hatten Sie eine Jacke dabei?« Er berührte mit der Fingerspitze ihre Schultern. »Wirklich, meine Liebe. Das ist Zeitverschwendung, mich nach Frühgeschichte zu fragen. War nie meine starke Seite.« Julia stand widerwillig auf.

»Könnten Sie mir Olivia nur beschreiben...«, begann sie.

»Ich weiß, ich bin ein alter Narr, der sich dauernd wiederholt«, sagte er und geleitete sie zur Tür, »aber das ist ein Thema, über das ich mich nicht auslassen werde. Dieses Kapitel ist geschlossen, meine Liebe.«

Sie stand vor der schmalen Tür und betrachtete sein schmerzlich verzogenes Gesicht unter der billigen blonden Perücke. Hinter ihm schwoll die indische Musik zu einem lärmenden Crescendo an.

»Sie will mich«, sagte sie. »Olivia.«

»Das glaube ich«, sagte er. »Bitte kommen Sie nicht wieder. Lassen Sie mich in Ruhe. Wer auch immer Sie sind.«

»Julia Lofting«, sagte sie. Aber die Tür hatte sich bereits geschlossen.

Die beiden saßen auf der Terrasse, als der Abend sich herniedersenkte, sahen zu, wie der Regen auf den Park fiel, die Blätter niederdrückte und die kleinen Büsche außerhalb der Überdachung quälte. Als ein Windstoß Tropfen auf die Terrasse ergoß, rückte sie anmutig ihren Sessel zurück, damit er nicht naß wurde; er achtete nicht auf den Tropfenschauer und ließ es geschehen, daß seine Schuhe naß wurden. Sie waren, sah Lily, bereits lehmverkrustet und rissig. Magnus' gesamte Erscheinung schien zerrüttet, und sie verspürte einen Augenblick Mißbilligung für Julia, die ihm das angetan hatte, und für ihren Bruder, der es hatte geschehen lassen.

»Es war also dieses Haus«, sagte sie. »Ein glänzender Augenblick, das herauszufinden.«

»Ich dachte nicht, daß es dich etwas angeht.«

»Magnus«, sagte sie verzweifelt, »wie soll ich dir helfen, wenn du etwas vor mir verheimlichst? Verheimlichen läuft auf Belügen hinaus. Hast du mir sonst noch etwas verheimlicht, das Einfluß auf Julia haben könnte?«

»Eine unmögliche Frage«, grunzte er. Er starrte düster in den Regen hinaus. »Dieses Wetter gefällt mir. Es ist englischer als der ständige Sonnenschein.«

»Oh, du machst mich schlichtweg wahnsinnig. Ist dir denn nicht klar, daß sie in diesem üblen alten Fall herumstochert? Ich glaube, sie macht sich nicht einmal mehr die Mühe, etwas zu essen. Sie ist überzeugt davon, daß es etwas mit Kate zu tun hat. Sie hat mir sogar gesagt, daß sie heimgesucht wird. Heimgesucht! Spuk! In ihrem Zustand wird jede Winzigkeit aufgebläht und übersteigert und übertrieben – Magnus, du mußt mir sagen, ob es noch etwas gibt, das sie herausfinden könnte.«

»Ich weiß nicht. Was hat sie denn schon herausgefunden?«

»Ich bin nicht sicher, ob sie mir alles gesagt hat.«

»Sie wird es diesem verdammten Psychopathen Mark erzählen.«

Lily mißachtete taktvoll seine Bemerkung, während sie ihm insgeheim recht gab. »Wenn du deine Frau zurückhaben möchtest, und ich kann nur vermuten, daß das das Motiv hinter deinem außergewöhnlichen Auftritt in der letzten Woche ist, dann mußt du mir alles sagen, was du weißt, damit ich es zu deinem Wohl einsetzen kann.«

»Du meinst, du möchtest Julia zu deinem Wohl einsetzen.«

»Diese Bemerkung will ich nicht gehört haben.« Sie sah ihn an, bevor sie sagte: »Wenn du dich nicht aus der Nässe zurückziehst, wirst du Rheuma bekommen.«

Seufzend rückte Magnus sich ein wenig mit dem Sessel nach hinten.

»Besteht die Möglichkeit, daß du irgendwie in einem Zusammenhang mit diesem Haus stehst? Du weißt, das würde ihr den letzten Halt rauben. Nun. Wenigstens könnten wir sie dann ins Krankenhaus bringen, wohin sie gehört.«

»Möchtest du das denn?« Magnus sah seine Schwester aufrichtig überrascht an. »Sie kommt heim zu mir, nicht ins Krankenhaus. Nein, ich glaube nicht, daß es da noch etwas gibt. Das war alles zu lange her.«

»Was ist mit der Tochter? Hast du sie gut gekannt?«

»Bin der kleinen Lady nie begegnet.«

»Sicher?«

Magnus zuckte zusammen. »Natürlich bin ich sicher. Und jetzt hör auf, mich zu verhören. Hast du noch etwas zu trinken?«

»Das Trinken hat dich beinahe ins Gefängnis gebracht, vergiß das nicht. Das und dein Temperament. Aber wenn du etwas möchtest, dann bediene dich.«

Er sagte: »Ich möchte es nicht, ich brauche es«, und ging über die Terrasse und in die Küche. Einen Augenblick später kam er mit einem Schwenker zurück, der zur Hälfte mit einer bernsteinfarbenen Flüssigkeit gefüllt war.

Lily wartete, bis er sich wieder gesetzt hatte, bevor sie sagte: »Was hast du beim letzten Mal getan? Notizen hinterlassen?«

»Ich habe ein paar Stühle umgekippt. Das war alles. Sie

wird wissen, daß ich es gewesen bin.« Er trank mit sichtlicher Befriedigung.

»Und ich nehme an, du denkst, das wird helfen. Magnus, es gibt zwei Dinge, die ich bedaure. Eines ist, ihr zu gestatten, ihr die Illusionen bezüglich Kates Tod zu lassen. Sie muß durch einen Schock davon befreit werden. Ich würde es ihr jetzt sagen, wenn sie hier wäre. Das andere ist, daß ich sie der armen Mrs. Fludd vorgestellt habe. Die beiden zusammen haben mit der Geschichte vom Geist angefangen.«

»Mrs. Fludd? Oh. Dein Guru.«

»Vor ihrem Tod wühlte sie Julia mit allen Arten von dunklen Andeutungen auf. Rosa besaß die Gabe, aber sie konnte nie widerstehen, mit ihrem Publikum zu spielen. Und sie starb zum denkbar ungünstigsten Zeitpunkt.«

Magnus war am Schicksal Mrs. Fludds eindeutig nicht interessiert. »Ich glaube, Julia braucht einen Psychiater«, sagte er. »Ich vielleicht auch. Ich weiß nicht, was in letzter Zeit mit mir los ist. Ich habe seltsame Anfälle von Verwirrung. Ich sehe seltsame Dinge. Eines Tages habe ich Kate gesehen.«

»Mein Armer«, sagte Lily. »Du stimmst mir also zu, daß wir sie wieder ins Krankenhaus bringen müssen?«

»Vielleicht«, überlegte Magnus. Er sah Lily einen Augenblick scharf an.

»Sag mir eines«, bat Lily, nachdem das geklärt war. »Was hast du empfunden, als du dieses Haus wieder betreten hast? So etwas wie Scham?«

»Nein«, sagte er. »Es war einfacher. Ich empfand Angst. Ich war kopflos vor Angst. Ich hätte am liebsten jemanden umgebracht.«

»Du hättest jemanden in deinem Alter heiraten sollen«, sagte Lily.

»Du meinst, jemanden wie dich.«

»Wir führen eine Art Ehe«, sagte Lily. »Wir beide verstehen einander.«

Mark Berkeley stand unter der Sonnenplane des Warenhauses und sah zu, wie der Regen sich in die Abwassergullys ergoß und allmählich einen schwarzen Teich bildete, der schließlich die ganze Straße bedecken würde. In der Tasche hatte er immer noch siebzig Pfund, nachdem er Julias Scheck eingelöst und ein paar Dosen Nahrungsmittel, ein Paar Halbstiefel und einen Gürtel aus Schlangenleder gekauft hatte – und gerade eben zwei Flaschen Whisky. Er konnte sich erinnern, daß er beschlossen hatte, Samuels wegen der Stiefel bis nächsten Monat zu vertrösten; er konnte sich daran erinnern, eingekauft und mehrmals an diesem Nachmittag Julias Nummer gewählt zu haben; aber er konnte sich nicht daran erinnern, daß er sein Zimmer verlassen hatte und im Regen zu dem Warenhaus gegangen war. Er betrachtete den verstopften Gully am Straßenrand – die Straßenlaterne enthüllte auf dem unruhigen Wasser die wabernden Muster eines Ölfilms – und versuchte, den Spaziergang von seinem Haus hierher zu rekonstruieren. Seine Schultern und das Haar waren vom Regen durchnäßt. Vielleicht, dachte er, war diese Gedächtnislücke auf seine Übungen zurückzuführen, die in letzter Zeit erfolgreicher waren als früher. Er hatte mehr als ein wenig Angst davor, wohin diese langen, überirdischen Sitzungen ihn einst führen würden; aber waren sie nicht Beweis für das, was diese alte Frau über seine Empfänglichkeit gesagt hatte? Das, hierin war er sicher, war der Grund für seine Kopfschmerzen – Beweis für eine Kraft, die er besaß, von der er aber nichts gewußt hatte. Er war Mark, er war etwas Besonderes, er war ein Glückskind.

Eine große junge Frau, an deren Namen er sich nicht erinnern konnte, trat aus dem Regen neben ihn. Sie schüttelte sich das Haar aus und lächelte, und er konnte sich an Form und Geschmack ihres Mundes erinnern.

»Gehst du zu einer Party?« fragte sie. »Genau die richtige Nacht dafür.«

»Was?«

»Eine Party. Die Flaschen, Mark. Gehst du zu einer Party?«

Er betrachtete die Flaschen in der weißen Tüte. »Ich kann dir nicht sagen, was ich vorhatte«, sagte er. »Irgendwie kann ich mich nicht daran erinnern.«

Sie sah ihn verschmitzt an. »Ich nehme an, du hast etwas vor.«

»Nein, nein. Ich habe meditiert. Das mache ich mehrere Stunden täglich.«

»Jetzt ist es jedenfalls zu spät zu meditieren«, sagte sie nachdrücklich. Wie hieß sie denn nur? »Möchtest du mit zu mir kommen? Wir könnten unsere eigene Party feiern.«

Dann erinnerte er sich: Annis. Annis war eines der Mädchen des vergangenen Sommers. Als er ihre weißen, gierigen Augen und das zerzauste Haar sah, in dem Regentropfen glitzerten, erwachte ein Funke sexuellen Interesses in ihm, aber dann drängte sich Julias Gesicht vor ihres. Sein Verstand schien zu wanken. »Annis, heute nacht kann ich nicht«, sagte er. »Ich muß jemanden besuchen.«

»Nun, dann tu mir einen Gefallen und fick dich selbst«, sagte Annis fröhlich und lief wieder in den Regen hinaus.

Swift, David N 337 Upper Street N 1. Julia regte sich unruhig auf dem Beifahrersitz des Rover und versuchte, eine angenehme Position zu finden, während sie die scheinbar harmlose Tür direkt neben dem ›The Beautiful und Damned‹ im Auge behielt. Sie hatte bereits versucht, sich die Zeit damit zu vertreiben, zu überlegen, wie viele Pubs es in London sonst noch gab, die nach Romanen benannt worden waren, aber sie konnte sich nur an ›The Cruel Sea‹ in Hampstead erinnern, das Lily einmal betreten und dann als kindisch abgetan hatte, ›wie sein Namensvetter‹. Julia war um acht zu Swift gegangen, war ziellos in Islington umhergefahren, bevor sie um neun nochmals hingegangen war und ihn wieder nicht angetroffen hatte; dann fuhr sie, einem Impuls folgend, zur Gayton Road, wo alle Lichter eingeschaltet waren und offene Vorhänge leere Zimmer enthüllten; dann war sie zurückgekehrt, um auf Swifts Rückkehr zu warten. Jetzt war es schon nach elf, und ihr Rücken begann zu schmerzen. Ab und zu stapfte sie mit den Füßen auf dem Boden des Autos auf, damit ihr die Beine nicht einschliefen. Als ein Mann in schäbigem Mantel und Tweedmütze vor der Tür neben dem Pub verweilte, schaltete Julia die Scheibenwischer ein und beugte sich aufgeregt nach vorn. Der Mann kehrte der Straße den Rücken zu. Julia, die nicht zu atmen wagte, wartete darauf, daß er die Tür öffnete. Aber der Mann beugte lediglich etwas den Rücken, um den Regen abzuschirmen, und stand breitbeinig vor der Tür. Schließlich begriff Julia, was er tat, und sie sah verlegen beiseite.

Mehr Menschen gingen an dem Pub vorbei, und Julia sah ihnen müßig nach, bis sie in der Wimpy-Bar weiter unten an der Straße verschwunden waren. Um elf Uhr fünfzehn spie das Pub eine Gruppe junger Männer aus, die sich halb im Regen, halb vor ihm geschützt, unter dem Baldachin drängten und die Hände in die Taschen ihrer Jacken steckten. Sie behinderten die Sicht auf Swifts Tür, und Julia stöhnte und betete innerlich, sie möchten sich auflösen und nach Hause gehen. Weitere junge Männer verließen das Pub. Sie bildeten eine undurchdringliche, beinahe reglose Masse entlang der Gebäudefront. Wenn Swift jetzt nach Hause kam, konnte sie ihn ohne weiteres übersehen. »Bitte«, flüsterte Julia. David Swift war ihre letzte Chance.

Noch während sie zusah, begann einer der Männer zu rufen. Ein Freund hielt ihn am Arm, doch der Mann stieß ihn so heftig von sich, daß er auf die Straße stürzte. Innerhalb einer Sekunde war die Hälfte der Gruppe verschwunden; ein dritter Mann umkreiste den ersten, der immer noch brüllte, dann schlugen sie sich. Julia sah zu, wie sie auf dem nassen Pflaster umherrollten und einander an Handgelenken und Schultern hielten, bevor sie sich wieder befreiten und erneut aufeinander einschlugen. Auf der Straße um sie herum war es völlig still geworden, abgesehen vom Prasseln des Regens. Einer der Männer – Julia war sich nicht sicher, welcher – konnte einen heftigen Schlag im Gesicht des anderen landen, der reglos im Bündel seiner Kleider liegen blieb. Sein Angreifer trat einmal wütend nach ihm, dann noch einmal. Julia legte entsetzt die Hand vor den Mund. Der Angreifer zerrte sein Opfer in die Höhe und schlug ihm immer und immer wieder ins Gesicht. Das ist Magnus, dachte Julia und schaltete verzweifelt die Scheinwerfer ein. Der Angreifer drehte das Gesicht in den grellen Schein – Julia sah ein bärtiges Kinn und eine vorstehende Nase –, dann stieß er das blutüberströmte Gesicht fort. Er warf sich herum und rannte mit platschenden Geräuschen die Upper Street hinauf. Sein Opfer lag allein auf dem Boden, seine Kleidung wurde vom Regen durchweicht. Alle anderen hatten sich zerstreut. Während Julia zusah, erzitterte der Körper des Mannes, dann kroch er über das Kopfsteinpflaster wie ein verwundeter Keiler. Der Mann rollte sich gegen die Mauer des Pubs und richtete sich auf. Sein Gesicht war eine blutige Masse.

Julia drückte den Türgriff hinunter und beugte sich hinaus. Sie mußte einen Krankenwagen rufen – sie sah sich verzweifelt nach einer Telefonzelle um, aber der Regen, der ihr ins Gesicht prasselte, ließ ihren Blick verschwimmen. Sie wischte sich die Augen und sah weiter oben eine rote Zelle vor einem dunklen Kino. Sie überquerte die verlassene Straße und lief auf die Zelle zu. Ein untersetzter Mann ohne Mantel, der eine rasselnde Tüte unter dem Arm hielt, ging an ihr vorbei, aber Julia achtete kaum auf ihn, bis sie die Zelle betreten hatte. Als sie dann durch das verschleierte Glas sah, sah sie, daß der Mann die Tüte vor Swifts Tür abstellte und einen Schlüssel aus der Tasche holte. Sie verweilte einen Augenblick in der Zelle, dann legte sie den Hörer wieder auf, als der Mann von der Straße verschwand.

Sie lief die Upper Street zu dem Pub entlang. Der zusammengeschlagene Mann kauerte jetzt auf dem Pflaster, die Ellbogen hatte er in sein eigenes Blut gestützt. Er stöhnte unverständlich, vielleicht betrunken. Sie drückte mehrmals in rascher Folge Swifts Klingel, dann hielt sie sie konstant nieder. Der Mann lehnte sich gegen die Mauer des Pubs und hielt sich die Hände vors Gesicht.

Schwere Schritte stapften eine Treppe herunter. Als die Tür aufgerissen wurde, sah Julia die breite Gestalt eines Mannes im Schatten des winzigen Flurs. Weit oben brannte ein Licht und erhellte den oberen Teil der schmalen Treppe. »Mr. Swift?« fragte sie.

»Das bin ich«, sagte der Mann. Julia bemerkte den Geruch von Whisky. »Was ist denn?«

Sein Akzent der gehobenen Mittelschicht erstaunte und beruhigte sie gleichermaßen. Das war der Akzent von Magnus und seinen Freunden – der Akzent, den Mark sich ganz bewußt abgewöhnt hatte.

»Ich muß mit Ihnen sprechen. Außerdem hat es eine Schlägerei gegeben. Dieser Mann ist verletzt. Wir müssen einen Krankenwagen rufen.«

»Ich muß nicht hinter Betrunkenen saubermachen«, sagte er. Er schob den Kopf zur Tür heraus und offenbarte im rötlichen Licht des Pubs ein breites rosa Gesicht und dichtes, lockiges schwarzes Haar. Sein Jackett sah ölig und fadenscheinig aus. »Soll er verfaulen. Sie sagten, Sie wollten mit mir sprechen?« Er sah sie abschätzend an, und Julia nickte. »Ich bin bereit. Kommen Sie herein in die Flohgrube.«

Als Julia den Flur betrat, wo der Whiskeygeruch noch stärker war, nahm Julia sich vor, einen Krankenwagen zu rufen, ganz gleich, was Swift sagen würde. Er ging bereits ein wenig unsicher die Treppe hinauf. »Kommen Sie und reden Sie, wenn Sie unbedingt wollen«, rief er herunter.

Am oberen Ende der Treppe hielt er die Tür zu einem schäbigen Wohnzimmer auf. Fleckige gelbe Tapeten, ein schmutziger grüner Teppich, der so fadenscheinig war wie der von Mark, billige Möbel, die, dachte sie, aus einem Discount-Warenhaus zu sein schienen – es erinnerte sie an das Mobiliar ihrer Wohnung in Camden Town, vor Jahren. Swift stand an einem niederen Tischchen und zog Flaschen aus einer Papiertüte. Grunzend öffnete er eine. »Was trinken?«

»Darf ich?«

»Ich habe Sie gefragt.«

»Dann ja, bitte.«

Swift nahm zwei Gläser aus einem Wandregal und goß in jedes davon einige Zoll Whiskey. Er gab Julia ihr Glas, und sie sah über dem Rand des Whiskeys Fingerabdrücke, Wasserflecken und Schlieren. Sie stellte es auf den Tisch.

»Kann ich zuerst telefonieren? Der Mann unten...«

»Nein«, sagte Swift. Im elektrischen Licht war sein rosa Gesicht mit hektischen roten Flecken überzogen, als hätte er Schmutz weggerieben. »Der Teufel soll ihn holen. Was wollen Sie? Wer sind Sie überhaupt? Rechtsanwältin?«

Julia ging zu einem der unsicher aussehenden Stühle und setzte sich. Sie wischte sich den Regen aus dem Gesicht. »Mein Name ist Julia Lofting, Mr. Swift.«

»Sie müssen Anwältin sein.«

»Nein, bin ich nicht, das verspreche ich Ihnen. Ich bin

an etwas interessiert – in etwas verwickelt, bei dem Sie mir helfen können, wenn Sie wollen.«

»Sagen Sie mir nicht, daß es um einen Geschäftsabschluß geht.« Swift schnaubte. Er stand immer noch und hielt das Glas in einer und die Flasche in der anderen Hand. »Ich fürchte, Swift und Co. existieren nicht mehr. Drei Generationen Geschäftstüchtigkeit enden mit dem Wrack, das Sie vor sich sehen. Möchten Sie ein Handtuch?« Er schluckte Whisky, während sie den Kopf schüttelte. »Dann sitzen Sie nicht einfach nur so herum und sehen verwirrt und sexy und hilflos aus.«

»Es geht um Ihre Kindheit«, sagte Julia rasch. »Ich muß über etwas Bescheid wissen, was damals geschah. Ich verspreche Ihnen, daß ich nichts von dem, was Sie mir sagen, jemand anderem weitergeben werde – ich interessiere mich aus rein persönlichen Gründen dafür.« Diesem Mann werde ich nicht erzählen, daß es bei mir spukt, schwor sie sich. Er würde mich hinauswerfen. Sie mußte die Fehler vermeiden, die sie bei Winter gemacht hatte. »Ich bin keine Journalistin oder so etwas. Und auch nicht von der Polizei.«

Er rollte die Augen zur Decke hoch. »Ich setze mich besser.« Er ging mit schweren Schritten zur Couch und ließ sich darauf niederfallen; er sah sie an, wobei er Glas und Flasche immer noch in der Hand hatte. »Meine Kindheit. Ich denke, ich hatte eine. Aber was, zum Teufel, wollen Sie über meine Kindheit wissen?«

Julia verschränkte die Hände ineinander und sah auf den zerschlissenen Teppich, dann sah sie Swift direkt an. Er hatte ein froschähnliches, gepflegtes Gesicht ohne Falten. Sie konnte ihn sich gut in einem teuren Anzug vorstellen, wie er Sekretärinnen umherscheuchte. Daß er ihr von vornherein unsympathisch gewesen war, machte es leichter, sich mit ihm zu unterhalten.

»Ich wohne in 25 Ilchester Place«, sagte sie. »Dem alten

Haus von Olivia Rudge. Ich möchte alles über sie herausfinden.«

Einen Augenblick war Swift erschüttert. Sein Kopf sank in Richtung des Glases, aber er traf keine Anstalten, sie hinauszuwerfen. »Großer Gott«, sagte er. »Diese böse kleine Hure. Sie ist schon über zwanzig Jahre tot.« Er starrte in die Flüssigkeit in seinem Glas und war offensichtlich nicht bereit, weitere Informationen preiszugeben.

»Ich habe heute nachmittag mit Paul Winter gesprochen.«

Swifts Miene hellte sich auf. »Diese Tunte. Ich wette, der hat kein Wort gesagt.«

»Sie sind der einzige, der noch übrig ist«, sagte Julia. »Aycroft hat Selbstmord begangen, und Minnie Leibrock kam bei einem Unfall ums Leben. Einer von ihnen ist in Amerika verschwunden. Ein weiteres Mädchen ist im Kloster. Und Paul Winter hat mich hinausgeworfen.«

Der Mann ihr gegenüber schnaubte verächtlich. »Ich nehme an, ihm gefiel die Tatsache nicht, daß sich eine Frau in seinem Zimmer aufhielt. Mir bereitet das Vergnügen, das kann ich Ihnen sagen. Wahrscheinlich erwartete er einen seiner Knaben. Wissen Sie, deshalb haben sie ihn aus seinem Regiment rausgeworfen. Er verliebte sich in seinen Fahrer, aber der Fahrer war nicht willig. Paulie wurde ein wenig zu leidenschaftlich, der Fahrer brachte die Sache ans Licht, und so haben sie Paulie weggescheuert wie einen kleinen Schmutzfleck auf dem Teppich. Peng. Aus.« Er nahm noch einen Schluck und wiederholte: »Aus. Sohn eines Generals in Ungnade. Und was Aycroft anbelangt, der hat sich den Gnadenschuß gegeben, als man ihn erwischte, wie er Geld von seiner Firma unterschlug. Entschuldigen Sie, seiner Bank. Leb wohl, Aycroft. Und Minnie Leibrock...« Er unterbrach sich. »Warum wollen Sie das eigentlich alles wissen? Sie wohnen also im alten Haus der Rudges. Meinen Glückwunsch. Was hat das mit mir zu tun?«

»Es ist rein persönlich«, sagte Julia. »Ich möchte nur alles über Olivia herausfinden.«

»Sie sind fasziniert.« Er goß Whisky in sein Glas. »Sie haben sich für ihr kurzes, häßliches Leben interessiert, und jetzt sind Sie gefesselt. Woher soll ich wissen, daß Sie das, was ich Ihnen sage, nicht gegen mich verwenden?«

»Ich verspreche es Ihnen«, sagte Julia, die Inspiration verspürte. Sie griff in ihre Handtasche und zog zwei Zehnpfundnoten heraus, die sie auf den Tisch legte. Swifts Augen strahlten sie an. Sie legte noch einen Schein dazu. Ihr Herzschlag raste. »Ich möchte Informationen von Ihnen kaufen.«

Er nahm die Geldscheine an sich. »Ich denke, das wollen Sie. Eine Frau wie Sie kommt nicht jeden Tag hierher und bietet mir Geld an.« Er sah sie voller Gier an. »Ich rede mit Ihnen, wenn Sie hier herüber kommen und sich neben mich setzen.«

Julia zögerte, dann ging sie um den kleinen Tisch herum zur Couch. Sie setzte sich vorsichtig neben ihn. »Und jetzt müssen Sie noch etwas trinken«, sagte er. »Sie sind einen im Rückstand.« Julia nippte an dem verschmierten Glas. »Mehr.« Sie gehorchte.

»Erzählen Sie mir von Olivia«, sagte sie. »Bitte.« Sie ließ es zu, daß er ihr die Hand lässig auf das Knie legte.

»Sie hätten sie nie vergessen, wenn Sie ihr einmal begegnet wären. Sie war wahrhaftig böse. Das war das Eindrucksvollste an ihr. Das war der Grund, weshalb wir alle, die Kinder, von denen Sie wissen, ihr gefolgt sind. Wir bildeten eine Bande. Wollen Sie die Regeln wissen?« Er drückte ihr Knie, und Julia nickte. »Trinken Sie noch etwas.« Er schenkte ihr Whiskey ein, und Julia trank in kleinen Schlucken. »Die erste Regel war, daß man ein Tier töten mußte. Aycroft hat seinen Hund getötet. Er brachte ihn zu ihr, und sie hat ihn mit dem Messer aufgeschlitzt und ließ den Jungen etwas von dem Blut trinken. Nette kleine Zeremonie. Wir haben alle mitgemacht. Ich brachte die Katze unserer Nachbarin. Dieselbe Prozedur. Ich war schlau und hielt nur die Zungenspitze ins Blut. Dann mußten wir Feuer legen. Wir mußten ein Haus oder einen Schuppen niederbrennen, so etwas. Das haben wir gemeinsam getan. Sie sah uns zu und sagte uns, was wir tun sollten.«

»Das haben Sie getan?« fragte Julia.

»Wir haben es versucht. Wir stahlen von irgendwo eine Kanne Petroleum und schütteten sie über die Holzveranda eines Hauses hinter der High Street. Das Miststück wollte nicht brennen. Olivia war aufgedrehter als eine Henne – sie sah wie eine echte Hexe aus. Vielleicht war sie eine Hexe. Wir alle hielten sie für eine. Jedenfalls verbrannten wir fast die ganze Veranda, aber die Feuerwehr kam, bevor das Haus Feuer fing. Dann mußten wir eine Menge stehlen und alles ihr geben. Sehen Sie, wir mußten sie jeden Tag treffen – in den Ferien mußten wir den ganzen Tag mit ihr verbringen. Wir waren irgendwie alle scharf auf sie, selbst die Mädchen, aber gleichzeitig hat sie uns zu Tode geängstigt. Wir wußten, es gab nichts, das sie nicht getan hätte. Und bei ihren verdorbenen kleinen Spielchen erfuhren wir alles über Sex von ihr. Wenn man nicht tat, was sie verlangte, erzählte sie den Eltern alles andere, was man getan hatte. Sie hatte da so ihre Mittel. Wenn man jemandem weitererzählte, was sie tat, hätte sie einen umgebracht.«

»Ja«, sagte Julia.

»Gewiß, das hätte sie getan. Sie hätte es getan. Sie war böse. Sie ließ sich von der kleinen Temple – die alles tat, was sie verlangte – lecken. Und Sie wissen, was ich mit lecken meine.« Er streichelte Julias Knie. »Sie konnte uns alle schlagen.«

»Und sie hat Geoffrey Braden getötet«, sagte Julia sanft.

Die Hand verkrampfte sich um ihr Knie und entspannte sich wieder. »Dafür wurde ein Mann verurteilt und hingerichtet.«

»Ein harmloser Stadtstreicher«, sagte Julia. »Er mochte die Kinder. Er sprach mit ihnen. Sie wissen, daß er es nicht getan hat.«

Swift wandte Julia das rosa Gesicht zu und kippte sein Glas in einem Zug hinunter. »Sie waren eine Närrin, mir das Geld zu geben«, sagte er. »Sie waren eine Närrin. Seit fünfundzwanzig Jahren hat niemand mehr an Geoffrey Braden gedacht. Jetzt wird niemand mehr etwas deswegen unternehmen.«

»Deswegen will ich es nicht wissen.«

»Mir egal«, sagte er, und ihre Hoffnung sank. Dann fügte er hinzu: »Ich wollte es Ihnen sowieso erzählen. Sie waren dumm, mir dieses Geld zu geben. Ich war unschuldig. Ich habe nichts getan.«

»Sie haben nur zugesehen«, riet Julia. Sie konnte den Puls in ihrem Nacken schlagen spüren.

Er grinste sie an. »Ich habe zugesehen.«

»Also hat sie es getan«, flüsterte Julia.

»Natürlich.« Er sah sie mit einem fast triumphierenden Ausdruck an. »Sie erstickte ihn mit einem Kissen. Sie hat es zweimal vorher versucht, aber jedesmal hörte ein Parkwächter seine Schreie und kam dazugeeilt. Sie konnte das Kissen jedesmal gerade noch rechtzeitig verstecken. Dann, eines Nachmittags, hat sie es getan. Drei der größeren Kinder hielten ihn am Boden und stopften ihm Sachen in den Mund. Dann legte sie das Kissen auf sein Gesicht und setzte sich darauf. Das hatte sie immer gewollt, jemanden töten. Das sah man. Darauf war sie immer ausgewesen. Ich wette, die kleine Hure hatte einen Orgasmus.«

»Wie hat sie ausgesehen? War sie blond?«

»Klar. Blond. Eine Haarfarbe, die jeder andere sich

hätte tönen lassen müssen. Es war das schönste Haar, das ich jemals gesehen habe. Und ein süßes kleines Gesicht. Oh, sie war nett. Manchmal versuche ich mir vorzustellen, wie sie aussehen würde, wenn sie noch am Leben wäre – Himmel, diese Hure hätte die Welt verändern können.« Seine Hand strich über ihr Bein. »Ich spreche gern darüber, wissen Sie. Wenn ich nicht betrunken wäre, würde ich Sie wahrscheinlich hinauswerfen, aber so erzähle ich gern davon. Es war komisch. Sie gab uns das Gefühl, als wären wir alle in einem Krieg. Soldaten.«

»Ihr Zahn«, sagte Julia. »Hat sie nicht...?«

»Woher wissen Sie das? Am ersten Tag, als sie es mit dem kleinen Braden versuchte, schlug er mit dem Kopf gegen ihren Mund – und brach einen der Schneidezähne ab. Danach hatte er keine Chance mehr. Sie mußte ihn haben. Er hatte keine Chance mehr, der kleine Kerl. Wissen Sie, was hinterher passierte? Mit Paulie, ihrem Tunten-Freund?«

Er umfaßte die Unterseite ihres Schenkels, und Julia legte ihm eine Hand um das Handgelenk. Es fühlte sich fiebrig heiß an. Sie schüttelte den Kopf.

»Paulie war schon damals andersrum. Das gefiel ihr. Sie befahl ihm, daß er ihn biß, nachdem er tot war.«

»Ihn biß?«

»Ihn biß. Sie befahl ihm, ihn in den Schwanz zu beißen.«

Er beugte sich herüber und packte ihre Hand. Sein Mund berührte feucht ihre Wange. »Sie sagte, wenn er es nicht täte, würde sie es bei ihm tun.«

Julia entwand sich ihm und stand auf. Sie entriß ihm ihre Hand und wich zur Tür zurück.

»Sie werden nicht gehen«, knurrte Swift. »Sie werden bei mir bleiben.« Er bemühte sich aufzustehen.

»Ich muß mit Olivia sprechen«, sagte sie, ihm zugewandt.

Das hielt ihn lange genug auf, daß sie den Türknopf drehen und die Tür aufreißen konnte.

»Sie sind verrückt«, brüllte er, halb hinter dem Tisch kauernd.

Als sie die Treppe hinuntereilte, hörte sie ihn oben rufen: »Vergessen Sie nicht, heute interessiert sich kein Mensch mehr dafür, Sie Hure. Sie können gar nichts machen!«

Sie riß die Eingangstür auf. Der zusammengeschlagene Mann lag nicht mehr neben dem Pub, aber das Blut war noch zu sehen, das sich in Regenpfützen auflöste. Julia rannte zum Auto. Sie wußte es, sie wußte es. Es war die ganze Zeit Olivia Rudge gewesen: Kate war sicher. Als sie im Auto saß, begann sie zu schluchzen, aber ob aus Entsetzen oder Erleichterung, das vermochte sie selbst nicht zu sagen.

DU WEISST ES. Diese Worte waren mit Seife auf den schwarzen Spiegel über der Badewanne geschmiert worden. Aufgrund der Atmosphäre gespannter Stille im Haus – zum ersten Mal seit zwei Wochen hörte Julia nicht die raschelnden Laute von oben – erwartete sie irgendeine Scheußlichkeit, und sie wagte kaum, das Erdgeschoß des Hauses zu verlassen. Sie hatte keine Ahnung, was Olivia mit ihr vorhatte, nun, da sie die Wahrheit herausgefunden hatte. Julia ging die Treppe hinauf und suchte nach Spuren von Triumph oder Wut. In ihrem glühend heißen Schlafzimmer war alles unberührt; die aufgeschlitzten Puppen lagen im hinteren Teil des Schranks, graue Wollfäden ergossen sich aus ihnen, ihre Kraft, sie zu bekämpfen, war dahin. Jedesmal, wenn sie über die Schulter sah, erwartete sie, Olivia Rudge zu sehen. Das frühreife, herausfordernde Lächeln. Oder Magnus, der von ihr beherrscht wurde. Aber sie fand nichts weiter als die drei bestätigenden Worte: DU WEISST ES. Sie kratzte sie mit einem Küchenmesser ab und wischte die verbleibenden Schlieren und Spuren mit einem Handtuch weg, bis auf dem schwarzen Spiegel nur noch ein verwaschener, dreißig Zentimeter langer Fleck zurückblieb, der ihr Spiegelbild zu einer Wolke verschwimmen ließ. Es würde noch mehr kommen, viel mehr. Diese Stille, der Waffenstillstand, und die drei Worte waren furchteinflößender als Olivias bisherige Zurschaustellungen von Macht.

Julia sah aus dem Schlafzimmerfenster in Nacht und Regen hinaus. Dort draußen war alles in der Dunkelheit verschwunden. Die Wirklichkeit lag im Inneren.

Sie schaltete das Licht aus, entkleidete sich im Dunkeln und ertastete sich den Weg zum Bett. Dann lag sie unter dem brennenden Laken und sah zu, wie die Dunkelheit sich bewegte. Eine schwarze, aus Millionen Teilchen bestehende Fläche senkte sich auf sie herab, zog sich zurück, senkte sich erneut. Schweiß rann kitzelnd ins Haar über ihren Ohren.

In plötzlicher Furcht schaltete sie die Leselampe ein, und die schwarze Fläche verschwand. Da war nichts. Kein gigantisches schwarzes Kissen. Sie schaltete das Licht aus, und da war sie wieder.

Als sie die erste Berührung kleiner Hände spürte, erstarrte sie und merkte, daß sie irgendwie eingeschlafen war. Eine kühle Hand glitt an der Innenseite ihres Schenkels empor, und sie rollte sich herum und veränderte ihre Stellung unter dem Laken. Die Hand wurde wieder auf ihrer Pobacke spürbar, wo sie suchend liebkoste. Julia stöhnte über die erzwungene Zärtlichkeit, warf sich herum und rollte zur anderen Seite des Bettes. Arme drückten ihre Schultern auf das Bett. Sie hielten sie bewegungsunfähig, ihre ins Laken verwickelten Beine waren wie ans Bett gefesselt. Die kühle, kleine Hand fand ihr Schamhaar, dann ihre Spalte. Sie fing zärtlich an zu reiben. Ihr Körper fühlte sich an, als wäre er nackt der dunklen Luft preisgegeben, obwohl sie vom Laken gehalten wurde. Julia stöhnte, als die Hand auf ihre Klitoris drückte und rieb. Federleicht, Federn, Zungen. Sie war eine in einem klebrigen Kokon gefangene Fliege, hilflos der Spinne ausgeliefert. Gegen ihren Willen, voller Entsetzen, spürte sie, wie sich eine rhythmische Spannung in ihrem Körper aufbaute. Ihr Rücken schmerzte. Sie spürte, wie ihre Brustwarzen hart wurden. Schweiß näßte ihre Brust. Julia inhalierte heiße Luft. Sie schien in einen tiefen Brunnen zu fallen. Ihre Knie zuckten. Das enge Laken, das sie wie ein Leichentuch einhüllte, war selbst die leichteste Zärtlichkeit, wie Handflächen auf ihren Nippeln. Der Druck, der in ihrem Rücken schmerzte, nahm allmählich zu und begann, sich kreisförmig auszubreiten. Plötzlich sah sie Mark vor sich, dessen Körper von Verlangen erfüllt war. Die öligen, reibenden Hände waren die gewaltige Spitze seines Penis. Die Arme, die sie hielten, waren seine. Sie spreizte die Beine weit, und sein Schaft stieß tief in sie hinein. Sie entblößte die Zähne. Arme, Beine, Hände, weicher Samt hielten sie fest. Sie sah, fühlte, wie er sich versteifte und zustieß, und ein Laut erstarb in ihrer Kehle, als alles explodierte.

Als Julia am nächsten Morgen von Übelkeit erfüllt ins Badezimmer wankte, zeigte sich Olivia zum ersten Mal im Haus. Sie sprang nicht im letzten Augenblick aus ihrem Sehbereich heraus; sie verblaßte nicht. Sie stand, ein kleines, blondes Mädchen, hinter Julia, als Julia in den schwarzen Spiegel ihr gegenüber sah. Julia legte eine schützende Hand über ihre aufgescheuerte, wunde Spalte und wirbelte herum. Wieder erschien das Kind hinter ihr in dem Spiegel, in den sie sah.

Während Julia sie beobachtete, lächelte Olivia ihr asymmetrisches, herausforderndes Lächeln und zog langsam den Zeigefinger über ihre blasse Kehle. In der anderen

Hand hielt sie den noch zuckenden, verstümmelten Körper eines Vogels – ohne Kopf.

Eine Möwe von der Themse prallte in dieser Nacht gegen das Fenster, erzeugte ein Geräusch wie bei einem Zugunglück und riß den Mann aus dem Schlaf, der sich auf einem flauschigen indischen Kissen zur Ruhe gelegt hatte. Unsicher – weil er die zurückliegenden vierundzwanzig Stunden in Furcht gelebt hatte – und nicht ganz sicher, wo er war, streckte der Mann die Hand aus, wobei er eine Flasche Calvados umstieß. Sein Zimmer mit den Habseligkeiten seines Lebens vollgestopft, manifestierte sich beruhigend um ihn herum: Die Nadel des Plattenspielers zischte und knackte in der Endrille. Er stellte die Flasche wieder auf und schüttelte den Kopf. Nichts war verschüttet, denn in der Nacht hatte er fast alles getrunken, nachdem sein Gast gegangen war. Sein Verstand schien zäh und porös zu sein; der Nachgeschmack starker Zigaretten trocknete seinen Mund aus.

Jenseits der Tür ertönte leise sein Name. Er richtete sich auf, zog die Beine an und lauschte dem Klang der Stimme. Sie stieß seinen Namen wiederholt aus, lockend, mit einem Klang, der weder männlich noch weiblich war. »Närrische kleine Schnepfe«, stieß der Mann hervor und überlegte ein paar Sekunden lang sein Versprechen, die Tür nicht noch einmal zu öffnen. Aber auch das war närrisch. Beide hatten viel zuviel getrunken. Der Mann beugte sich nach vorn und stand mit einer einzigen Bewegung auf, wobei er seine Oberschenkelmuskeln protestieren spürte. Aufrecht stehend, rückte er das Haarteil zurecht und strich den Pullover glatt. Er ging so langsam als möglich zur Tür, genoß den Klang seines Namens, der halb geflüstert, drängend und voller Verlangen hervorgestoßen wurde.

Er öffnete einem Fremden die Tür – einem Fremden?

Die Stimme war eine Stimme, die er kannte. Der Besucher lächelte, und er kannte den Umriß dieses Lächelns.

Zu spät sah er das Messer, das er unter dem Mantel hervorholte. Sein Verstand wirbelte in heller, hoffnungsloser Panik, und er wich zurück, als der Besucher durch die Tür trat und dabei immer noch seinen Namen wiederholte.

III

Das Ende: Olivia

9

Am Ende des Tages ging Julia zögernd die Kensington High Street entlang; sie wurde von der Menge der Leute, die von der Arbeit nach Hause gingen, herumgeschubst, und sie war nicht sicher, wohin sie ging. In ihrer Verwirrung hatte sie den falschen Weg gewählt, und dessen war sie sich am Rand bewußt. Aus ihrem linken Handgelenk tropfte immer noch Blut, und sie tupfte den tiefen Schnitt mit einer gelben Papierserviette aus und hoffte, das Bluten würde aufhören; aber der Ärmel der Bluse war vom Blut getränkt, wie es ihr Bettlaken gewesen war. Wegen der Tabletten hatte ihr Verstand Mühe, Bilder wahrzunehmen, und daher mußte sie zweimal zum Himmel hinaufsehen, um sich zu vergewissern, daß es aufgehört hatte zu regnen. Der Himmel war ein endloses, undifferenziertes Grau. Keine Löcher, dachte sie, kein freier Luftraum, und sie sah sich gegen die Unterseite der grauen Wolken hämmern als wären sie eine dicke Eisdecke, die sie in arktischen Gewässern gefangenhielt; die Straßen und der Gehweg waren immer noch von einem schwarzen Regenfilm überzogen. Emporsteigen, entkommen, emporsteigen, entkommen, diese Worte kreisten in ihrem Gehirn. Aber sie konnte sich kein Entkommen vorstellen. Olivia hielt sie fest.

Sie dachte an den König der Bettlerin, Kophetua, dessen Gesicht unbeweglich in Liebe erstarrt war. Mark. War er in Sicherheit? Er hatte angerufen, kaum war das grinsende Gespenst des Mädchens aus dem Spiegel verschwunden gewesen.

»Nimm ein paar Tabletten und leg dich schlafen«, hatte er gesagt. »Hast du welche?«

»Ja. Tabletten? Ja.«

»Du brauchst Ruhe. Nimm ein paar Tabletten und ruhe dich wirklich einmal gut aus.«

»Ich muß dich sehen. Ich bin in Gefahr. Wie Mrs. Fludd sagte. Das stimmt, Mark.«

»Hör mir zu. Geister töten niemanden. Die Gefahr geht einzig und allein von Magnus aus, und von dem hältst du dich fern. Julia, Liebes, du bist übermüdet. Schließe deine Tür ab, und lege dich den Rest des Tages hin.«

»Ich brauche dich, Mark. Sie will mich.«

»Nicht halb so sehr wie ich«, hatte er gelacht. »Wir sehen uns irgendwann heute abend.«

»Rette mich!«

Hatte sie das gesagt – rette mich? Vielleicht hatte sie sich die ganze Unterhaltung eingebildet. Alles, woran sie sich noch klar und deutlich erinnern konnte, abgesehen davon, daß sie zwei Tabletten eingenommen hatte – Erinnerungen ans Krankenhaus ließen sie erzittern –, war, daß sie ins Badezimmer zurückgelaufen war, den schweren rosafarbenen polierten Stein aufgehoben und gegen die Wände des Badezimmers geschlagen hatte. Sie hatte immer wieder zugeschlagen, bis alle schwarzen Spiegel herabgefallen und zu einem Scherbenregen zerborsten waren. Dann war sie auf einer großen Scherbe ausgerutscht, ausgeglitten und hatte sich beim Sturz das Handgelenk aufgeschlitzt. Sie hatte den Schmerz kaum gespürt. Jetzt kann sie nicht mehr hier hereinkommen, dachte Julia, ohne auf das Blut zu achten, das sich aus dem Schnitt heraus auf ihre Handfläche ergoß. Die Wände waren grauweiß und reflektierten nicht mehr, Beton mit einem Gitter schmaler schwarzer Streben, an denen manchmal noch ein winziger schwarzer Splitter haftete. Glasscherben waren überall auf dem Badezimmerboden verstreut; in manchen brach sich das Licht von der Decke, oder sie waren in langen, schlangenhaften Formen ins Becken und die

Wanne gefallen. Sie spürte warmes Blut auf ihre bloßen Füße tropfen und riß sich ein Handtuch vom Wandhalter, das sie sich um das Handgelenk wickelte. Winzige Glassplitter brannten in der Schnittwunde. Danach hatte sie die beiden Tabletten geschluckt. Und war über dreieinhalb Meter Glasscherben in ihr Schlafzimmer gewankt.

Deshalb hörte sie sieben Stunden später die Türglocke nicht, als Magnus und Lily gemeinsam zu ihr kamen.

Wie im Krankenhaus, wurde sie von langen, zusammenhängenden Träumen heimgesucht. Damals hatte sie geträumt, das Messer gegen sich selbst zu wenden, sich selbst für Kate zu opfern, damit Kates blühendes junges Leben gerettet werden konnte: ihr Blut für das ihrer Tochter, ein Tausch. In solchen Augenblicken hatte sie Kates verzeihende Nähe gespürt. Aber inzwischen hatten ihre Träume alle denselben Tenor; sie waren so aschig wie Scheitern und Verlust. Selbst während sie erschöpft in sie hineinglitt, leistete sie Widerstand, da sie die Annäherung an dieses Land der Hoffnungslosigkeit spürte. Wieder lief sie durch elende Straßen und hatte den Leichnam ihrer Tochter auf den Armen. Das Kind, von dem sie nun wußte, daß es Olivia war, lauerte unsichtbar weiter vorn, und es war ihre Pflicht, sie zu finden. Der Himmel über den geschwärzten Dächern der Mietshäuser war leuchtendrot und orange, mit schwarzen Streifen durchzogen. Wieder führte ihre lange Wanderung mit ihrer Last sie in den Innenhof. Sie schritt über schmutziges Kopfsteinpflaster und an verlassenen, vernagelten Warenhäusern vorbei, und dann trat sie durch den Torbogen in den Hof. Ein gebeugter, lüsterner Mann in einem zerlumpten Mantel blinzelte ihr zu und rief aus einer Tür ein kleines schwarzes Mädchen mit Lockenschopf. Julia ging ausgetretene Stufen hinauf und endete, wie sie genau wußte, auf dem flachen Dach. Eine kleine Frau in einem langen braunen Mantel saß allein auf dem Dach, ein wackliger Stuhl stützte ihr Gewicht. Die Frau war Mrs. Fludd. Als sie sie sah, traten Julia Tränen in die Augen.

»Tut mir leid«, sagte sie. »Ich habe Sie hierhergebracht. Ich brauche immer noch Ihre Hilfe.«

»Ich kann Ihnen nicht helfen.«

Kates Leichnam wurde ihr weggenommen; er war nötig gewesen, um sie hierherzubringen, und nun konnte er verschwinden.

»Sie haben sie herbeigerufen.«

»Ja«, sagte Julia.

»Sie haben sie beschworen. Sie brauchte jemanden, der sie zurückrief, sehen Sie, und Sie wurden dafür ausgewählt. Das geschah wegen Ihrer Tochter.«

»Was muß ich wissen?«

»Es wird ihr nicht gefallen, wenn Sie ihre Geheimnisse kennen.«

Mrs. Fludd wandte sich auf dem Stuhl ab und weigerte sich, weiterzusprechen.

»Sagen Sie es mir.«

Das Gesicht der alten Frau, schwer und bar jeglicher Farbe, wandte sich Julia wieder zu.

»Sie will Ihre Freunde.«

Dann war sie in einen langen Tunnel gelaufen, und noch während sie lief, hatte sie bemerkt, daß der Tunnel irgendwohin führte, daß er immer schmaler wurde, je tiefer sie eindrang. Am Ende war Mark, das Tal in New Hampshire, Friede – aber sie wußte, am Ende allen Laufens würde sie nur ein schwarzes, schmales Loch vorfinden. Heather Rudges derbes, schrilles Lachen erklang ringsum sie herum.

Als sie erwachte, hatte dieses Lachen immer noch um sie herum gehallt, zusammen mit den anderen Geräuschen des Hauses. Das Handtuch war von ihrem Handgelenk weggezogen worden, die linke Seite des Bettes war mit unregelmäßigen Blutflecken bedeckt. Einen Augenblick spürte sie, daß Olivia Rudge wie in ihrem Traum ganz in der Nähe war, eben noch außerhalb ihres Sehbereichs, wo sie darauf wartete, hervorzutreten. Was nicht lange dauern würde. Dann waren ihr Mrs. Fludds letzte Worte wieder eingefallen. Julia hatte sich bemüht, ihrem traumverwirrten Verstand Entschlossenheit und Zielstrebigkeit aufzudrücken, hatte sich das Bettlaken um das Handgelenk geschlungen und sich benommen aufgerichtet. Sie sah durch das Zimmer zum Fenster hinaus und sah Regen von einem geisterhaft grauen Himmel herunterfallen. Kühler Wind wehte vom Fenster herein, der in der Hitze sofort kondensierte. Zum ersten Mal bemerkte Julia bewußt den heißen, wilden Geruch, der das Schlafzimmer erfüllte, der Gestank eines Löwenkäfigs.

Julia warf das verdorbene Bettuch beiseite und sah auf die Uhr. Es war jetzt acht Uhr, und sie hatte den ganzen Tag hindurch geschlafen. Ihre Freunde... Mark, ihr bester Freund, war in Gefahr. Ihr Mund füllte sich mit Staub. Als sie in den Schrank gesehen und wieder ihre aufgeschlitzten Puppen gesehen hatte, taumelte sie vom Bett weg und spürte, wie Blut dickflüssig an ihrem Handgelenk hinabtroff. Sie riß mehrere Kleenextücher aus der Box neben dem Bett und bedeckte den Schnitt damit, der angefangen hatte, schmerzhaft zu pulsieren. Als sie in die Bluse geschlüpft war, knöpfte sie den linken Ärmel zuerst zu, um das Kleenex auf die Wunde zu pressen, dann ging sie die von Widerhall erfüllte Treppe hinunter, um Mark anzurufen.

Olivia war draußen; Olivia konnte sich jeden holen, den sie wollte. Man kann es nicht abgewöhnen, es will Rache, hatte Heather Rudge gesagt. Es will Rache.

Marks Telefon hatte ein Dutzend Mal geläutet. Sie mußte zu seiner Wohnung gehen.

So ging sie nun selbstverloren die Kensington High Street entlang, das Polster vollgesogenen Kleenex' hatte sie irgendwo hinter sich verloren, Blut troff auf die Manschette ihrer Bluse. Zwischen dem tiefhängenden grauen Himmel und den regenschwarzen Straßen waren die Straßenlaternen bereits eingeschaltet worden, und sie warfen säuregelbes Licht über die Menschenmenge, durch die sie ging. Von Zeit zu Zeit warf ein Schwall achtloser Männer sie ein paar Schritte zurück, und sie strauchelte, während sie von einer Schulter, wie unsichtbar, zur nächsten gestoßen wurde. Sie sah in alle Gesichter, weil sie Mark finden wollte, statt dessen sah sie – schien es ihr – lediglich Hohn und Gelächter. Julia wurde klar, daß die Männer sie für betrunken hielten. Schlaftabletten hatten sie vorher niemals so stark beeinflußt. Vielleicht lag das daran, daß sie kaum etwas aß. Aber beim Gedanken an Essen – ein fettiges Stück graurosa Fleisch – drehte sich ihr der Magen um.

Ein schwerer Vorhang der Dunkelheit senkte sich über ihre Augen und verbarg die gedrängte, schiebende Menge und den lärmenden Dschungel des Verkehrs dahinter. Julia torkelte blind dahin und fiel seitwärts gegen die Fassade eines Hauses. Einen Augenblick lang, während die vorübereilenden Menschen an ihren Ellbogen und Knien vorbeistrichen und ihr auf die Füße traten, verlor sie jegliche Wahrnehmung ihrer Identität und ihrer Umgebung. Die Woge von Übelkeit und Benommenheit war beinahe eine Erleichterung, da sie ihr die Verantwortung nahm, und sie ergab sich ihr und vergaß, warum sie auf der Straße war und wohin sie gehen wollte. Ihr Verstand floh zu dem Bild der ausgemergelten Mrs. Fludd, die auf einem wackeligen Stuhl allein auf dem Dach saß. Ihre Freunde... Dann die lange, lange Flucht den dunklen Tunnel hinab. Kate war ihre beste Freundin gewesen. Dieser Gedanke schnellte wie ein scheuendes, ausschlagendes Pferd in ihr empor.

Sie öffnete die Augen in einer Dunkelheit, die von ätzend gelbem Leuchten erhellt wurde. Jetzt bin ich in ihrer Welt, dachte sie. Bald werde ich sie wiedersehen. Ich weiß fast alles. Die beiden eingesperrten Frauen und die beiden gescheiterten Männer hatten ihr fast das vollständige Wissen vermittelt, das sie suchte, und sie mußte ihren Weg durch Olivia Rudges Welt gehen, um den Rest herauszufinden. Männer trotteten wie Tiere an ihr vorbei, jeder betrachtete die angeschlagene Frau, die an der Fassade einer Bank lehnte. Eine hohe, dünne rote Linie – ein Schrei – zog sich über den Himmel.

Männer folgten ihr mit den Blicken. Vor ihr verharrten sie lüstern oder belustigt – Wie, um alles in der Welt, mag ich aussehen? überlegte sie sich – und verzerrten die Gesichter zu Masken von Tieren, Ebern, Bullen, wilden Hunden. Haare standen aus ihren Schnauzen hervor, ihre Beine waren Hufe, die am Boden scharrten. Ihre Haut brannte im gelben Licht ungesund und fahl. Im Murmeln der Stimmen glaubte sie Magnus' tiefes Knurren zu hören, und sie schreckte hoch, ihr Verstand ein fieberhaft flatterndes Etwas.

Ihre Hände strichen über ihre Schenkel: Baumwolle. Sie trug Baumwollhosen. Sie konnte sich nicht ans Ankleiden erinnern. Sie sah an sich hinab und stellte fest, daß sie eine helle Bluse und eine kurze braune Jacke trug. Sie berührte ihr Haar und spürte Öl. Die Stimme gehörte nicht Magnus, lediglich einem Mann, der einem anderen auf der Straße etwas zurief.

Vier junge Männer gingen an ihr vorbei, deren Haar stumpf und lockig war; als sie ihr die Gesichter zuwandten, konnte sie entzündete Pusteln erkennen, Tod in ihren eingefallenen Wangen, ihre Augen waren wie Rasierklingen, die Teile aus ihrem Körper herausschnitten. In der hohen, gekrümmten, kahlen Stirn eines vorbeigehenden Mannes erblickte sie den Tod, die Haut spannte sich über seinem Schädel; und sie sah den Tod in den farblosen Lippen einer Frau, die sich über ihren Zähnen teilten. Und sie sah, daß sie alle tot waren, die da im Lärm erhobener Stimmen und Automotoren an ihr vorübergingen. Die Dunkelheit hatte sie alle geholt.

Knochenweiße Stirnen, skelettartige Schirme vor dem dunklen, inzwischen fast unsichtbaren Himmel und dem gelben Schein der Lampen und Scheinwerfer. Das war die Welt ihrer Träume.

Julia bemühte sich, wieder fest auf die Beine zu kommen. Einfache Bewegungen konnten diesen gräßlichen Streich ihrer Wahrnehmung verschwinden lassen. Die Jungs, die nun weiter unten gingen, waren einfach nur Jungs; die Männer und Frauen waren müde Gestalten auf dem Heimweg von der Arbeit. Sie spürte einen vertrauten Stich – ein Echo ihrer alten Persönlichkeit –, als ihr klar wurde, daß die braune Jacke wahrscheinlich jeden der vorübergehenden Männer einen halben Monatslohn kosten würde. Magnus hatte sie gedrängt, sie zu kaufen, oder hatte er sie gekauft – mit ihrem Geld? Nach so vielen Jahren war es einerlei, aber sie wollte, daß er sie gekauft hatte. Besitz war Schande. Warum hatte sie dann das Haus gekauft?

Sie war auserwählt worden. Darin lag das letzte Geheimnis.

Ein Schritt, noch einer; sie zupfte am Saum der Jacke und streckte den Rücken. Niemand aus der ganzen vorübereilenden Flut sah sie an. Julia begann sicherer auszuschreiten und stellte fest, daß sie bereits den halben Weg zur Kensington Church Street zurückgelegt hatte. Auch so konnte man nach Notting Hill gelangen, wenn auch auf Umwegen. Sie hing eine Sekunde bewegungslos auf dem überfüllten Gehweg und überlegte, ob sie zurückgehen und am Parkrand entlanggehen sollte, ein Weg, der schnurstracks nach Norden führte und in der Holland Park Avenue mündete, aber dann beschloß sie, in der kühlen, hauchdünnen Luft lieber den längeren Weg zu gehen. Die ungewohnte Kühle würde ihren Kopf klären. Sie ging wieder weiter, an einem Buchladen vorbei, einem Warenhaus, einer Boutique, in deren Schaufenstern Puppen mit ausgebreiteten Armen standen, als würden sie klagen.

Dann erblickte sie ihr Gesicht in einem Schaufenster und eilte weiter, konnte aber den Blick nicht abwenden. Ihr Gesicht war eine formlose weiße Masse, mit farblosen Flecken unter den Augen – es war das Gesicht einer der Frauen in der Breadlands Klinik, das eines benommenen Tieres, das vor einer Erfahrung flieht. Einen Augenblick erkannte sie, wie sie aussehen würde, wenn sie alt war, und sie wandte sich schroff ab und eilte die Straße hinab, ihre Tasche wippte an ihrer Seite.

Ein bekanntes Gesicht in der Schlange an einer Bushaltestelle gegenüber von Biba ließ sie ihre Schritte verlangsamen. Die alte Frau in dem langen schwarzen Kleid hatte sie noch nicht gesehen; Julia kehrte der Menschenschlange am Rand des Gehwegs den Rücken zu und verspürte einen instinktiven Fluchtimpuls... Aber vielleicht hatte sie sich getäuscht. Sie ging seitwärts und ein Stück zurück, dann wagte sie es, sich umzudrehen. Das lange, schmale Gesicht bot sich ihr nun im Profil dar, das sture Kinn, weiße Haarsträhnen unter einem schwarzen Hut – es war Miß Pinner.

Ihre erste Reaktion war Panik; vielleicht wollte sie gar nicht wissen, was die alte Frau in jener katastrophalen Nacht im Spiegel gesehen hatte. Vielleicht wußte sie es bereits.

Aber ihre Neugier, was diesen Abend anbelangte, war so groß, daß sie sie nicht einfach überwinden konnte; sie konnte nicht auch vor Miß Pinner davonlaufen. Julias Entscheidung schien mit dazu beizutragen, Olivias Welt zu verdrängen, denn die Menschen in der Schlange schienen alle völlig normal zu sein, und sie wartete, bis zwei oder drei Männer zwischen ihnen hindurchgegangen waren, dann überquerte sie den schwarz glänzenden Gehweg und klopfte der alten Frau auf die Schulter. Sie nannte ihren Namen, und sie hörte, daß ihre Stimme gleichmäßig und deutlich klang.

»Ja? Ja?« Die alte Frau schreckte aus ihrem Nachdenken hoch und richtete die blauen Direktorinnenaugen auf Julia.

Sie erkennt mich nicht, dachte Julia. »Entschuldigen Sie«, begann sie und sah, wie sich der Mund der Frau erwartungsvoll öffnete, als erwartete sie, nach dem Weg gefragt zu werden. »Ich bin überrascht, Sie hier zu sehen, Miß Pinner«, sagte sie.

Einen Augenblick trat Furcht in die Augen der Frau, und sie trat aus der Schlange heraus. »Mrs. Lofting?« sagte sie. »Es tut mir leid, daß ich Sie nicht gleich erkannt habe, Sie sehen... Sie sehen krank aus, meine Liebe. Ja, Sie haben recht, ich bin nicht oft hier – und ich fürchte, ich muß mich rasch auf den Heimweg machen.« Sie hob ein kleines braunes Päckchen in die Höhe. »Wir gingen früher gern hier einkaufen, und da Miß Tooth' Geburtstag vor der Tür steht, wollte ich sehen, ob ich bei Derry and Tom's etwas für sie finden konnte, aber ich stellte fest, daß sie diesem seltsamen Laden auf der anderen Straßenseite gewichen waren, und das Restaurant auf dem Dach hatte geschlossen, und daher habe ich ihr anderswo etwas gekauft.« Während sie plapperte, sah sie die Straße hinab, offensichtlich nach dem Bus. »Ich bin schon zu spät dran. Ich muß nach Hause, um das Essen zu machen. Himmel, es ist schon nach acht.«

»Haben Sie noch etwas Zeit, um mit mir zu reden, bevor Ihr Bus kommt, Miß Pinner?«

»Ich bin nicht sicher.« Dann wurde das Aufflackern von Angst durch etwas wie Verschlagenheit ersetzt. »Tut mir leid, daß ich diesen Anfall in Ihrem reizenden Haus hatte, Mrs. Lofting. Ich bin sicher, es war für alle von uns ein sehr aufregender Abend – und nun das plötzliche Hinscheiden der armen Mrs. Fludd. Ihre Nichte hat uns verboten, die Beerdigung zu besuchen – aber es war nachlässig von mir, Ihnen nicht zu schreiben und mich für Ihre Gastfreundschaft zu bedanken. Miß Tooth und ich wurden vor Jahren in vielen herrschaftlichen Häusern empfangen, als Miß Tooth ihrer Karriere noch folgen konnte, wissen Sie, und wir haben niemals in dieser Weise gegen die guten Sitten verstoßen. Ich hoffe, Sie können mir verzeihen.«

»Sie hatten einen Anfall?« sagte Julia, die sich auf den Satz konzentrierte, dem sie hatte folgen können.

»Ein Schwächeanfall«, sagte Miß Pinner und offenbarte die schwache, aber wahrnehmbare Verlegenheit ehrlicher Menschen, die eine Unwahrheit sagen. »Ich war in den vergangenen Monaten sehr viel beschäftigt, da ich unsere sämtlichen alten Fotoalben durchgegangen war.« Sie reckte die Schultern schmerzhaft, in der Art und Weise von jemandem, der sich an die Anfälle einer langen Arthritis gewöhnt hat. »Das kann ich morgens nicht mehr machen, daher sind meine Nachmittage sehr ermüdend. Aber Miß Tooth« – hier vergaß das sture Gesicht alle Verlegenheit – »Miß Tooth kann ihre Übungen immer noch machen.«

»Tatsächlich?« sagte Julia, die sich fragte, ob die Droge ihre Wahrnehmung immer noch verschleierte.

»Sie kann immer noch an der Barre arbeiten«, sagte Miß Pinner mit großer Zufriedenheit. »Miß Tooth ist noch sehr geschickt.«

»An der Bar?« sagte Julia und versuchte sich die kleine Miß Tooth vorzustellen, die in einer öffentlichen Schänke Krüge voll Bier ausschenkte.

»Oh, ja. Natürlich hat sie nicht mehr die Beweglichkeit, die sie noch hatte, als sie jünger war, aber sie hat noch dieselbe Anmut. Wir wollten ein Buch aus den Alben zusammenstellen. Viele Menschen erinnern sich noch an sie, wie Sie ebenfalls, wie ich sehe. Selbstverständlich können Sie nur von ihr gehört haben. Sie sind zu jung, um sie tanzen gesehen zu haben.«

»Unglücklicherweise war ich zu jung, ja«, sagte Julia, die endlich begriff. Während der Séance hatte sie gesehen, wie Miß Tooth in einer einzigen fließenden Bewegung zu Boden gesunken war. »Aber sie war sehr berühmt, nicht?« riet Julia.

»Wie nett von Ihnen, daß Sie sich erinnern«, sagte Miß Pinner, und nun war ihr Benehmen überaus freundlich. »Rosamund war eine große Künstlerin. Ich war fünfundzwanzig Jahre lang ihre Garderobiere, wir zogen uns dann gemeinsam zurück. Nachdem ich für Rosamund Tooth gearbeitet hatte, konnte ich unmöglich für jemand anderen arbeiten. Und ich wollte mich mit keinem dieser jungen Dinger einlassen. Nur noch Technik, überhaupt keine Poesie.«

»Hat Miß Tooth etwas im Spiegel gesehen, nachdem Sie an jenem Abend das Bewußtsein verloren hatten?« fragte Julia brutal direkt.

Miß Pinners Gesicht erzitterte und verblaßte zu völliger Ausdruckslosigkeit.

»Ich dachte, ich hätte etwas gesehen, als ich ihr folgte«, fügte Julia hinzu. »Und ich weiß, was es war.«

Miß Pinner stand wie vom Donner gerührt da, und Julia verspürte ein Schuldgefühl, weil sie die alte Dame so brutal mit ihrer Lüge konfrontiert hatte. »Vielleicht haben Sie es auch gesehen.«

»Nein – nein – Mrs. Lofting, Sie sollten mich nicht nach diesem Abend fragen. Ich war müde durch die lange Fahrt zu Ihrem Haus und die Arbeit mit den Alben. Ich weiß nicht, was ich gesehen habe.« Sie trat nervös in ihren Platz in der Reihe zurück, und Julia folgte ihr.

»War es ein kleines Mädchen? Ein blondes Kind? Sie ist – sie war – eine durch und durch böse Person, Miß Pinner. Bitte sagen Sie es mir, Miß Pinner.« Aber sie war bereits verwirrt durch den Ausdruck von Erleichterung und Erstaunen in Miß Pinners eckigem Gesicht. »War es nicht das blonde Mädchen?«

»Ich habe Angst, es Ihnen zu sagen, Mrs. Lofting«, sagte Miß Pinner. »Oh. Dort kommt mein Bus. Bitte halten Sie mich nicht auf. Er wird gleich hiersein.«

Julia, die befürchtete, daß sie es nie herausfinden würde, berührte sanft den flauschigen, dicken Stoff von Miß Pinners schwarzem Mantel mit der rechten Hand. »War es nicht das kleine Mädchen? Sie tut schreckliche Dinge. Einmal bin ich selbst bewußtlos geworden.«

Miß Pinner schüttelte den Kopf. »Ich glaube nicht…«, begann sie. Weiter unten wechselte der Bus die Fahrspur und kam auf sie zu, seine Scheinwerfer leuchteten gelb durch die zunehmende Dunkelheit.

Julia verspürte plötzlich die absolute Gewißheit, daß ihre Vermutung falsch gewesen war; wieder stand sie am Rand eines Abgrunds und fürchtete sich, hinabzusehen. Der Bus steuerte an den Straßenrand, unterhalb des zweiten Decks begann ein gelbes Licht zu blinken. Der Fahrer sah in seinem Käfig, hinter regenverschleiertem Glas, wie ein Totem aus.

»Ich muß jetzt gehen oder noch einmal zwanzig Minuten warten«, sagte Miß Pinner. Die Schlange bewegte sich langsam vorwärts, ein verkrüppeltes, mit Päckchen und Schirmen beladenes Insekt. »Ich hätte gar nicht soviel gesagt, wenn Sie sich nicht an Rosamund erinnert hätten.«

Sie war fast bei den Stufen des Busses angekommen; dazwischen standen nur noch eine dicke Frau, die sich mit zwei Hunden und einem Kind abmühte, das das Gesicht eines fetten Ferkels hatte.

»Ich muß es wissen«, sagte Julia, als die Frau das Ferkelkind auf die Stufen hob und sich und die Hunde dann grunzend hinterherhievte. »Ich muß es wissen.« Sie hob die Hände wie zum Gebet.

Miß Pinner betrachtete schockiert Julias linke Hand und den Ärmel der Bluse, dann sah sie ihr mit gespanntem Mitleid ins Gesicht. »Ich habe Sie gesehen«, stieß sie hervor, und der Schaffner hob sie auf die Plattform und der Bus fuhr davon.

Etwas früher an diesem Tag saßen Bruder und Schwester einander an Lilys Tisch gegenüber, zwischen sich zwei leere Weinflaschen, Suppentassen und Teller mit abgenagten Knochen. Magnus war in seinem Stuhl zurückgesunken und betrachtete die unappetitlichen Überreste seines Mahles. Er sah gerötet und aufgedunsen aus, aber immerhin hatte er ein sauberes Hemd und einen frischen Anzug angezogen, und seine Schuhe waren makellos poliert. Er war beeindruckend. In sein Gesicht eingemeißelt, auf einer komplizierten Ebene unter den Gesichtszügen, diese aber dennoch betonend, war eine Mischung aus Autorität, Macht und Bosheit, die sie sein ganzes Leben lang an ihm gesehen hatte.

Sie sagte: »Magnus, du bist ein wunderschöner Mann.«

»Pah!« Sein Kopf schnellte in die Höhe, und sie sah seine blutunterlaufenen Augen. »Um Himmels willen, Lily, ich bin dreiundfünfzig Jahre alt, habe Übergewicht und habe nicht gut geschlafen. Ich bin müde.«

Sie wollte antworten, doch er brachte sie zum Schweigen. »Zudem bin ich meiner Sache noch nicht sicher. Ich glaube, du überstürzt das.«

Sie genoß diesen Augenblick, wie jeden der seltenen Momente, wenn sie stärker war als er. Lily sagte: »Gestern hast du mir zugestimmt. Wir wissen beide, daß sie so schnell wie möglich unter Aufsicht gestellt werden muß.

Magnus, deine Frau ist in Gefahr – sie könnte sich selbst dauerhaften Schaden zufügen. Ganz zu schweigen von dem Schaden, den sie dir zufügt.«

»Hm.« Magnus schüttelte den Kopf.

»Ich denke doch, daß du sie von Mark fernhalten möchtest«, sagte sie listig.

»Mark ist ein Wurm. Ein Versager. Mit ihm hat schon immer etwas nicht gestimmt. Das weißt du.«

»Du weißt, daß etwas mit ihm nicht stimmt, und ich weiß es ebenfalls. Aber Julia? Magnus, sie kennt ihn doch kaum!«

»Ja, ich möchte sie vor ihm bewahren.«

»Hast du ihr je von seinen Zusammenbrüchen erzählt?«

Er schüttelte den Kopf. »Die sind schon lange her.«

»Nun, du verstehst jedenfalls, was ich meine«, sagte sie, »sie kennt wirklich nur Marks Oberfläche. Und die ist sehr verführerisch.«

Jetzt ignorierte Magnus sie nicht mehr.

»Du verstehst mich, und du mußt nicht so tun, als würde dich das nicht ebenso stören wie mich. Wenn wir sie ins Krankenhaus zurückbringen, hat sich zumindest dieses Problem erledigt. Jetzt aber. Wie ich es sehe, müssen wir sie zuerst davon überzeugen, dieses Haus zu verlassen, egal durch welche Mittel, und in mein Gästezimmer zu ziehen. Es ist möglich, zu... Ich meine, die Tür läßt sich von außen abschließen.«

»Ja«, sagte er. »Bist du sicher – bist du absolut sicher, daß an ihrer Geschichte nichts dran sein kann? Eines Nachmittags habe ich Kate im Fenster ihres Schlafzimmers gesehen. An diesem Nachmittag habe ich diesen Laffen verprügelt. Ich bin sicher, daß es Kate war. Diesbezüglich kann ich mich nicht irren. Es raubte mir den Atem. Und ich habe etwas in diesem elenden Haus gespürt. Ich weiß nicht, wie ich es beschreiben soll. Ich weiß nur, daß ich sie dort herausholen möchte. Das Haus beunruhigt mich.«

»Du beunruhigst dich selbst«, sagte Lily ruhig. »Du siehst deine Tochter, die du schrecklich vermißt; Julia ist wie besessen von einem fünfundzwanzig Jahre alten Fall einer Mutter, die ihre eigene Tochter erstochen hat. Du ißt und schläfst nicht mehr regelmäßig, und Julia macht sich selbst kaputt. Natürlich seht ihr beide Gespenster. Aber wenn du daran denkst, Julia könnte tatsächlich direkten Kontakt mit Manifestationen von Geistern haben, dieser Gedanke ist absurd.«

»Wie kannst du da so sicher sein? Ich war auch sicher, bis ich Kate gesehen habe.«

»Erfahrung«, sagte sie wegwerfend. »Überall in diesem Land werden Gespenster von Leuten gesehen, die aus dem Häuschen sind oder zuviel gegessen oder getrunken haben. Magnus, das ist mein Spezialgebiet, so wie das Recht deines ist. Ich versichere dir, wenn in dieser Familie jemandem ein Geist erscheinen würde, dann mir. Eine unausgebildete und unerfahrene Person wie Julia hätte schlichtweg nicht die leiseste Vorstellung, wie sie eine tatsächliche Erscheinung interpretieren müßte. Magnus, bei allem Respekt, laß mich dir sagen, wenn eine unausgebildete Person in den Kopf gesetzt bekommt, sie habe Verbindung mit einem Geist, dann beginnt eine Art von Hypnose – die unausgebildete Person hat alle möglichen Launen, verwegene Gedanken – und sie kann andere mühelos davon überzeugen. Ich muß gestehen, in bescheidenem Umfang, muß ich gestehen, habe ich das selbst erlebt.«

»Jüngst?« sagte Magnus interessiert.

»Ja.«

»Du hast Kate also auch gesehen.« Sein großes Gesicht wurde rot.

»Nein, aber wenn ich dir und Julia lange genug zuhören

würde, würde ich es vielleicht tun. Ich sah – ich redete mir ein, daß ich es gesehen hätte – etwas weitaus Weltlicheres.«

»Was?« Magnus schien größer zu werden, und Lily verspürte einen Stich der aufregenden alten Angst vor ihm.

»Tatsächlich habe ich mir eingebildet, ich hätte Mrs. Fludd gesehen«, sagte sie, und Magnus sank in den Stuhl zurück. »Was schlicht und einfach beweist, wie vorsichtig wir sein müssen, uns nicht in Julias Selbsttäuschungen hineinziehen zu lassen.«

»Aber was ist, wenn sie recht hat? Was ist, wenn sie recht hat und nicht nur übermüdet ist?« Aus seinem Tonfall konnte Lily heraushören, daß er selbst nicht daran glauben wollte.

»Dann würde ich meinen, daß wir alle in Gefahr sind. Jeder wirklich rachsüchtige, zerstörerische Geist bezieht, ist er erst einmal befreit, Kraft aus seinem eigenen Bösen. Er könnte sogar einen Verstand beherrschen, der schwach genug ist und sich ihm öffnet. Aber solche Fälle kommen nur sehr selten vor. Nicht einer pro Jahrhundert. Das echte Böse ist ebenso selten. Das meiste von dem, was wir das Böse nennen, ist lediglich ein Mangel an Fantasie.«

»Die meisten Mörder sind unglückliche Leute«, pflichtete Magnus bei. »Ich habe eine ganze Menge verteidigt, die weniger einen Mord begangen haben als vielmehr hineingeschlittert sind.«

»Genau«, sagte Lily. »Ich glaube also, wir können die Möglichkeit vergessen, daß es sich hier um eine echte Manifestation handelt.«

»Aber was habe ich dann im Fenster gesehen? Und was habe ich in diesem Haus gespürt?«

»Du sahst und fürchtetest deine eigenen Ängste. Und wenn meinem befehlsgewohnten Bruder das passiert, dann, denke ich, ist die Sache weit genug gegangen. Ich hätte Julia niemals mit Mrs. Fludd bekannt machen dürfen. Keiner von uns hätte zulassen dürfen, daß Julia ihre krankhaften Hirngespinste bezüglich Kates Tod so ungeniert auslebt.«

»Das reicht jetzt«, sagte Magnus warnend und stieß sich vom Tisch ab.

»Nur eines noch«, sagte Lily. »Wir – du und ich – müssen die Wahrheit akzeptieren. Wir werden Julia einweisen lassen. Zu ihrem und zu unserem Besten. Glaubst du, sie könnte Selbstmordabsichten haben?«

»Weiß ich nicht«, sagte Magnus.

»Da hast du es. Wir wissen es nicht. Du kannst es dir nicht leisten, daß sie sich scheiden läßt, und du möchtest nicht, daß sie stirbt. Sie muß wieder ins Krankenhaus zurückgebracht und dort behalten werden, bis sie wieder vernünftig ist. Und ich würde vorschlagen, du unternimmst alle möglichen Schritte, damit ihr Geld frei verfügbar bleibt. Du mußt imstande sein, ihr Geld zu kontrollieren. Und du mußt imstande sein, sie selbst zu kontrollieren.«

Magnus beugte sich nach vorn, er hatte die Ellbogen auf die Knie gestützt. »Du bist sehr offen, Lily.«

»Es ist zu spät, etwas anderes zu sein«, sagte sie zu ihm. »In Wahrheit, Magnus, haben wir alle den Wunsch, sie zu besitzen. Das wünschen wir. Du, ich – und Mark. Wir wollen sie besitzen.«

»Ich möchte sie retten«, sagte er tonlos.

»Habe ich etwas anderes gesagt?«

»Also gut«, sagte Magnus.

»Ich bewundere dich, wenn du so vernünftig bist«, sang Lily beinahe, »und das wird sich niemals ändern. Ich glaube, wir sollten jetzt zu ihr gehen. Wir können durch den Park gehen.«

»Ich werde morgen anfangen, mich um die Dinge zu kümmern«, sagte Magnus und zuckte die Achseln; er stand auf und warf die Serviette neben seinen Teller.

Nachdem Julia wie betäubt dem Bus nachgesehen hatte, der um die Ecke die Kensington Church Street hinauf verschwand, schien die Erschöpfung sie mit jedem Atemzug mehr zu überkommen und das Mark in ihren Knochen schwerer werden zu lassen. Ihr ganzer Körper schien sehr schwer zu sein; sie fühlte sich nicht mehr in der Lage, zu Fuß nach Notting Hill zu gehen; sie wollte sich auf Marks Arm stützen. Sie dachte sehnsüchtig an ihr Bett, an einen langen Schlaf, daran, gegen das Kissen gelehnt ein Buch zu lesen, während das Licht ihr Sicherheit vor dem Dunkel gewährte. Sie hat mich tot gesehen, dachte Julia. Oder hatte Miß Pinner gesehen... Eine Vorstellung, so zierlich wie der Flügel eines Falters, aber furchteinflößend wie die Dunkelheit Olivias, flackerte einen Augenblick an den Rändern ihres Bewußtseins auf und wurde dann unterdrückt und vergessen, ihr Verstand wandte sich etwas anderem zu und erkannte gar nicht, was er getan hatte.

Und im selben Augenblick schwankte sie, wandte sich blinzelnd zur Seite und wußte nur, daß sie sich wünschte, zu Hause zu sein.

Sie ging die Hälfte der Straße zurück, bevor ihre schmerzenden Füße sie nicht mehr tragen konnten. Ein paar Schritte entfernt war eine Bank, und sie hinkte darauf zu und ließ sich auf sie fallen und seufzte. Ein Mann im schwarzen Regenmantel, dessen Kragen hochgeschlagen war, setzte sich neben sie und streifte mit seinem Bein an ihrem. Dann strich er sehr sanft noch einmal an ihrem Bein entlang. Julia blinzelte verstohlen zu ihm hinüber und hoffte, er würde gehen, und dabei sah sie – glaubte zu sehen –, daß der Mann überhaupt keine Lippen hatte. Sein Gesicht schien unterhalb der Nase abgehackt zu sein und erst beim Kinn wieder zu beginnen. Dazwischen war ein weißer Schrei von Zähnen, ein permanentes höhnisches Grinsen gerader weißer Zähne zwischen schwarzem Zahnfleisch. Sie hatte Angst, noch einmal hinzusehen, war aber zu müde, um weiterzugehen, daher saß sie in sich zusammengesunken da, starrte geradeaus und sah doch nichts. Sein Bein drückte sich gegen ihres, abgesehen von dem leichten Stoff der Hose war fast kein Druck zu spüren. Auch er saß zusammengesunken in dem schwarzen Mantel, den Kragen hochgeschlagen, und starrte geradeaus. Nachdem scheinbar eine Stunde verstrichen war, bewegte sich der Mann, und sie sah rasch zu ihm und stellte fest, daß er doch völlig normal war, sein Gesicht war fleischig, mit vollen Lippen. Sie merkte, daß sie den Atem angehalten hatte, und atmete lautstark ein. Der Mann drückte sein Bein gegen das von Julia, aber nun war er nur noch ein gewöhnlicher Mann, und sie rückte ein wenig beiseite, wobei sie vorgab, auf dem Gehweg nach jemandem Ausschau zu halten, um ihn nicht vor den Kopf zu stoßen. Nach einer Weile ging er weiter, ließ aber eine Ausgabe des ›Evening Standard‹ auf der Bank liegen. Julia griff ohne zu überlegen nach der Zeitung und ging unsicheren Schrittes nach Hause. Lärm und Schreie ertönten vom Holland Park herüber.

Das Haus pulsierte vor erwartungsvoller Hitze, die Lichter flammten auf. Julia ging durch Zimmer, die ihr fremd und tot erschienen, völlig fern von ihr. Sie vernahm keines der mittlerweile vertrauten Geräusche der gefangenen Echos und Geister der Rudges. Julia dachte, als sie erschöpft auf der häßlichen Couch der McClintocks saß, daß Olivia sich vielleicht zurückgezogen und Julia für alle Zeit in ihrer Welt gelassen hatte: Darin, erkannte sie, lag die Stärke des Bösen, im Fehlen jeglicher Hoffnung und dem Gestank moralischen Scheiterns. Einen Sekundenbruchteil sah sie den Landstreicher in der Cremorne Road, der hektisch einen Hund in eine Tüte stopfte; aus der Anhäufung dieser trostlosen, hoffnungslosen Augenblicke erwuchs das Böse.

Sie beugte den Nacken zurück und schloß die Augen

und verdrängte ein halb geformtes Bild, das drohte sich in ihren Verstand zu stehlen.

Um sich abzulenken, griff Julia nach der Zeitung, die sie von der Bank mitgenommen hatte. Mit der Zeit würde sie die Energie aufbringen, sich der Treppe und ihrem Schlafzimmer zu stellen. Dann erinnerte sie sich an die Verwüstungen, die sie im oberen Badezimmer angerichtet hatte – kahle grau-weiße Wände wie abgestorbene Haut, skelettartige Scherben schwarzer Spiegel überall. Dieses Durcheinander: In seiner Mitte schien Olivia zu leben. Sie konnte es augenblicklich nicht über sich bringen, das anzusehen.

Julia überflog die Nachrichten auf der ersten Seite – sie schienen fern und irrelevant. Sie las die Namen von Politikern, sah ihre Bilder und konnte sich kaum erinnern, wer sie waren. Sie hatten nichts mit ihr zu tun; sie hatten nichts mit Olivia Rudge zu tun. Warum las sie das alles? Es war die erste Zeitung seit Wochen, in der sie blätterte. Sie spürte, wie sich die Atmosphäre des Hauses um sie herum verdichtete und schlug die Seite um.

Im unteren Teil von Seite vier sah sie die kleine Überschrift. Mehr hatte man Paul Winter nicht zugestanden. Die Schlagzeile lautete: SOHN EINES GENERALS IN SEINER WOHNUNG IN CHELSEA TOT AUFGEFUNDEN.

Captain Paul Winter, 36, der Sohn von General Martin Somill Winter, zweiter Befehlshaber Montgomerys in Alamein, wurde heute morgen von einem Freund in seiner Wohnung in der Stadium St. SW 10 tot aufgefunden. Captain Winter, der die Armee bereits vor mehreren Jahren verlassen hatte, erlag zahlreichen Stichwunden. Kurz nach Auffinden der Leiche war General Winter vom Tod seines Sohnes informiert worden. Man sagt, der General und sein Sohn hätten seit Jahren kein Wort mehr miteinander gesprochen. Captain Winter war nicht verheiratet.

Julias erster Gedanke galt David Swift: Er mußte gewarnt werden. Als sie wie benommen durch das Zimmer zum Telefon ging, hörte sie kicherndes, hohes Lachen – fröhliches, piepsiges, kindliches Gelächter. »Verflucht, verflucht, verflucht«, kreischte Julia, gleichzeitig wurde aber einem anderen Teil ihres Verstandes klar, daß Olivia Rudge niemals ein so unschuldiges Geräusch hervorbringen konnte. Es war das entzückte Lachen eines kleinen Kindes.

Wo war es? Einen Augenblick schien es rings um sie herum zu erschallen und das ganze Haus zu erfüllen. Sie zwang sich dazu, still und leise zu sein, dann hörte sie, daß es von jenseits der Küche kam. Sie wußte woher. Hätte sie die schwarzen Spiegel nicht zertrümmert, wäre es von oben gekommen. Julia lief durch die Zimmer, ihre Warnung für David Swift hatte sie vergessen, und stürzte den Flur entlang und ins Badezimmer.

Eine Gestalt lauerte im Spiegel, die das fröhliche Lachen hervorstieß. Als sie die Tür aufstieß, sah sie die Gestalt zusammengekauert neben der Wanne, dunkel von den rosafarbenen Spiegeln reflektiert. Sie schaltete das Licht ein.

Das kleine farbige Mädchen, Mona, kauerte neben der Badewanne und schüttelte sich vor Lachen. Keuchendes, schrilles Kichern ergoß sich aus ihrer aufwärts gerichteten Kehle und wurde hallend von den glänzenden Wänden zurückgeworfen. Mona sah sie, hob einen kurzen, deutenden Finger und hörte nicht auf zu kreischen.

»Was...«, stieß Julia hervor und wirbelte herum. Olivia Rudge ging durch die Badezimmertür und, Julia den Rükken zugekehrt, weiter in die Küche.

»Bleib stehen«, rief Julia. Sie lief aus dem Badezimmer, wobei ihr Monas spitze Lachsalven immer noch im Ohr klangen, und sah Olivia, in Jeans und roter Bluse, die zur zweiten Tür der Küche hinaus ins Eßzimmer ging. Als Julia diese Tür erreichte, drehte Olivia gerade den Griff der

Terrassentür und verschwand hinaus in den Garten. Wut durchpulste Julias gesamtes Nervensystem, und sie folgte ihr.

Sie umrundete das Haus und sah das blonde Mädchen, das sich bereits in einiger Entfernung mühelos und schwebend die Straße entlangbewegte. Du wirst mir nicht entkommen, dachte Julia, nicht mit diesem auffälligen Haar, und lief rasch hinter ihr her in Richtung der Kensington High Street. Olivias Haar leuchtete im Dunkeln wie ein Fanal, das zwanzig bis dreißig Meter vor Julia dahintrieb. An der High Street wandte sich das Mädchen nach links und war nicht mehr zu sehen.

Allein in der Dunkelheit, lief Julia zur Ecke, sie hörte ihre Schuhe auf dem Gehweg klappern. An der Ecke sah sie Olivia, die sich bereits zwei Blocks entfernt bewegte. Ein Kokon der Stille schien sich über sie beide gesenkt zu haben. Julia bekam nichts von den Stimmen und dem Verkehrslärm mit, die sie noch vor kurzem so störend empfunden hatte; die anderen Leute auf dem Gehweg, mittlerweile nur noch abendliche Spaziergänger, waren nichts weiter als substanzlose Schatten zwischen ihr selbst und dem leuchtenden Haar des Mädchens. Sie überquerte eine Querstraße und folgte Olivia einer einzigen langen Häuserzeile entlang. Wut und Entschlossenheit waren miteinander verbundene Empfindungen, welche dünn, hoch und süß durch ihr Blut vibrierten.

Das Mädchen schwebte vor ihr her und machte immer dann langsamer, wenn Julia von einer Menschentraube oder dem Verkehr an einer Kreuzung aufgehalten wurde. Wenn Julia aber versuchte, das Mädchen einzuholen und einen Häuserblock lang zu laufen, dann beschleunigte Olivia völlig mühelos und scheinbar ohne die geringste Anstrengung ihren Schritt und wahrte die Entfernung zwischen ihnen. Die kühle, feuchte Luft um Julia herum, die noch nach Regen schmeckte, schien sich zu einer leuchtenden Hülle zu verdichten, welche ausschließlich sie selbst und Olivia Rudge einzuhüllen schien. Energie – Julias Energie – brannte in dieser Hülle und beschleunigte den Pulsschlag ihres Blutes.

Nach einer Weile nahm Julia weder den Verkehrsstrom noch die anderen Leute auf dem Gehweg mehr wahr. Wenn ihr die Sicht auf ihr Ziel genommen wurde, ging sie zur anderen Seite des Fußgängerwegs und sah, wie sie entschlossen die Straße entlangging, Jeans und rote Bluse unter der blassen Flamme ihres Haares. Es gab niemanden sonst auf der Welt, es gab keine andere Bewegung auf der Welt.

Vor der langen Terrasse des Commonwealth Instituts blieb Olivia stehen und drehte sich um. Einen Block weit entfernt sah Julia ihr ernstes, aufmerksames Gesicht und stellte fest, daß der herausfordernde Ausdruck zum ersten Mal verschwunden war. Es war nervös und leer, während sie darauf wartete, daß Julia näher kam, beinahe ängstlich. Julia stieß sich vom Bordstein ab, um ihren Lauf noch zu beschleunigen, und wäre beinahe in ein heranfahrendes Auto gelaufen. »Passen Sie doch auf!« erklang die erboste Stimme eines Mannes, aber Julia hörte den Protest kaum. Olivia führte sie irgendwohin; Olivia schien sie fast anzuflehen.

Rechts hörte sie das Schlagen von Portalen und wußte, daß die Wächter den Park schlossen. Es war neun Uhr. Als wäre das ein Signal für sie, drehte Olivia sich um und ging die Stufen der Terrasse hinauf, unter einem Säulengang hindurch und die Straße entlang, die nördlich am Park entlang verlief. Ein paar Bummler versperrten ihr die Sicht auf Olivia; dann waren sie wieder allein und gingen rasch den dunklen, langen Weg entlang. Das Haar des Mädchens leuchtete.

»Olivia!« rief sie, als das Mädchen in die Dunkelheit

zwischen Bäumen glitt. Wieder folgte sie ihr und versuchte, die Entfernung zu verringern; sie begann zu laufen und spürte, wie ihre Muskeln wie Zahnräder reagierten. Olivia war bereits weit entfernt, irgendwo in der Dunkelheit.

Dann tauchte sie im Lichtkreis einer Lampe wieder auf, sie bewegte sich immer noch mühelos zwischen der doppelten Baumreihe hindurch. Julia passierte den unteren Teil der stummen, grünen, parkähnlichen Ausdehnung und erreichte schließlich die Tür einer Jugendherberge, die sich auf dem Gelände befand. Olivia war wieder verschwunden. Sie rief ihren Namen; Stille. Julia ließ sich auf eine verwegene Vermutung ein, stieß das Holztor auf und lief einen schmaleren, gewundenen Weg entlang: weit voraus glaubte sie, wie als Bestätigung, Olivias Schritte zu vernehmen.

Vor dem Metallgitter, das über den Weg gezogen worden war, zögerte sie einen Augenblick, dann beugte sie sich darüber und kletterte linkisch, indem sie die Beine hob und beinahe auf der anderen Seite hinabgestürzt wäre, in den abgeschlossenen Park. Ihr Körper war eine Waffe, ein Pfeil für Olivia. Vor ihr wand sich der Weg dunkel vorbei am Holland House und der zwischen Bäumen liegenden Jugendherberge. Er verlief weit in einen Teil des Parks hinein, den Julia nicht kannte, einen Wald, der von vielen unbefestigten Wegen durchzogen war. Olivia ging entschlossen und ohne Zögern den Pfad entlang in Richtung des Waldes.

»Olivia! Olivia!« rief Julia, aber das Kind drehte sich nicht um. Julia lief hinter ihr her.

Nach wenigen Minuten hatte sie den Weg verlassen und lief über weiches Gras. Olivias leuchtendes Haar tauchte immer wieder zwischen den Bäumen auf, es entfernte sich gleichmäßig. Julias Ärmel blieb an einem niederen Ast hängen, sie riß ihn los. Ihre Schuhe sanken in lehmige Erde ein und sogen kalte Nässe in sich auf. In dem Wäldchen verlor sie ihr Ziel aus den Augen, dann sah sie einen hellen Fleck zu ihrer Rechten, der sich durch Büsche und über nackten, dunklen Boden bewegte. Sie gingen immer tiefer in den Wald hinein, Olivia schwebte über die hölzernen Trennzäune, Julia stolperte darüber und konnte sich lediglich aufgrund ihrer Geschwindigkeit auf den Beinen halten. Auf diese Weise schien Olivia sie fast eine Meile zu führen; sie lockte sie auf der einen oder anderen Seite auf falschen Fährten im Kreise, verschwand hinter Bäumen und kam auf breiten Lichtungen wieder zum Vorschein, wobei sie den Weg wieder nach rechts und zurück einschlug.

Wo der Wald endete, sah Julia das Mädchen durch niederes Gebüsch zu einem Maschendrahtzaun laufen und eilte hinterher. Als sie den Zaun erreichte, war Olivia bereits auf der anderen Seite und ging langsam einen Asphaltweg entlang. In der Dunkelheit sah Julia lediglich einen Schimmer, weiß, so bleich wie Atem, der ihr den Weg wies.

Sie mußte über den Zaun, der ihr bis ans Kinn reichte. Sie zog sich an der obersten Strebe hinauf, bis sie den Zeh in eine der Drahtmaschen schieben konnte, dann zog sie den anderen Fuß nach und brachte so mit schmerzenden Füßen ihren Oberkörper über die obere Stange des Zauns, wo scharfe, hervorstehende Drahtenden verhinderten, daß sie sich einfach darüberrollte. Sie hielt zitternd das Gleichgewicht, hob ein Bein über den Zaun und lehnte sich auf die andere Seite. Am Ende des gewundenen Weges würde sie Olivia finden: Diese Gewißheit ermöglichte es ihr, auch das andere Bein nachzuziehen. Der Ärmel ihrer Bluse verfing sich im Draht. Sie riß ihn ärgerlich los und stieß sich vom Zaun auf den erleuchteten Weg ab.

Vor ihr erklangen laufende Schritte. Julia sammelte Atem und zwang ihren Körper dazu ebenfalls zu laufen;

der abwärts fallende Weg machte aus ihrer Bewegung ein Rasen, das sie nicht mehr kontrollieren konnte. Es war, als würde sie einen Berg hinablaufen, ihre Beine bewegten sich nur, um den Körper aufrecht zu halten. Die Schwerkraft zog sie wie einen rollenden Fels auf den Klang von Olivias Schritten zu.

Licht, Lärm und erstaunte Gesichter erwarteten sie, als sie auf die Straße taumelte, in die der Pfad einmündete. Sie hörte Olivia immer noch voraus, sie konnte eben noch einer Sicherungskette ausweichen, dann rannte sie auf die Holland Park Avenue. Scheinwerfer hielten sie wie einen aufgespießten Schmetterling fest; ihr Oberkörper, Kopf, Arme und Schultern, bewegten sich immer noch schneller als ihre Beine. Als sie fiel, bremste quietschend ein Auto, das mit plärrender Hupe nur Zentimeter von ihrem Körper entfernt zum Stillstand kam.

10

Olivia hatte Geoffrey Braden ermordet; sie hatte Paul Winter ermordet; sie hatte Mrs. Fludd ermordet; und jetzt hatte sie versucht, Julia zu töten. Sie war aus der wie auch immer gearteten fernen, geheimnisvollen und unbekannten Ebene, welche sie zuvor bewohnt hatte, herabgerufen worden: Julias Ankunft am Ilchester Place hatte sie Fleisch werden lassen, und nun war sie eine leibliche Präsenz im Haus. Das jedenfalls hatte Julia gespürt: Sie konnte kein Zimmer betreten, ohne den Eindruck zu haben, daß ihre Peinigerin es gerade verlassen hatte. Wenn sie allein in ihrem Schlafzimmer war, verriegelte sie die Tür, wußte aber, daß Olivia jederzeit zu ihr gelangen konnte, wenn sie es wünschte. Der lange Lauf durch den Park war so etwas wie ein Spiel gewesen. Olivia hatte mit ihr gespielt und versucht, Rosa Fludds ›Unfall‹ nachzustellen.

Sie waren in einer neuen Konfiguration: Die Schraube war angezogen worden, und Olivia wollte ihr Blut. Julia stand auf schwachen, schmerzenden Beinen in der Küche und wartete darauf, daß der Kaffee kochte. Vor den Fenstern war es dunkel, als wäre es immer noch Nacht, der Himmel, das Fleckchen, das Julia über den nassen Holzbrettern eines Zaunes erkennen konnte, war bewegungslos und verfilzt und sah aus, als würde er an den Kronen der Bäume hängenbleiben. Ein paar Regentropfen perlten gegen das Fenster.

Paul Winter. Jemand hatte ihn in seinem Zimmer besucht und erstochen. Jemand unter Olivias Kontrolle, jemand, der von Haß erfüllt war, so daß Olivia ihn kontrollieren konnte, ein Mann, dem der absurde, rührende kleine Paul Winter vertraut hatte. Jemand, der sein Magnus war. Wer auch immer es gewesen war, er würde nicht wissen, daß er einen Mann getötet hatte, weil dieser sich mit einer Frau namens Julia Lofting unterhalten hatte. Vielleicht konnte er sich nicht einmal mehr an den Mord erinnern – vielleicht konnte Olivia in seinen Verstand eindringen und dann wieder verschwinden, ohne eine Spur zu hinterlassen, ohne Erinnerung an ihre Inbesitznahme. Dieser Gedanke ließ Julias Beine unter ihr nachgeben, und sie lehnte sich mit weichen Knien und schwitzend gegen die Theke.

Die verstörte, einsiedlerische Frau in Abbotsbury Close würde die Meldung in der Zeitung lesen oder von Huff davon erfahren, und sie würde überglücklich sein. Auch sie war Olivias Opfer.

Und David Swift würde der nächste sein, wenn sie richtig begriff, was Olivia tat. Julia ging sofort aus der Küche und in ihr Wohnzimmer. Sie sah ins Telefonbuch, um Swifts Nummer herauszusuchen. Würde ihre Geschichte ihn von der Gefahr überzeugen, in der er schwebte? Er hatte Olivia in Aktion gesehen, aber Swift war ein arroganter und dummer Mann. Sie hatte keine andere Wahl, sie mußte ihn überzeugen. Sie wählte die Nummer und wartete gespannt, während das Telefon am anderen Ende der Leitung klingelte. Sie betete, daß er abnehmen würde, aber das Telefon läutete einfach weiter. Vielleicht war er nicht daheim, dachte sie, oder er lag im Bett und schlief einen Rausch aus.

Julia wollte sich der dritten Möglichkeit nicht stellen, aber sie wich ihr auch nicht aus. Im Telefonbuch A–D fand sie die Telefonnummern der Polizei und rief das Revier in Islington an. »Ein Mann könnte tot sein«, erklärte sie. »Sehen Sie in der Upper Street 3–37 nach, eine Wohnung direkt über einem Pub namens ›The Beautiful and Damned‹. Sein Name ist Swift. Dies steht in Zusammenhang mit der Ermordung von Captain Paul Winter. Beeilen Sie sich.«

»Wie ist Ihre Beziehung zur Mr. Swift, Madame?« fragte der Polizeibeamte mit brummiger Stimme.

»Ich habe Angst um ihn«, sagte Julia und legte hastig auf. Erleichtert darüber, daß sie immerhin etwas getan hatte, ging sie in die Küche zurück, wo der Kessel voll Mineralwasser ein hohes Pfeifen von sich gab. Sie schwor sich, Swift später noch einmal anzurufen.

Sie trank ihren Kaffee an der weißen Theke stehend, während sie überlegte, was sie tun sollte, wie sie Olivias Herausforderung begegnen konnte. Olivia würde wieder versuchen, sie zu töten. Die ganze vergangene Nacht hindurch, nachdem der verwirrte, halb erschrockene, halb wütende Mann, der sie beinahe überfahren hätte, sie nach Hause begleitet hatte, hatte sie auf dem Bettlaken gelegen und nicht gewagt, die Augen zu schließen. Danach hatte sie sich geschworen, Ilchester Place zu verlassen; Olivias Geheimnis war bekannt, es gab nichts mehr zu finden; sie mußte sich selbst verteidigen. Doch am Morgen war ihr klargeworden, daß Olivia sie überall erreichen konnte. Kein Haus war sicherer als ihres. Sie hatte das Badezimmer aufgeräumt und Eimer und Mülltüten mit Scherben gefüllt, und dabei hatte sie diese Gewißheit stets vor Augen gehabt.

Als sie ihren Kaffee leertrank, dachte sie daran: Wenn sie überhaupt irgendwo vor Olivia in Sicherheit war, dann in Amerika. Es war Zeit, nach Hause zurückzukehren. Ihre Ehe war am Ende. Sie wollte Magnus nicht, und sie brauchte ihn nicht. Sie stand Heather und Olivia Rudge näher als jedem anderen in England – abgesehen von Mark. Aber sie und Mark hatten niemals so etwas wie eine ernste Unterhaltung geführt. Würde es ihm gefallen, in New Hampshire zu leben? Sie erkannte bestürzt, wie wenig sie von ihm wußte.

Doch der Gedanke an ihn gab ihr den Mut, ans Telefon zu gehen, als es im Wohnzimmer läutete. Sie wappnete sich in der Meinung, sie würde gleich zum ersten Mal Olivia Rudges Stimme zu hören bekommen. Aber es war Lilys Stimme, die sie hörte.

»Julia, ich hoffe, es macht dir nichts aus, wenn ich mich erkundige, wie es dir geht?«

Julia stellte fest, daß sie nur in der kühlsten, distanziertesten Weise mit Lily sprechen konnte. Lily schien aus einem anderen Zeitalter aufgetaucht zu sein.

»Guten Morgen, Lily. Wie es mir geht? Ich weiß nicht. Ich fühlte mich ein wenig losgelöst von allem. Ich fühle mich sehr seltsam. Eine Menge ist geschehen. Ich weiß, wie Mrs. Fludd getötet wurde. Olivia hat dasselbe beinahe mit mir getan. Ich nehme an, das war ihre Vorstellung von einem Scherz.«

»Liebes, wenn du damit sagen möchtest...«

»Daß Olivia versucht hat, mich umzubringen. Das stimmt. Beim nächsten Mal wird sie nicht mehr so verspielt sein. Was würdest du tun, wenn dein Leben in Gefahr wäre?«

»Ich würde zu Magnus gehen«, sagte Lily einfach.

»Du würdest das tun. Aber ich kann nicht. Das nächste Mal könnte es Magnus sein, der versucht, mich zu überfahren. Also kann ich das nicht tun, Lily. Nein.«

Sie konnte beinahe hören, wie Lilys Geduldsfaden riß.

»Mir ist klar, daß du übermüdet bist, meine Liebe«, sagte Lily. »Aber du solltest einsehen, daß du auf fast absurde Weise unrealistisch bist. Magnus liebt dich, Julia. Magnus möchte dich zur Frau haben. Er möchte eure Ehe neu beginnen. Wir – Magnus und ich – haben dich gestern besucht, kurz nach dem Abendessen. Ich wollte, du wärst zu Hause gewesen, damit du hättest sehen können, wie pathetisch durcheinander er ist.«

»Ich war daheim, ich habe geschlafen. Ich habe zwei Schlaftabletten genommen. Olivia hatte mir gerade eine Nachricht zukommen lassen. Glaubst du mir, Lily? Und gestern nacht hat sie versucht, ihren Plan auszuführen – sie hat mich ins Freie gelockt und einen Verkehrsunfall arrangiert. Ich wurde beinahe getötet. Es war, als wäre ich hypnotisiert. Das hat sie auch mit Mrs. Fludd gemacht. Würdest du das einen Unfall nennen, Lily?«

»Hast du dich jemals gefragt, warum das alles geschieht? Warum ausgerechnet dir?«

»Du bist sehr schlau, Lily. Gerade das muß ich noch herausfinden.«

»Du warst sehr aktiv, und du hast eine Menge durchgemacht, meine Liebe. Wie lange ist es her, seit du aus dem Krankenhaus entlassen worden bist?«

»Ich weiß nicht«, sagte Julia, die spürte, wie ihre künstliche Distanziertheit wich. »Was spielt das schon für eine Rolle? Vielleicht einen Monat?«

»Nicht so lange, meine ich. Liebling, Julia. Dir ist es so übel ergangen, meinst du nicht, daß du noch ein wenig Ruhe verdient hättest? Sag jetzt nichts, aber ich möchte, daß du darüber nachdenkst. Und du solltest auch darüber nachdenken, vorübergehend zu mir zu ziehen. Allein dort drüben könntest du verletzt werden oder dir weh tun, und niemand wüßte etwas davon. Darüber wollten Magnus und ich gestern abend mit dir sprechen. Wir wollten dich bitten, vorübergehend zu mir zu ziehen.«

»Du und Magnus«, sagte Julia. »Du und Magnus wolltet, du und Magnus dachtet, du und Magnus dies und das. Ihr habt also Angst, ich könnte mir weh tun. Was genau meint ihr damit, Lily?«

»Nichts, Liebling, wir wollten nur...«

»Ich möchte, daß du dir etwas merkst, Lily. Ich habe heute morgen, kurz bevor du angerufen hast, darüber nachgedacht, daß ich gern nach Amerika zurückkehren würde. Hier hält mich nichts mehr, es sei denn Mark Berkeley. Ich möchte mich von Magnus scheiden lassen. Er ist mir so schrecklich fremd geworden. Wenn ich diese

Belagerung überstehe, werde ich mich von ihm scheiden lassen. So. Was meinst du dazu, Lily?«

»Ich denke, das ist albern«, sagte Lily. »Eine psychische Katastrophe. Du gibst Magnus immer noch die Schuld an dem, was geschehen ist, und das sollte man nicht zulassen.«

»Ich verstehe«, sagte Julia kalt. »Ich glaube, du würdest es gerne sehen, wenn ich wieder im Krankenhaus wäre, Lily.«

»Ich möchte nur, Liebling, daß du nachdenkst«, wimmerte Lily. »Wieviel Schlaf bekommst du? Ißt du ausreichend? Kannst du dich um dich selbst kümmern? Warum, warum, warum denkst du, diese Olivia möchte dich umbringen? Dich – von allen Menschen, die sie sich hätte aussuchen können?«

Julia hörte mit offenem Mund zu und glaubte fast, daß Lily es ihr sagen würde.

»So kommen wir nicht weiter«, sagte Lily schließlich. »Bitte, denk darüber nach, in meinem Gästezimmer zu wohnen, Liebes. Eigentlich möchtest du doch gar nicht in dein von Sorgen geplagtes Land zurückkehren und das schöne alte England und Magnus verlassen. Du brauchst Magnus. Du brauchst Hilfe. Julia, keiner von uns wird glücklich sein, keiner von uns wird wieder das sein, was er einmal war, bevor du nicht ein paar grundlegende Wahrheiten einsiehst. Die Wahrheit über Kate...«

Julia schrie ins Telefon: »Du kennst die Wahrheit über Kate nicht! Du kennst die Wahrheit über Magnus nicht!« Dann legte sie auf.

Lily rief wenige Sekunden später zurück. »Julia, du bist immer noch tapfer, ich respektiere dich in jeder Beziehung, aber du bist auch ein wenig störrisch. Hattest du aufgelegt?«

»Gib auf, Lily«, sagte Julia. »Gib mich auf. Ich bin nicht mehr in deiner Welt. Ich bin in ihrer. Frag Miß Pinner.«

»Du fängst besser an, auf der Stelle ziemlich schnell und ziemlich gut nachzudenken«, sagte Lily fünf Minuten später zu Magnus, den sie aus dem Schlaf gerissen hatte, als sie ihn anrief. »Sie möchte sich von dir scheiden lassen. Und sie denkt daran, nach Amerika zurückzukehren.«

»Großer Gott«, konnte Magnus hervorstoßen. »Ist sie verrückt geworden? Sie kann sich nicht von mir scheiden lassen.«

»Ich könnte mir vorstellen, mein lieber Bruder, daß sie fünfzig gute Gründe hätte, die eine Scheidung rechtfertigen, sollte es darauf ankommen. Aber ja, ich denke auch, daß sie verrückt ist. Diese Sache mit den Rudges hat sie völlig aus dem Gleichgewicht gebracht. Sie ist umgekippt, Magnus. Es gibt ganz sicher einen Weg, sie ins Krankenhaus einweisen zu lassen. Auf Dauer, wenn nötig. Oder wenigstens, bis sie wieder imstande ist, auf vernünftige Argumente zu hören.«

»Lily«, zischte Magnus mit belegter, bedrohlicher Stimme. »Was, um Himmels willen, hast du zu ihr gesagt? Hast du sie wieder mit Kate behelligt?«

»Nein«, sagte Lily. »Wenigstens nicht direkt. Sie ist viel zu sehr mit dieser Rudge-Sache beschäftigt, um an Kate zu denken. Kannst du nicht in dein Büro gehen und in deinen verstaubten Gesetzbüchern nach einer Möglichkeit suchen, um sie sicher auszuschalten? Denn wenn du das nicht tust, wirst du nächstes Jahr um diese Zeit keine Frau mehr haben. Sie könnte nach Reno gehen oder wohin Amerikanerinnen sonst gehen, wenn sie besonders vulgär sein möchten.«

»Ich werde zusehen, was ich finden kann«, knurrte Magnus. »Ich werde sehen, was für eine Zwangseinweisung notwendig ist.«

»Das hättest du schon tun können, als sie dich verlassen hat«, bemerkte Lily mit honigsüßer Stimme.

»Ich mußte eben warten, bis du es vorschlägst, Lily.«

Eine Frage Lilys ließ Julia nicht mehr los. Warum dich? Sie hätte antworten können: Weil ich das Haus gekauft habe. Aber das hätte die Frage lediglich ein Stück hinausgeschoben. Sie war mit dem, was sie bereits wußte, nicht zufrieden; sie empfand, als hätten die Mächte, die sie nach Breadlands und zu Olivias Gruppe geführt hatten, sie noch nicht freigegeben.

Am meisten wünschte sie sich, noch zwei Tabletten zu nehmen und den Rest des Tages zu verschlafen. Aber da war noch etwas, ein Gedanke, dem sie noch nicht gefolgt war... Ihr Verstand verfolgte den Lauf der Erinnerung zurück und stolperte fast darüber. Ein Magazin. Dann fiel es ihr wieder ein. ›The Tatler‹. Sie hatte nach Bildern von Heather Rudges Partys in ›The Tatler‹ suchen wollen, als sie das Gemälde von Burne-Jones sah.

Gut, dachte sie, warum nicht? Seit sie Olivias Rolle bei der Ermordung des Braden-Jungen herausgefunden hatte, fühlte sie sich untätig. Sie hatte den Eindruck, als würde sie nur warten – warten, bis Olivia sich entschieden hatte, wie sie weiter vorgehen wollte. In Colindale Magazine durchzublättern war wesentlich aufregender. Sollte Olivia getrost im Lesesaal erscheinen, sollte sie ihr Messer über zusammengebundenen Stapeln von ›John O'Londons‹ und ›Punch‹ schwenken. Die Vorstellung war so bizarr, daß Julia wieder begann, an ihrem eigenen Verstand zu zweifeln. War es möglich, daß sie selbst die Puppen aufgeschlitzt und die Botschaften auf den Spiegel geschrieben hatte? Die Heizungen eingeschaltet? Vielleicht hatte sie sich eingebildet, Olivia zu sehen? Ihr zweifelnder Verstand zauderte.

Aber jemand hatte Paul Winter ermordet. Das hatte sie nicht erfunden. Olivia war kein Hirngespinst. Mit dem Wissen, daß sie beinahe dankbar für Winters schrecklichen Tod war, kleidete Julia sich in ihrem heißen, stillen Zimmer an, ging zum Auto und fuhr durch Nieselregen und glänzende Straßen nach Colindale und dem Zeitungs- und Zeitschriftenarchiv.

Ihr Leseausweis wurde von einem uniformierten Beamten mit beinahe beleidigender Gründlichkeit studiert; als sie an den symmetrischen Pultreihen vorbeiging, sah Julia am Rande zwei junge Männer hinter einem gewaltigen Stapel viktorianischer Magazine, die einander zugrinsten, als sie vorüberging. Julia vermutete, daß sie mehr denn je wie eine wahrhaftige Bettlerin aussah. Ihre Schuhe waren schmutzverkrustet durch den Gang durch den Holland Park, ihre Strümpfe hatten Laufmaschen und sie hatte sich seit über einer Woche die Haare nicht mehr gewaschen.

Das Pult, an dem sie normalerweise saß, war von einem großen schwarzen Mann besetzt, der eine goldgefaßte Brille trug, die grelles Licht auszustrahlen schien. Seine langen, flachen Wangen wiesen dreifache, schwarz-purpurne Narben auf. Er sah Julia aggressiv an; ein Bär, der sein Gebiet verteidigt, und sie ging zur anderen Seite des Saals und suchte dort nach einem freien Pult. Zwei oder drei Männer folgten ihr mit Blicken, sie schienen mitleidig und amüsiert zu sein.

Schließlich fand sie ein freies Pult nahe der Wand und warf ihren nassen Regenmantel über die Stuhllehne. Nachdem sie einen Anforderungszettel für alle Ausgaben von ›The Tatler‹ von 1930 bis 1941 ausgefüllt hatte, brachte sie ihn zum Schalter und reichte ihn der neuen Bibliothekarin, einer dunkelhaarigen jungen Frau mit einer großen, getönten Brille. Julia beobachtete die junge Bibliothekarin, wie sie einem der Träger die Karte gab, und erkannte, daß es dieselbe Frau war, die sie vor etwa drei Wochen vor dem französischen Restaurant an der Abingdon Road gesehen hatte. Es war das Mädchen, mit dem sie Sympathie gefühlt hatte, das Mädchen, das sie angelächelt hatte. Sie waren Angehörige ein und derselben Gattung gewesen. Nun empfand Julia nichts dergleichen. Sie hatte mit dieser hübschen jungen Bibliothekarin nichts mehr gemeinsam.

Ihr Haar eine verfilzte Masse roter Strähnen, die Strümpfe zerrissen und die lehmverkrusteten Schuhe, dunkle Ringe unter den Augen, so saß Julia hinter dem hellen Pult, und ihre Stimmung verbesserte sich. Sie wollte kein Selbstmitleid empfinden. Ein junger Mann legte ein halbes Dutzend schwarz eingebundener Bände vor ihr auf den Tisch. »Sie werden die anderen hochschikken, wenn Sie diese hier durchgesehen haben«, sagte er beinahe entschuldigend, als rechnete er damit, daß diese seltsame Frau ihn anschreien würde.

Sie wußte, daß sie etwas finden würde. Sie fühlte sich moralisch erneuert. Julia nahm den obersten Band von dem Stapel und begann, ihn durchzublättern, wobei sie gierig die Frauen und Männer in Abendkleidern und Anzügen betrachtete und sich dabei an ihre eigene Kindheit erinnerte. Sie konnte sie fast sprechen hören.

In der ersten Stunde fand sie nichts; in der zweiten ebenfalls nichts. Erst kurz vor Nachmittag hatte sie Erfolg. Sie hatte sich halb durch den Band 1933–34 durchgekämpft, als ein Bild, ein Gesicht, auf einer vorhergehenden Seite sich ihr ins Gedächtnis rief, und sie blätterte in dem Buch zurück bis November 1933. Dort, auf der rechten Seite des Buches, grinste Heather Rudge zu ihr auf, die eine Zigarette und ein Champagnerglas in Händen hielt; die Sexualität der Frau verschlug Julia den Atem. Rechts und links von ihr standen junge Männer. Julia las die Unterschrift. ›Die stadtbekannte amerikanische Gastgeberin Mrs. Heather Rudge bei Lord Kilroys Party, hier in Begleitung mit Mr. Maxwell Davies, Mr. Jeremy Reynolds, Lord Panton, dem ehrw. Frederick Mason und Vicomte Gregory.‹ Das war alles. Keiner der jungen Männer, die alle denselben vernarrten Ausdruck zur Schau stellten, war

Julia bekannt, und sie sah keine anderen Fotos von Heather Rudge während der Party.

Sie blätterte den Rest des Bandes langsam durch, aber Heather Rudge tauchte nicht noch einmal auf. Auch in den folgenden fünfundvierzig Minuten nicht, bis Julia ihr ovales, herausforderndes, eitles und sinnliches Gesicht erneut über den atemberaubenden Schultern und dem schlanken Hals erblickte. Wieder war sie von jungen Männern umgeben – darunter Mr. Maxwell Davies, Vicomte Gregory und der ehrw. Frederick Mason. Sie sahen unverändert aus. Der Anlaß, las Julia, war eine Party, die Lord Panton gab, der neben einer zierlichen Blondine zu sehen war, der ehrw. Sowieso-Sowieso, nur Zähne und Locken. Das waren zweifellos ihre jungen Männer: Julia fragte sich, wem die Ehre gebührte, Olivia gezeugt zu haben.

In den Bänden bis 1936 fand Julia noch dreimal Bilder von Heather. Sie schien sich normalerweise in der Gesellschaft derselben jungen Männer zu befinden, ab und zu kamen schnurrbärtige ältere Herren mit Bäuchen und hervorquellenden Augen dazu. Oliver Blankenship, Nigel Ramsay, David Addison. Aber jedesmal, wenn ein solcher älterer Herr zu sehen war, dann im Schatten von Heathers jüngeren Begleitern. Heather war stets die ›bekannte (oder populäre, oder berühmte) amerikanische Gastgeberin‹ auf diesen Fotografien, aber von ihren Partys selbst gab es keine Bilder.

Julia gab dem Jungen ein Zeichen, die sechs schweren Bände abzuholen und die restlichen zu bringen. Ihr Gesicht war warm und hektisch, gerötet, und sie begann, mit den Fingern auf dem Pult zu trommeln und sich wild in dem stillen Saal umzusehen, wo Menschen die Köpfe über Bücher beugten, als würden sie daraus trinken. Auf ihrer Uhr las sie fünfzehn Uhr dreißig ab. Seit dem Frühstück hatte sie nichts mehr gegessen oder getrunken.

Ein Flügel der Bibliothek enthielt eine kleine Kantine.

Julia überlegte, ob sie sich ein Sandwich holen sollte, bevor sie weitermachte. Der Impuls entsprang ihrer gehobenen Stimmung, dem Optimismus, den sie empfand, und sie beschloß, ihm Folge zu leisten, wenngleich sie keinen Hunger verspürte. Sie schrieb dem Jungen eine Notiz und ging rasch den Mittelgang hinab und aus dem Lesesaal hinaus, wo sie dem Mann an der Tür ein strahlendes, beiläufiges Lächeln schenkte.

Julia schwebte den langen, unbeleuchteten Flur zur Kantine hinab, nahm unter dem Blick einer gelangweilten Inderin, die ein Haarnetz trug, ein Tablett vom Stapel und betrachtete das Essen. »Zu spät für warmes Essen«, verkündete die Inderin von ihrem Hocker. Julia nickte und begutachtete die Sandwiches. »Kein warmes Essen mehr, nur Sameges«, sagte die Frau.

»Fein«, sagte Julia. Sie nahm ein in dünnes Zellophan gehülltes Tomaten-und-Käse-Sandwich vom Regal; als sie das Zellophan berührte, stellte sie sich sofort vor, wie es sein würde, wenn dieses Zellophan über ihr Gesicht geschlagen würde, wenn es dort kleben bleiben und Mund und Nasenlöcher versperren würde. Sie ließ das Sandwich auf das Tablett fallen.

»Kaffee?« sagte Julia, die vor der glänzenden Kaffeemaschine stand.

Die Frau schüttelte den Kopf. »Kein Kaffee. Zu spät. Kaffee wieder um halb vier.«

»Fein«, sagte Julia und nahm einen Beutel Orangensaft aus einer Kiste.

Als sie die Kasse erreichte, stand die Frau auf und kam hörbar seufzend an den Gestellen mit Lebensmitteln entlang. Schließlich war sie bei der Registrierkasse und tippte Julias Einkauf ein.

»Zwei Pfund.«

»Das kann unmöglich sein – ein Sandwich?«

Die Frau sah Julia durchdringend ins Gesicht, dann sah

sie voll grenzenloser Langeweile auf das Tablett. Sie tippte wieder in die Kasse ein. »Zweiunddreißig Pence.«

Julia nahm das Tablett zu einem der sauberen Tische und sah verstohlen zu der Frau hinüber, da sie fast damit rechnete, zu einem der nicht aufgeräumten Nebentische verwiesen zu werden. Die Frau schlurfte zu ihrem Hocker zurück und nahm erstaunlicherweise keinerlei Notiz mehr von Julia.

Der Orangensaft fühlte sich kühl und süß auf ihrer Zunge an, und er öffnete einen Kanal bis hinab in ihren Magen. Sie biß versuchsweise in das trockene Sandwich; das Brot schien ohne Poren und synthetisch, und der Käse ließ sich kaum zwischen ihren Zähnen zerbeißen. Ein paar Augenblicke kaute sie abwesend auf dem zähen Sandwich, das sie mit Orangensaft hinunterspülen wollte.

Als sich ihre Eingeweide zusammenzogen, stand sie hastig vom Tisch auf und eilte durch den Raum zu der Tür mit der Aufschrift DAMEN. In einer der Metallkabinen übergab sie sich in die Toilette und schmeckte die schwere Süße des Orangensafts; als sich ihr Magen erneut zusammenzog, kam lediglich dünne, gelbliche Magensäure heraus.

Sie ging zum Waschbecken und wischte sich den Mund mit Wasser ab. Der Spiegel zeigte ihr eine trunken aussehende, ungekämmte Vettel unabschätzbaren Alters; in dem zerzausten, verfilzten Haar waren eindeutig graue Strähnen zu sehen. Ihre Lippen waren rissig, unter dem rechten Auge war ein Bluterguß, den sie sich geholt hatte, als sie in der Holland Park Avenue gestürzt war. Julia versuchte, sich das Haar mit den Händen zu kämmen, bevor sie den Waschraum verließ, und es gelang ihr, es lediglich etwas unordentlich wirken zu lassen; dann ging sie wieder in den Lesesaal.

Die fünf Bände lagen bereits auf ihrem Pult. Nach wenigen Minuten bereits war Julia völlig in den ersten versunken, sie studierte jede Fotografie auf jeder Seite, bevor sie sie umblätterte. Um sechzehn Uhr hatte sie zwei weitere Fotos der ›berühmten amerikanischen Gastgeberin‹ gesehen, einmal in Begleitung von Jeremy Reynolds, einmal im Arm von Vicomte Gregory. Heather war unverändert, aber die jungen Männer, fünf Jahre älter, waren sichtlich kräftiger und fleischiger, sie bekamen Doppelkinne und kantige Kiefer.

Im Band 1937–38 fand Julia ein Bild von Heather neben einem Rollstuhl. In diesen Stuhl geschnallt, unglaublich eingefallen und zerbrechlich, war David Addison, einer der untersetzten Männer mit hervorquellenden Augen, der für gewöhnlich in ihrer Begleitung zu sehen war; auf der anderen Seite des Rollstuhls stand Mr. Maxwell Davies, dessen einstige Schlankheit und Stattlichkeit nun von Fett verunstaltet war. Davies' Gesicht hatte einen achtlosen, gierigen Ausdruck – Julia erschauderte. Es schien ihr fast, als könnte sie seinen Atem riechen, als könnte sie seinen Mundgeruch wahrnehmen. Heather Rudge strahlte, sie lächelte ein kühles Siegerlächeln zwischen den beiden gebrochenen Männern.

In diesem Band waren keine Bilder von Heather mehr, und im nächsten auch nicht. Einige der jungen Männer, Lord Panton und Vicomte Gregory und andere, tauchten bei Bällen und Tanzveranstaltungen auf, sie alle waren dicker, hatten derbere Gesichter und das massige Aussehen einst athletischer Alkoholiker. Diesen Band schloß sie um siebzehn Uhr. Die Bibliothek schloß um siebzehn Uhr dreißig, und Julia überlegte, ob es sich lohnen könnte, die beiden noch verbleibenden Bände durchzublättern.

Sie beschloß, sie in der halben Stunde, die ihr noch blieb, zu überfliegen, und dann noch einmal bei David Swift anzurufen. Julia nahm sich den Band 1939–40 vor, schlug die erste Ausgabe auf und begann dann schneller zu blättern als bei den anderen Bänden. Als sie die Ausgabe vom 19. Mai erreichte, betrachtete sie eine Reihe von Fotografien aus Cambridge und holte hörbar Atem. Ein junger Magnus Lofting stand aufrecht im Abendanzug da und strahlte in die Welt hinaus; neben ihm stand Mr. Maxwell Davies. ›Zwei Männer von Cambridge unterhalten sich über den Blues‹, lautete die Bildunterschrift.

Von diesem Augenblick an suchte Julia in den beiden Bänden nach dem Bild, das sie, wie sie wußte, unweigerlich noch finden würde. Selbst isolierte Aufnahmen von Heather oder von Heather mit ihrer bekannten Gefolgschaft interessierten sie nur am Rande; Julia überflog die Seiten und suchte nach dem einen unausweichlichen Foto.

Dieses Foto fand sie am Ende des Bandes 1939–40, in der Ausgabe vom Februar 1940: dem Jahr vor Olivias Geburt, erinnerte sich Julia. ›Kriegerischer Geist wird in Kensington hoch geschätzt‹, lautete die Schlagzeile. Eines der Bilder zeigte ganz ohne jeden Zweifel eine Ecke des Wohnzimmers in Ilchester Place No 25. Die Tapete sah munter aus, und anstatt der schweren Möbel der McClintocks standen anmutige, zierliche Stühle und Sofas an den Wänden. Männer verschiedener Jahrgänge tummelten sich in dem Zimmer, viele davon in Uniform. Heather, die so jung und sinnlich wie im Jahre 1930 aussah, war auf der Hälfte aller Fotos zu sehen. Sie tanzte mit Lieutenant Frederick Mason und Captain Maxwell Davies, man sah sie in angeregter Unterhaltung mit Oberst Nigel Ramsay; aber das Foto, das Julia betrachtete, bis die Glocke im Lesesaal ertönte, befand sich auf der zweiten Seite des Artikels, es zeigte ein älteres Paar, das bei der Party seltsam fehl am Platz wirkte und schüchtern in die Kamera lächelte. Sie wurden als Lord und Lady Selhurst ausgewiesen. Hinter ihnen, in einer Ecke des Zimmers, hatte der einundzwanzigjährige Magnus Lofting einen Arm um Heather Rudges bloße Schultern gelegt.

Sie sah in dem Augenblick auf, als der Afrikaner auf ihrem alten Stammplatz aufstand und seinem finsteren Gesicht einen Ausdruck solcher Neugier verlieh, daß er ein Blatt Papier fallen ließ. Sie schob die Bände an den Rand des Pults und stand auf – nur sie und der Afrikaner waren noch im Lesesaal, abgesehen von der hübschen Bibliothekarin und zwei oder drei Besuchern, die bereits zur Tür hinausgingen. Ihr Herz schien lodernd zu brennen. Nun wußte sie die Antwort auf Lilys Frage: Warum dich?

›Weil‹, dachte sie, ›Magnus Olivias Vater ist. Weil seine beiden Kinder erstochen wurden. Weil Olivia Rache sucht. Weil die Zusammenhänge jetzt klar sind.‹

Beschwingt verließ sie die Bibliothek und trat in den grauen, stetig fallenden Regen hinaus. Ketten schwarzer Wolken prägten den dunklen Himmel. Julia suchte in ihrer Handtasche abwesend nach den Schlüsseln, schloß die Autotür auf und nahm hinter dem Lenkrad Platz. Ihr Gesicht fühlte sich kalt und feucht vom Regen an, auch ihre Hände waren kalt und naß. Diese Empfindungen, wie die Bitterkeit am Ansatz ihrer Zunge, glitten von der reflektierenden Oberfläche ihres Verstandes ab; hätte man sie augenblicklich gefragt, so hätte sie gezögert, bevor sie gesagt hätte, in welchem Land sie sich befand. Alle Rätsel waren nun endlich miteinander verbunden, alles paßte zusammen, und die Antwort auf Lilys Frage war gefunden worden, wie es in der Vergangenheit gewesen sein mußte. Julia brauchte Magnus nicht, um ihr Wissen zu bestätigen oder zu leugnen: Sie wußte, daß sie recht hatte. Magnus war Olivias Vater; er hatte eine Jugendaffäre mit Heather Rudge gehabt und sie dann verlassen. Das erklärte alles. Und es erklärte Heather Rudges Verhalten, als Julia sie in der Klinik besucht hatte. Nun begriff sie, warum die Frau sich dreimal erkundigt hatte: »Ist das Ihr wirklicher Name?« Julia lehnte sich im Sitz des Wagens zurück und sah zum wolkenverhangenen Himmel empor. Alle Teile fügten sich zusammen. Was war einleuchtender als die Tatsache, daß Olivia Rudge versuchte, die zweite Frau ihres treulosen Vaters zu ermorden, nach allem, was sie von Olivia wußte? Daß sie einen tödlichen Vers auf ihre eigene Ermordung reimte?

Es gab einen Ort, den sie noch besuchen mußte. Ein Teil ihres Verstandes wußte dies mit erstaunlicher Klarheit, wenngleich der Rest noch schwebte und von der Symmetrie Olivias verblüfft war. Normalerweise hätte sie nicht gewagt, sich ans Steuer zu setzen – sie fühlte sich, als hätte sie eine halbe Flasche Whiskey getrunken –, aber sie konnte nicht anders dorthin gelangen, wohin sie gehen mußte. Sie drehte den Schlüssel im Zündschloß und hörte, wie der Motor des Rover zum Leben erwachte. Sie legte den Gang ein und schoß vorwärts über den Parkplatz. Regen machte die Windschutzscheibe undurchsichtig, und Julia schaltete in dem Augenblick die Scheibenwischer ein, als sie in die Straße einbog. Die Karte in ihrem Kopf würde sie dorthin führen, wohin sie gehen mußte, auch wenn sie nicht wußte, wie sie dorthin gelangen konnte.

Olivia, Magnus.

Olivia, Magnus. Sie hatte es von der Nacht an gewußt, als sie Mrs. Fludd kennenlernte, aber erst jetzt begriff sie die Zusammenhänge, wie sie Teil von Olivias Netz waren, wie auch des von Magnus. Olivia hätte Kate sein können, dachte sie, und der Rover schoß vorwärts und raste knapp an einem gelben Volkswagen vorbei. Sie meinte: Olivia hätte ihre Tochter sein können. Sie und Heather Rudge waren austauschbar.

»Nein«, sagte sie laut, steuerte den Wagen auf die Fahrspur und trat das Gaspedal durch.

Schwestern. Sie waren Schwestern. Frauen desselben Mannes. Mütter ermordeter Töchter.

Julia brachte den Wagen mit quietschenden Reifen zum

Stillstand, als sie endlich die rote Ampel bemerkte, sie achtete nicht auf die neugierigen Blicke, die ihr Passanten unter Schirmen hervor zuwarfen. Sie saß mit etwas offenem, trockenem Mund hinter dem Steuer, sah starr geradeaus und wartete auf Grün. Magnus schien unberechenbarer denn je, ein Meer von Möglichkeiten und Überraschungen: Sie konnte ihn weder zu sich nehmen noch ihn von sich stoßen. Das Gift Olivias kam von einer Ebene tief in ihm, von einer Macht, die in seiner Kindheit entstanden und verkümmert war. (Wie Mark, sagte eine unloyale Stimme in ihrem Verstand.)

Hupen ertönten hinter ihr, sie legte den Gang ein und schoß über die Kreuzung. Sie wußte, wohin sie fuhr. Die Dunkelheit des Himmels tropfte herab und beschmutzte ihre Hände am Steuer.

Hatte sie einen Hund überfahren? Sie konnte sich nicht erinnern: Sie konnte sich an den größten Teil der Fahrt nicht erinnern. Da war ein Hund gewesen, in unmittelbarer Nähe von Golders Green und der Finchley Road, ein rostfarbener Hund, der auf die Straße gelaufen war. Julia hatte sofort das Lenkrad instinktiv zur Seite gerissen, und der Rover war gegen ein parkendes Auto gerammt und hatte dessen Seitentür eingedrückt; als sie den Rover zurückgesetzt hatte, hatte sie geglaubt, einen zweiten Aufprall am linken Vorderreifen zu spüren. Sie war rasch weggefahren und hatte nicht gewagt, in den Rückspiegel zu sehen.

Nun stand sie in der Upper Street neben dem Auto, Regen durchnäßte ihr Haar, und dachte darüber nach, wie schrecklich es war, einen Hund zu töten. Sie konnte den Rover nicht ansehen. Magnus' Geschenk für sie (das mit ihrem Geld gekauft worden war), sauber und schlank, katzenhaft: ein ansehnliches Exemplar. Es paßte zu Magnus, ihr von ihrem Geld etwas zu kaufen und es dann gegen sie zu kehren. Aus den Augenwinkeln erblickte sie so etwas wie eine zerbeulte Stoßstange, die verbogen war wie das Horn eines Widders. Sie kauerte die Schultern wegen des Regens zusammen. Wo war ihr Mantel? Nicht im Wagen. Sie hatte ihn auf dem Stuhl des Zeitungsarchivs vergessen. Sie hoffte, daß sie den Hund nicht überfahren hatte. Vielleicht hatte er keine Spuren am Auto hinterlassen, war aber dennoch tot.

Jenseits der Straße leuchtete das Licht des Pubs sanft und rot durch die Scheiben; Gläser hingen verkehrt herum, wie Fledermäuse, sie schimmerten wie Weihnachtsschmuck, Punkte und rote Schlieren. Regen prasselte auf die Straße und floß in Bächen in die Gullys. Die Straßenlaternen erzeugten glänzende Streifen auf dem Pflaster, ein schroffes, ätzendes Gelb, eine Farbe, die die Haut zerfrißt. Wassertropfen fingen sich in Julias Brauen und Wimpern. Sie sah über das Pub; in den Fenstern war kein Licht zu sehen.

Sie mußte in die Wohnung gehen; sie mußte es wissen.

Es war keine Polizei da, was bedeutete das, keine Polizei?

Julia ging über die Straße, sie vergaß, das Licht des Wagens auszuschalten oder den Schlüssel abzuziehen, sie blieb stehen, um ein nur undeutlich wahrgenommenes Auto vorbeifahren zu lassen. Sie stand auf dem Gehweg vor David Swifts Tür und klopfte zweimal. Dann fand sie die Klingel und drückte sie nieder; Wasser lief ihr an Kopf und Nacken hinab.

Als niemand öffnete, schienen ihre Eingeweide zu gefrieren. Was war mit der Polizei los? Hatten sie ihre Nachricht nicht verstanden? Julia drückte gegen die Tür. Sie hielt stand. Benommen und hilflos drehte sie sich um und sah die Scheinwerfer des Rover jenseits der Straße, deren Lichtkegel sie festhielt. Mehr konnte sie von dem Auto nicht sehen.

Sie wandte sich verzweifelt der Tür zu. Etwas, das Magnus ihr einst beschrieben hatte, fiel ihr wie durch ein Wunder mit allen Einzelheiten wieder ein. Er hatte einen Einbrecher gestellt, und er hatte ihr erklärt, wie der Mann mittels einer Plastikkarte das Schloß geöffnet hatte. Er hatte ihre Scheckkarte genommen, um es ihr zu zeigen. Sie suchte in ihrer Handtasche nach der Börse und holte die Karte heraus, wobei sie Dokumente und Quittungen in ihrer Tasche verstreute, dann schob sie die Karte zwischen Tür und Rahmen, wo sich das Schloß befand, sie drückte und zog die Karte hoch, es folgte ein leises Klikken. Als sie gegen den Türknopf drückte, öffnete die Tür sich nach innen. Sie schlüpfte hinein und entkam den Lichtstrahlen ihrer Scheinwerfer.

Es war die schmale Treppe, wo er ihr nachgerufen hatte. Von oben vernahm sie ein gedämpftes Geräusch. Julias Herz krampfte sich zusammen und entspannte sich wieder, obwohl Angst sie wie kaltes Wasser durchpulste. Sie ging die schmutzigen Stufen hinauf. Sie hatte geträumt, daß sie das tat, aber sie konnte sich nicht mehr erinnern, wann das gewesen war. Ihre Finger pochten gegen das Holz der oberen Tür; Murmeln erklang auf der anderen Seite, eine Reihe unverständlicher Silben. Sie legte die zitternden Finger gegen das Holz und stieß die Tür langsam auf. Ihre Finger hinterließen kleine dunkle Flekken auf dem Holz.

Sie spürte Olivia: diese dichte, verwobene Atmosphäre abwartender Spannung. Olivias Aura schien das Zimmer zu erfüllen. Ihr Löwengeruch. Sie war hier, oder sie war gerade gegangen. Julia sah das Messer zuerst. Sie hob es nachdenklich vom Boden auf und spürte, wie ihre Handfläche am Griff klebenblieb. Sie erinnerte sich – als wäre auch das ein Traum gewesen – an das Taschenmesser, das sie an ihrem ersten Tag im Haus im Sand ausgegraben hatte. Während sie das Messer hielt, konnte sie Sand an den Handflächen spüren. Olivia.

Sie wirbelte herum, da sie sicher war, daß sie Olivia rufen gehört hatte. Aber es war ein Geräusch von der Couch gewesen, eine Wiederholung des gedämpften Lauts, den sie auf der Treppe gehört hatte. Als wäre wirklich alles ein Traum, schritt Julia schwebend über den Teppich zum Sofa und sah David Swift dort auf dem Rücken liegen, er hatte die Augen offen, sein Mund bewegte sich. Unzusammenhängende Silben waren zu hören. Er schlief, dachte Julia, und sprach im Schlaf.

Während sie hinsah, sank sein Kopf zur Seite, und seine Brust schien zu erblühen. Ein roter Schlitz öffnete sich vom Brustbein bis zum Gürtel, nasses Rot breitete sich auf seinem Hemd aus. Es war, als hätte sich eine Blume geöffnet, die nun plötzlich eine Konfiguration erlesener Schönheit und Kompliziertheit darbot. Weiteres Blut floß unter seiner Haut hervor und sammelte sich im Nacken. Er sah Julia in die Augen und versuchte zu sprechen. Blut füllte seine Kehle, es quoll aus seinem Mund hervor und machte seine Worte undeutlich.

»Sie...«

»Sie ist gerade gegangen«, beendete Julia den Satz für ihn. Er hatte bereits eine große Menge Blut verloren; Julia nahm ein Tuch von dem kleinen Tisch und preßte es auf die lange Wunde am Bauch des Mannes. Sie mußte es falsch gesehen haben, dachte sie mit überraschend ruhigem Verstand; er war gestorben, als sie hereingekommen war. Während Julia das nutzlose Tuch auf die Wunde preßte, schlug David Swift auf dem Sofa um sich, Blut spritzte über ihre Hand, dann fiel er zurück. Julia ließ das Messer in die dickliche Flüssigkeit neben dem Sofa fallen. Sie stand blinzelnd auf. Olivia war zuerst hiergewesen und hatte ihn im Schlaf getötet. Ihr Gestank erfüllte das Zimmer noch.

Sie wusch sich die Hände am Waschbecken und wandte dem toten Swift den Rücken zu. Als sie sich von dem Blut gesäubert hatte, floh sie die Treppe hinunter und ließ die Eingangstür offen, damit ein vorbeigehender Polizist hineinsehen würde. Im zunehmenden Regen lief sie im Lichtkegel der Scheinwerfer auf den Rover zu. Gelächter und Musik aus dem Pub verfolgten sie.

Das Grauen dessen, was sie gerade gesehen hatte, brach über sie herein, als sie wieder im Wagen saß, Regen lief von ihrem Haar in den Kragen des Kleides, sie warf sich hin und her, zwischen Lenkrad und Sitz, ihre Hände umklammerten das Holz des Lenkrads, sie war zu spät gekommen; selbst die Polizei war machtlos gegen Olivia gewesen. Julia schlug die Tür des Rovers zu und wartete naß und frierend im Inneren. Ihr Verstand wurde, lange bevor sie den Körper wieder kontrollieren konnte, wieder klar. Bilder von Amerika, von Tälern und grünen Ebenen bedrängten sie.

11

Sie fuhr durch die dunklen, regennassen Straßen, die Scheibenwischer waren eingeschaltet, und sie wußte, sie fuhr auf der falschen Straßenseite. Sie sollte rechts fahren, denn sie fuhr durch die Altstadt einer Stadt wie Boston, die ihr auf eine surrealistische, traumhafte Weise vertraut war; aber alle anderen fuhren links, und auch damit war sie auf traumhafte Weise vertraut. Julia ließ sich davon mitziehen, sie war gelinde erfreut darüber, daß sie diese seltsame Stadt kannte, gleichzeitig war sie gelinde erzürnt darüber, daß sie ihre Gedanken nicht richtig ordnen konnte. Sie sah einen Blutfleck auf ihrem Daumennagel und wischte ihn, einem Reflex folgend, am Saum ihres Kleides ab.

Ihre Ausfahrt, der Zubringer zur Schnellstraße, lag hier irgendwo in der Nähe; von dort war es nur noch ein Weg von ein paar Stunden bis New Hampshire. Sie wußte das, weil sie in ihrem ganzen Leben noch nicht weiter als ein paar Autostunden vom Tal ihrer Familie entfernt gewesen war: Julia konnte vor ihrem geistigen Auge alle Straßen, Highways und Schnellstraßen sehen, die Schlagbäume und Landstraßen und Schotterwege, die die Farmer benützten und die ein dichtes Netz von Verbindungen zwischen ihrem derzeitigen Aufenthaltsort und dem Tal bildeten. Mit perfekter Klarheit konnte sie sich die letzte Abzweigung vor dem Tal vorstellen, die geschwungene Ausfahrt von der Autobahn durch dunkle Hügel, wo in tiefen Einschnitten ein paar geheimnisvolle Lichter leuchteten, und weit entfernt der Schimmer einer Stadt. Sie konnte jeden Zentimeter dieses Weges zum Tal sehen, und sie wußte, wo der Fluß war, auch wenn man ihn nicht sehen konnte. Sie wollte ihn jetzt vor sich sehen.

Sie fuhr durch eine amerikanische Stadt, eine Stadt wie Boston, in grob südlicher Richtung. Häuser aus dem neunzehnten Jahrhundert, aus roten Ziegelsteinen erbaut, mittlerweile vom Ruß braun gefärbt, standen zu beiden Seiten der schmalen Nebenstraßen. Kalter Regen prasselte auf das Autodach.

Sie fuhr durch eine amerikanische Stadt, sie fuhr durch Amerika. London war ein verschwommener Fleck in ihrer Erinnerung. London existierte nicht. Sie fuhr durch Boston, und es gab kein London. Bald würde sie die Berkshires finden, und die herrliche Straße zwischen Baumreihen. Tanglewood. Julia trat das Gaspedal durch, und das Auto beschleunigte auf der nassen Pentonville Road und brach mit den Hinterreifen aus. Abgesehen von den vielen Autos, sah es hier wie in den Vororten von Boston aus. Sie wußte, daß die Menschen hier auf der falschen Straßenseite fuhren. Mittlerweile war es auch ihr zur Gewohnheit geworden. Warum war das so? Sie verdrängte die Frage.

Sie war nicht gealtert, sie fuhr heim, nichts war ihr geschehen. Ihr Vater wartete in seinem eleganten grauen Anzug; ihr Großvater war gerade gestorben, daher fuhr sie von Smith nach Hause. Boston war ein Fehler, sie wollte nicht in Boston sein. Aber sie wußte, welchen Weg sie einschlagen mußte.

Sie war jetzt in der Nähe der Fens, dachte sie. Es würde anders aussehen, denn alles hatte sich verändert, und sie war seit Jahren nicht mehr bei Smith gewesen. Sie steuerte das Auto blind um eine Kurve, ihr Verstand flatterte. Die Vision der Brust eines Mannes, aus der Blut hervorquoll... sie bedeutete nichts, obwohl ihre Füße in Blut ausgeglitten waren. Nichts. Julia zwang sich dazu, einem jungen Mann zuzulächeln, der die Straße auf breiten weißen Streifen überquerte, und dieser erwiderte das Lächeln. Er hatte ein amerikanisches Gesicht, rund unter buschigem Haar. Naß vom Regen. Ein glattes, schlüpfriges Gesicht. Ein Gesicht, das in ihrem Geist keine Spuren hinterließ.

Der Rover schoß an dem Jungen vorbei. Bald würde sie den Weg finden, und dann würde sie ohne Mühe die Straße hinabfahren, die Stadt hinter sich lassen, die Ausfahrt hinaus, zwischen den Hügeln dahin, an den winzigen, geisterhaften Lichtern tief in den Tälern vorbei, wo sich die Kurven der Straße zwischen den Bäumen wanden.

Sie wußte genau, wohin sie fuhr, auch wenn ihr Verstand sich manchmal loszulösen und durch Boston zu schweben schien. Während sie die Marylebone Road entlangfuhr, bemerkte sie auf dem linken Handgelenk einen weiteren Blutfleck und wischte ihn rasch und angeekelt am Autositz ab.

Sie konnte das Gefühl, in Massachusetts zu sein, nicht abschütteln, bis sie das Auto vor einem Haus in Notting Hill geparkt hatte, im Regen über den Fußweg geeilt war und an der Seite des Hauses sechs Stufen hinabging. Ihr Verstand schien auseinanderzustreben, ein dünner Stoff, der von flatternden Vögeln in verschiedene Richtungen gezogen wurde. Sie drückte auf die Klingel. Ein Keller, ein Tal. Ihr Atem ging keuchend und rasselnd und riß ihr die Kehle auf. Ihr Mund war offen und fühlte sich wie Baumwolle an. Schließlich ging die Tür auf und sie warf sich dem Mann entgegen, der geöffnet hatte, sie berührte sein nasses Gesicht mit ihren Händen. Er hielt sie eng umschlungen, während er sich bemühte, den Mantel auszuziehen. Regentropfen rannen an ihrem Gesicht hinab, und sie lehnte sich an seine Brust, von einem Anfall geschüttelt, den sie erst nach sehr langer Zeit als Weinkrampf erkannte.

Mark stand unter seiner Tür und ließ sie schluchzen. Der nasse Mantel hing ungemütlich über seinen Schultern, und während er Julia beruhigte, streifte er zuerst einen Ärmel ab, dann den anderen. Er ließ den Mantel achtlos zu Boden fallen und zog Julia noch enger an sich. Sie zitterte an seiner Brust wie ein gefangener Vogel, ihre Arme und Ellbogen berührten bebend seinen Oberkörper.

»Gott sei Dank, daß du zu Hause bist«, stieß sie endlich hervor. »Ich hatte solche Angst, ich könnte dich nicht antreffen und müßte dann...« Ihre Stimme wurde zu überanstrengt und leise, um weiterzusprechen.

»Ich bin gerade nach Hause gekommen, in dieser Minute«, sagte er in das nasse Haar ihres Kopfes hinein, das ihr rechts und links von einem natürlichen Scheitel am Schädel klebte. »Großer Gott«, sagte er, »ich habe mich nie bei dir für das Geld bedankt. Ich hätte es nicht nehmen sollen, aber es kam zu einem Zeitpunkt, als ich knapp war, und...«

Julias verzerrtes Gesicht hob sich ihm verwirrt entgegen. Sie hatte die Sache mit dem Scheck offenbar vollkommen vergessen.

»Vergiß es«, sagte er rasch und zog sie an sich. »Was ist denn mit dir passiert?«

Sie legte die Wange an seine Schulter und atmete einen Augenblick schwer. »Alles ist passiert«, sagte sie schließlich. »Sie wird mich umbringen. Ich habe gesehen... ich habe gesehen...« Julia betrachtete ihn mit verschwommenen Augen, ihr Gesicht befand sich direkt vor seinem, aber sie sah ihn nicht.

»Du hast gesehen?« Mark streichelte ihre Wange, aber sie reagierte nicht.

»Ich dachte, den ganzen Weg bis hierher, ich wäre in Amerika. Ich dachte, ich würde durch Boston fahren. Ich suchte nach der Ausfahrt, damit ich nach New

Hampshire gelangen konnte. Ich wollte zum Haus meines Großvaters im Tal. Ist das nicht komisch?«

»Du bist überlastet«, sagte Mark.

»Ich werde getötet werden«, sagte sie wieder. »Niemand kann sie aufhalten. Ich will nicht sterben. Kann ich heute nacht bei dir bleiben? Du bist ja ganz naß.« Sie berührte sein Gesicht. »Warum bist du naß?«

»Ich war unterwegs«, sagte Mark. »Ich habe mich mit Lily unterhalten. Über dich.« Er lächelte Julia an. »Ich bin nur einen Augenblick vor dir hereingekommen. Komm rein.«

Er führte sie ins Zimmer, half ihr, sich auf einem Kissen niederzulassen und zog ihr die Schuhe aus. Dann trocknete er ihr die Füße mit einem Handtuch ab und wischte ihre Hände trocken. Er beendete sein Werk, indem er ihr Gesicht abtupfte.

»Du hast schon wieder einen Bluterguß.«

»Ich bin gestürzt. Auf der Straße. Da hat sie mit mir gespielt.«

»Und was ist das an deinem Handgelenk?« Er betrachtete den dicken Verband unter dem Ärmel ihrer Bluse.

»Ich habe mich geschnitten. Nicht absichtlich. Das war, nachdem ich sie gesehen hatte. Ich habe dich angerufen.« Julia sah starr geradeaus, als könnte er ihr nun, da sie bei ihm war, keine weitere Hilfe mehr bieten. »Sie wollte, daß ich von einem Auto überfahren würde. Genau wie Mrs. Fludd. Sie findet nichts an einem Mord. Es macht ihr Spaß. Sie sorgt dafür, daß es auch anderen Leuten Spaß macht.«

»Langsam«, sagte er, nahm ihre Hände und rieb sie. Mark kauerte sich vor ihr nieder und sah ihr in die blicklosen Augen. »Wer ist ›sie‹? Dieses Mädchen, von dem du gesprochen hast? Olivia Rudge?«

Plötzlich wurde der Blick ihrer Augen klar. »Ich habe

dir nicht ihren Namen gesagt«, sagte sie, starrte ihn an und begann, ihm ihre Hände zu entziehen.

»Lily hat ihn mir gesagt«, sagte er. »Gerade eben.«

»Lily glaubt mir nicht. Das kann sie nicht. Wegen Magnus.«

»Mach dir um Lily keine Gedanken. Was ist mit diesem Mädchen?«

Julia sah fasziniert zu, wie eine Ameise aus Marks Hemd kroch und auf der Bügelfalte seines Kragens balancierte. Die Ameise, klein, rot und sehr schnell, wuselte am Kragen hinab und über die Brust, dann verschwand sie wieder im Inneren des Hemdes.

»Sie möchte dich umbringen.«

»Ja.«

»Sie weiß, daß du alles über dieses Kind herausgefunden hast, was immer es war, das vor zwanzig Jahren geschehen ist.«

»Geoffrey Braden.« Julia dachte daran, wie sich die Ameise durch den Dschungel von Marks Brusthaar kämpfte. Sie war in ausgesprochener Hochstimmung.

»Und nun möchte sie dich umbringen.«

»Sie hat zwei andere Männer ermordet. Paul Winter und David Swift. Ich kam gerade aus Swifts Wohnung.« Julia sprach mit gleichmäßiger Stimme, dabei hatte sie den Blick starr auf seine Brust gerichtet. »Kann ich mich auf deine Matratze legen?«

»Sicher«, sagte er, half ihr auf und durch das Zimmer zur Matratze, Bettlaken und Decken lagen zerknüllt am Fußende, und Mark zog sie über ihre Beine. Dann nahm er, nachdem er Kleidungsstücke und Teller beiseite geschoben hatte, neben der Matratze auf dem Boden Platz.

»Ich werde Schlaftabletten suchen«, sagte er. »Sie werden dir helfen, dich zu entspannen, Julia.«

»Ich brauche keinen Schlaf«, sagte sie.

»Du brauchst Ruhe«, sagte Mark. Er hob ihren Kopf

und zog das fettige Kissen über die Matratze unter ihn. Dann ließ er sie ungestört zur Decke emporstarren, während er in die Küche ging und ein Beruhigungsmittel und ein Glas Wasser holte. »Ich habe nur Valium«, sagte er.

»Ich nehme zu viele Tabletten«, murmelte Julia, schluckte aber dennoch eine. Dann konzentrierte sie ihren Blick auf seine Augen – er konnte sehen, wie sich ihre Pupillen zusammenzogen – und sagte: »Ich habe herausgefunden, daß Magnus ihr Vater ist. Deshalb ich. Deshalb wollte sie von Anfang an mich.«

»Mach jetzt die Augen zu, Julia«, sagte er. »Wir werden uns morgen früh über alles unterhalten. Wir haben viel zu besprechen. Wirst sehen.«

Sie schloß gehorsam die Augen. »Ich habe mir die Hände gewaschen, weil Blut daran war.« Sie drehte Mark das Gesicht zu und öffnete die Augen. »Ich möchte, daß du mich beschützt. Nur heute nacht. Bitte.«

Gegen seinen Willen betrachtete Mark die Umrisse von Julias Schenkeln unter dem Rock. Am Saum sah er eine dunkle Spur von irgend etwas und spürte, wie alles in ihm erstarrte, als hätte er ein Stromkabel berührt.

»Ich glaube, mir wird übel«, hörte er Julia sagen. »Ich fühle mich so komisch. Ich will nicht sterben. Ich will nicht sterben, Mark.«

Nachdem Mark das Licht ausgemacht hatte, zog er im Dunkeln die Kleidung aus, er war nicht sicher, wo er schlafen sollte. Julia lag bewußtlos und vollständig angekleidet auf seiner Matratze. Er wagte nicht, sie anzurühren – Julias Zustand schien ihm gefährlich zu sein und in jeder Beziehung dem zu entsprechen, was Lily ihm geschildert hatte. Es schien, als könnte sie tatsächlich dem Wahnsinn verfallen, wenn man sie nur berührte. Und ihre Andeutung bezüglich Magnus hatte ihn aufgebracht und daran erinnert, daß sie die Frau seines Adoptivbruders war, trotz allem, was in den vergangenen ein oder zwei Wochen vorgefallen war. Mark wußte ganz genau, daß Magnus stärker war als er und daß er nicht zögern würde, ihn besinnungslos zu prügeln, wenn er den Verdacht hatte, er würde mit Julia schlafen. Magnus hatte ihn in seiner Jugend zweimal verprügelt, und Mark scheute vor der Erinnerung daran zurück. Er zog einen gemusterten indianischen Teppich hervor, den ihm vor langer Zeit einmal ein Mädchen geschenkt hatte, an dessen Namen er sich nicht mehr erinnern konnte, und diesen starren, kratzigen Stoff breitete er über seiner Gestalt aus, als er sich im Sessel zurücklehnte.

Magnus schien überall zu sein, hinter jedem Fels und jeder Ecke: Wollte man Julia glauben, dann hatte Magnus' Fruchtbarkeit Olivia Rudge erzeugt, Julias fantastische Verfolgerin. Obwohl sie ungefähr gleich groß waren, sah Mark Magnus stets als größer an, zweimal so gewaltig, eine doppelt so seriöse Erscheinung als er selbst. War es tatsächlich möglich, daß Lily ihn kontrollieren konnte? Ihr Angebot war ein anschauliches Beispiel für Bezahlung für in Anspruch genommene Dienste, aber es würde nur ein lohnendes Angebot werden, wenn sie Magnus davon überzeugen konnte, daß seine Bemühungen, Julia zur Vernunft zu bringen, Aussicht auf Erfolg hatten. Mark wußte, daß Magnus ihn als unfähigen, fast bedeutungslosen Mann einstufte, aber er glaubte nicht, daß Magnus ihn betrügen würde. Keiner von ihnen konnte zulassen, daß Julia England verließ, das stand fest.

Mark lehnte sich zurück, sein Kopf wirbelte und der Teppich kratzte seine Haut wie Sandpapier. Julia lag immer noch bewegungslos unter der Decke. Magnus und Lily hatten recht, sie brauchte lange Ruhe unter Aufsicht. Er hatte bisher stets versucht, Julia in eine Richtung weg von Magnus zu führen, vielleicht war es jetzt Zeit, gründlicher nachzudenken. Die Wahrheit war, seine akademische Laufbahn stand auf Messers Schneide; Mark konnte die Langeweile des Unterrichtens kaum noch ertragen. Sein Buch war ein Hirngespinst, ein totes Ding, das immer nur in seiner Fantasie existiert hatte. Das Unterrichten war seine einzige Einnahmequelle, abgesehen von der kümmerlichen Summe, die Greville Lofting ihm hinterlassen hatte. Im Kopf dieses alten Mistkerls war kein Gedanke an gerechtes Teilen aufgekommen. Nicht, daß er, verglichen mit Julia, viel besessen hatte.

Sie stöhnte auf der Matratze und murmelte etwas.

Er hatte erwartet, daß seine Kopfschmerzen, die ihn überkamen, als er Plane Tree House verlassen hatte, und die vier Stunden lang nicht verschwunden waren, mit Julias Erscheinen wieder zunehmen würden, aber überraschenderweise verspürte er keine. Das lag, dachte er, an ihrem Zustand: eine so schwache, so abhängige Julia konnte den Auslöser nicht betätigen, der seine Kopfschmerzen bewirkte. (Denn in den vergangenen Tagen war ihm zumute gewesen, als wäre eine Kugel, ein rotglühender Fremdkörper in sein Gehirn eingedrungen.)

Er hörte Julias Stimme: »Mark?«

»Hier«, grunzte er. »Im Sessel.«

»Warum bist du nicht bei mir?«

»Ich habe nachgedacht.«

»Hm«, meinte Julia, die bereits wieder halb eingeschlafen war.

Hatte sie die Angewohnheit, in der Nacht zu sprechen, hatte sie Magnus Dinge zugemurmelt? Wollte sie, daß er in ihr Bett kam? Dieser Gedanke erregte Mark, und er richtete sich auf dem Sessel auf und betrachtete Julias Gestalt unter der Decke. Ihr Gesicht war tief im Kissen vergraben, das Haar war eine Korona darum herum. Mit ihrem unordentlichen und ungekämmten Haar sah sie den anderen Frauen, deren Köpfe auf diesem Kissen geruht hatten, weitaus ähnlicher.

Sie sprach seinen Namen im Schlaf sehr deutlich aus.

Unwillkürlich stellte Mark sich plötzlich Magnus' schweren Körper vor, der mit ihrem rang, Magnus' Bauch, der sich gegen den Julias preßte, Magnus, der ihre Beine spreizte, Magnus, der sie selbstbewußt nahm. Sie gehörte ihm. Mark konnte Magnus' Arme sehen, die sie umschlangen, ihre Beine, die an seinen Hüften angewinkelt waren. Sein Penis drückte gegen den groben Stoff, und er warf den Teppich beiseite und ging durch das Zimmer, um sich neben Julia auf die Matratze zu drängen. Ein wenig später in der Nacht, nachdem er sich hastig mit Knöpfen und Stretch abgegeben hatte, fühlte er, wie sein Verstand gewaltige Entfernungen überbrückte, während er sich auf die Frau seines Bruders wälzte. Es war, als würde er auf LSD kopulieren, aber selbst das waren kaum erwähnenswerte Erlebnisse gewesen, verglichen mit diesem hier, denn die ganze verbleibende Nacht wurde er von Halluzinationen und Visionen heimgesucht: Er war ein unermüdlicher sexueller Vogel, der die Luft befruchtete. Unschuld erhitzte die Atmosphäre, die Gerüche von Schweiß und altem Essen durchzogen sie.

Am Morgen verließ Mark die Wohnung, um Eier, Speck und Brot einzukaufen, und Julia blieb allein im Durcheinander seines Zimmers zurück und begann zu weinen. Sie fühlte sich im Stich gelassen und hilflos, an einer öden Küste gestrandet. Nicht einmal Mark konnte sie in die normale Welt der Menschen zurückholen und von der öden Küste retten. Sie weinte ein paar Minuten, dann richtete sie die Laken auf der Matratze. Sie wiesen Schmutzstreifen und verkrustete Flecken auf, die Julia bewußt übersah. Sie überlegte, ob die Polizei den Leichnam von David Swift bereits gefunden hatte; und wenn, ob die Zeitungen eine Meldung über seinen Tod brachten. Swift war nicht der Sohn eines Generals. Sie mußte jemandem erzählen, was geschehen war. Mark hatte nur so getan, als glaubte er ihr; und sie war zu erschöpft und unter Schock gewesen, um die Geschehnisse des gestrigen Abends richtig erklären zu können. Ihr wurde klar, daß sie nur eine einzige Person kannte, die sie jetzt anrufen konnte.

Lily nahm den Hörer beim ersten Läuten ab, da sie glaubte, Magnus habe eine rechtliche Möglichkeit gefunden, seine Frau ins Krankenhaus einweisen zu lassen.

»Ja«, sagte sie und sah sich blitzartig im Zimmer um, um ihr Stubbs-Pferd, ihre Vasen und die persische Wand anzusehen. Julias Stimme ertönte, fern und müde, und plötzlich schienen alle Habseligkeiten Lilys an Ort und Stelle fest verankert.

»Lily? Lily, ich muß dir etwas sagen. Hör mir zu.«

»Wo, um alles in der Welt, bist du?« sagte Lily rasch. »Magnus und ich haben versucht, dich gestern abend zu besuchen. Du warst nicht zu Hause.«

»Aber jetzt bin ich es«, log Julia. »Ich war gestern abend aus.«

»Hältst du das für klug, Liebling? Wir sind alle der Meinung, du solltest dich, sooft es geht, ausruhen. Ich würde dir gerne helfen, deine Sachen hierherzubringen, damit du nicht mehr so alleine bist...«

»Dazu ist es zu spät, Lily«, sagte Julias leise Stimme.

»Liebling, sprich deutlicher in den Hörer.«

»Du mußt mir glauben, Lily. Kein anderer wird es tun. Ich kann mit niemand anderem sprechen.« Sie klang weit weg und verzweifelt, und Lily stellte sich einen Augenblick vor, wie sie nach Westen entschwand, eine Gestalt in einem Flugzeug, das am Himmel kleiner und kleiner wurde.

»Du hast wieder herumgestöbert«, sagte sie. »Warum kommst du nicht her und erzählst mir alles?«

»Lily, Magnus ist Olivias Vater. Ich weiß es. Er hat sich mit Heather Rudge getroffen – in meinem Haus. Es gibt sogar ein Bild, das die beiden zusammen zeigt. Es wurde weniger als ein Jahr vor Olivias Geburt aufgenommen. Er ist Olivias Vater, Lily. Darum hat sie sich mich ausgesucht. Ich habe gesehen, wie sie gestern nacht jemanden getötet hat. David Swift. Er kannte sie, und er hat mit mir gesprochen, wie Paul Winter. Sie brachte jemanden dazu, die beiden zu töten. Ich kam kurz darauf zu ihm, da lag er im Sterben. Ich bin die nächste, Lily, außer mir ist niemand mehr da. Ich bin die nächste.«

Lily hörte den Rest kaum mehr. Als Julia sagte, daß Magnus der Vater des Mädchens war, hatte Lily instinktiv gespürt, daß sie die Wahrheit sagte. Wut auf Magnus, seine Täuschungen und seine Lügen, raste durch sie hindurch wie eine elektrische Entladung. Sie fühlte sich verraten. »Du bist sicher, daß es Magnus war«, gelang es ihr hervorzustoßen.

»Ich bin sicher«, antwortete Julias angeschlagene Stimme. »Darum hat sie mich gewollt. Das ist das Muster.«

»Mein Gott«, sagte Lily, die auf der Stelle noch ein anderes Muster erkannte. »Ist dir klar, was du da sagst? Julia, wenn das stimmt, was du sagst, dann gibt es einen Grund, weshalb Olivia dich auserwählt hat. Magnus...«

»Magnus und Kate«, flüsterte Julia. »Magnus und Olivia. Der Unterschied ist, Olivia war böse. Und sie kann in den Gedanken der Menschen arbeiten.«

»Julia, das ist sehr wichtig«, sagte Lily, die wie rasend die Möglichkeiten überdachte.

»Such nach dem Namen dieses Mannes in den Zeitungen«, sagte Julia, die nicht auf sie hörte. »Swift. Er gehörte zu ihrer Bande. Er hat mich über Geoffrey Bradens Tod aufgeklärt. Sie ließ ihn töten. Ich habe seine Leiche gesehen – ich sah überall Blut auf ihm.«

»Ju...«

Aber Julia hatte aufgelegt. Lily wählte ihre Nummer,

ihre Gedanken rasten immer noch. Sie hörte, wie in Julias Haus das Telefon läutete. »Nimm ab«, drängte sie, »nimm ab, nimm ab.« Schließlich drückte sie die Gabel mit dem Finger nieder, und nachdem sie das Freizeichen hörte, wählte sie Magnus' Nummer in der Gayton Road.

»Lily«, sagte er. »Ich kann nicht einfach nur einen Schalter umlegen. Es gibt ein paar Möglichkeiten. Etwas wird passieren. Ich lasse es dich heute abend wissen.«

»Deshalb habe ich dich nicht angerufen«, sagte sie wütend. »Ich möchte dich etwas fragen, und ich möchte, daß du mir die Wahrheit sagst, Magnus.«

»Was denn jetzt?« Der gelangweilte Klang seiner Stimme brachte sie zur Weißglut.

»Warst du der Vater dieses verdrehten Mädchens? Der kleinen Rudge? Ich habe gerade mit Julia gesprochen, und sie sagt, sie hat einen Beweis dafür, daß du der Vater bist.«

»Syntax, Lily«, sagte Magnus. »Hast du Beweis gesagt?« Seine Stimme hatte einen amüsiert ungläubigen Tonfall, der so gut wie ein Geständnis war.

»Sie weiß, daß du es bist – ich glaube, das waren ihre Worte. Sag mir die Wahrheit, Magnus.«

»Ich weiß nicht, ob ich der Vater war. Könnte sein. Aber auch zwei der drei anderen könnten es sein. Sie hat uns allen das Geld aus den Taschen gezogen. Vielleicht war das Kind eine Gemeinschaftsproduktion. An manchen Wochenenden mußte man es fast nach der Uhr tun.«

»Du bist ein Narr, Magnus. Das hättest du mir vor einer Woche sagen und vielleicht alles zum Guten wenden können. Nun glaube ich, daß du dich glücklich schätzen kannst, wenn du Julia jemals wiedersehen wirst.«

»Kannst du denn gar nichts tun, während ich den Papierkram erledige? Ich kann schließlich nicht alles allein machen.«

»Du eingebildeter Narr«, schnaubte sie wütend. »Als nächstes werde ich nachsehen, ob ich in der Morgenzeitung etwas über einen Mann namens Swift finden kann. Julia sagte, sie hätte gesehen, wie er ermordet wurde.«

»Um Himmels willen, Lily, jetzt verlierst du auch den Verstand.«

»Auf bald.« Lily legte graziös den Hörer auf die Gabel und ging zum Sofa, wo die Morgenausgaben von ›Times‹ und ›Daily Telegraph‹ über einer der Armlehnen lagen. Sie nahm die beiden Zeitungen vom Sofa und breitete sie auf dem Boden aus. Sie blätterte durch die ›Times‹ und las die Schlagzeilen auf jeder Seite. Als sie den Sportteil erreichte, blätterte sie sie noch einmal von hinten durch, um ganz sicherzugehen. Kein David Swift wurde erwähnt, keinerlei unerklärbare Todesfälle.

Mit großer Erleichterung wandte sie sich dem ›Daily Telegraph‹ zu. Es war eine Halluzination Julias, noch ein Grund, sie einzusperren. Natürlich nichts auf der ersten, und nichts auf der zweiten Seite. Lily überflog die dritte Seite mit der wachsenden Gewißheit, daß sie sich zu übereilter Panik hatte verleiten lassen; sie mußte eine Floskel finden, wie sie sich bei Magnus entschuldigen konnte, ohne das Gesicht zu verlieren. Eine Schlagzeile auf der fünften Seite, zwei Zoll vom unteren Rand entfernt, machte diesen Gedanken ein Ende. MORD MIT DEM MESSER stand da.

Die Leiche von David Swift, 37, wurde in den frühen Morgenstunden des Dienstag in seiner Wohnung in Islington aufgefunden. Ein Polizist untersuchte die offenstehende Eingangstür, als er die Leiche von Mr. Swift fand, der offensichtlich an den Folgen zahlreicher Stichwunden gestorben ist. Zeugen, die die Polizei in Islington verhörten, sagten aus, daß etwa eine Stunde vor Entdeckung der Leiche eine unbekannte junge Frau gesehen worden sei, die die Wohnung von Mr. Swift verlassen hatte.

Lily las den kurzen Abschnitt noch einmal durch, dann stand sie auf und ließ die Zeitung zu Boden fallen. Es stimmte: Julia war gesehen worden, wie sie aus der Wohnung dieses Mannes lief. Magnus war Olivias Vater. Das Muster, das sie während des Gesprächs mit Julia gesehen hatte, wurde in ihren Gedanken deutlicher und deutlicher. Julia war nicht imstande, es zu erkennen, daher hatte sie ein anderes Muster erfunden, das den ihr bekannten Tatsachen entsprach. Bisher hatte Lily Julias Geschichten stets abgetan, weil sie keinen stichhaltigen Grund gesehen hatte, weshalb ausgerechnet Julia Opfer einer echten Erscheinung sein sollte. Jetzt schien der Grund so einleuchtend, so offensichtlich – sie konnte sich nicht erklären, wie sie ihn hatte übersehen können. Aber sie wußte beschämt, wieviel die Tatsache, daß sie Julias Geschichte nicht glauben wollte, mit Stolz zu tun hatte. Blut schoß ihr ins Gesicht. Lily ging ans Fenster und sah in den verlassenen Park hinab. Regen fiel von einem dunklen Himmel herunter.

Jetzt war es wichtiger denn je, Julia aus diesem Haus herauszuholen. Angenommen, Olivia Rudge tauchte dort auf... Lily erschauerte bei dem Gedanken und ging wieder ans Telefon. Sie hatte, erkannte sie, Angst um sie alle. Wenn Julia recht hatte, war keiner von ihnen sicher. Angenommen, Rosa hatte wirklich etwas gesehen und war dafür gestorben? Lily stöhnte und griff zum Telefon, um Mark anzurufen.

Julia wußte, daß Lily sie unter der falschen Nummer anrufen würde. Was würde sie dann tun? In die Zeitung sehen, hoffte sie. Sicherlich konnte ein Mann in London keines gewaltsamen Todes sterben, ohne daß eine Zeile über ihn geschrieben wurde. Jemand mußte ihr glauben, dachte Julia, und jetzt ist nur noch Lily übrig. Marks Verhalten, wenn er nicht im Bett war, war distanziert, schulmeisterlich, kühl; sie hatte gesehen, daß er ihr nicht glaubte, und sie war überrascht, daß sein Unglaube sie nicht tiefer traf. Es war die Bestätigung ihrer Isolation: Was war Olivias Atmosphäre, wenn nicht das? Die Atmosphäre des Traums auf dem Dach.

Sie saß auf dem Rand der Matratze, ihr Verstand schweifte ab, sie wußte nicht, was sie tun sollte. Eier und Speck waren Marks Idee gewesen. Für Julia war der Gedanke ans Essen fast anthropologisch, so fern war er ihr. Was sie wollte, obgleich ihre Vagina pulsierte, war sich wieder an Mark klammern, die Arme um ihn legen und leer und ohne Gedanken neben ihm liegen.

Sie gestattete ihrem Blick, über seine unglaubliche Wohnung zu schweifen. Der Boden war übersät mit Kleidungsstücken und Tellern und angelaufenen Milchflaschen. An den seltsamsten Stellen waren Bücher gestapelt. Unter dem Geruch der Gauloises nahm sie noch einen anderen wahr, einen seltsam körnigen Geruch, wie den eines ungereinigten Vogelkäfigs.

Sie stand unsicher auf, da sie beschlossen hatte, wegen des Bodens etwas zu unternehmen. Als sie sich nach unten beugte, um mehrere nebeneinanderstehende Teller zu stapeln, schoß ihr das Blut in den Kopf; sie sah kreisende, rote und schwarze Punkte und ließ sich wieder auf die Matratze fallen, bis sie wieder klar sehen konnte. Das Zimmer schien um sie herum zu schaukeln. Sie berührte die Teller. Braune Substanz war darauf erstarrt und klebte verschiedene Teller zu einer Einheit zusammen. Julia hielt sie im Schoß, bis das Zimmer aufhörte zu vibrieren, dann trug sie sie in die Küche. Die Spüle war bereits randvoll mit Porzellantellern und Gläsern, die in kaltem fettigem Wasser eingeweicht waren, daher stellte Julia sie auf einer schmalen Arbeitsfläche ab und ging wieder ins Nebenzimmer, um weiteres Geschirr zu holen. Als sie mit zwei Gläsern und zwei Milchflaschen in die Küche zurückkam, fand sie zwei Dutzend schmutzige Milchflaschen auf einem Regal hinter der Spüle. Komplexe Spinnweben und grünliche Flächen verbanden die Flaschen miteinander. Julia preßte ihre beiden Flaschen noch dazu.

Das Telefon läutete im Nebenzimmer, und Julia zögerte, bevor sie die Küche verließ und sich abwartend daneben stellte. Vielleicht hatte Lily erraten, wo sie sich befand: Kümmerte es sie überhaupt noch, ob es jemand erfuhr? Sie nahm gleichgültig den Hörer ab. Eine volle, tiefe Frauenstimme säuselte ihr ins Ohr. »Mark, was ist in letzter Zeit nur mit dir los? Annis sagte, du warst unhöflich zu ihr und hättest etwas von Meditation gesagt; wir jedenfalls glauben, daß du eine große Liebe hast, die deine ganze Zeit beansprucht, und das sieht dir gar nicht ähnlich; warum treffen wir uns nicht alle einmal im Rising Sun und…«

»Er ist nicht zu Hause«, sagte Julia und legte unter einer Woge verblüfften Kicherns auf, das sie so erschreckte, daß sie das Telefon fallen ließ. Als es auf dem Boden aufprallte, barst die Plastikverkleidung wie ein Schneckenhaus.

Julia ging durch Marks Zimmer zum Schreibtisch. Sie nahm auf dem Stuhl Platz und zog die Vorhänge beiseite. Regen fiel auf den grauen Sims vor dem Fenster und drückte die wenigen Grashalme nieder, die sich zwischen dem Beton emporgearbeitet hatten. In der oberen Ecke des Fensters konnte man einen Ausschnitt grauen Himmels sehen, der perspektivisch verzerrt und seltsam geneigt zu sein schien. Julia berührte die Schreibmaschine und leckte sich dann den Staub von den Fingerspitzen. Sie konnte sich den Telefonanruf nicht erklären. Jetzt begann das zerschmetterte Telefon hinter ihr wie eine wütende Biene zu summen. Große Liebe? Annis? War das ein Mädchenname? Julia konnte die Worte des Mädchens am Telefon nicht verstehen. Sie fühlte sich, als wäre sie durch das kichernde Gelächter beleidigt, zum Gespött gemacht worden. Selbst das hatte einen Knightsbridge-Akzent gehabt. Sie legte die Hände auf die kühlen Tasten der Schreibmaschine.

Sein Schreibtisch, seine Bücher, seine Papiere. Er arbeitete an etwas. Sie empfand grenzenlose Dankbarkeit für seine Arbeit, dafür, daß sie Teil dieser beruhigenden Linie von Männern sein durfte, die Sachen machten, die Brükken bauten und Bücher druckten und Entscheidungen trafen. Sie streichelte den Stapel Papier neben der Schreibmaschine. Mark. Sein Name schien ihr das Herz zu erwärmen. Sie konnte ihm keinen Vorwurf aus seinem Unvermögen machen, ihre verrückte Geschichte zu akzeptieren. Später konnte sie ihm eine Zeitung zeigen und beweisen, daß sie die Ermordung von David Swift nicht erfun den hatte.

Der Nachmittag schien noch unglaublich weit entfernt zu sein; nur daran zu denken schien eine unverhältnismäßige Anstrengung zu sein. Sie war sicher, daß die säuselnde Frau am Telefon sie ausgelacht hatte. Wieder dachte sie daran, nach Amerika zurückzukehren.

Sie rollte sich auf die Matratze und hoffte, daß Mark bald wieder zurück sein würde. Die Schranktür neben der Matratze stand offen, und Julia betrachtete müßig die wenigen Kleidungsstücke, die Mark besaß und die an Drahtbügeln aufgehängt waren. Er schien nur eine einzige Krawatte zu besitzen, fast dreizehn Zentimeter breit und silberfarben, darauf war ein orangefarbener Sonnenkreis gemalt. Julia dachte an Magnus' ordentliche Reihen gestreifter Krawatten, Hunderte davon, und lächelte. Mark besaß einen grünen Tweedanzug, der aus den fünfziger Jahren stammte und seit damals nicht mehr getragen worden zu sein schien. Magnus hatte sich scheinbar nicht um Kleidung gekümmert, aber er hatte eine Menge besessen. Beispielsweise hatte er sieben Paar Schuhe gehabt, die alle identisch waren und alle vom selben Schuhmacher in der Cork Street stammten, der auch die Schuhe seines Vaters gemacht hatte. Mark schien nur Boots zu besitzen, keine Schuhe. Schwarze und braune Boots, je ein Paar, mit Reißverschlüssen an den Seiten. Ein Paar Sandalen. Etwas Braunes und teilweise unter einer Plastiktüte Verborgenes im hinteren Teil des Schrankes erweckte ihre Aufmerksamkeit, und sie betrachtete es eingehender. Dieser seltsam wie Holz aussehende Braunton kam ihr bekannt vor, und schon während sie darüber nachdachte, ringten erste Alarmsirenen in ihr.

Sie griff von der Matratze in den Schrank und zog die Plastiktüte mit den Fingern beiseite. Sie sah ein Paar braune Schuhe mit kurzen Absätzen, in deren Leder, diskret unter dem hinteren Saum, ein Monogramm eingedruckt war. Es war ein kleiner Buchstabe *D*, und der stand für David Day, der die Schuhe gemacht hatte. Sie hatte sie vor vier Jahren gekauft, und selbst heute konnte sie sich noch daran erinnern, was sie gekostet hatten. Es waren die Schuhe, die sie verloren hatte, als sie in der ersten Nacht in Ilchester Place durch das Fenster hineingeklettert war.

Julia starrte die Schuhe einen Augenblick schweratmend an, ihr Verstand konnte nicht fassen, was sie da sah. Sie griff in den Schrank, als wäre eine Klapperschlange darin und holte die Schuhe heraus. Das Leder war wasserfleckig und rauh, weil sie zwei Tage im Freien gelegen hatten. Es war Mark, nicht Magnus, der sie genommen hatte.

»Moment«, sagte sie zu sich und berührte die braunen Schuhe. Ihr Herz hatte angefangen zu pochen. Sie sah zu ihrem rechten Handgelenk, wo sie den schmalen grünen Armreif trug, den Mark ihr geschenkt hatte. Etwas wurde gegeben, etwas wurde genommen, hatte Mrs. Fludd gesagt. Julia nahm den Armreif ab und ließ ihn auf das schmutzige Laken fallen. Mark war mehrmals im Kielwasser Olivias aufgetaucht. Ein gnädiges Schicksal, hatte sie gedacht. Aber er war jedesmal gekommen, jedesmal.

Konnte er ihre Schuhe einfach nur gefunden haben? Warum versteckte er sie dann in seinem Schrank?

Empfänglich, hatte Mrs. Fludd gesagt. Er möchte gefüllt werden wie eine Flasche.

Julia bemerkte, daß sie mit der Kehle Laute erzeugte, aber sie konnte sie nicht kontrollieren oder beenden. Ihr Herzschlag schien zu donnern, er schlug wie eine laute Trommel gegen ihre Rippen. Sie zog an der Bandage und riß sie sich vom Handgelenk. Sie konnte spüren, wie sie zerbrach, als wäre sie ein dünner Knochen. Die lange Schnittwunde an ihrem Handgelenk leuchtete, ein schorfiger Striemen auf der Haut, und sie öffnete ihn mit den Fingern ihrer rechten Hand und zog die Ränder der Wunde auseinander. Ein helles, überraschendes Band aus Blut floß aus der Wunde heraus.

Er wird es wissen, sagte ihr Verstand. Sie riß weiter an der Wunde, und das Band aus Blut strömte über ihre Hand auf Marks Bett. Sie rieb ihre Schuhe in dem Blut und ließ sie auf dem Bett liegen. Ihr Arm begann zu pulsieren. Sie erkannte, daß das Geräusch in ihrer Kehle zu einem erstickten Gurgeln geworden war, halb ein Knurren. Sie druckte den Umriß ihrer Wunde auf Marks Laken.

Als sie von dem Durcheinander aufstand, das sie gemacht hatte, wickelte sie sich wieder den Verband um das Handgelenk, achtete nicht auf die frischen Flecken auf ihrer Kleidung, lief zur Tür. Sie mußte fort von hier, bevor Mark zurückkam. Ihre Vagina pulsierte im selben Rhythmus wie ihr Handgelenk. Wunden. Sie stöhnte, als ihr klar wurde, daß sie noch vor fünf Minuten an Sicherheit gedacht hatte. Es gab keine Sicherheit, nur die Illusion davon.

Julia öffnete die Tür und sah die Stufen hinauf, als befürchtete sie, Mark Berkeley zu sehen, der zu ihr herablächelte. Regen fiel ihr wie ein Schleier aufs Gesicht. Julia ging die sechs Stufen bis zur Straße hinauf. Innerhalb von Sekunden klebte der dünne Stoff ihrer Bluse kalt auf ihrer Haut. Sie lief den Block hinab, verfolgt von Olivias gehässigem Grinsen und den Gedanken an Mark. Nur eine Zuflucht, nur eine Sicherheit existierte. Kate war vor ihr dort gewesen. In ihrer Hast und ihrer Angst dachte sie erst wieder an den Rover, als sie das Ende des Blocks erreicht hatte.

In ihrem Haus schien es so heiß wie in Ecuador zu sein. Julia schlug die Haustür zu und verriegelte sie, denn sie wußte, daß Hazel Mullineaux sie gesehen hatte, wie sie den Eingangsweg entlanggehinkt war, ihr Haar naß und die Kleidung völlig durchweicht. Ihre Nachbarin hatte an der Seitentür ihres Hauses gestanden, ihr Gesicht leuchtete weiß unter einem dunklen Schirm, wie eine Werbung für Hautcreme. Julia stand schwer atmend an der Tür und wartete darauf, daß das Unausweichliche geschehen würde. Es waren noch keine dreißig Sekunden verstrichen, da klingelte die Türglocke. »Geh weg«, flüsterte Julia.

Hazel Mullineaux klopfte an die Tür, dann klingelte sie wieder.

»Mir geht es gut«, sagte Julia ein wenig lauter.

Nachdem sie noch einmal geklopft hatte, beugte Hazel Mullineaux sich nach unten und hob die Klappe des Briefschlitzes und rief: »Mrs. Lofting? Brauchen Sie Hilfe?«

»Gehen Sie«, sagte Julia. »Ich brauche Ihre Hilfe nicht.«

»Oh!« Julia wußte, daß Hazel draußen vor der Tür kniete. Wahrscheinlich sieht sie bewundernswert aus, wie sie das tut, dachte Julia.

»Ich dachte mir, Sie sehen ... nun, durcheinander aus«, drang die leise Stimme durch den Schlitz.

»Lassen Sie mich in Ruhe«, sagte Julia. »Gehen Sie weg von meinem Haus.«

»Ich will Sie nicht stören.«

»Freut mich, das zu hören. Bitte gehen Sie.« Julia blieb an die Tür gelehnt stehen, bis sie die Schritte ihrer Nachbarin sich widerstrebend entfernen hörte. Dann ging sie in das dunkle Wohnzimmer und riß die Telefonleitung aus der Wand. Während sie das abgetrennte Telefon in den Händen hielt, dachte sie, daß die wochenlange unnatürliche Hitze eine chemische Veränderung in den Wänden des Hauses bewirkt hatte, denn die Tapeten hatten an manchen Stellen Blasen geworfen, ein Streifen hing von der Decke herab wie die Zunge eines Hundes. Der ganze Raum schien in den Wochen der Hitze gealtert zu sein, er war runzlig und schäbig geworden. Das Mobiliar der McClintocks hatte sein solides, klobiges viktorianisches Aussehen verloren und schien sich abzuschälen wie sonnenverbrannte Haut. Die Leimung eines der Eßzimmerstühle war gebrochen. An einem Ende des Zimmers wölbte sich der Teppichboden.

Julia ließ das nutzlose Telefon zu Boden fallen. Ihr verletztes Handgelenk, die Muskeln ihrer Waden und ihre Vagina, alles schmerzte. Das Fleisch ihres Gesichts fühlte sich an, als wäre es Schaumgummi, das sich über die Knochen spannte. Sie konnte keinem vertrauen.

Oben setzte sie sich auf die Bettkante und wartete. Das Haus hing leer um sie herum. Jetzt konnte sie niemand anrufen, und sie würde nicht an die Tür gehen. Die anderen wußten, was sie wissen mußten. Es war Mark oder Magnus, einer der beiden. Einer von ihnen war von Olivia Rudge benutzt worden, und das hatte Mrs. Fludd bereits vor Wochen erkannt. Sie hatte sich von Mark überlisten lassen. Es war Mark. Es konnte Mark sein.

Julia stand auf, ging zu ihrem Schreibtisch und nahm ein Blatt Papier und einen Füller zur Hand. Jemand mußte die Wahrheit erfahren, sonst konnte Olivia niemals Einhalt geboten werden, sie würde sich weiter in den Gedanken der Menschen breitmachen und von einem zum anderen gehen wie eine Krankheit.

Wenn ich tot aufgefunden werde, schrieb sie hastig, dann wird es kein Unfall sein. Wenn ich tot in diesem Zimmer oder sonstwo gefunden werde, dann werde ich ermordet worden sein, wie auch immer die Todesursache aussehen mag. Der Mörder wird entweder mein Mann oder sein Bruder, Mark Berkeley, sein. Einer der beiden hat vor, mich umzubringen. Dieselbe Person ist für den Tod von Rosa Fludd verantwortlich und wird möglicherweise auch Captain Paul Winter und David Swift ermordet haben. Möglicherweise aber auch nicht. Das liegt daran, daß... Es hat mit einem toten Mädchen namens Olivia Rudge zu tun, die auf dieselbe Weise gestorben ist wie mein eigenes Kind. Mein Mann Magnus war auch der Vater von Olivia Rudge. Sehen Sie in den Zeitungen von 1950 nach. Aber selbst wenn man das Übernatürliche beiseite läßt – da es die Meinung desjenigen, der dies liest, beeinflussen könnte –, bitte ich Sie zu bedenken, daß ich keine Selbstmörderin bin und daß mein Tod auf gar keinen Fall ein Unfall sein wird. BITTE BEACHTEN SIE DAS.

Ohne nochmals durchzulesen, was sie geschrieben hatte, faltete Julia das Papier zusammen und schob es zwischen die Seiten des Adreßbuches, dann schob sie das Buch zwischen zwei Pullover in die Schublade der Kommode. Sie legte sich aufs Bett und sah hinauf in die Hitze und verfolgte, wie sich Muster an der Decke bildeten. Sie wartete. Fröhliche Laute schienen aus einem anderen Teil des Hauses zu kommen. Heiße Luft und ein barbarischer Geruch hüllten sie ein. Schließlich nahm sie drei Schlaftabletten.

12

Einst war alles anders gewesen. Es gab da eine hübsche, ruhige junge Frau namens Julia Lofting, die mit ihrem erfolgreichen Ehemann und ihrer wunderschönen Tochter im Norden Londons gelebt hatte, und jeder von ihnen hatte ein sorgenfreies, glückliches Leben gelebt, jeder hingebungsvoll der Einheit gewidmet, die sie bildeten, jeder dem anderen verpflichtet... Einst gab es ein Mädchen mit einer gewaltigen Menge Geld namens Julia Freeman, und sie heiratete einen älteren Mann, einen Engländer namens Magnus Lofting, und sie lebte mit ihm in London und tolerierte seine Seitensprünge und Temperamentsausbrüche ihrer Tochter wegen... Einst lebte eine verwirrte, unsichere amerikanische Frau namens Julia Lofting in einem Haus mit ihrer Tochter, sie sah ihren Mann spät in der Nacht, wenn er von einem seiner Clubs nach Hause kam... Einst gab es ein wunderschönes und fantasievolles Kind namens Kate Lofting, aber sie war tot... Einst gab es ein Paar, Magnus und Julia, mit einem hübschen Haus, aber nicht ganz so hübsch, wie sie es sich hätten leisten können, denn sie haßte Extravaganz, und mit zwei Autos und einer Tochter, aber außerhalb der Familie hatten sie wenige Freunde, weil viele Leute Magnus nicht leiden konnten und weil Julia ein wenig schüchtern war und ihre Tochter alles war, was sie brauchten, wirklich... Einst hatte sich ein amerikanisches Mädchen einem Mann namens Magnus an den Hals geworfen und eine Tochter mit ihm gemacht, sie benützte ihr Geld dazu, daß er mit ihr schlief, sie heiratete... Einst gab es ein Mädchen, das jeder gemocht hatte. Julia sah zur rissigen Decke des Schlafzimmers hinauf und dachte an das Mädchen, das sie einst gewesen war, der Liebling ihres Vaters. Sie wartete. Ihr bestes und wahrstes Selbst befand sich in der Vergangenheit, in die Olivia Rudge sie geschickt hatte. Deren Vater sie geheiratet hatte. Sie war viel zu müde, sich vom Bett zu erheben, und ihr Verstand wirbelte von einer Vision zur nächsten.

Von unten klangen die Laute von Verwüstung herauf – sie konnte Glas zerbrechen hören, eine Reihe kurzer, hohler Explosionen, reißende Geräusche, Stoff wurde zerrissen. Die Geräusche hatten in der Küche begonnen und waren dann ins Wohnzimmer weitergewandert. Jetzt hörte es sich an, als würden Stühle gegen die Wand geworfen werden. Ich wollte dich befreien, dachte Julia, was bedeutet, ich wollte dich in Frieden fortschicken. Aber du möchtest keinen Frieden. Du möchtest herrschen. Du haßt uns alle, und du haßt dieses Haus. Ich habe dich befreit, aber auf die falsche Weise. Irgendwo im Haus splitterte Holz, und diesem berstenden Geräusch folgten kurz hintereinander neuerliche Explosionen. Die Tassen im Eßzimmer. Dann die breiteren, lauteren Geräusche von Porzellantellern, die zerschmettert wurden. Eine Flasche flog gegen die Wand. Wein? Whiskey? Julia schnupperte halb benommen in der Luft, nahm aber nur den kaum merklichen Geruch von Exkrementen wahr.

»Es ist erledigt.«

»In welcher Weise?«

»Wir brauchen ein Zertifikat, das von ihrem Arzt und einem weiteren unterschrieben ist. Zwei Ärzte im Krankenhaus, Dr. Wieauchimmer und noch einer, werden es unterzeichnen. Dann muß sie zur Beobachtung in die Klinik. Es ist eine zeitlich begrenzte Lösung, aber sie gibt mir genügend Zeit, nach etwas anderem zu suchen, sie dort zu lassen, wo sie keinen Ärger machen kann. Bist du damit zufrieden?«

»Ich weiß nicht, womit ich jetzt noch zufrieden wäre.«

»Lily, laß mich jetzt nicht im Stich. Du weißt, dies war eigentlich deine Idee.«

»Meine Idee zu deinem Besten, Bruder.«

»Und unserem. Und ihrem.«

»Hauptsächlich deinem.«

Magnus sah durch das Zimmer zu Lily, die auf ihrem zierlichen kleinen Sofa neben der persischen Wand saß. Sie sah ihn seltsam an. Ihre Augen schienen etwas größer zu sein als gewöhnlich, die haselnußbraune Iris schien in dem umliegenden Weiß zu schwimmen. Lilys Gesicht war bleich. »Um Himmels willen, Lily«, sagte er, »bist du mir immer noch böse wegen dieses verflixten Kindes? Du machst eine Affäre daraus, weißt du, ich habe dich nicht belogen. Ich habe das Kind nie gesehen. Jeder hätte der Vater sein können.«

»Es war aber nicht jeder.«

»Für eine Blutuntersuchung ist es ein wenig spät, Lily.«

»Manchmal wünsche ich mir, du würdest dir deinen Zynismus schenken.«

Er sah sie vollkommen verwirrt an. »Lily, laß mich dir unsere Position erklären. Julia kann ins Krankenhaus eingewiesen werden, sobald ich die Unterschriften der beiden Ärzte habe. Das sollte bis Dienstag geschehen sein. Im Falle von Julias Einweisung oder Tod habe ich Zugang zu allen Geldern, auf dem gemeinsamen und den anderen Konten. Letzteres erwähne ich nur als Extremfall. Das rechtlich Wesentliche ist geistige Unzurechnungsfähigkeit – und die wird durch die Bestätigung der Ärzte auf unsere Bitte hin anerkannt, sie einweisen zu lassen. Ganz einfach.«

»Versuch sie anzurufen«, sagte Lily. »Jetzt gleich.«

»Was? Willst du sie hierherholen? Dazu besteht wirklich kein Grund, da die Ärzte...«

»Versuch sie anzurufen.«

»Lily, was, um alles in der Welt, ist los?«

»Ich habe Angst, du Idiot«, sagte sie. »Sie hat uns die ganze Zeit über die Wahrheit gesagt, und ich war zu dumm und zu eitel, das einzusehen. Sie schwebt in Lebensgefahr.«

»Was, um alles in der Welt...« Magnus starrte sie ungläubig an. »Willst du mir etwa sagen, daß du inzwischen an diese Hirngespinste glaubst? Hast du mir nicht vor zwei Tagen versichert, daß alles nur Einbildung ist? Hast du das nicht gesagt?«

»Ja«, gab sie zu. »Aber ich habe mich geirrt. Wir müssen versuchen, ihr das Leben zu retten. Bitte ruf sie an, Magnus. Ich möchte wissen, daß sie in Sicherheit ist.«

Magnus stand widerwillig vom Sessel auf und stapfte durch das Zimmer zum Telefon. Er wählte ihre Nummer und wartete eine Weile schweigend. »Nimmt nicht ab«, sagte er. »Was ist nur los, Lily?«

»Rache«, antwortete sie. »Olivia Rudges Rache.«

Das war es, dachte Julia, die den tobenden Geräuschen von unten lauschte. Es war Rache. Sie haßte es, wenn ihre Pläne vereitelt wurden, und Heather Rudge hatte ihrer Karriere ein Ende gemacht, und daher war Heather Teil ihrer Rache, die in ihrem Schlafgemach eingemauerte Mrs. Braden war Teil ihrer Rache und ebenso alle, die zu ihrer Bande gehört hatten, deren Leben verfallen und zu Staub geworden waren, die nichts erreicht hatten, es sei denn unter allergrößten Opfern.

Sie hatte dieses Haus kaufen sollen. Olivia hatte gesucht und sie gefunden, die einzige Frau auf der Welt, die sie wieder in die Welt zurückholen konnte.

Wenn nur Kate nicht versucht hätte, dieses Stück Fleisch zu schlucken... wenn sie und Magnus nur länger auf den Krankenwagen gewartet hätten. Julia schien nicht auf ihrem Bett zu liegen, sondern über einer umtosten Küste zu schweben, scharfe Klippen und schäumendes Wasser. Ihre Haut kochte wie im Fieber. Sie stellte sich vor, Kate in den Armen zu halten. Aber Kate war in diesem schmalen, tiefen Loch, in dem kleinen Sarg in dem tiefen, tiefen Loch. Im verdammten Friedhof von Hampstead. Sie wollte Kate von hier wegtragen. Sie wollte mit ihr hoch über dem Meer und den Felsen schweben.

Dann sah sie Kate, die ihr den Rücken zugewendet hatte. Das war das, was sie gesehen hatte, bevor Mrs. Fludd die Séance abgebrochen hatte. Ich bin verantwortlich, dachte sie, ohne zu wissen, was sie meinte.

Ein schwarzer Vogel flog an Marks Kopf vorbei und zwitscherte ihm eine Nachricht ins Ohr, wie zu einem anderen Vogel. Es war ein einziges Wort. Kurz, vielleicht. Oder frei. Oder sein. Er sah dem Vogel nach, wie er in dem leuchtenden Gefilde über den Baumkronen verschwand, wo der Himmel eine unnatürliche rosa Färbung angenommen hatte. Die wattigen Unterseiten der dichten Wolken, die gerade aufgehört hatten, Nieselregen zu versprühen, schienen eine weißglühende Farbe zu enthüllen, die auf ihre Oberfläche aufgetragen worden war. Sie sahen aus, als wären sie von Turner gemalt worden, und während Mark das dachte, war er beinahe zu Tränen gerührt. Seine Kopfhaut kribbelte. Vögel sprachen zu ihm, er ging unter einem von Turner gemalten Himmel dahin. Seit er seine letzte Meditation beendet hatte, fühlte er sich fast unerträglich, unbehaglich glücklich – er hatte die Ekstase erreicht. Die Farben von Gras und Bäumen leuchteten ihm entgegen, als würden sie durch Lautsprecher gebrüllt werden; so viele verschiedene Grüns! Ihm war, als hätte er noch niemals vorher einen dieser Farbtöne gesehen, wie sie nebeneinander wogten, in den Raum vorsprangen oder zurückwichen. Farbe war überaus freigiebig verteilt worden.

Julia hatte auf seinem Laken geblutet. Auch das schien ein Zeichen der Gnade zu sein. Blut nach dem Liebesakt. Er empfand, als wäre Julia seine andere Hälfte, als besäßen sie dasselbe Herz oder dieselben Gliedmaßen. Sie hatte ihre Schuhe aus seinem Schrank hervorgezogen und gewußt, mit welcher Liebe er sie eines Tages mitgenommen hatte, nachdem er sie in ihrem Garten fand. Er hatte ihr Haus ansehen müssen, er war ganz darum herumgegangen und hatte beinahe zärtlich die Außenwände mit den Händen gestreichelt. Nicht einmal seine Kopfschmerzen hatten die Freude stören können. Julia hatte Magnus verlassen, und sie würde ihm gehören.

Sie war sein. Er schritt benommen durch den Holland Park, wo er fast allein war, und dieses Wissen hallte in ihm. Er war tief in sie hineingeflossen, er kannte ihre Knochen und Gelenke. Julia war Licht und Vision. Ein Geschöpf aus Blut, ein Feuerofen. Sein, hatte der Vogel zu ihm gesagt. Während er zu Julia ging, ging er dem Heil entgegen. Reine, gierige Freude strömte trunken durch ihn hindurch. Sie würde ihn königlich erwarten. Sein. Er stolperte unter der Wucht dieses Wissens.

Ein Mädchen, das vor ihm ging, senkte den Schirm mit einer solchen Geste der Anmut, daß er beinahe laut zu schluchzen angefangen hätte. Er erkannte ihren Hinterkopf und den Nacken, wo schwarzes Haar über eine braune Lederjacke herabfiel. Mark überbrückte rasch die Strecke zwischen sich und dem Mädchen und hängte sich bei ihr ein. Er lachte. Als sie sich zu ihm umdrehte, erstaunt und ein wenig ängstlich, küßte er den vertrauten Mund und spürte, wie seine Seele sich mit einem Freudenschrei ausdehnte.

»Das kann ich nicht glauben«, sagte Magnus, der immer noch das Telefon in der Hand hielt. »Ich habe versucht, dich davon zu überzeugen, daß an Julias Geschichte etwas dran sein könnte, erinnerst du dich? Und du warst sicher, daß alles Einbildung ist. Du hast mich überzeugt. Jetzt kannst du mich nicht vom Gegenteil überzeugen, Lily.« Er legte sehr sanft den Hörer wieder auf die Gabel, ein Zeichen, das Lily nur zu gut kannte: Er näherte sich rasch der Grenzlinie zwischen verhaltenem Zorn und offener, brüllender Wut.

»Vielleicht nicht«, sagte sie. »Aber es ist von nebensächlicher Bedeutung, ob du überzeugt bist oder nicht. Denk genau nach, Magnus – was hast du an jenem Tag gesehen, als du glaubtest, Kate zu erblicken?«

»Wie soll ich das beantworten? Ich weiß nicht, was ich gesehen habe. Die Spiegelung einer Wolke, Sonnenlicht auf dem Fensterglas...«

»Nein, ich meine, was glaubtest du zu sehen?«

Er sah sie mißbilligend an. »Ich lasse mich nicht zum Narren machen, Lily.«

»Sag es mir. Sag mir nur, was du gesehen hast.«

»Kate. Die am Fenster von Julias Schlafzimmer stand.«

»Woher weißt du, daß es Kate war? Hast du ihr Gesicht gesehen?«

»Das war gar nicht nötig. Das Mädchen, das ich gesehen habe, sah sogar in die andere Richtung. Ich sah nur ihren Hinterkopf.«

»Das war gar nicht Kate! Es hätte diese andere sein können!« Lily schreckte beinahe aus ihrem Sessel empor. »Das ist es, Magnus. Du hast Olivia Rudge gesehen. Sie wollte, daß du sie siehst und sie für Kate hältst. Sie wollte dich verletzen und verwirren.«

»Lily«, sagte Magnus langsam, »ich habe mich nie in deine Interessen eingemischt, und ich habe sie nie beeinflußt. Aber wenn du mir sagen möchtest, daß ich eine Erscheinung an diesem Fenster gesehen habe...«

»Was hast du gespürt, als du an diesem Tag das Haus

betreten hast? Hast du mir nicht gesagt, du hättest Angst gehabt?«

»Ich ließ mich täuschen. Das hast du mir selbst gesagt. Außerdem war ich betrunken.«

»Nein, Magnus. Du hast sie gespürt. Das Böse in ihr. Sie haßt dich auch.«

»Mein Gott«, sagte Magnus. »Dies ist ein Nest von Irren. Was soll das alles? Warum sollte dieser kleine Dämon aus der Vergangenheit plötzlich wieder auftauchen?«

»Wegen Julia«, sagte sie. »Sie brauchte Julia, um sie zu befreien. Deine beiden Töchter wurden von ihren Müttern erstochen. Julia war genau diejenige, die sie brauchte.«

Zuerst habe ich Kate geboren, dachte Julia, und dann habe ich Olivia geboren. Aber ein Teil Olivias ist immer noch in mir. Ich vervollständige sie. Die Schlaftabletten und Unterernährung ließen ihren Verstand um einen allgemeinen Brennpunkt schwimmen, und das war der Lärm von unten. Dort unten wurden immer noch Dinge zertrümmert. Die erstickende Hitze hatte ihr die Kehle ausgetrocknet und die Augen verbrannt, sie schien ein paar Zentimeter über dem Bett zu schweben, über einem weiten, unerfindlichen Abgrund, in den sie jeden Augenblick hineinstürzen konnte. Julia wußte, dies lag an einer Schleife, einer Falte ihres Verstands, die Teil von Olivia war. Sie wollte lesen, sich wieder der Schwerkraft aussetzen, aber sie war zu schwach, um eines der Bücher vom Nachttisch zu nehmen. Ein heißer afrikanischer Wind schien durch das Haus zu wehen. Das Glas über einem der Bilder der McClintocks barst, gefolgt von kreischendem Gelächter. Dann hörte sie die platschenden Geräusche von Bildern, die eingetreten wurden.

Vielleicht ist das alles nur in meinem Kopf, dachte sie. Aber wäre es deshalb weniger wahr? Tatsächlich schien sich alles auf der Welt in ihrem Kopf zusammenzudrängen. Der Gestank von Tieren und verbrannter Haut hüllte sie ein.

»Vergewaltigung, Mark? Ich dachte immer, das wäre nicht dein Stil.« Annis stand vor ihm, sie atmete schwer, und ihr Gesicht war gerötet. Er konnte die Stelle ihrer vollen Unterlippe sehen, in die er gebissen hatte. »Ich dachte, ich hätte ausgedient«, sagte sie.

»Liebliche, aufreizende Annis«, sagte Mark und zog sie wieder an sich. »Liebling, herrliche, üppige, sexy Annis, wie könntest du bei mir ausgedient haben?« Er lachte über ihre und seine Absurdität gleichermaßen, die in ihm emporblubberte.

»Ist deine Meditation für diese Stimmungsumschwünge verantwortlich? Dann würde ich eine Pause vorschlagen. Hast du was genommen? Fährst du auf etwas ab?«

»Auf dich, Annis, auf dich«, sang er und wirbelte sie herum.

Sie stieß seine Arme weg. »Mark, laß mich los. Mark, das gefällt mir nicht.«

Er strömte über vor Gelächter, als er sich von innen und außen zugleich sah, und hätte sie beinahe fallen lassen. »Gehst du irgendwohin? Gehen wir in ein Pub. Gehen wir in ein Pub und halten Händchen. Mir ist gerade eingefallen, daß der Himmel wie ein Turner aussieht. Findest du nicht?«

Sie sah zum Himmel, halb mit aufrichtigem Interesse, halb belustigt. »Sieht wie ein Schieferdach aus, wenn du meine Meinung hören willst. Weißt du, bei mir mußt du keine solchen Nummern abziehen. Ich bin durchaus bereit, mich wieder mit dir zu treffen. Aber ich dachte, in deinem Leben gäbe es neue Interessen.«

»Ganz im Gegenteil, Annis, ich lege ein paar der alten

Interessen ab. Ich habe beschlossen, mit dem Unterrichten aufzuhören. Ich werde eine Weile reisen. Komm mit mir, Annis. An Bord eines Schiffes würdest du herrlich aussehen.« Er begann unbeherrscht zu lachen und ließ sich auf eine Bank fallen. Annis und Julia hatten etwas gemeinsam, und Mark spürte erschauernd, wie Julias Gesichtszüge hinter denen der anderen leuchteten. Als sie sich wütend von ihm abwandte, packte er sie am Handgelenk und zog sie zu sich herunter. »Es ist mein Ernst, trinken wir etwas und unterhalten uns darüber.« Er sah in ihr breites, wunderschönes und hungriges Gesicht und spürte, wie er alle Spannung zuschaltete, die er erzeugen konnte. Ihr Gesicht brach wie eine Sturmflut über ihm zusammen.

»Jetzt«, sagte sie, »muß ich irgendwo hingehen. Wie wäre es mit Essen um eins?«

»Essen um eins, besser als keins«, sang er. »Nur noch eine Stunde.« Die Freude drohte wieder, seine Rippen zu sprengen, und er ergriff ihre Hand. »Nenne mir zwei Orte, die du besuchen möchtest, Annis.«

»Ich habe noch nie Kalifornien gesehen«, sagte sie. »Ein anderer Ort, den ich besuchen möchte, fällt mir nicht ein.«

»Europa?«

»Europa ist langweilig. Ich bin für Kalifornien.«

»Bekommst du.«

»Kostet das nicht eine Menge Geld, dorthin zu gelangen?«

»Kommt nicht alles durch Meditation? Buddha gibt es, Annis, Buddha gibt es.«

»Wir werden alles bekommen«, sagte Magnus, der mittlerweile unverblümt wütend geworden war. »Wir werden alles bekommen, und plötzlich beschließt du, mystisch und rätselhaft zu werden. Haben wir nicht alles, was du wolltest? Ich habe eine verrückte Frau, die, Gott weiß wie lange, eingesperrt werden wird, aber du kommst plötzlich mit einem Sinneswandel daher. Was willst du mir eigentlich antun, Lily?«

»Selbstmitleid ist nicht deine attraktivste Eigenschaft«, sagte sie. »Was ich dir antun will, ist, dir endlich die Wahrheit zu zeigen. Paß auf, Magnus. Angenommen, Julia käme mit einem rechtlichen Problem zu dir, über das du dir schon seit Monaten den Kopf zerbrichst. Angenommen, sie würde beim Frühstück etwas darüber sagen.«

»Pfeif auf deine Vergleiche«, sagte er noch wütender, was ihr mehr angst machte, als sie ihm zeigen konnte.

»Ich werde dir sagen, was du tun würdest. Du würdest sie gar nicht beachten und verstimmt sein, weil sie sich auf dein ureigenstes Gebiet wagte. Genauso fühle ich mich jetzt.«

»Das Gesetz ist kein lächerliches Bündel von Lügen und Hirngespinsten!« brüllte er sie an.

Sie sah ihn nur an, da sie nicht wagte weiterzusprechen.

Als er sich abwandte und mit der geballten Faust auf die Tischplatte schlug, wartete sie, bis er sich wieder etwas beruhigt hatte – sie konnte sehen, wie seine Schultern auf normale Höhe zurücksanken und der Nacken seine Schwellung verlor, als würden ganze Gewebeschichten abgebaut –, dann sagte sie: »Ruf sie an. Ich habe Angst um sie, Magnus.«

»Verdammt«, sagte er, aber er sagte es leise.

Sie sagte zu seinem Rücken: »Jemand hat diese beiden Männer getötet. Julia wußte davon, bevor es in den Zeitungen stand.«

»Bist du sicher? Sie ist keine Hellseherin.«

Lily dachte an ihre letzte Unterhaltung mit Julia. »Ich glaube schon. Sie hat mir eindeutig über den zweiten Mord erzählt. Dieser Swift. Sie war in seiner Wohnung.«

»Dann bin ich froh, daß er tot ist.«

»Sie war dort, um ihn vor Olivia Rudge zu warnen. Ich

glaube, das hat sie gesagt. Oder ich habe es mir zusammengereimt.«

»Schon zwei Punkte, bei denen du dir nicht sicher bist. Du bist nicht besonders überzeugend.«

»Und Mrs. Fludd wurde getötet, weil sie Olivia gesehen hatte.«

»Unsinn. Augenblick. Möchtest du damit sagen, daß Julia in der Wohnung dieses Swift war, als er getötet wurde?«

»Das hat sie mir gesagt.«

»Sie sagte dir, daß sie gesehen hatte, wie er... was? Starb? Getötet wurde? Was hat sie gesagt?«

»Ich kann mich nicht erinnern. Sie sagte, daß sie dort gewesen ist.«

»Verdammt«, sagte Magnus laut. »Hat sie die Polizei informiert?«

»Ich könnte mir vorstellen, daß sie dachte, die hätte wenig Aussichten gegen einen Geist.«

»Geister bringen keine Menschen um«, sagte Magnus und ging rasch wieder zum Telefon. Nachdem er gewählt und mit bebenden Lippen gewartet hatte, sagte er: »Immer noch keine Antwort.«

»Dann hat sie entweder Schlaftabletten genommen oder ist ausgegangen«, sagte Lily. »Wir müssen rasch etwas tun, Magnus. Olivia ist hinter ihr her. Ich weiß es. Sie hat schon einmal versucht, sie zu töten.«

»Ich frage mich, ob Julia verrückter ist als du. Man sollte euch beide einsperren.« Er bezwang seine Wut, dachte einen Augenblick nach und sagte: »Denk mal darüber nach, Lily: Wenn Julia recht hatte, sind wir dann nicht alle in Gefahr? Du und ich ebenso wie Julia? Immerhin wissen wir auch über Olivia Bescheid.«

»Wir sind alle davon betroffen, wir sind alle verdorben«, sagte sie. »Mark auch, könnte ich mir vorstellen. Wir könnten in ebenso großer Gefahr sein wie sie.«

»Unfug.«

»Vergiß nicht, wie du dich in diesem Haus gefühlt hast«, sagte sie. »Sie haßt dich auch, Magnus. Es hat ihr gefallen, dich zu quälen.«

Julia trug Kate, ein Bündel, das nicht schwerer war als ein Arm voll Blätter und Zweige, zum Krankenhaus. Kate war verletzt, und es war zwingend notwendig, daß Julia das Krankenhaus so schnell wie möglich fand: Sie konnte eine warme Flüssigkeit spüren, die in den Ärmel ihrer Bluse lief. Sie wanderte durch rußige, verlassene Straßen und suchte auf kahlen Türen nach dem Namen des Krankenhauses. Es war ihre Schuld, daß sie das Krankenhaus nicht finden konnte, daß sie statt dessen durch diese elenden, hoffnungslosen Straßen irrte und erschöpft in einen schmutzigen Hinterhof nach dem anderen sah, ohne Sonne, schlammiges Kopfsteinpflaster... sie hatte versagt, und sie wußte, daß Kate bereits gestorben war, daß der leichteste Windhauch die Feder ihres Leibes fortwehen konnte. Bald würde sie auf dem kahlen Flachdach sein, von Verzweiflung und Verlust umgeben, die sie mit sich trug. Sie sah sich das Messer von Kates Körper weg auf sich selbst richten.

Schritte rannten durch das Haus, sie wirbelten den Gestank von Löwen und Tigern auf.

Sie wanderte durch die hoffnungslosen Straßen und suchte nach einem Krankenhaus, das ungeschehen machen konnte, was bereits geschehen war.

»Wohin gehst du?« Sie betrachtete ihn nervös, wie er in der Wohnung herumrannte und Mantel und Schirm suchte.

»Ich muß aus diesem Zimmer heraus«, sagte er so ruhig er konnte. »Bevor ich willentlich etwas zerschmettere, mache ich lieber einen kurzen Spaziergang. Du wirst sie anrufen.«

»Kommst du zurück? Magnus, bitte...«

»Ich komme zurück«, sagte er barsch, das letzte Wort spie er fast aus. Während sie ihn betrachtete, halb neben der Küchentür kauernd, wandte er sich von ihr ab und donnerte wie ein Büffel durch den Flur. Als er ging, schlug er die Tür mit solcher Wucht zu, daß ein Stück des Rahmens splitterte.

Julia glitt bruchstückhaft dem Bewußtsein entgegen, ihr Herz pochte, und sie merkte, daß die Hand, die sie gegen sich selbst richtete, nicht die von Magnus war. Es war eine Frauenhand, wie ihre. Es war ihre. Schmerz und eine Flüssigkeit wie Teer überschwemmten ihren Mund, und Augenblicke später erst bemerkte sie, daß sie sich die Zunge halb durchgebissen hatte. Sie erkannte die Hand aus ihren Träumen. Sie schluckte das Blut hinab, und der Schmerz dauerte eigentlich nur den einen Augenblick lang zwischen ihrer Vision von der Frauenhand mit dem Fleischmesser und der Erkenntnis, daß es ihre eigene war. Anstelle von Schmerz hatte sie ein pulsierendes Gefühl in der Zunge. Ihr ganzer Körper schien so trocken wie ein rissiges Flußbett zu sein. Kates zweigleichter, blattleichter Körper wurde ihr aus den Armen geweht. Ihre Lippen wurden gefühllos.

Im nächsten Augenblick floh sie in den Schutz der Schlaftabletten zurück und ging die staubige Treppe zu dem kahlen Dach hinauf. Sie kannte jede verblichene Stelle und jeden Fleck an der Wand, jede Krümmung der Stufen.

Mark lag flach im feuchten Gras und spürte, wie die klamme Nässe in seine Schultern und die Gesäßbacken eindrang. Am Rande nahm er die polierten Spitzen seiner neuen Boots wahr, die ihren warmen, braungoldenen Glanz über seinen ganzen Körper verströmten. Sein Kopf schien voller Vögel zu sein. Daß er gerade jemanden getroffen und mit ihm gesprochen hatte, schien ihm wie ein Wunder, eine unglaubliche Anstrengung von Kohärenz und Willenskraft.

Aber ich habe sie auch gesehen, dachte Lily, die immer noch zur Tür sah und lauschte, wie Magnus lärmend die Treppe hinunterstapfte. An dem Tag, als ich Rosa Fludd auf der Parkbank gesehen habe. Sie führte mich durch den Park. War Rosa wirklich da, oder hat sie sie herbeibeschworen? Sie wollte, daß ich sehe, wie Magnus in Julias Haus einbrach. Sie wollte, daß ich diese schreckliche Enttäuschung erlebe. Vielleicht erschien mir Rosa als Warnung. Sie hat Julia gewarnt, und an diesem Tag warnte sie mich. Lily ließ sich gegen die Arbeitsfläche sinken und spürte, wie die Stahlkante vor dem Holz ihr in die Hüfte schnitt.

Mark bewegte sich im Zentrum eines goldenen, schimmernden Dunstes, einer Glocke, die sich über ihn gesenkt hatte, während er im feuchten Gras lag. Er wußte, diese summende goldene Aura war die äußerliche Form seiner Kopfschmerzen, die ihm seine überaus erfolgreichen Meditationen bereiteten, und daß sie so überirdisch schön anzusehen war, bewies die Seltenheit, den absoluten Wert seines Verstandes. Sie bewies auch den absoluten Wert seiner Übungen, selbst der Kopfschmerzen, denn sie hatten ihn in diese körperliche Euphorie versetzt. Ins Paradies.

Die Bäume, an denen er vorbeigegangen war, hatten lichterloh gebrannt, die Rinde glitzerte in seiner Fantasie, und die Blätter raschelten wie Gold. Er hatte sich schon einmal so gefühlt, konnte sich aber nicht daran erinnern, wann das gewesen war. Seine Boots brachten den Weg zum Erbeben. Wenn er mit dem Absatz fest genug auftrat, konnte er einen Riß bis zum roten, kochenden Kern des Planeten öffnen.

Die fest schlafende Julia erreichte die Öffnung zum Dach und spazierte hinaus auf das heiße Teerpapier, das zäh an ihren Sohlen haften blieb. Der Himmel, in den sie hinaustrat, war ein flaches graues Feld mit Streifen vibrierenden, summenden Rosas. Die seltsame Farbkombination wirkte auf ihren Unterleib und machte ihre Eingeweide schwer und wässrig. Ihr Mund pulsierte, von einer bitteren Flüssigkeit erfüllt, wie Tabaksaft. Eine Piniennadel durchbohrte ihre Zunge. Sie wollte Kate, aber Kate war tot. Unten, in dem leeren Haus, wütete Olivia und lachte kreischend. Selbst hier oben auf dem flachen Dach, wo die Hoffnungslosigkeit sich wie Salz in sie ergoß, konnte sie den Lärm von unten hören: heisere Schreie, Rufe, lautes Klirren. Das alles spielte längst keine Rolle mehr. Sie betrachtete sich selbst wie in einem Spiegel. Ihre Haut brannte durch die vorausgeahnte Scham.

Lily stieß sich von der Theke ab und ging unsicher ins Wohnzimmer zurück. Sie kniete vor dem Telefon nieder und wählte mit unsicheren Händen Julias Nummer. Nun vernahm sie anstelle des erwarteten Läutens lediglich den grundlosen Raum, erfüllt von den Geräuschen der Statik, welcher dem Wählgeräusch vorausgeht. Sie drückte die Gabel nieder, und der graue, unauslotbare Raum hing im Hörer. Als sie nochmals auf die Gabel drückte, wich die unauslotbare Stille gnädigerweise dem Freizeichen. Sie wählte Julias Nummer noch einmal an und hörte, wie die Verbindung klickend hergestellt wurde; dann folgte ein Geräusch wie das eines Mannes, der durch tiefen Raum fällt und vom Leben fortwirbelt.

Lily knallte den Hörer auf die Gabel und wartete, bis sie sich sicher genug fühlte, ihn wieder zu heben; sie vergewisserte sich, ob das beruhigende, summende Freizeichen wieder ertönte, dann wählte sie 100. Sie gab dem Amt Julias Nummer und wartete.

»Tut mir leid«, antwortete die näselnde Stimme der Frau vom Amt eine Minute später. »Dieser Anschluß scheint vorübergehend außer Funktion zu sein.«

»Warum?« fragte Lily. »Was meinen Sie damit, außer Funktion?«

»Es ist uns nicht gestattet, solche Informationen weiterzugeben«, antwortete die Frau entschuldigend. »Soll ich Sie mit meinem Vorgesetzten verbinden?«

»Ja.«

»Bitte warten Sie.«

Lily leckte sich die Lippen und wartete. Die Stille im Telefon war flauschig und dicht, solider als die andere. Sie wartete scheinbar minutenlang, dann ertrug sie das Warten nicht mehr und legte auf. Dann ging sie nervös im Zimmer auf und ab und wartete darauf, daß Magnus zurückkehren würde. Sie würde nicht allein zum Ilchester Place gehen.

Etwas flog den Flur im Obergeschoß entlang, etwas unendlich Verzweifeltes.

Langsam, mit gnädiger Absicht, senkte sich das Messer in ihrer Hand in Kates verstopfte Kehle. Ihre Hand, die sie im Traum gegen sich selbst gewendet hatte, hielt das schlanke kleine Messer zwischen Daumen und Zeigefinger, die Klinge war nach oben gewandt. Kate gab einen halb bewußten erstickten Laut von sich und öffnete in dem Augenblick die Augen, als Julia in ihre Kehle zu schneiden begann. Kates Augen waren Wolken. Wie in einem Spiegel sah sie die Szene dort, wo sie geschah, auf dem Dach, wo sich zwei Gestalten wie bei einer unbeholfenen Parodie des Liebesakts zueinanderbeugten. Sie hörte, wie die Tür des Zimmers krachend aufgeschlagen wurde, der heiße Wind strich über sie hinweg und bewirkte, daß die Szene vor ihren Augen beschlug wie in einem Spiegel. Diejenige, die sie wollte, war bei ihr, und sie sah sich auf dem Dach um und erblickte nur Trostlosigkeit, schmutzige Dachpappe und einen zerstörten Himmel. Eine weiße Luftsäule wehte in ihre Richtung. Sie konnte Staub und Papierschnipsel sehen, die darin herumgewirbelt wurden und sich wie irrsinnig drehten. Von irgendwo unten auf der Straße oder von der anderen Seite des Schlafzimmers ertönte ein glucksendes Geräusch, das sie als das unterdrückte Lachen des dunkelhäutigen Kindes erkannte, an dessen Namen sie sich nicht erinnern konnte. Kräftige Arme packten sie, und Olivias schwelender Geruch drang ihr in die Nasenlöcher, und die weiße Luftsäule wirbelte sie in sich hinein, zusammen mit Staub und Schnipseln alter Zeitungen, Staub und Papier.

November

»Du sagtest, du hast endlich etwas von Mark gehört.«

»Ja.«

»Immer noch in Kalifornien?«

»Immer noch in Kalifornien, ja. Los Angeles.«

»Mit diesem Mädchen.«

»Wie hieß sie noch?«

»Annis.«

»Seltsamer Name für ein Mädchen. Oder ist das ihr Nachname?«

»Ich weiß nicht. Er schrieb, daß er endlich Arbeit gefunden hat. Er fand einen Job als Hausmeister an einer freien Schule, wie er sagte. Annis verdient anscheinend jeden Monat eine Kleinigkeit dazu.«

»Glaubst du, daß er sie heiraten wird?«

»Ich weiß nicht, ob sie ihn heiraten sollte.«

»Ich nehme an, das bedeutet, daß du liberaler wirst, Lily.«

Sie schniefte und wandte sich wieder ihrem Roman zu. Als sie sicher war, daß er sie nicht mehr ansah, schaute sie verstohlen durch das Zimmer zu dem Sisley hinüber. Magnus hatte ihn ihr im Oktober gekauft. Er hing anstelle des Pferdebildes von Stubbs, obwohl ihr das Bild von Stubbs besser gefallen hatte. Das war ins Eßzimmer verlegt worden.

»Endlich hat Mark seine Ebene gefunden«, sagte Magnus. »Hausmeister bedeutet Reinemacher. Es überrascht mich, daß diese Stellung in der Stadt der Engel nicht als Wartungsingenieur bezeichnet wird.«

»Er schrieb, daß er auch Kurse an einem Yogainstitut belegt hat.«

»Und zweifellos gehört er der Che-Mao-Lumumba-Schachliga Revolutionärer Techniken an. Hat er dir nicht vor seiner Abreise erzählt, daß es Yoga – diese verdammten Übungen – war, was ihn endgültig über die Grenze gestoßen hat? Ich hätte angenommen, er hält sich künftig davon fern.«

»Du weißt sehr genau, daß es das nicht war. Ich muß wohl nicht ins Detail gehen.«

»Bitte nicht«, sagte Magnus, was sich gekränkt anhörte. »Aber selbst er hat gesagt, daß es für seinen Zusammenbruch mitverantwortlich war.«

»Julia war in größerem Umfang dafür verantwortlich«, sagte sie gehässig.

»Ich glaube, ich habe eben gesagt, daß du mich nicht daran zu erinnern brauchst. Ein sehr böser Schock, die Erkenntnis, daß meine Frau die letzte Nacht vor ihrem Selbstmord im Bett eines anderen Mannes verbracht hat. Besonders im Bett dieses Irren. Und dieser elende Narr besaß nicht einmal genug Verstand zu erkennen, was Julia durchmachte.« Magnus betrachtete seine Hände, die er fest im Schoß gefaltet hatte.

»Wir können dankbar sein, daß sie diesen Brief hinterlassen hat«, sagte Lily und ersetzte ›Notiz‹ durch ›Brief‹. »Ich glaube, das hat einiges verständlicher gemacht. Ich bin der Meinung, der Untersuchungsrichter hatte recht, nicht wahr? Damit bewies sie einen instabilen Verstand und eindeutige Selbstmordabsichten.«

»Es beleidigt mich, daß ein Mann sich ein so weitgehendes Urteil erlauben kann«, knurrte Magnus. »Untersuchungsrichter haben in diesem Land viel zu große Macht. Kleine Götter. Aber ja, Lily, zum tausendsten Mal ja, ich bin der Meinung, daß der Untersuchungsrichter recht hatte. Selbstverständlich hatte er verdammt recht. Daran kann kein Zweifel bestehen. Jeder Narr, der den Zustand des Hauses und des Autos sah, hätte erkennen können, daß mit ihrem Verstand etwas nicht in Ordnung war. Glaubst du, wir könnten etwas Tee trinken? Eigentlich hätte ich lieber einen Drink. Würdest du mir einen holen? Nein, ich hole ihn selbst.« Er stand auf und ging zur Hausbar.

»Iß ein wenig Käse und Cracker, Magnus. Auf dem Sideboard steht etwas Stilton.«

»Man bekommt keinen echten Stilton mehr«, sagte er. »Nur noch Abfall aus dem Supermarkt. Und hast du schon einmal gesehen, geschweige denn gekostet, was sie heutzutage die Stirn haben, als Sage Derby zu verkaufen? Das sollte man den Vögeln füttern. Ein Schwein, das etwas auf sich hält, würde nichts davon anrühren.«

»Ich dachte nur, du hättest gern etwas guten Käse und Kekse«, sagte sie und sah zu, wie er Whisky in ein Glas einschenkte. Er nahm noch mehr, als sie erwartet hatte. »Ich wollte dich nicht erzürnen.«

»Ich bin nicht erzürnt.«

»Magnus, du weißt, ich bin dir zutiefst dankbar dafür, daß du dich von meiner Albernheit an diesem letzten Tag nicht hast anstecken lassen. Deine Standhaftigkeit war einfach bemerkenswert. Ich habe den Kopf verloren, ich war eine Närrin, und du warst so stark, überhaupt nicht wankelmütig, kein bißchen, und dafür bin ich dir wirklich dankbar. Ich bin dankbar für deinen klaren Kopf und deine Stärke.«

Er sah sie an und nahm einen kräftigen Schluck seines Drinks. »Du solltest nicht dafür dankbar sein, daß ich es vermieden habe, mich zum Idioten machen zu lassen. Das ist ein negatives Kompliment.« Aber sie sah, daß er ruhiger war.

»Und ich werde nie aufhören, dankbar dafür zu sein, daß sie diese Notiz hinterlassen hat«, sagte sie. »Wenn sie das Spiel nicht aufgegeben hätte, indem sie euch beide beim Namen nannte, nun...«

»Nun«, sagte er. »Gut gesagt, Lily.« Er ging wieder durch das Zimmer und nahm behutsam im Sessel Platz. Lily hatte den Eindruck, als würde Magnus mit jedem Tag zunehmen. »Ich wäre in der Tinte gewesen, wenigstens bis sie versucht hätten, es Mark ›anzuhängen‹.«

»Weißt du, ich glaube, ich kann nachempfinden, was sie fühlte. Nicht bezüglich dir und Mark, aber was das Leben anbelangt; als ich an jenem Tag so albern war, erlebte ich eine beachtliche Empfindung völliger Hoffnungslosigkeit und Verzweiflung. Sie war umfassend. Ich fühlte mich völlig grau und ausgelaugt, als wäre alles Helle weit hinter mir. Julia muß so etwas Ähnliches empfunden haben.«

»Julia war nicht in einer vernünftigen geistigen Verfassung. Keiner von uns kann wissen, was sie überhaupt dachte, noch dazu über etwas so Schwammiges wie das Leben.« Er sah sie säuerlich an. »Du hast nicht gesehen, in welchem Zustand das Haus war.«

»Ich konnte dort nicht hineingehen«, sagte sie. »Ich konnte es einfach nicht.« Sie wechselte zu einem sichereren Thema. »Hattest du Glück mit dem Haus?«

»Keiner kauft heutzutage mehr Häuser, schon gar keines, das so kriminell teuer ist wie dieses. Dieser Schafskopf von Markham und Reeves erzählte mir, daß der Markt heutzutage schwieriger geworden ist als vor fünfzehn Jahren.«

»Warst du schon auf dem Friedhof, Magnus?« Sie war Anfang der Woche dort gewesen, um nach den Blumen zu sehen.

»Nein, eigentlich nicht. Seit der Beerdigung nicht mehr. Ich kann den Friedhof von Hampstead nicht ertragen. Er sieht wie ein Vorort von Melbourne aus.«

»Julia hat ihn auch nie gemocht.«

»Verfall. Nichts als Verfall. Wie kannst du behaupten, das zu wissen?«

»Weil sie es mir am Tag von Kates Beerdigung gesagt hat. Sie sagte mir, sie wünschte, Kate wäre auf einem älteren Friedhof begraben worden. In Highgate.«

»Ich glaube nicht, daß Julia eine feste Meinung über einen Friedhof hatte, den sie nur einmal sah, und das noch so erschöpft, daß sie kaum aufrecht stehen konnte.«

Lily zuckte verärgert die Achseln.

»Wie auch immer, niemand scheint dieses verdammte Haus zu wollen«, sagte er. Das war eine eindeutige Entschuldigung, und sie sah wieder zu dem Sisley-Gemälde hinüber. Er redete natürlich immer noch. »Die Leute sehen es sich an, und aus irgendwelchen Gründen mögen sie es nicht. Habe ich dir gesagt, daß dieser McClintock geschrieben und sich erkundigt hat, ob Julia ihm eventuell das Mobiliar zurückverkaufen würde? Er sagte, ähnliche Möbel könnte er nirgendwo in Barbados finden. Er hätte einen Schock erlitten, wenn er seine kostbaren Möbel gesehen hätte.«

»Das macht mir angst«, sagte sie. »Bitte, sprich nicht weiter.«

»Ich hatte nicht vor, über etwas Bestimmtes zu sprechen«, sagte er und trank wieder. »Kommt heute abend etwas Interessantes in der Glotze?«

»Nichts«, sagte sie. »Ich dachte mir, ich versuche einmal eines dieser Bücher zu lesen, die Julia hatte. Ich werde diesen Roman heute abend fertig haben, und ich dachte, ich versuche es mal mit einem von ihr. Ein seltsamer Zufall, nicht? Ich hatte Ewigkeiten keine Zeit, sie mir anzusehen, und dann wollte ich es nicht mehr. Aber es wäre jammerschade, wenn sie ungelesen blieben. Da ist ein sehr langer über einen Regenbogen dabei. Mit dem werde ich anfangen, scheint eine reizende Lektüre zu sein. Sie hatte viele Bücher.«

»Weil sie keine Freunde hatte«, sagte Magnus kalt.

»Wie kannst du das sagen, Magnus«, sagte sie überrascht. »Julia hatte Freunde. Du und ich waren sicher ihre Freunde. Und ich nehme an, Mark war irgendwie auch ein Freund.«

»Der verfluchte Mark. Ich hoffe, er stürzt vor einen Bus.«

»Mark hat viel gelitten.«

Lily wußte, das bedeutete, daß er den Abend mit ihr verbringen wollte und daß er ununterbrochen das Fernsehen und alle, die zusahen, beleidigen würde. Sie wünschte, er würde gehen – Magnus befand sich in einer seiner bissigen Stimmungen, die Lily in letzter Zeit mehr erzürnten als früher. »Nichts, das dir gefallen würde, Magnus. Du hältst nichts vom Fernsehen, wie wir beide wissen. Aber«, fügte sie mehr aus Gewohnheit denn aus Aufrichtigkeit hinzu, »du kannst zum Abendessen bleiben. Heute ist mein vegetarischer Tag. Ich werde eine große Salatschüssel machen.«

Magnus erschauerte. »Ich könnte etwas aus einem Restaurant holen und herbringen. Ich kann deine fleischlosen Dienstage nicht ausstehen.«

So neutral wie möglich sagte sie: »Wie du wünschst.«

»Also einverstanden.«

Voll Verzweiflung legte sie das Buch weg und ging zum Fenster an der Terrasse. Ihre Blumen blühten immer noch in aller Pracht, ihre Farben wirkten in der grauen, feuchten Luft atemberaubend leuchtend. Für Lily sahen sie wie kleine Banner der Zufriedenheit aus, die zu sagen schienen: Wenigstens wir haben keine Probleme.

Hinter ihr räusperte Magnus sich. »Aus reiner Neugier, Liebling, besuchst du immer noch diese Gruppe?«

Lily sah ins tiefe Grün der Baumkronen.

»Nicht mehr so häufig wie zuvor«, sagte sie.

»Warum denn nicht? Gefällt dir die neue Swami nicht?«

Sie ließ den Blick an den rauhen Rinden der Bäume hinabgleiten. An diesem kalten, regnerischen Novembertag hielten sich nur wenige Leute im Park auf, und die Männer und Frauen auf dem langen Weg waren alle in Eile und hatten die Hände tief in den Taschen ihrer Mäntel vergraben. Vor den gewaltigen Bäumen sahen sie grau und substanzlos aus, wie Rauch, der vorübergeweht wurde.

»Oh, Mrs. Venable ist akzeptabel«, sagte sie, ohne dem, was sie sagte, viel Aufmerksamkeit zu schenken. »Mir liegt nicht mehr so viel an den Treffen.« Nun beobachtete sie ein Kind mit blauer Kapuze und Mantel, das tollkühn auf dem Fahrrad den Weg entlangfuhr, was verboten war. Niemandem im Park schien es etwas auszumachen, als wären auch ihre Ansichten Rauch. »Aber ich enttäusche die anderen nicht gern«, sagte sie. Das Kind sprang vom Fahrrad und lehnte es gegen einen der Bäume. Ein Mädchenrad, bemerkte Lily. »Rosamund Tooth ist eine so reizende Person, und Nigel Arkwright kann recht charmant sein, wenn er nicht zuviel Unsinn redet«, sagte sie. Das Kind auf dem Weg hatte sich umgedreht und untersuchte nun offenbar eingehend den Boden; in dem Kapuzenmantel sah es wie ein zwergenhafter Mönch aus. »Aber ich interessiere mich nicht mehr so sehr dafür wie früher«, sagte Lily. »Mrs. Venables Spezialität ist Kommunikation mit den Verstorbenen durch eine Kontrolle namens Marcel – und das habe ich immer für Scharlatanerie gehalten, wie du weißt.« Magnus schnaubte, was sie erboste, denn er stellte sie damit auf eine Stufe mit Leuten, die Informationen durch eine Kontrolle namens Marcel erhalten wollten. Jetzt konnte sie den hellen Fleck des Gesichts des Kindes sehen. Das Mädchen sah starr geradeaus, als würde es bei sich zählen. Dann hob es den Kopf und sah Lily direkt an. Ihre Augen waren blau und ausdruckslos. Mit beiden

Händen warf sie die Kapuze zurück, ohne den Blick von Lily zu lassen, und enthüllte Haar, das die Farbe von Weißgold hatte.

Lily sprang vom Fenster zurück, wirbelte herum und sagte den ersten Satz, der ihr in den Sinn kam. Sie sagte: »Wir hätten Julia niemals auf dem Friedhof von Hampstead begraben lassen dürfen.«

Magnus sagte: »Was?«